有爱的青春陪伴者

告白信来至 2

三月棠墨 著

江苏凤凰文艺出版社

图书在版编目（CIP）数据

告白信未至.2 / 三月棠墨著. -- 南京：江苏凤凰
文艺出版社，2024.5
　ISBN 978-7-5594-8052-1

Ⅰ.①告… Ⅱ.①三… Ⅲ.①长篇小说-中国-当代
Ⅳ.①I247.5

中国国家版本馆CIP数据核字(2023)第195808号

告白信未至.2
三月棠墨 著

责任编辑	王昕宁
特约编辑	雪　人　听　听
出版发行	江苏凤凰文艺出版社
	南京市中央路165号，邮编：210009
网　　址	http://www.jswenyi.com
印　　刷	长沙鸿发印务实业有限公司
开　　本	880mm×1230mm　1/32
印　　张	11
字　　数	383千字
版　　次	2024年5月第1版
印　　次	2024年5月第1次印刷
书　　号	ISBN 978-7-5594-8052-1
定　　价	42.80元

江苏凤凰文艺版图书凡印刷、装订错误，可向出版社调换，联系电话025-83280257

目录 CONTENTS

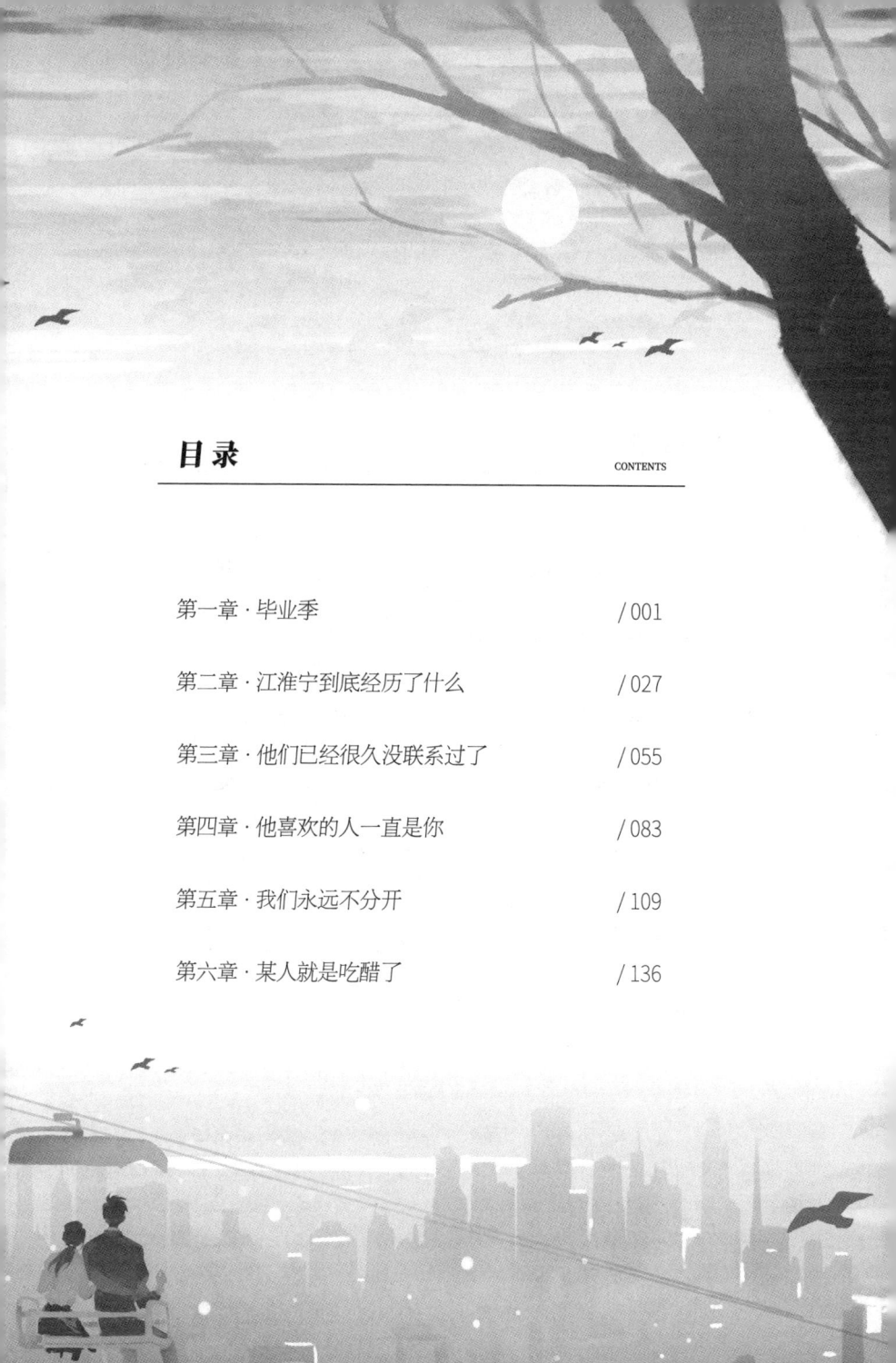

第一章 · 毕业季　　　　　　　　　　/ 001

第二章 · 江淮宁到底经历了什么　　　/ 027

第三章 · 他们已经很久没联系过了　　/ 055

第四章 · 他喜欢的人一直是你　　　　/ 083

第五章 · 我们永远不分开　　　　　　/ 109

第六章 · 某人就是吃醋了　　　　　　/ 136

目录 CONTENTS

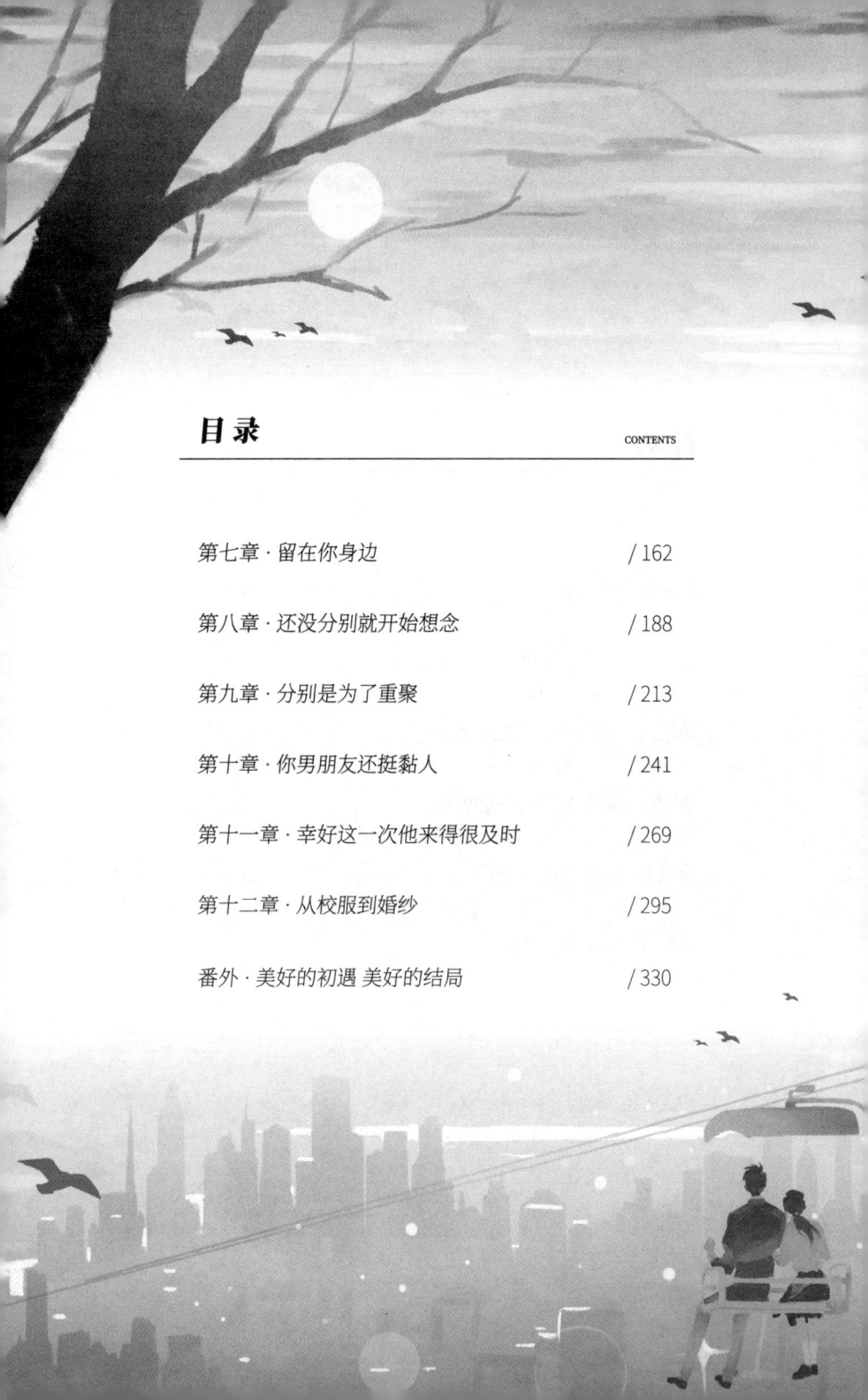

第七章 · 留在你身边　　　　　　　　/ 162

第八章 · 还没分别就开始想念　　　　/ 188

第九章 · 分别是为了重聚　　　　　　/ 213

第十章 · 你男朋友还挺黏人　　　　　/ 241

第十一章 · 幸好这一次他来得很及时　/ 269

第十二章 · 从校服到婚纱　　　　　　/ 295

番外 · 美好的初遇 美好的结局　　　 / 330

第一章 /
毕业季

1

高考前最后一次模拟考,据老师说题型偏简单,让他们有个心理准备,考好了别骄傲,考差了也别灰心。

陆竿全程认真对待,考完后,没有急着对答案估分,只是感觉又跨过一道坎,正朝着高考迈进。

晚自习上,周围的同学在讨论明天拍毕业照的事情。

距离高考不到一个月,跟往届一样,抽出一上午的时间,每个班级轮流在行政楼前拍毕业照,之后会制成相册发到每个毕业生手中。相册囊括文理科所有班级的毕业大合影,复读班、老校区也在其列。

大家都很重视,哪怕是学霸,也有爱美的权利,女生们小声交流明天要不要化个妆,上镜更好看。

在大家的期待中,太阳升起,早读结束后,奥赛班率先出动,下楼拍照,二班做准备。

很快就轮到三班。袁冬梅挽住陆竿的手,兴奋地说:"咱俩站一起。"

"好啊。"陆竿跟随大部队走出教学楼。

早晨的阳光不像中午亮得发白,是金黄的,是常被比作希望的,暖暖的色调,恰到好处地给镜头加上一层柔光滤镜。

第一排女生蹲下来,第二排的凳子上坐着各科老师以及年级领导,后面按照身高从矮到高依次排好。三班人数众多,最后一排男生站在了几张并拢的课桌上,才能露出上半身。

前面已经拍完照的奥赛班和二班学生没有离开,有的在一旁围观,有的则拿着手机跟三两好友合照。

老师们对此睁一只眼闭一只眼,不再管他们带手机进学校。

001

三班的毕业大合照拍完,袁冬梅拉着陆笙和赵晓晨到花坛边拍照,刚找好角度,大名鼎鼎的江校草走了过来。

袁冬梅眨眨眼,主动搭话:"江淮宁,你是来帮我们拍照的吗?我们这边正好缺一个摄影师!"

江淮宁一顿,旋即笑开:"可以。不过待会儿得麻烦你帮我们拍。"

"好说好说。"袁冬梅把自己的手机塞给他,跑回去站在陆笙的左手边,冲着镜头微笑,手举起来在头顶比了个"耶"。

陆笙身处中心位,赵晓晨在另一边,跟她保持一样的手势。

因为拍照的人是江淮宁,陆笙眼睛盯着手机,穿过屏幕与他对视,心跳如擂鼓,笑得有些僵硬。

"陆笙。"江淮宁的眼睛从手机上方露出来,"自然一点。"

陆笙抿了抿唇,稍微调整过后,重新展露一个微笑。

画面被定格,江淮宁欣赏刚拍出来的照片。

他没注意看其他人,只顾凝视中间那个女孩。她穿着校服,扎着低马尾,皮肤瓷白,背后的花坛里是一棵嫩绿的枇杷树,她弯唇浅笑,带着青涩的味道,手举过头顶比"耶"。

江淮宁充当摄影师,给几个女生拍了一堆照片,全程配合她们,换了几个场地,耐心十足,一句怨言也没有。

袁冬梅拿回自己的手机,低头翻看相册。

陆笙和赵晓晨凑过去一起看。赵晓晨热得额头出了汗,但是很开心:"别忘了把照片发给我们。"

"知道啦。"袁冬梅目不斜视,一张一张往前翻。

江淮宁问:"拍得还行吗?"

袁冬梅对他竖起大拇指,夸张道:"专业摄影师的水准。"想起江淮宁先前的话,暂时收起手机,"对了,你要我帮你拍什么?"

江淮宁不动声色看了眼陆笙,怕她不同意。

袁冬梅心中了然,却明知故问:"你的单人照吗?"

江淮宁垂下眼睑,抬手轻抚了下鼻尖,仿佛为了掩饰不自然的表情:"帮我和陆笙拍一张吧。"

袁冬梅抿唇忍笑,拿过江淮宁的手机,摄像头已经打开了,她左瞄右看,问江淮宁:"你们想在哪儿拍?"

"教学楼前行吗?"江淮宁偏头问陆笙。

陆笙还在发愣中,脑海中反复飘着一个问题——江淮宁为什么要找自己拍合照?

袁冬梅见不得陆竿这副呆头呆脑的木头样,大力推了她一把:"快点,去教学楼那边。"

教学楼的入口装了几块蓝色玻璃,太阳光折射在上面,光影变换,很有电影镜头的感觉。袁冬梅暗暗赞叹,校草真会找地方。

陆竿被动地站在台阶上,看着边上的江淮宁,阳光将他的短发染成浅褐色,宽阔的肩背放松,微微斜向她这边。

"你俩挨近一点,都快不同框了。"袁冬梅提要求。

两人之间空出来的距离能再加一个人进去,江淮宁主动挪步,靠近陆竿,手臂快挨上她的手臂。

袁冬梅找好最佳拍摄点:"看镜头。三,二,一!"

陆竿对着镜头露出腼腆的笑,心里想的是,这是他们待在这座校园的最后一段时光了,应该留下一份纪念。

"拍好了吗?"陆竿轻声问。

袁冬梅的脸皱巴起来,抱歉道:"Sorry,我刚刚不小心点错了,按成录像了,我们重新来一遍。"

陆竿轻轻呼出一口气,重新扬起唇角,却有点笑不出来,调动情绪太难了,一想到高考结束,她和江淮宁不会再有机会一起上学、放学,一起吃饭、讨论题目,她心里就涌起一股难言的怅惘。

等她回过神,已经宣布拍完了。

江淮宁看了看,点头向袁冬梅道谢。

照片里,陆竿不知在想什么,有些怔忪失神,唇角抿出一点微微上翘的弧度,安静内敛的样子,被永远记录下来,深深地印刻在他心里。

陆竿晚上躺到床上,还在想白天拍毕业照的情景,手机蓦地振动两下。

江淮宁将那张合照发给了她,附上一句话:你拍照的时候在想什么?

陆竿拥着被子坐起来,后背靠在床头,静静地看了一会儿,回答不上来。

她当时在想什么呢?

她在想,这会不会是她和江淮宁人生中最后一次合照。

以江淮宁的成绩,清大肯定稳了,沈黎的目标是北城大学,两个学校相隔不远,他们以后会在一起。江淮宁那么好,对朋友永远真诚善良,对待女朋友就更不用说了,一定温柔细心,比对别人好千倍万倍。

可惜那些与她无关。

她的理想大学是关州大学,就在本省,距离北城那么远。

也许以后和江淮宁的交集只存在于逢年过节的祝福短信里,一句"新年快乐"就能概括所有。也许她会在大学里遇到一个很好的男生,有不一样的际遇。也许经年之后,他们再见面,能平淡地互道一声"好久不见"。

也许……

未来的事,谁又能说得准?

陆竿敛了敛思绪,撒下一个小谎:没想什么,拍照那会儿太阳太晒了,脑袋有点发蒙。

等了几分钟,江淮宁没有再回,陆竿放下手机,躺下来睡觉。

今年的端午节是6月2日,距离高考太近,学校不放假,学生们留校复习。

高考倒计时早已到个位数了,有种尘埃落定的感觉。

6月4日晚上,学生就要全部离校。晼高作为高考其中一个考点,需要提前两天清理考场。

住校生挪到宿舍复习,有专门的老师负责照顾,有任何情况可以到楼下找老师。走读生则回家复习,由家长监管,饮食和身体各方面要格外注意,切忌生冷饮食。

白天一整天,各科老师都会强调一遍:考试不要紧张,带好准考证、身份证、2B铅笔等学习用品;服装尽量简单,别穿带金属的,探测器响了很麻烦;考试期间保证早睡早起,作息健康规律,别再熬夜了,到了这一刻,一切已成定局,以最好的状态上战场才是最要紧的。

离校这一晚,注定是躁动的、炽烈的、令人记忆深刻的。

陆竿大概永远不会忘记这一天。

最后一节晚自习是生物。

三十多岁的女老师站在讲台上,不打算再讲题,任由底下的学生收拾课桌上的书本卷子,装进书箱里,等待放学后搬走。

她推了推鼻梁上的眼镜,清清嗓子,开口说的不是煽情的话语,反而带着玩笑语气:"真没想到,最后一节课竟然是我的。不过我知道你们现在看不进去书,让我想想怎么度过这节课。"

她点着下巴思索几秒,突发奇想:"不如来唱歌吧,就当是举办一场临别晚会。"

全班同学兴奋地扯着嗓子尖叫。

"嘘!"生物老师立刻竖起食指抵在嘴唇上。

朝走廊外看了一眼,教室门敞开,班里嘈杂的声音传出去,她显得有些紧张:"不要大声喧哗,万一把值班主任招来就完蛋了!你们完蛋,我也得跟着完蛋。"

生物老师身材微胖,平时打扮得很时尚,今天穿了一条粉色的方领连衣裙，笑起来苹果肌饱满，看不出年龄。

同学们配合着捂嘴低笑，没人再大声吵闹。

老师关上教室前门，吩咐坐在后排的男生把后门也关上，教室变成一个封闭的空间，是所有三班学生的秘密基地。

"有谁愿意唱歌，自己上来。"老师轻轻鼓掌，声音柔和。

后排一个男生蹲起来，大步走上讲台，卷起一张卷子当话筒，唱了一首摇滚风的歌。没有乐器伴奏，也没有话筒，他仅靠歌声就把气氛带动起来。

大家都很激动，压抑着没有鼓掌欢呼，但脸颊的红晕和眼眸的晶亮，明明白白写着对上台表演的同学的捧场。

男生走下来，老师夸赞道："没看出来啊，唱歌这么好听，真是深藏不露。"

男生挠了挠头，回到座位坐下。班里的文艺委员上去了，张口就是清新甜美的情歌。

之后又有几个同学上台表演。一节自习过半，陆竿身边突然晃过一道身影，她定睛一看，是兴冲冲跑过去的沈欢。

沈欢不管在哪个班都是开心果，因为性格随和欢脱，人缘好得不行。他一站到台上，下面的同学就忘记了老师的叮嘱，纷纷欢呼鼓掌，给他捧场。

沈欢矜持地弯了弯嘴角，掌心向下压了压，示意大家噤声。

伴随着几道笑声，气氛渐渐安静下来。

沈欢胆大包天地公然拿出手机，点开音乐软件，播放了一首熟悉的伴奏，他举起手机到眼前，一边看歌词一边唱：

　　今天我寒夜里看雪飘过
　　怀着冷却了的心窝漂远方
　　风雨里追赶
　　雾里分不清影踪
　　天空海阔你与我

是 Beyond 的《海阔天空》，沈欢用蹩脚的粤语来唱，大概是此刻的氛围太美好，竟也不觉得他唱得难听，有种别样的情感在里面。

到耳熟能详的副歌部分，许多男生轻声跟唱，挥舞着手臂，教室堪比演唱会现场。

　　原谅我这一生不羁放纵爱自由

也会怕有一天会跌倒
背弃了理想谁人都可以
哪会怕有一天只你共我

到最后,全班都在跟唱这首歌,恨不能时间长一点,再长一点,他们还能这样无忧无虑地多相处一会儿。

时间的无情之处就在于,它流逝得悄无声息,且不可逆转。

一首歌到尾声,走廊外响起乒乒乓乓的声响,夹杂着逐渐扩大的说话声。

老师拉开门,往外看了一眼。没到打铃时间,但考虑到学生们回到宿舍还要收拾,有的班已经提前放学了,大家正在往外搬东西,走廊上脚步声不断,杂乱无章。

"晚会就到这里吧,我们也提前放学。"老师回到讲台,面朝班里的同学,笑着说,"该讲的注意事项,相信你们班主任白天已经讲过了,我就不赘述了。祝你们马到成功,金榜题名,我等你们的好消息。"

"谢谢老师!老师再见!"没有提前商量,全班异口同声地喊起来。

生物老师眼眶微热,对着他们挥了挥手,率先离开了教室。

陆笋的书本这两天陆陆续续搬回了江淮宁家,只剩下一摞,她装了一部分到书包里,手上抱着一部分,跟袁冬梅和赵晓晨一起往外走。

走廊上,惊呼声从这边延伸到另一边。

不知是哪个班先带头的,白花花的卷子被抛向空中,如雪花一般纷纷扬扬落下,地上很快铺了一层白。

空中是"哗啦啦"的书页摩挲声。

很快,一个接一个班级加入这场"人工降雪"狂欢,他们撕掉手里的书本、资料书,扬手高高抛起,乐此不疲。

有男生大喊大叫:"老子不要来年再战,老子要轻装上阵!冲啊!"

所谓轻装上阵,便是把这些"包袱"统统甩掉。

文理科两栋楼每一层中间用长廊连接起来,回声荡来荡去,响彻整个教学楼上空。

长这么大,陆笋第一次见到这种盛况,从她看见的那一刻起,嘴巴就没合上过,全程惊讶又兴奋。

如果不是年级主任冲出来拿着大喇叭训斥,估计这场"雪"要下很久很久。

年级主任严厉浑厚的声音一如往常:"哪个班的?不许再扔垃圾了!逮住了有你们好看的!"

一声比一声洪亮的叱责声，以往学生们听到要被吓破胆，但是现在，他们丝毫不畏惧。

哪个班的？哪个班都参与了！

大家一哄而散，沿着楼梯往下冲，边跑边跟疯了似的鬼叫。

"朋友们，高考后再见！"

"清北，我来啦！"

"再也不用写作业了！爽！"

"祝大家考的全会，蒙的全对！"

一声又一声，回荡在空旷的校园里，被风吹向四面八方，听着就热血澎湃。

陆筝站在走廊上，被跑来跑去的学生撞了几下，一点也不恼怒，跟喝醉了一样，身体轻飘飘，脸颊又热又红，大概是因为大脑神经太兴奋，她始终是笑着的。

"老江怎么还不出来？"沈欢的书包沉甸甸，压得他肩膀受不了，索性抱在身前。

话音刚落，江淮宁从教室里出来了，两手空空，浑身轻松。

沈欢愕然地眨眼："你的书呢，不会也撕了吧？"

江淮宁抱走陆筝怀里的一摞书，淡声回答："被学弟学妹们拿去了。"

"最后一节自习课是你们班在唱歌吗？"江淮宁把陆筝的书装进自己的书包里，他东西不多，书包有多余的空间。

陆筝从车棚里推出自行车："你们班听到了？"

江淮宁笑道："声音还挺大的，听着又不像是二班传出来的，只能是你们班了。"

沈黎看向沈欢："你们班还唱歌了？"

提起这个沈欢就有说不完的话，嘚瑟地扬眉："是啊，临别晚会，老师准许的。我还上台唱歌了，老江你听到的那首歌是不是《海阔天空》？我带动着唱起来的。"他说着，甩了甩并不存在的刘海，"这就是人格魅力！"

一盏一盏路灯掠过，明亮与昏暗的光线交替着从脸上晃过，江淮宁看着陆筝的侧脸，好奇地问："你有没有唱歌？"

陆筝愣了一下才反应过来他是在跟她讲话，一板一眼地回答："我唱歌不好听，会跑调。"

许是晚风醉人，又或许是今晚适合放纵，陆筝顺着他的话大胆提议："我都没听你唱过歌，啊，不对，之前玩游戏的时候，你唱过两句《江南》，你要不要唱一个？"

江淮宁讶异地挑起眉梢，这可不像是陆竽会提的要求，他似笑非笑道："现在吗？"

"唱一个！唱一个！"沈欢忍不住起哄。

江淮宁忽视了他，只看陆竽："你想听什么歌？"

"你真要唱啊。"陆竽还有点不敢自信，脑海里跳出最近听的几首歌，江淮宁可能没听过，索性把主动权交给他，"随便，你想唱什么都可以。"

江淮宁唱歌，千载难逢，她还有什么可挑剔的。

三双眼睛同时盯住江淮宁。

沈欢和陆竽饱含期待，沈黎则不然，她觉得江淮宁大概是随口一说，不会真的在大街上唱歌。

念头划过的下一秒，江淮宁清了清嗓子，润朗清澈的声线在耳畔响起，混合着风声和树叶沙沙声。

> 糖果罐里好多颜色
> 微笑却不甜了
> 你的某些快乐
> 在没有我的时刻
> 中古世纪的城市里
> 我想就走到这儿

沈黎眼里的惊讶慢慢消失，痴痴地望着江淮宁。这是她第一次听他唱歌，大脑似有电流窜过，带起一阵酥酥麻麻的感觉，好听到难以寻找一个准确的形容词来描述他的歌声。

可让她无法忽视的是，江淮宁唱歌的时候，视线似有若无地飘向旁边的陆竽，深邃的眼睛，缱绻的声线，像是诉说心意。

陆竽目视前方，一颗心在歌声里跌宕起伏，又奇异地归于平静，整个人好像被一只温暖的手托起来。她听到他唱：

> 明明就不习惯牵手
> 为何却主动把手勾
> 你的心事太多
> 我不会戳破
> 明明就他比较温柔
> 也许他能给你更多

不用抉择，我会自动变朋友

陆竽目光怔怔，最后那几句，她好像听出了一丝淡淡的悲伤，因为江淮宁的声音在那一刻变得低沉、微哑、缓慢，拖着调子。

她抿着唇转头，想要看清他的表情，夜风却不解风情，恰好吹来一阵，将陆竽披散在身后的头发扬起，糊了满脸，阻隔了她的视线。

陆竽腾出手撩开面上的发丝，勾到耳后，再看过去，江淮宁已经收回了视线，歌声戛然而止。

一首歌的时间那么短暂，陆竽怅然若失，好像弄丢了最在意的东西，胸口剜了一个洞，漏着风。

自行车经过一个广告灯牌，上面是珠宝广告，灯光打得很亮，刺目的炽白，一霎照亮江淮宁清晰立体的侧脸，以及他开扇般的眼尾。

江淮宁轻吸一口气，神情恢复如旧，扬起嘴角："随便唱的。"

晚上没有再复习，陆竽把带回来的书本重新整理一遍，拿出接下来两天要看的，剩下的装进纸箱里。

她抱着睡衣去卫生间洗澡，头发也洗了，吹干后躺到床上。

江淮宁的歌声在她脑海里一遍遍重放，她摸到枕边的手机，根据记住的几句歌词搜索歌名，很快就找出来了。

原来是江淮宁最喜欢的周杰伦的歌。

陆竽把这首歌下载到歌单里，插上耳机循环播放，闭上眼，脑海里浮现的也都是江淮宁，他骑着自行车，经过一盏盏路灯，忽明忽暗的脸庞。

2

放假在家的两天，江淮宁和陆竽在书房里各自占据书桌一角复习，偶尔凑在一起交流一下题目。

晓高新校区作为理科考场，他们两个很幸运地留在本校考试，不需要提前去看考场。文科生就不一样了，在老校区考试，考前一天下午，由学校安排的大巴车统一拉到老校区，熟悉考场分布。

一眨眼，六月七日到了，高考的第一天。

孙婧芳和夏竹一人一句叮嘱，无非是让他们放平心态，别太紧张，当作寻常考试，正常发挥就行。目送他们进了校门前的警戒线，渐行渐远，两位妈妈重新回到车里，边聊天边等待。

陆竽的考场就在高三教学楼里，轻车熟路地找到了。

江淮宁却不放心她，跟护送第一天上学的幼儿园小朋友一样，陪她过来。

教室还没开门,提前到场的考生们在走廊上等待。

"我到了。"陆笋转过身说,"你的考场在高一那边,快过去吧。"

江淮宁看着她,她今天穿的是夏季校服,白色翻领T恤,黑色运动裤,扎了清爽的高马尾,瓷白的脸蛋被热出一层薄薄红晕,眼睛大而有神,像盛装了一汪清澈的水。

纵使有千言万语,说出口的这一刻,只剩下一句:"加油,好好考,别紧张。"

陆笋目光坚定:"我会的。"

"没什么对我说的?"江淮宁笑着问。

"祝你拿到高考状元。"陆笋强调,"省状元。"

江淮宁抬手揉了揉她的脑袋,看着她的眼睛认真道:"本来觉得拿不拿状元无所谓,但你这么说了,我得试一试。"

趴在栏杆上的几个学生听到这种大话嗤之以鼻,想看看是哪位厚脸皮,在看到江淮宁后,眼里的嘲讽就变成了崇拜。

他们是别的学校过来的考生,没见过江淮宁本人,但是在论坛、贴吧上听闻过江淮宁的大名,也看过他的照片。

那过分出众的外表实在是令人见之难忘,更让人佩服的是他恐怖的成绩,高三以来,听说他每次考试的分数都在突破新高。不是突破别人的高分,是他自己跟自己比。

"江淮宁"三个字,被整个昽山县,乃至靳阳市的高中老师挂在嘴边。

今日得见,他本人居然比照片上还要帅气,没有滤镜修饰依然白得发光,黑发浓密,五官精致到没瑕疵。

让人不得不感叹一句,人与人真的不同,人家是大帅哥就算了,成绩还好到逆天。

考场开门了,监考老师站在门口核查身份,安排考生有序入场。

轮到陆笋,她闭上眼深吸气,再缓缓吐出去,暗示自己不要紧张,这学期考了那么多次试,为的就是这一刻。

她站在门口,监考老师手持探测器从她周身扫过,之后核验指纹,进到考场,按照座位号找到自己的座位。

陆笋坐在靠窗的座位,清风透窗而入,驱散了一些夏日的燥热。

她望向窗外,这个角度刚好能看到高一教学楼的一角。此时此刻,江淮宁应该跟她一样,坐在考场里。

他是那么从容淡定的人,这会儿一定浑身放松地转着笔,打发考前时间。

陆笋想到那个画面,轻轻地笑了,视线落回桌面,从文具袋里拿出一支中性笔,这是江淮宁昨晚给她的,说是能带给她好运。

就像他陪在她身边。

外面响起铃声,监考老师走上讲台,当着大家的面展示一遍密封的试卷,而后启开封条,抽出卷子,依次分发下去。

陆笋拿到卷子,从前到后大致翻看一遍,填完基础信息后开始答题。

时间一点一滴地流淌,监考老师提醒还有十五分钟交卷,陆笋已经完成了作文,翻到前面检查现代文阅读题,有道选择题她不是很确定。

铃声再次响起的时候,她恰好看完所有不确定的题,只修改了其中一道。

语文考试就这么平淡地结束了。

接下来的其他考试也是一样。

高考前一段时间,总是会想考完那一刻该是怎样的情景、怎样的心情,当这一刻真的来临,陆笋发现自己比预想中的平静。

兴奋有之,更多的是一身轻松,肩上扛了数年的担子,终于卸下来了。

他们终于考完了。

漫长又艰辛的高中三年,回首望去,如同坐上时空飞船穿梭而过,上一秒还是高一入学时的紧张期待,转瞬间,他们已经结束了高中生涯,画上了或圆满或遗憾的句号。

出了教学楼,陆笋在来往的人当中寻找江淮宁。

他从高一教学楼走过来,穿着纯白的T恤,没有任何装饰,只胸口的部位刺绣了一个银色logo,搭配浅灰色束脚运动裤、白色板鞋。陆笋想到在卢店乡的小超市里,第一次见他的场景。

陆笋没有急着跑过去,静静地欣赏了一会儿才放缓脚步走向他。

隔着层层人群,两人目光相接,忽然都笑了。

校门口热闹非凡,陆笋甚至看到有当地报社的记者随机抓取考生采访。

人潮拥挤,为了避免走散,江淮宁牵住陆笋的手腕,带着她拨开那些人,朝停车的地方走。

短短一段路,陆笋后背出了一层汗,等坐到开了空调的车里,她才觉得重新活过来了。

校门口来往车辆多起来,鸣笛声、喧哗声交织在一起,孙婧芳看着倒车镜,慢慢掉转车头:"你俩接下来什么安排?"

陆笋还没回答,手机先响了起来。

夏竹把陆笋的手机递过来:"刚才响了好几声。"

是班群里的消息,班长艾特了全体成员,通知大家晚上到逸香食府聚餐,也就是所谓的毕业散伙饭。

住在远处的学生今晚会在学校留宿,明天上午离开,再相聚就没那么容易了,所以聚餐的时间定在了今晚。

江淮宁的手机也响了,他拿出来看了一眼,说:"晚上班里有聚餐。"

陆竿赶紧说:"我们班也组织了聚餐。"

这群小孩辛苦奋斗三年,终于熬到解放了,想要放松庆祝很正常。两位母亲表示大力支持。

孙婧芳问:"地点在哪里,我先送你们过去。你俩不在家吃,我和你夏伯母也清闲了,出去下馆子。"

江淮宁转头问陆竿:"你们班在哪儿聚?"

"逸香食府。"

"我们班也在那里。"

"正好,省得我跑两个地方。"孙婧芳在前面路口转弯,开往逸香食府。

手机响个不停,陆竿刷新群里的消息,才知道沈欢家里开的逸香食府前几天打了广告,高考生到店聚餐一律打七折。今晚大概有十几个班在那里聚餐,听说包厢差不多订满了,大堂里还摆了好几桌。

三班订的包厢在四楼,405 号,奥赛班在同一层,中间隔了两个包厢。两人在电梯口分别,江淮宁抬手帮陆竿整理了下衣领,神态自然:"别喝酒,结束后我过去找你。"

陆竿进了包厢,里面摆了几张大圆桌,已经到了好些同学,三三两两坐在一起聊天。考完了,大家都很放松,聊的话题丰富多样。

袁冬梅朝陆竿招手,陆竿看见她,坐了过去。

等人都到齐了,班长叫来服务生上菜。

逸香食府的名声响彻整个晓山县,价格不低,若不是打折优惠,他们可不舍得来这里消费。

沈欢这个少东家发话了:"别的班来聚餐打七折,咱班来肯定得免费啊。别客气,敞开肚皮随便吃。"

男生们起哄,举起酒杯要给沈欢敬酒。女生们笑个不停,端起果汁跟着凑热闹。大家吃吃喝喝开玩笑,整个包厢被张扬恣意的笑声填满。

陆竿好久没这么心无挂碍地放纵,吃了很多菜,喝了很多饮料。

他们这一桌刚好聊到高考后的暑假要做点什么,三个月的时间,没有假期作业,不得玩疯了。

"先回去睡一个星期再说。"

"王明睿,你是猪啊,睡一个星期。"

"别说他了,我也想睡一个星期。说真的,整个高三没睡过一个安稳觉,梦里都在题海战。"

"哈哈哈，好真实，好心酸。"

陆笋听着大家聊天，嘴角上扬，眼里有光，一一扫过他们的脸，想要记住这难忘的相聚时光。

大家正说得兴高采烈，蓦地，视线陷入一片黢黑，伸手不见五指。胆子小的女生忍不住惊叫一声，握住身边同学的手臂。

"怎么回事？不会停电了吧？"班长的声音在黑暗中响起。

沈欢站起来，开了手机电筒照明："别着急，我去问问。"

他走出包厢没多久就回来了，说可能是所有包厢同时开放，用电过度导致电路哪里出了问题，去找电工修了，很快就好。

大家没有因为这个小插曲影响心情，反而觉得开着手电筒吃饭很有夜谈会的氛围，嘻嘻哈哈地玩起了游戏。

周围太吵，以至于陆笋的手机响了好久才被她听见。

是黄书涵打来的电话。

陆笋避开众人，起身走到一旁稍微安静点的地方接听。

黄书涵语气古怪，透着兴奋，又带着一丝神秘："鲈鱼鲈鱼，快到花园里来，有个东西给你看。"

陆笋一愣："现在？"

"就是现在。"黄书涵像是拼命压制着某种情绪，"你们班不也在逸香食府聚餐吗？你从楼梯下来，要是害怕我就去接你。"

"我自己过去。"陆笋跟她确认一遍，"花园里？"

"嗯，你快下来，等你。"

陆笋装了一脑袋的疑惑，折回去跟袁冬梅说一声："我同学找我，我先过去一趟，很快回来。"

电梯无法正常使用，陆笋走安全通道。好在只有四层楼，于她而言轻轻松松。

天色已擦黑，月亮钻出了云层，悬挂在天际，清浅的月辉铺了一地。

陆笋来到花园，中心有个喷泉池，没有打开，池里一汪清澈明净的水倒映着天边的月亮。远处近处的草坪上点缀着一闪一闪的星星灯，铺满了整片，仿佛夜幕上的星星坠落下来，闪烁不停。

夜风送来淡淡的花香，依稀是玫瑰花的味道。

陆笋在原地转了一圈，不见黄书涵，却见顾承缓缓朝她走来。

顾承一只手背在身后，一步一步，紧张又坚定地走向喷泉池边的女孩。

陆笋的发丝被风吹乱，到了这一刻，她还没意识到发生了什么，茫然地望着缓缓走近的人:"怎么只有你,书涵呢?"

夏季燥热的风吹拂在脸上,她衣着简洁朴素,如天边皎洁的月,那么清纯美好,让人想藏在怀里,不给别人看到。

顾承在她跟前站定,玫瑰花的味道更浓郁了,他轻笑道:"是我让她骗你出来的。"

他望着满园的星星灯串,得感谢突如其来的停电事故,让这些星星灯在漆黑的环境里更加璀璨。

陆竿眼睛睁大了一点:"啊?"

"陆竿,我接下来跟你说的话,你听好了。"顾承俊逸的面容在幽微光线里立体分明,瞳仁漆黑,深沉而郑重。

他第一次露出这般严肃的表情,陆竿被镇住,深深地望住他,想要探究些什么。

顾承声线磁性,那些话埋藏在心里很多年了,一直想找个机会说给她听。奈何他的女孩有更重要的梦想要追逐,所以他忍耐着、煎熬着,终于等来这一天。

"不知道从什么时候开始,我就喜欢你了。"他低头笑了一下,嘴角挑起,是真实流露出来的开心,"特别庆幸能跟你从小一起长大,见识过你成长路上所有的欢乐和悲伤,也参与了你大部分的生活,未来,我想换一种方式陪在你身边。你愿意吗?"

他背在身后的那只手拿到前面来,是一束玫瑰花,用精致的白色轻纱和珠光纸包裹,每一片花瓣都鲜嫩柔软。

不是俗气的大红,是由粉色到白色的渐变,清新淡雅,很适合陆竿。

陆竿犹如被掐住脖子,呼吸室了室,太过震惊和难以置信,脸上反倒没有表情。

这时候,藏在暗处的黄书涵、周鑫、邓洋杰、李德凯走了出来,兴味盎然地期待着接下来的一幕。

不止他们,不知哪个班的学生嚷嚷了一声:"花园里有人在告白!"

因为停电跑出包厢的一群学生跑到花园围观,远远瞧见草坪上的星星灯和相对而立的一对男女,全都沸腾了。

顾承无暇顾及他人,一心等待陆竿的回答。

过了许久,陆竿提起嘴角,露出一个不太自然的微笑:"你在玩真心话大冒险?"

顾承摇了摇头,故作忧伤地耷拉下眼皮:"人生中第一次正儿八经的表白,居然被人当成真心话大冒险,你可真会伤人心。"

陆筝脸色变了，喃喃道："你说真的？"

"不能更真了。"顾承捧着玫瑰花的手不自觉攥紧，眼睛盯着她，"用不用我把心掏出来给你看？"

"可是……可是……"陆筝思绪混乱，没组织好语言，话说出口显得有些苍白，"我们是好朋友啊。"

"谁也没规定，一开始是好朋友，就要一辈子当好朋友。"挑明心意以后，顾承说的每一句话都很直白，不留一丝猜测的余地，"我现在不想跟你当朋友了，我喜欢你，我想当你男朋友。陆筝，我是认真的，没有跟你开玩笑。你是了解我的，任何事都可以玩笑，唯独这一件，我不可能戏弄你。"

陆筝深深吸气，有种被逼到悬崖边的错觉，脑中蹦出的第一个想法是逃离。

"我……"她想拒绝，话刚说出口，却见周围有很多人围观，认识的不认识的，她尴尬极了。

"陆筝，答应承哥吧！"

"我们承哥洁身自好，苦守多年，你忍心拒绝吗？"

迟迟等不到陆筝的回答，那群发小开始起哄。除了黄书涵，其余几个男生都用手拢在嘴巴旁做喇叭状，呼喊着给顾承助威，试图帮他说动陆筝。

顾承转头，牵起唇角冲他们漫不经心地笑了一下，很快转回目光，定定地看着陆筝。

在这群发小眼里，没有人比顾承更适合陆筝，他们从小一起长大，顾承对她的袒护有目共睹，说是百依百顺也不为过。

他们都乐见其成。

陆筝越发为难，皱起了眉毛，不想当众让顾承下不来台，那样会很难堪。他们毕竟有着十多年的交情，她不想破坏。

江淮宁所在的包厢门敞开，走廊上热闹的讨论声传进来，说是九班的"扛把子"在给重点班的学霸表白。

江淮宁想到什么，心蓦地一紧。

等他反应过来，已经跟随人群下楼。只一眼，他就认出了那是顾承和陆筝。顾承手捧鲜花，离得太远，脸上的表情看不清。而陆筝背对着他，江淮宁更看不见她是什么反应。

看热闹的人越来越多，陆筝内心焦灼，张了张口，嗓音很低："顾承，你听我说，我对你……"

顾承心头忽然涌上恐慌，上前一步抱住她，一再收拢手臂，生怕她跑掉。他的脸埋在她发间，沉哑的声音里是卑微的乞求："别拒绝我好吗？"

015

围观的群众哪知实情,一看到故事里的男女主角紧紧相拥就以为告白成功了,激动地鼓起掌祝贺。

"那个女生好像是三班的陆竿吧?"

"对,是她!原来她和江校草真的是绯闻啊,人家有青梅竹马。"

"我觉得顾承的颜值也不输江淮宁,我就喜欢他这种类型的,又冷酷又霸道,却对喜欢的女孩子很温柔,妥妥一个安全感爆棚的拽哥。"

"你喜欢他这种类型的也没用,人家现在有主了。"

"哈哈,我就随口说说。"

一言一语,无孔不入,全部飘进江淮宁的耳中。

四周一片漆黑,只有远处的星星灯闪烁,照亮故事里的男女主角,没人注意到那个耀眼的少年黯然离场。

安全通道里是更浓郁的黑暗,江淮宁脚踩着楼梯上去,每一步都能响起回声。

他上到四楼,从通道厚重的铁门后面出来,恰好碰见准备下楼的沈黎。

沈黎鼻尖渗出细密的汗珠,微微喘着气:"我上来找你,他们说你不在包厢,我准备下楼去……"

她手里握着手机,灯光晃过江淮宁的脸,要说的话突然忘了。

沈黎看得很清楚,他那双永远神采飞扬的眼眸,此刻被一片猩红替代,像一只受伤的困兽,挣脱不开牢笼。

"江淮宁,你怎么了?"

沈黎知道自己在明知故问,她已经从同班同学那里听说了,花园里顾承在向陆竿表白。

陆竿有没有接受顾承,她不清楚,她之所以急着前来寻找江淮宁,是想要阻止他前去,没想到意外撞见他狼狈的样子。

沈黎试探着伸出一只手,想握住江淮宁垂在身侧的手,给予他安慰。可是,她还没触碰到他,他就冷漠地侧身,从她身边擦肩而过,当她不存在。

江淮宁浑身低气压,没有心情跟人讲话,哪怕是多年好友,他也没精力应付。

沈黎怔怔地望着自己落空的手,颓然垂下。她回头看着他渐行渐远的背影,闭上眼,眼泪夺眶而出。

他为什么不肯多看她一眼……

3

等到围观的人统统散去,陆竿把顾承拉到无人的角落。

"对不起。"

她开口就是道歉，顾承还有什么不明白的，她拒绝了他。

哪怕他乞求她不要拒绝，她还是拒绝了。

答案只有一个，她不喜欢他。

顾承苦笑，没有质问为什么，只很平静地告诉她："我喜欢你就是喜欢了，不可能停止的，陆竽，我可以追你，你现在不答应没关系，总有一天我会让你心甘情愿。"

"顾承。"陆竽今天晚上受到的惊吓不小，嗓音都有些哑了，"我只想和你做好朋友，我们不要……把关系弄得复杂好不好？"

顾承薄薄的眼皮覆下，遮住眼底的情绪，表情却无法遮掩，是受伤难过："这是连追都不让追的意思？"

"顾承。"陆竽就只是叫他的名字，没说别的，但她眼里的意思很明显。

顾承懂了，她是想说别让她为难。

两人之间沉默了很久，大概有三分钟，或许是五分钟，最后还是陆竽先开口，她一字一顿："你和书涵、周鑫他们都是我最重要的朋友，我不想伤害你，但我对你真的没有……"

"行，我知道了。"

顾承喉结滚动，阻止她说出剩下的话，他不想听到从她嘴里说出"我对你真的没有一丝男女之情"这种话。

那比直接拒绝他还让他难以接受。

"顾承，你值得一个很好的女生，全心全意对你的女生。"陆竽轻轻笑了，试图让气氛不那么尴尬，"真的，你很好。"

她用温和轻柔的语气，说出了真实残酷的话。

顾承望住她，漆黑的眼眸像被晶莹水光浸润过。他想说，在我心里，没有比你更好的女生了，别人是不是全心全意我不在乎，我只想你全心全意对我。

可惜这些话，在她明确地拒绝他后，没办法再说了。

他不想死皮赖脸，把一段关系彻底闹僵。

四周无人，蚊子"嗡嗡"叫，陆竽手臂被叮了几个包，钻心地痒，她搓了搓被蚊虫叮咬的皮肤："我们回去吧。"

她心情有些沉重，因为她也不确定，今晚过后，他们会不会维持住以往的关系。

顾承递上捧了很久的玫瑰花："表白都被拒绝了，这束花就别拒绝了吧，就当是祝你毕业快乐。"

陆竿没有犹豫，伸手抱了过来，下巴擦过柔嫩的花瓣，一点清香沾染上她的皮肤。

"谢谢。"她笑着说，"很漂亮。"

两人一前一后从暗处走出来。

整栋饭店昏暗得像个钢铁模型，还没来电，狂欢仍在继续。

402包厢里，奥赛班一众学霸压抑已久，解脱以后，彻底变成群魔乱舞，玩桌游的、唱歌的、猜拳喝酒的，全都扯着嗓子喊叫，在晃来晃去的手机灯光里，跟疯子没区别。

江淮宁独自坐在角落，一张脸完完全全藏匿在黑暗里，修长白皙的手指拎起瓶酒，将酒水一口一口地灌进肚里，跟喝白开水一样面不改色。

李元超找到他，惊讶地挑高眉毛："你怎么喝上酒了？"

"我去，空了。"李元超晃了晃瓶子，只剩个底了。

江淮宁嫌他聒噪，撑着桌沿起身，跌跌撞撞出了包厢，想去走廊尽头的洗手间洗把脸。

没走几步，模模糊糊的视线里出现陆竿的身影，她怀里抱着一捧粉白的玫瑰花，人比花娇。

江淮宁甩了甩头，想知道是喝醉酒的幻觉，还是真实的。

陆竿抬眸看见是他，愣了下："江淮宁？"

江淮宁犹如隔雾看花，眼前的一切好似有重影，他也分不清是现实还是虚幻，跟跄一步走过去。

他一靠近，陆竿就闻到了浓浓的酒精味，轻蹙眉心："你喝酒了？"

江淮宁倾身，用力抱住了她，两人中间隔着碍事的玫瑰花，被他拽出来掼到地上。他薄薄的唇压在她耳郭，带来滚烫的温度。

陆竿浑身僵硬，整个人好像烧着了。

黑黢黢的走廊里，这会儿刚好没人，她的眼睛瞪到最大，手脚不知往哪里放："江、江淮宁……"

"陆竿。"江淮宁颤抖着唤她的名字。

陆竿大脑眩晕，是缺氧的感觉："嗯？"

江淮宁嘴唇动了动，咕哝了一句什么，陆竿心跳过快，压根没有听清，耳尖在发烫，她强忍着那股异样的感觉："你说什么？"

就在这时，李元超从包厢里追出来，他担心江淮宁喝多了，再加上停电看不见路，出什么意外。

陆竿看见李元超，推开了江淮宁，改为用手扶住他："李元超。"

李元超循声举起手机电筒照着两人，快步走来，扶住江淮宁另一边：

"哥们儿，你还好吗？"

江淮宁清醒道："我没醉。"

陆笋也不清楚他到底是喝醉了，还是真没醉，听说一般喝醉酒的人都爱说自己没醉。她捡起掉在地上的玫瑰花，看着两人进了包厢。

下一秒，走廊亮起灯光，伴随着各个包厢里传出的欢呼声。

陆笋不适地眯了眯眼，看着空荡荡的走廊，仿佛做了一个短暂的梦，梦里有她渴盼已久的拥抱。

梦醒了，什么都见不到。

回到405包厢，坐了没一会儿，聚会就要结束了。

大家互相说着告别的话，心里都清楚，今晚一别，再见面或许是经年之后，有些人可能这辈子再也见不到了。这绝不夸张，大家日后奔赴不同的城市读大学，有的毕业后留在外地工作、定居，再结婚生子，哪还有机会碰面。

陆笋的手机响了，是黄书涵打来的电话。接通后，听到那边的人含糊道："陆笋啊，我头好晕，你走了吗？"

陆笋问黄书涵在哪儿，黄书涵说了个包厢号。

"我过去找你。"

黄书涵趴在桌上，脑袋枕着手臂，旁边一个碰倒的酒杯，酒液沿着桌边往下淌。陆笋扶正了杯子，轻拍黄书涵的肩膀："你睡着了吗？"

黄书涵仰起头，眼睛眯成一条缝，好歹还能认清人："陆笋，你来啦。"

她一把抱住陆笋的腰，脸埋在陆笋身上，吐字模糊："黑灯瞎火的，我口渴拿错杯子了，喝了大半杯酒才反应过来。这什么破酒，后劲好大，我现在脑袋晕晕的。"

陆笋摸着她的额头："你怎么回学校？有同伴吗？"

黄书涵摇摇头："顾承他们去网吧通宵，我室友有的回去了，有的在亲戚家住，除了我没别人了。你陪我住宿舍好不好？我们好久没有一起睡觉了。"

陆笋很难拒绝她的央求，况且，她喝多了，脑子不清醒，确实不太放心她晚上一个人住宿舍。

"好。我们现在走吧。"陆笋拉起她，"你能走吗？"

黄书涵借力站起来，东倒西歪，打了个嗝："能……能走。"

陆笋在饭店门口拦了一辆出租车，扶着黄书涵坐进去，说："师傅，到眈高。"

司机拍下亮着灯的空车牌，扭头问："去老校区还是新校区？"

019

"新校区，走东侧门那条路。"

相比学校的正门，东侧门离宿舍楼更近。

车子开出去后，陆竽掏出手机，打电话给她妈妈报备情况，然后给江淮宁发了条短信，跟他说，不用等她一起回家。

晚上路况好，一路畅通无阻，出租车停在学校的东侧门。

黄书涵歪靠在椅背上呼呼大睡，陆竽付了钱，叫了半天才把昏睡的人叫醒下车。

悲催的是东侧门锁上了，陆竽看了眼时间，已经过了十一点。

天上一轮明月，照着不锈钢的栅栏门，泛着银亮的光。

再绕到正门去不知要多久，陆竽豁出去了，拍打着门，试图叫醒值班室的门卫。

一位穿黑色T恤的男人走着不正常的蛇形步伐撞过来。

陆竽闻到一阵刺鼻的酒气，想要避开已经晚了，那人撞到她的肩上，吓得她尖叫一声，把蹲在路边昏昏欲睡的黄书涵吓了一跳。

黄书涵"噌"地站起来，身体晃了晃。

那个醉醺醺的男人脑子清醒了一些，没做什么，低声道了句歉就走了。他戴着一顶黑色鸭舌帽，帽檐压得低，几乎看不到脸，有点吓人。

陆竽抚着胸口，惊魂不定地喘气。

黄书涵酒劲儿散了一半，抱住陆竽的胳膊轻抚："你没事吧？"

陆竽摇了摇头。

黄书涵闻到一阵烧烤的香气，视线在四周寻找。学校东侧门一条街的小吃店非常多，在夏季的晚上会营业到后半夜。

烧烤味正是不远处一家路边摊散发出来的。

黄书涵摸了摸肚子，苦巴巴地看着陆竽，跟个小可怜似的："你肚子饿吗？我肚子好饿，我想去吃烤串。"

陆竽叹口气："你还是先想想咱俩今晚睡哪儿吧。"

黄书涵拽住她往烧烤摊的方向走："等会儿再过来敲门。我嗓门大，我一定能把值班室的门卫大叔喊起来给咱俩开门。"

陆竽不确定地问："你现在是酒醒了吗？"

"唔，头还有点晕。"黄书涵摇头晃脑，"身体轻飘飘的，使不上力气，不过你放心，我没到不省人事的程度。"

晚上十一点多了，烧烤摊前还很热闹，男男女女三五成群坐在摊位上吃烧烤聊天，空气里是孜然和辣椒的香味。头顶拉起长长的电线，纵横交错，挂着一颗一颗白色灯泡，小飞虫绕着灯转来转去。

两人找到空位坐下来，穿围裙的服务生拿来菜单。

黄书涵眯着眼看着上面的小字，抬头问陆筝："你要吃点什么？"

陆筝摇头，喝了点桌上免费提供的凉白开水："我不吃，你想吃什么自己点。"

"我要二十串羊肉，十串掌中宝，两串羊脆骨，两串鸡爪，一串鸡翅……"

陆筝喝进嘴里的水差点喷出来，出声阻止："点这么多你吃得完吗？"

黄书涵打了个嗝，这回不是酒嗝，是饿出来的："我和周鑫他们为了帮顾承在花园草坪上布置那些灯串，一口饭都没吃。"

"那你点吧。"陆筝不再干预她，放任她点了一堆烤串。

烧烤架前的老板熟练地翻着上面的串，撒上各种调料粉。

黄书涵托腮看着陆筝，她还抱着那束花，不过被踩躏得不太美观了。

"你和顾承现在是……男女朋友了？我还真有点不适应，虽说之前就看出他对你好得不同寻常，但是吧，他突然要表白，我们都被吓一跳。"

陆筝抿了一口水，掀起眼皮，眼里情绪淡淡的："我没答应他。"

"什么？"

"我没答应他。"陆筝重复。

黄书涵跟其他人一样，远远看到顾承抱住了陆筝，潜意识里以为顾承告白成功，他们在一起了。

"为什么？"黄书涵不可置信地眨了眨眼。

陆筝两手捧住水杯，说实话："我对顾承和对你们几个一样，是好朋友之间的感情，我又不喜欢他。"

黄书涵喝了酒脑子反应慢，挠了挠头："可是顾承很好啊。"她掰着手指头细数，"脾气吧，有时候是粗暴了一点，但在大是大非面前他还是很有分寸的。一直以来对你体贴温柔，照顾有加。那张脸虽然从小看到大有点看腻了，但确实是帅的，这一点大家公认，毋庸置疑。还有啊……"

服务生端来一个大铁盘放在两人中间，打断了黄书涵的话。

她拿起一串羊肉吃起来，继续喋喋不休："还有最重要的一点，咱们是一起长大的，他了解你的性格为人，你也了解他，不需要再互相磨合，多合适，简直是良缘绝配。"

陆筝被呛到了，咳嗽一声："你这语气，怎么跟媒婆似的。"

黄书涵从铁盘里拿起一串羊肉递给她："陪我再吃点，点得好像有点多，吃不完。"

陆筝无奈，从善如流地接过羊肉。

黄书涵接着聊刚才的话题："过往那么多年，你就对顾承没有一丝丝的心动？"她不死心地一再确认，"一丁点都没有吗？"

陆筝斩钉截铁："没有。"

黄书涵似乎是有点惋惜，又夹杂着一点说不上来的情绪："就算不喜欢他，答应他也没关系啊，感情是可以慢慢培养的。你有没有听说过一句话，宁愿跟喜欢自己的人在一起，也不要跟自己喜欢的人在一起。"

陆筝沉默片刻，说："两情相悦不是更好吗？"

黄书涵语塞："两情相悦固然好，但你目前不是还没有……"语气微微一顿，她突然想起了什么，"你现在跟我说句实话，你真的不喜欢江淮宁吗？"

陆筝不知道喝多了的人会不会都这样，话特别多，且话题的跨度很大，让人措手不及。

她们分明在聊顾承，不知怎的又跳到了江淮宁。

顶着黄书涵执着的眼神，陆筝低头，咬掉木签上最后一块肉，轻轻地"嗯"一声，不确定对面的人有没有听见。

黄书涵愣了足足半分钟，猛地拍了下桌子，险些拍翻面前这张简易的折叠小桌，引得隔壁桌的一群男生看过来。

黄书涵不顾他人投来的眼神，只看着陆筝，眼睛里全是兴味："那你还等什么，赶紧表白啊！说真的，我觉得他对你有意思。"

陆筝漫不经心地笑了下，笑容带着苦涩。她拿起铁盘里一串藕片，"咔嚓"咬了一口，摇了摇头。

黄书涵晃了晃手里的竹签子："你怂什么？"

"不是怂。"陆筝神情落寞，看了一眼辽远广阔的夜幕，嗓音轻缓得仿佛一阵风就吹散了，"我又不傻，当然能感觉出来他对我很好。可你知道吗？每当我认为他也喜欢我时，就有一只手把我拽回现实，告诉我一切都是我的错觉。"

黄书涵没听懂，眼神有些空茫："什么意思？"

陆筝重新看向她，笑了笑："他和沈黎有约定，要一起考北城的大学。这种约定还需要我跟你解释吗？"

不需要解释。当一个男生跟一个女生约定报考同一所学校，或是同一个城市的学校，意思是想将来跟她在一起。

黄书涵不知道该怎么安慰陆筝，默默地吃着烤串。结账的时候，她发现没带够钱，扭头问陆筝借："你有五块钱吗？"

陆筝站在台阶下，摸裤子口袋里的手机。

她没带书包，又怕钱装口袋里弄丢，便放在了手机壳里，但摸完裤子两个口袋都没找到手机。

陆竽一下慌了神，愣愣地看着黄书涵："我的手机不见了。"

"啊？"黄书涵走下台阶，"会不会落在出租车上了？"

"不会的，我付车钱的时候还在。"

"现在怎么办？"

陆竽徒劳地把口袋里衬翻过来，确实没有手机，脑海里蓦然浮现之前的一幕，那个喝醉酒的男人撞了她一下，像是带着某种目的性。路那么宽，他却直直地撞向她。

"我的手机……可能被偷了。"

她在电视里看过类似的行窃手段，故意撞别人一下，口袋里的东西就被顺走了，没想到自己有一天会遇到。

江淮宁躺在床上，窗帘没拉，外面的月光倾泻进来。

不断翻涌的酒劲折磨得他难以入眠，脑海中浮现顾承和陆竽在花园里相拥的画面，以及在走廊上，他趁醉抱住陆竽时，她僵硬到极致的身体。

她已经是顾承的女朋友了，他应该放下。

顾承那人，别的不论，对陆竽的好是清晰可见的，她做顾承的女朋友一定会开心幸福。

他们会在一个城市上大学吧？然后结婚、生子，没有遗憾地过完一生。而他，只是陆竽青春时期的一个过客。

她曾承诺过，他们永远会是最好的朋友。

顾承那么霸道的一个人，知晓他对陆竽的心意，或许不会允许她和他私交过密。"永远是最好的朋友"这句承诺，终究是用来安慰他的空话而已。

江淮宁翻身侧躺，脑袋枕着臂弯，颀长的身躯蜷缩着，弯成一张弓，五脏六腑被酒精侵蚀得难受，想吐却吐不出来。

他不甘心。

江淮宁深深呼吸，摸到床头柜上的手机。黑暗中亮起的屏幕有些刺目，他被刺得眯起眼，找到陆竽的号码拨过去，想要将一腔话说给她听。

然而，铃声响了一遍又一遍，她始终没有接听。

江淮宁像是在跟自己较劲，非要她接听不可，不间歇地拨打过去。

直到他打到第十六通电话，对面的"嘟"声提示，变成了冰冷机械的女声："对不起，您拨打的用户已关机，请稍后再拨。"

江淮宁终于相信，是她不想接他的电话，关机了。

他忍不住想，陆竽此刻在做什么？是不是在和顾承约会，庆祝毕业，通宵狂欢……可惜他不会知道了。

次日早晨,被熟悉的起床铃声吵醒,黄书涵皱着眉,满脸不高兴地咕哝一声:"吵死了。学校有病,放假还打起床铃。"

陆竿推了推她:"我得先回去了,我妈还在江淮宁家里等着我,上午要将东西搬走。"

高考已经结束,她不可能再住在江家。

黄书涵眼睛撑开一条缝:"哦,你走吧。"

陆竿下床后简单洗漱了一下,离开了宿舍。没钱坐公交车,她干脆跑着回去,幸好景和苑离学校近。

她到江家时,孙婧芳和夏竹都在,唯独不见江淮宁。

陆竿问起他,孙婧芳一言难尽道:"昨晚喝多了,醉得不省人事,被沈欢和他一个同学送回来的。"

"他喝醉了吗?"

"可不,满嘴胡话,我给他灌了一碗醒酒汤,这会儿还没醒。"

陆竿望着江淮宁的房门,抿了下唇,所以他昨晚是因为喝醉了才会抱她。

东西昨天全部打包好了,夏天的衣服薄,不占地方,一个行李箱就能装完。剩下的都是陆竿的书本,装了满满两大箱,跟砖头一样沉。

孙婧芳提出开车送她们,夏竹没好意思麻烦她:"我包了一辆车,马上就到,你就歇着吧。"

孙婧芳只好作罢。

等了半个小时,夏竹的手机响了,是司机到了,上楼来帮她们搬行李。东西不多,分两趟搬完。

母女俩跟孙婧芳告别后,走进电梯。

孙婧芳回身进屋,路过江淮宁的房间,担心他胃不舒服,推开了房门,想叫他起来喝点粥再睡,却见他清醒地坐在床沿,赤着脚踩在地板上。

"你起来了啊。"孙婧芳说,"刚刚怎么不出来送送竿竿,她刚走。"

江淮宁静默不语。她连他的电话都不愿意接,他也不知道还能跟她说些什么。

在家度过无聊的一周,黄书涵骑自行车来找陆竿玩。

"你还没买手机啊,联系起来太不方便了。"黄书涵载着陆竿出门兜风,"想找你只能来你家。"

陆竿坐在自行车后座,抓住她腰部的衣服,仰起脸,吹在脸上的风炽热黏腻,头顶树梢上蝉鸣声不止,卖西瓜的小贩开着三轮车,喇叭里吆喝着"西瓜便宜卖,不甜不要钱",一切都是夏天独有的味道。

"暑期来临,度假山庄生意火爆,我爸忙得抽不开身。"陆笋说,"最近我妈厂里接了个大品牌的单子,在赶工,她没时间带我去买。"

说起度假山庄,黄书涵笑盈盈道:"听说山庄内部建得超级漂亮,各种仿古建筑简直跟拍古装电影似的,你这个小老板什么时候带我去见识一下?"

陆国铭确实是度假山庄的老板之一,得庆幸他当初力排众难坚持自己的选择,跟着江学文创业。如今开业没多久,他投进去的那些钱已经收回不少。前几天,陆笋听到他在和妈妈商量争取今年年底在市里买一套房。

"以后再说吧,现在浮生居的预订爆满,就算是我去也没空房间。"陆笋说。

度假山庄的名字就叫"浮生居",取自"偷得浮生半日闲"。

黄书涵载着陆笋去自己家,顺路叫上董秋婉,三个女生关在房间里,吹着电风扇,边吃雪糕边补剧。

她们追了新版的《笑傲江湖》,又看了之前很火爆但因为高三复习没时间看的韩剧,时而笑得前仰后合,时而哭得稀里哗啦。

高考,好像一下子离她们远去了。

陆笋时常会在某个时刻突然想起江淮宁,在想他是不是已经和沈黎在一起了,他们会去毕业旅行吗?

江淮宁他……会不会偶尔也想一下她这个好朋友。

夏竹忙完一阵子,抽空帮陆笋买了一部新手机。现在的手机型号多样,可供选择的牌子也很多,她挑来挑去买了个超大屏。

夏竹说:"我问过营业厅的工作人员,现在办手机卡都要拿身份证实名认证,你原先用的那个号码找不回来了。"

"啊?"岂不是意味着和很多同学都失去联系了?陆笋想到这一点,耷拉着脸。

失落了大半天,她先下载了QQ,想看看有没有错过什么消息。

"书涵,我QQ登不上去,试了几次都不行。"陆笋在黄书涵家蹭网,让她帮忙看一下是怎么回事。

"怎么会呢,你没输错吧?"黄书涵拿过她的手机,"你再念一遍账号密码,我帮你试试。"

黄书涵按照她念的数字,一个一个输入进去,还是登不上去。

"有密保问题吗?可以试着找回密码。"

陆笋摇头:"这个QQ号是顾承帮我申请的,他应该没弄这些。"

黄书涵从床上摸到自己的手机,给顾承发消息。

那家伙考完试就去北城看妹妹了,一直没回来,QQ空间也没更新过,像是销声匿迹了一般。但黄书涵觉得,他可能是因为表白失败了掉面子,不好意思再见他们这些小伙伴,尤其是面对陆笋。

好在这次顾承很快回了:她QQ号应该是被盗了,我昨晚看到她在QQ上找我借钱,感觉不太对劲。

黄书涵转述他的话:"顾承说你的号被盗了,有人用你的QQ找他借钱。"

陆笋猛捶了下桌面,咬牙切齿骂道:"该死的小偷!诅咒他以后吃泡面永远没有调料包!"

黄书涵仰头笑起来:"重新申请一个QQ号吧。"

"只能这样了。"陆笋丧丧地垂下头。自从高考完,她就诸事不顺,不知道是不是所有的运气都用到考试上了,希望能考一个理想的分数。

第二章 /
江淮宁到底经历了什么

1

江淮宁午睡刚醒,就接到了清大招生办的电话。

"你好,请问是江淮宁同学吗?我是清大招生办的老师,我们想跟你聊聊高考志愿填报方面的一些信息……"

这个电话打了有半小时之久,最后招生办的老师传递出一个信息,只要他肯报清大,专业任他选择,最好现在就能签协议。

江淮宁早有计划,着重向她咨询了清大计算机系。

对方得知江淮宁有意向报清大,自然是知无不言言无不尽。另外附加一条,只要他愿意,校方随时可以安排机票酒店,诚心邀请他来学校实地参观游玩,想周边游也可以。

江淮宁刚挂掉,又一通电话打进来,对方跟他说:"我叫易佳辰,是眆高上一届的毕业生,算是你的学长。我现在在北城大学就读,江淮宁学弟,你有没有兴趣了解一下北城大学?你家住在景和苑小区对吧,我姨妈就住在那里,要不我们见面再聊?对了,除了我,还有几个北城大学的校友,我们会给你提供全方位的服务……"

他们是北城大学招生办的老师派来游说他的学长学姐。

江淮宁到客厅倒水喝,又陆陆续续接到几通电话,均是国内排行前几的高校打来的,有的甚至说只要他肯来,四年奖学金名额先给他定了。

孙婧芳在一旁听到几句,不解道:"分数不是还没出来吗?"

网上说要到二十五号零点才能查分。

江淮宁坐下,手搭在沙发扶手上,情绪淡淡的,带着刚起床的倦意:"我的分提前出来了。"

他已经从清大招生办老师那里得知了自己的高考分数。

027

孙婧芳来了精神，瞪大眼睛问他："多少？"

江淮宁平静地说："729分。"

孙婧芳猛吸一大口气，太过激动，连说话声音都是颤抖的："这个……这个分数是全省第一吗？"

江淮宁摇头。

"这么高还不是第一啊？"孙婧芳不敢相信第一名得有多厉害。

"是不是第一我不清楚。"江淮宁说，"我没问，人家也没告诉我。"

孙婧芳哑然失语，拍了他一巴掌："就知道捉弄你妈。"她欣慰地抚了抚胸口，笑得见牙不见眼，"这下好了，你考上了理想的大学，一切圆满了。"

江淮宁依旧没什么表情，后背靠着沙发，手机在他指尖翻转："嗯。"

"你怎么还不高兴了？"

孙婧芳看着他的脸，冷冷淡淡的。自从高考完他就这副表情，每天也不出门，沈欢几次前来叫他出去打球都被他拒绝了，他把自己闷在房间里发呆、看书。

江淮宁弯了下唇，答得有些敷衍："没有不高兴。"

二十四号，顾承从北城回来了，给朋友们带了礼物。

黄书涵给陆竿发消息，下午去顾承家拿礼物，晚上一起吃顿饭，正好他家有电脑，查分方便。

陆竿心里纠结，自从高考那晚一别，她就没再见过顾承，不知道该用什么态度跟他相处。

黄书涵劝她看开点："不是多大的事，大家十几年的交情，总不会因为这个就老死不相往来。再说了，要纠结也是顾承纠结，不该你纠结。"

陆竿最终被黄书涵劝服。

下午三点多，陆竿捏住自行车的手刹，停在顾承家门口，黄书涵紧跟其后，跳下了车。

门口一棵大杨树，几十年的树龄，树干粗壮，枝繁叶茂，遮下一片绿荫，底下安置了一套竹编桌椅。

顾承的奶奶梁碧玉在树下纳凉，手里持着一柄蒲扇，靠在躺椅上慢慢晃悠着，脑袋偏向一边打瞌睡。

顾承安静地坐在她身侧，低垂着头，头发有点长，遮住了眼睛。他在给奶奶剥花生，花生仁装进小碟子里，推过去给她吃。他穿着宽松的黑色T恤，不修边幅，短袖被撸到肩膀，当背心穿。

"顾承！"黄书涵喊了一嗓子，引得顾承抬首侧目。

昏昏欲睡的梁碧玉被惊到，睁眼看到是两个小丫头，登时笑了起来。

陆竽视线没往顾承身上看，走过去打招呼："奶奶。"

梁碧玉"哎"了一声："好长时间没见你们到奶奶家来玩了，现在考完试了，不忙了就常过来，奶奶给你们炸鸡架吃。"

黄书涵连连点头说好，而后目光直接地上下打量顾承："北城的水土这么养人吗？你才去多久，怎么长胖了。"

顾承绷起脸，随手抓起一把花生壳扔到黄书涵身上："闭嘴吧你，树上的知了都没你聒噪。"

黄书涵噘着嘴向梁碧玉告状："奶奶，你看他！"

梁碧玉笑呵呵地举起蒲扇，作势拍顾承的脑袋："跟你说多少回了，对待女孩子别这么粗鲁，你这样以后讨不到媳妇儿。"

顾承下意识地看了陆竽一眼。

陆竽微微笑着，却没有看他。

黄书涵扮鬼脸："听到没有，粗鲁的人讨不到媳妇儿。"

顾承没跟她斗嘴，起身进到屋里，捞出浸在井水里的西瓜，三两下切好，放到不锈钢盘子里端出来。

快到吃晚饭的时间，顾承打电话叫来董秋婉、周鑫、邓洋杰他们几个。梁碧玉做了拿手的炸鸡架，烧了一条糖醋鱼，炒了几道家常菜招待他们。

吃过饭，男生们凑一起打牌消磨时间。黄书涵和陆竽霸占了顾承的房间，用他的电脑看剧。董秋婉的妈妈管得严，不允许她夜不归宿，就先回去了。

陆竽打了几个哈欠，看电脑右下角的时间，刚到十一点，还要再等一个小时出分数。

放假后她作息规律，每天不到十点睡觉，实在熬不动了。

黄书涵是个夜猫子，还很精神，见陆竽捂着嘴哈欠不停，问："困了？"

"嗯。"陆竽眯着眼，眼眶里全是泪水，坐着都要睡着了。

"去睡一会儿吧，到点了我叫你。"

黄书涵指着身后的床，新换的床单被子，她俩今晚就睡在这里，明天上午还得用顾承的电脑填报志愿。

陆竽困得睁不开眼，咕哝一声，趴在被子上呼呼大睡。

隔壁房间里，男生们打牌的声音传来，激动时拍桌呼喊，能掀翻房顶。在这样吵闹的环境里，陆竽依然睡得很香。

牌局重洗了几轮，周鑫拿起搁在手边的手机看时间，眉毛一挑，说："五十五分了，还有五分钟到点，撤了撤了。"

邓洋杰笑骂一句:"查分这么积极,不知道的以为你考六百多分呢,严重怀疑你是输惨了想逃。"

周鑫踢了他一脚,恼羞成怒:"滚滚滚。"

"行了,别闹了。"顾承率先站起来,将额发往后拨,往隔壁房间走。

头发有点长了,得抽个时间剪短,他边想边推开门,瞧见陆竿趴在他床上睡着的模样。她长发散乱,侧脸压在被子上,显得脸颊肉嘟嘟的,两条腿悬空挂在床边,姿势别扭。

这样也能睡着?

顾承闷声轻笑,放轻脚步走过去,拎起床边一条毛毯搭在她腰上。

黄书涵在门口恰好撞见,扶着门框驻足。顾承直起身,转头与她对视了一眼,脸上没什么情绪起伏,淡淡地移开了目光。

周鑫、邓洋杰、李德凯互相打闹着过来了,顾承刚想提醒他们别吵,陆竿已经被吵醒了。她揉着眼睛坐起来,腰间的毛毯滑到腿上:"到十二点了?"

顾承说:"快到了。"

陆竿打起精神拍了拍脸,白皙的脸颊有被子褶皱压出来的痕迹,几缕发丝黏在上面。

顾承指着院子里的水龙头:"要不去洗把脸?"

陆竿点点头,出去洗脸。

顾承坐到电脑前,打开了招生考试信息网,点进查分界面,静静地等待。他其实没什么紧张感,高三才开始努力,跟临上战场才磨枪没区别,结局早已料定。

黄书涵很有仪式感地数着倒计时,一到零点,她就尖叫起来:"啊啊啊,可以查了!好紧张好紧张,快呼吸不过来了!"

顾承捂住一边耳朵,露出嫌弃的眼神:"你们谁先来?"

黄书涵扣住陆竿的双肩,把她推到前面来:"先查鲈鱼的,她的应该没什么悬念。"

陆竿舔了舔唇,报上自己的考生号和身份证号,顾承快速敲击着键盘。网络神奇地没有任何卡顿,顺利进入,成绩表格跳了出来。

陆竿右手搭在顾承身后的椅背上,凑上前去紧盯着屏幕,视线扫过前面的单科成绩,锁定最后一栏的总成绩上,645分。

比她估的总分高出二十多分。

几个男生也看到了,鬼吼鬼叫起来。

"我去!645分!"

"竿姐牛哇！太牛了！"

"我看看啊，语文 139 分，数学 140 分，英语 143 分，理综 223 分，分好高啊！"

一群总分在四百左右徘徊、偶尔滑铁卢考三百来分的学渣表示长见识了，嘴巴张得大大的，一个劲儿管陆竿叫"姐"。

陆竿心里的石头终于落了地，觉得没有遗憾了。

其他人依次查了分数。

黄书涵考了 456 分，距离二本线差了二十分，不过她都想好了，要报北城的三本院校。因为她爸爸换了工作，以后长居北城，她过去能有个照应。

顾承的分数比黄书涵高，有望被民航招飞录取。

剩下那三个还在苦苦挣扎，在专科里挑选。

夜已深，明月高悬，乡下的夜晚总能听到蛙声阵阵，交织着蝉鸣。

兴奋劲过了，大家各自回房睡觉。陆竿之前睡了一个小时，反倒不那么困了，躺在床上大睁着眼，脑袋放空。

月光透过窗帘缝隙漏进来一束，照亮她的眼眸。

黄书涵侧躺着，手机屏幕的光映在脸上，手指偶尔轻点，是电子书的界面。

听到陆竿翻来覆去窸窸窣窣的动静，她放下手机，平躺，双臂交叠垫在后脑勺："考这么高的分还睡不着啊？"

陆竿还没回答，黄书涵又自顾自说："应该是激动得睡不着吧。我要是你，得打电话把亲戚挨个叫起来听我汇报成绩，大家今晚都别睡了！"

陆竿在黑暗里溢出一声笑。

黄书涵问她："你第一志愿是要报关州大学？"

她以前听陆竿提起过，陆竿的梦想是考上关州大学，学校名声够响亮，在本省，离家也不远。

"嗯，大概吧。"

"要我说，你的分挺高了，报北城的一些好大学也够了。"黄书涵一边想象一边憧憬，"我还想跟你在一个城市读大学呢，周末一起出去逛街吃饭，多美好。"

理科一本划线 547 分，陆竿高出分数线差不多一百分，可供选择的学校不会少。

陆竿笑了一下，蓦地，心底深处冒出一个声音。

——"没考虑过去外地吗？比如……北城？"

那节体育课上，她和江淮宁并肩坐在双杠上，晃悠着腿，冬日的阳光从枝叶罅隙中筛下，落在脸上暖洋洋的。

黄书涵放下手机后，没过多久就陷入沉眠，传来均匀的呼吸声。与她相反，陆笋始终睡不着觉，心里装了太多事，不去触碰还好，一旦开了闸门，再想关上就难了。

她在想这半年来与江淮宁生活在一起的点点滴滴，每一个画面都那样清晰，无一不在提醒她，她有多么忘不了他。

她又联想到顾承，她让他不要喜欢她、不要追她，何尝不是强人所难，那种痛苦她感同身受。

陆笋盖住眼睛无声叹息，彻底没了困意，悄无声息地掀开毛毯，下床走出房间。

月光洒满院子，陆笋以为外面没人，没想到看见一个人坐在台阶上，一只手搭着腿，修长手指拎着罐啤酒，有一口没一口地喝。

溶溶月色下，身影孤子，侧脸锋锐。

察觉到她的视线，顾承掀起眼皮看了过来，愣了下，轻声唤："陆笋？"

被发现了，陆笋没躲藏，一手环着手臂，抬步走了过去。

"怎么还没睡？"顾承把易拉罐放在脚边，指了下旁边的小马扎。

陆笋没坐，站在他面前："还说我，你怎么也没睡？"

顾承嘴角勾起："我，夜猫子一个。"

陆笋点头认同。他以前经常通宵打游戏，算是"熬夜大军"里的领头。跟他比，黄书涵都不算夜猫子。

顾承站起来，拍了下裤子上的灰尘，看着院子前面一间平房的屋顶，旁边搭着木梯，他提议："实在睡不着的话，上去吹吹风？"

陆笋看了一眼，想起小时候，夏天太热了，家里没有空调，到了晚上，奶奶带她到房顶上睡觉，支起折叠竹床，罩上蚊帐。晚风徐徐吹来，送来阵阵清凉。她睡觉不老实，总担心睡着以后会从房顶滚下来，因为家里的房顶四周没装围栏。

陆笋借助木梯爬到房顶上，站得高，能感受到从田畔山间吹来的微风。

顾承腋下夹着一卷凉席上来，手里的易拉罐贴在陆笋脸上，她被冰得往旁边躲。顾承轻笑，递给她一罐刚从冰箱里拿出来的可乐："少喝点。"

凉席铺到地上，两人坐在上面吹风。

陆笋不知道说什么，没有主动挑起话题，手指拉开易拉环，小口报着冰凉的可乐。

顾承身体后仰，手撑在身后，仰头遥望漫天繁星，漫不经心道："时间过得真快,一晃眼高中都毕业了。我还记得你刚转到中心小学的时候,读一年级,瘦瘦小小的,跟火柴棍儿似的,被安排在最后一排的空位。"

陆竿笑起来:"所以班里那个小魔王才觉得我好欺负,放学后尾随我,踹我书包。"

顾承接着回忆:"然后你飞起一脚,给他踹趴下了。当时我看到直接惊呆了,心想以后一定不能惹你。"

陆竿灌了一大口可乐,被冰得眯起眼。

"你慢点喝。"

陆竿放下可乐罐,仰躺在凉席上,这样更方便看星星。

她想通了一些事,不再逃避那个话题,拽了下顾承的衣摆,待他看过来,她说:"我知道让你不要喜欢我会很难,我也尝试过同样的事情,所以更能体会你的感受。顾承,就像你说的,时间过得很快,我们向前看,总有一天会认识新的人,命中注定的那个人。那个人也一定在等着你出现。"

——我也尝试过同样的事情。

顾承听懂了,她有喜欢的人,但是跟他一样,求而不得。

"那个人是江淮宁吗?"顾承没忍住,问了出来。

"嗯?"

"我知道你听到了。"顾承不给她糊弄过去的机会,直言道,"我问的是,你喜欢的那个人,是江淮宁吗?"

除了他,顾承想不到第二个人。

过了许久,陆竿仍没有回答,仿佛不曾听见他的问题。

此时无声胜有声。顾承自嘲一笑,捡起掉落的一片树叶,在指尖转了转。

"很晚了,下去睡吧。"顾承云淡风轻的口气,配合着她,当刚才的问话不存在。

陆竿手撑着凉席坐起身,对着繁星和月亮许下愿望:"祝我们学业有成,前程似锦,再加一个,得偿所愿!"

顾承笑着拍她脑门,跟以前一样:"还挺贪心啊。"

黄书涵睡醒口渴,摸到身边的床铺是空的,坐起来,没在房间里看到陆竿,拉开门走出去,房顶上两个身影太明显了。

她望着他们,眨了眨惺忪睡眼,确定是陆竿和顾承两个人。她没有出声打扰,默默退回房间。

陆竿顺着木梯下去,回到房间躺下。

她走后,顾承独自一人坐在凉席上,从裤兜里摸出一盒烟,敲出一根咬在唇齿间,用打火机点燃,吸了一口,缓缓吐出去。

睡一觉醒来，梁碧玉做好了早饭，她煮了红薯稀饭，到街上的早餐店买了油条和小笼包。

陆竽吃完饭回家一趟，拿来《高考志愿填报指南》，一上午的时间耗在电脑前。

志愿要填好几个学校，专业一大堆，挑得人眼花缭乱。

陆竽的第一志愿坚定不移地填了关州大学，专业首选新闻学，不服从调剂。剩下的志愿选了不同城市的大学。

黄书涵报了北城的大学，顾承去江城，另外三个不想跟顾承这个好哥们儿分开，填报了跟顾承同一个城市的学校。

大家真的要奔赴不同的远方了。

以前总是一起上学、一起打打闹闹，没想过未来分别的那一天是何种情形。

2

一切尘埃落定，陆竽躺床上午休，房间里开了空调，丝丝凉气溢出。窗帘拉上了，房间陷入昏暗。

昨晚睡得太晚，忙了一上午，她闭上眼很快睡着了。

做了一个光怪陆离的梦。

她睁开眼的刹那，眼皮沉重酸痛，望着昏昧光线里的天花板，足足过了几分钟，才从梦境里挣扎出来。

陆竽坐起来，拉开了窗帘，让光亮透进来。

太阳已经西斜，她竟睡了整整一下午，难怪脑袋昏沉、眼眶发酸，这些都是睡过头的症状。

陆竽下楼，从冰箱里拿出一根雪糕，重新回到房间，坐在书桌前，翻开了那本《高考志愿填报指南》，上面囊括了国内所有高校及专业。

她翻找北城的大学，拿笔圈出来。

陆竽闭上眼，告诉自己赌一把。她吃完一整根雪糕，冰凉刺激得她头脑清醒，不是一时冲动的决定。

她睁开眼，给顾承打电话。

听着电话那端一阵噼里啪啦富有节奏感的敲键盘的声音，伴随着游戏特效音，陆竽愣了愣："你在打游戏？"

顾承"啊"了声："有事儿？"

陆竽说："我想改志愿。"

"什么？"顾承惊诧地退出了游戏，酷炫的特效音随之消失。

"我把准考证号和密码发给你,你帮我改一下志愿。"陆笋深吸口气,"第一志愿不变,剩下的志愿全部改掉,我一会儿发给你,你对照着填上就行了。"

如果第一志愿成功被录取,她就死心,待在省内读大学。如果没被录取,她就去北城。

想离江淮宁近一点,哪怕他身边的那个人不是她。

电话里的沉默持续了很久,顾承哑声说:"好,我知道了。"

陆笋编辑了一条消息,把准考证号和密码发了过去,还有她重新挑选的学校、专业。

顾承扫了一眼,全都是北城的大学。

他知道黄书涵报了北城的学校,但他不认为,陆笋改志愿是为了跟黄书涵在一个城市读大学。

到了要去学校签字确认志愿单的那天。

陆笋敲门进办公室,刘海志正坐在椅子上喝茶,抬头看过来,两眼放光:"陆笋,考得不错啊,尤其是语文,139分。你知道吗?你是咱们学校语文单科第一,包括文理科班。"

陆笋腼腆地笑了笑,找出自己的志愿单,核对完各项信息,确认无误后签上名字。

她走出办公室,在走廊上等黄书涵,视线盯着奥赛班班主任李东扬的办公室,不知在期待什么。

某一瞬,她反应过来,他今天大概不会出现。

他是省状元,清大招生办的老师亲自上门与他签订协议,免了填报志愿的流程。

"陆笋!"

耳边响起一道熟悉的声音。陆笋应声回头,只见沈欢大步走来,一脸神清气爽地朝她挥手。

他身后是一脸不快的沈黎。

"我说你怎么回事,高考完就跟人间蒸发了一样,给你发消息你也不理。"沈欢到她跟前,第一句就是控诉。

"我换了新的QQ号,以前那个不用了。"陆笋没说手机被偷、QQ号被盗的事,"你要加我吗?"

"那还用说。"沈欢拿出手机,加了陆笋的新号,"你报了哪个学校?"

"关大。你呢?"

"南合政法大学。"沈欢把手机装回兜里,"说不定咱俩以后还能一块上学。"

南合政法大学也在关州，两所大学离得不算远。

陆筝诧异地挑了下眉，他居然没有选北城的大学。江淮宁和沈黎都在北城，他不去，"三剑客"岂不是要缺一位？

沈欢像是猜到陆筝在想什么，耸了耸肩："我也想去北城，奈何分数不够啊，综合考虑还是选本省的最稳妥。"

沈黎全程没跟陆筝有过眼神交汇，等他们两个寒暄完，跟沈欢离开。

盛夏的燥热无孔不入，风里缠着滚滚热浪，蝉鸣声不止。

沈欢离开学校直接去了江家，钻进江淮宁的房间吹空调打游戏。他将一根薯条扔进嘴里，咀嚼几下，说道："我在学校碰见陆筝了。"

江淮宁操纵键盘的手一顿，游戏里的人物接连受到攻击，血条狂掉。

"哎哎哎，你想什么呢，要'挂'了。"沈欢焦急的呼喊声没能叫回江淮宁跑掉的神思。

陆筝，这两个字的杀伤力足够大。

沈欢挤开江淮宁坐到电脑前，重新开了一局，顺便丢出一个重磅炸弹："她换了QQ号你知道吗？"

趁着游戏在加载，沈欢回头，假装不经意，实则想知道江淮宁是什么反应。后者一脸木然，沈欢就猜到他不知道。

沈欢拿起桌上自己的手机丢给他："我加了她的新号，你要加自己加。"

手机落在江淮宁腿上，他一动不动，像没有知觉的木头人。

她换了新的QQ号，却没有加回他，是不想加，还是忘了加？江淮宁发现，无论是哪一种，他都无法接受。

陆筝的升学宴定在8月16日。

请了十里八村手艺最好的流水席大厨，街坊邻居前一天都来家里帮忙择菜、备菜。这是属于乡下的人情味，谁家办事邻里手脚麻利的人都会来帮忙，分工明确，井井有序。

大红纸上写着祝词，张贴在大门口，"金榜题名"四个字写得最大，过路人一看就知道这家出了个大学生。

陆筝穿梭在人群中帮他们泡茶，收获了一片称赞声。

夏竹穿着大气简约的半袖长裙，端庄温婉，站在门口跟人打电话："你们到了吗？门口支起了遮阳棚，车可能不好停，你们停在村口的晒谷场里，步行过来吧。"

陆筝提着空水壶去接水，路过时听到她的话："谁要来啊？"

夏竹说:"你孙阿姨他们。"

陆筝动作一顿,心跳漏掉一拍,状若随意地问:"他们一家都过来吗?"

"不知道淮宁来不来。"夏竹探头朝北边张望。

陆筝接满一壶水放到煤炉上,顺着夏竹的视线看过去。两道身影越走越近,是江学文和孙婧芳。他们身后没有其他人,江淮宁没来。

陆筝礼貌地打招呼:"叔叔,阿姨。"

"恭喜啊筝筝。"孙婧芳从包里拿了一个大红包塞给她,"阿姨的一点心意,留作上学路上买饮料喝。"

陆筝有些无措,看向夏竹,后者点了下头,示意她收下。

"谢谢阿姨。"陆筝接了红包,摸到手里的厚度惊到她了。

江学文去记账先生那里登记礼金,夏竹这才意识到不对,看向孙婧芳:"你都给孩子包红包了,怎么还送礼金,太破费了。"

孙婧芳攥着她的手笑说:"礼数是礼数,给筝筝的是我自己的心意。"

夏竹推辞不过,只好接受:"你家淮宁是哪天办升学宴?"

"8月24日。我和我家那口子没什么亲戚,决定在饭店里办,省时省事。"孙婧芳趁机邀请,"到时候你可得过来喝杯酒,带上两个孩子。"

夏竹:"一定一定。"

陆筝那群发小单独坐了一桌,见她今天难得穿了条极为淑女又漂亮的法式小红裙,眼前一亮,纷纷打趣。

"筝姐这一身打扮太女神范儿了。"

"真的,绝了绝了,可以去选美了。"

"我已经快忘了她小时候流大鼻涕的样儿了。"

"会不会说话啊你。"黄书涵维护陆筝,"我们鲈鱼一直很美好不好,只是以前忙着学习懒得打扮自己。"

她以前就觉得陆筝"暴殄天物",明明天生丽质,皮肤白皙又细嫩,眼睛大而水灵,随便拾掇一下就很亮眼,不输文科班那些女神。偏偏对方在学校里总是规规矩矩地穿丑不拉几的校服,很少穿自己的衣服,就算穿,也是耐脏的颜色,天冷了还要在袖口戴上袖套。

这不,略施粉黛的样子就能闪瞎人眼,再搭配身上那条掐腰露锁骨的小裙子,妥妥的女神。

黄书涵举起酒杯:"大美女,今天必须喝一杯。"

陆筝没推拒,自己倒了一杯啤酒,刚要喝,被顾承拦下:"别听她瞎起哄,神经病一个。"

黄书涵瞪眼。

眼看他俩又要掐起来,陆竿推开他的手,莞尔道:"一杯啤酒而已,醉不了,我在家跟我爸也喝过的。"

顾承没再拦,端起手边的酒杯,橙黄液体在透明塑料杯里晃荡。

一群人举起来碰了一杯,敬明天,敬未来。

江淮宁升学宴那天,陆竿犹豫很久,还是去了,想见他一面,当面道贺,也是正式道个别。九月初就要开学了,他们在不同的城市上大学,再见面不知是何时。

地点定在逸香食府,一个大包厢里摆了几桌,一桌坐着亲戚,一桌坐着好友,剩下的都是浮生居那边的工作人员。

陆竿一家四口被安排与沈黎一家坐在一桌。

宾客们推杯换盏,谈笑风生,唯独不见今天的主角江淮宁。

陆竿吃饱了,离席去洗手间,在走廊上碰见沈黎,礼貌地点了点头。

与沈黎错身时,对方先开口,话说得直白,却也含蓄:"江淮宁提前开学了,去参加清大组织的活动。你有什么东西需要我帮忙带给他吗?他走得匆忙,很多东西没带,我过几天开学,可以带给他。"

顿了顿,她又说:"他换了北城的号码,你要是没存,我可以给你。"

带东西是假,宣誓主权是真,以陆竿的头脑不会听不明白。她维持着体面摇头:"没有。不用了。"

她想沈黎真的多虑了,就算不来这一出,她也不会去纠缠江淮宁。

宴席散场,陆竿跟随父母坐车回家,班车摇摇晃晃,她脑袋有些昏沉,油腻的食物吃多了,坐车实在难受。

她把车窗推开一条缝隙,靠着椅背听歌缓解,随手点开一个歌单,耳机里传出的声音有点耳熟。

愿你永远安康
愿你永远懂得飞翔
愿你真的爱
一个人,某个人,那个人

这首歌陆竿没听过,按亮屏幕看了眼,是徐佳莹的《言不由衷》,确实没听过。

但她脑海里这一刻浮现的,是那天下午,她坐上通往晓高的304公交车,车厢闷热,气味难闻,她头晕得想吐,江淮宁问她"要听歌吗",她说"好"。

他递来一只耳机,她塞入耳中,一根耳机线分两端,连着两个人。他们那时候也听了徐佳莹的歌。

陆筝觉得好听,问他,这首歌的歌名是什么。

江淮宁凑近她,嗓音低沉又磁性,好似在闷热的车厢里投了一股清泉,他说,《一样的月光》。

往事历历在目,仿佛发生在昨日。

3
录取通知书上写着9月6日正式开学。

9月6日当天过去时间太赶,陆筝订了9月4日的票,爸爸会送她去学校,所以出发前不需要紧张。

9月4日早晨,陆国铭带着陆筝赶早班车到靳阳市火车站。坐了三个小时的火车,中午十二点半左右到达关州。

父女两人跟随涌动的人潮出了站,外面人山人海,家长带着孩子的组合不少,估计跟他们一样。

陆筝在新生入学手册里看过,这几天会有学校的大巴车来火车站迎接新生。不知道是不是他们来的时间不对,没看见关大的车。

陆国铭一手推着行李箱,一手提着行李袋:"不等了,我们打车过去。"

陆筝到路边拦下一辆出租车,上车前说了目的地:"师傅,到关州大学。"

旁边插过来一道热情的声音:"我们也到关州大学,能拼个车吗?"

陆筝转头,视线里是一位父亲带着儿子。

那位父亲穿着灰白色Polo条纹衫,下摆扎进休闲裤里,手里握住一个太空杯,一副下乡视察的干部做派。他儿子个头比他高了一个头,白色T恤、蓝色牛仔裤,两只手拎着大包小包的东西,脖子上挂了台相机。

正午的阳光灼烈,男生眼眸眯起,额头出了汗,滑落到眉峰处,眨一下眼,那滴汗掉在眼皮上。他腾不出手来擦汗,侧着颈子用手臂蹭掉,显得有点烦躁,还有点生无可恋。

即便做出这般拧巴的表情,五官也是清隽好看的。

陆筝用眼神征询爸爸的意思。

陆国铭老实憨厚,常与人为善,这种小事当然不会拒绝:"既然都是去关州大学,那就一起吧。"

那位老干部作风的中年男人坐在副驾驶座,陆国铭和陆筝,还有那个男生坐在后排。

男生终于腾出手,疯狂用袖子蹭脸上的汗,袖子被浸透了,他摸了摸口袋,没找到纸巾,自来熟地问另一边的陆筝:"同学,有纸吗?"

"稍等。"陆筝从书包里翻出一包手帕纸给他。

陈嘉林抽出一张擦脖子,再抽出一张擦后颈,一张又一张,一包纸就这么用完了。等他意识到的时候,抓了抓潮润的发梢:"不好意思,我给用完了。"

"没关系。"陆筝一只手探进书包里,"我还有,你要用吗?"

"不用了,谢谢。"

坐在前面的老干部作风的中年男人扭过头,跟他儿子一样自来熟,找陆国铭搭话:"哎,老弟,你们是哪儿的人?"

"靳阳的。"

"哦哦,我知道那地方。"

陆国铭问他们是哪儿的。

中年男人说:"漯城的,在靳阳后面一站。"

中年男人又问:"你女儿念的什么专业?"

"好像是学新闻的……"陆国铭没记住,眼神瞟向陆筝,求证般问道,"我没说错吧,是新闻专业吧?"

陆筝点头:"没错。"

男生身体前倾,转过头隔着中间的陆国铭看向陆筝,恰好他父亲提到他了:"我儿子学的国际经济与贸易。"

陆国铭没读过大学,光听这专业的名字就觉得气派,点了点头,满口称赞着不错,有前途。

男生瞅准机会做了个自我介绍:"我叫陈嘉林,耳东陈,嘉奖的嘉,树林的林。以后就是校友了,有什么困难可以找我。"

他说话时眼睛看着陆筝,双眼皮,眼睛清澈,笑起来露出一口整齐洁白的牙齿,整个人阳光四溢。

陆筝礼尚往来:"我叫陆筝,陆地的陆,滥竽充数的竽。"

陈嘉林仰头一笑,猝不及防,后脑勺撞到车窗玻璃上,咧着嘴"嘶"了一声。

这女生太有意思了,哪有人这么介绍自己的名字,滥竽充数?不过,确实让人第一时间记住了她名字里的字是哪一个。

宿舍在五楼,陆筝对于爬楼梯这项运动习以为常,陆国铭拎着两个笨重的行李,到宿舍门口时已是气喘吁吁。

陆笋连忙从书包里拿出一瓶矿泉水，拧开给他喝。

陆国铭边喝水边打量四周，进门后一个大客厅，摆了几米长的一张铁皮桌，两边各放了几把椅子。客厅南北两端各有一间宿舍，陆笋住在北面那间，六人寝，安置了三张架子床，分上下铺。

比高中的十人寝宽敞了一些，但跟想象中的大学宿舍有些出入。关州大学都多少年的老学校了，设施落后一点能理解。

陆笋是第一个来的，宿舍里没其他人，陆国铭坐在床边的凳子上歇气："我看屋里有暖气片，冬天应该不会冷，挺好。"

父女两人没吃午饭，陆笋把东西放到床铺上，打算先和爸爸下去吃饭，然后再回来整理床铺。

食堂已经开放了，离宿舍区很近，出了栅栏门，穿过一条路就到了。

这里面食比较多，正好符合陆笋的口味。她和陆国铭一人点了一碗香菇鸡块面，坐下来吃。

陆国铭下午还要赶回去，吃完饭没逗留，准备出发去车站，临走时叮咛了一堆话："生活费不够了就吱一声，找我和你妈都行。一个人在外面好好照顾自己，遇到事记得打电话，别憋在心里。"

"知道啦。"

陆笋送陆国铭到校门口，陆国铭突发奇想，要在校门前拍张合照，拿回去给妻子看。

踱步回到宿舍，还是只有陆笋一个人，她脱掉运动外套，只穿里面那件白色的吊带背心，瞬间凉快多了。

外面响起敲门声，陆笋一惊，赶忙穿上外套过去开门，一行四五个人出现在门外。

"没找错吧，这里是251，新闻学专业的宿舍？"为首的女生穿着白T恤、背带牛仔裙，留着可爱的齐刘海，探头探脑地打量。

陆笋让开一步："没错，是这里。"

"你好，我叫汪雨。"齐刘海姑娘跟招财猫似的，举起手挥了挥，笑容很甜，"是你的室友。"

陆笋也做了自我介绍。

跟汪雨一起过来的人是她的父母和舅舅。后面还有一个女生，也是251宿舍的，在楼下刚好跟汪雨碰上，一起上来了。

她是一个人来报到的，长发飘飘，皮肤很白，穿着白底绿碎花的长裙，一边开了衩，露出修长的腿，脚下踩着七厘米的高跟鞋。

"何施燕。"她简短地说完自己的名字，给人高冷疏离的感觉。

陆竽以为自己的东西够多了，跟汪雨一比，简直不值一提。

汪雨连十五厘米厚的床垫都带来了，抽了真空，袋子一戳破，床垫吸饱了空气"嘭"的一声张开，占满了整个过道。她爸妈抬起床垫放到床铺上，坐在上面试了试，感觉还行。

汪雨站在一旁，由着她爸妈和舅舅帮她整理东西，大大小小的收纳箱塞满床底，柜子里也装满了生活用品。

陆竽看她还带了热水壶和泡脚桶，以及一个小型烘干机。这些玩意儿好像在宿舍不能用吧？

何施燕选了汪雨的上铺，将毯子和床单一铺就完事了，下床坐在椅子上，跷着二郎腿玩手机，后背抵着柜门，镶了水钻的美甲在屏幕上点着。

汪雨意识到自己太"事儿精"了，显得格格不入，连忙拦住爸妈和舅舅："剩下的我自己慢慢收拾，你们快去吃饭，都快两点了。"

"宝贝，日常用药装在这个收纳箱里，你别忘了。"汪雨妈妈是个长得很富态的女人，胖胖的脸上笑容和蔼，"回头要用的时候找不到就给我打电话。"

"嗯嗯，知道了。"汪雨小鸡啄米般点头。

汪雨的爸爸把目光投向另外两个室友，笑得憨态可掬："我家小雨第一次住校，你们都是她的室友，她要有什么困难，还得劳烦你们帮一把。"

何施燕从手机屏幕上移开视线，与陆竽对视一眼，点了点头。

大人们离开后，剩下三个女孩。汪雨拨了拨刘海："我爸妈就是这样，这不放心那不放心，我其实能照顾好自己的。"

何施燕锁了屏，把手机扔到上铺："我倒觉得你爸妈很有意思，长得还有点像。"

"夫妻相嘛。"汪雨两手捏住自己肉嘟嘟的脸颊，"他们两个都是圆圆的大脸盘子，所以我一生下来就注定是大脸盘子。"

何施燕直接笑喷了。

陆竽看着何施燕明艳的笑容，暗叹自己看人不准，她以为何施燕是那种拒人于千里之外的高冷女神，还担心不好相处，现在看来她的担心完全多余。

汪雨坐到床上，慢腾腾地整理剩下的一些杂七杂八的东西。

宿舍没其他人，陆竽重新脱了外套。

汪雨不经意间瞥到一抹晃眼的白，定睛一看，是陆竽裸露在外的皮肤，跟削了皮的莲藕一样。

汪雨："我的天，陆竽你皮肤好白，腰好细，怎么保养的？"

何施燕刚脱了高跟鞋,换上人字拖,被她的声音吸引,朝陆竿看去。

陆竿正单腿跪在床沿,弯腰扯床单,白色针织背心蹭上去一截,露出纤细的腰肢,线条干净又性感。她一个女生看了都觉得赏心悦目。

陆竿直起身拽下衣摆:"也没有特别保养,皮肤一直是这样。你要是说我瘦,那是比高三时瘦一些,因为放假后没事干,锻炼比较多。"

汪雨羡慕极了,想要同样的效果:"怎么锻炼的?健身房,还是自己跳健身操啊?我也想瘦下来。"

"就跑步。"陆竿坐在床边,喝了口矿泉水,"我住的地方山清水秀,空气好,早上沿着柏油路跑一圈,坚持了两个月。"

汪雨仰倒在床上:"说到底还是得坚持,我就是管不住嘴,还迈不开腿。"

东西收拾好了,陆竿要下去买点日用品,问她们去不去。两人正好也要买东西,于是结伴下楼。

4

清大开学比较早,眼下正在军训。

结束下午的训练,胡胜东勾住江淮宁的脖子,约他出去吃饭。江淮宁扯开胡胜东的手臂,兴致缺缺,却也没拒绝。

谢柠远远瞧见他们,很没义气地丢下她的室友,跑过来,拉住江淮宁的胳膊:"你们哪儿去啊?"

江淮宁脚步没停,抽出自己的手,眉眼间一片冷漠。

胡胜东摘下军绿色的帽子,叠起来别在腰带上:"怎么哪儿都有你,你就没有自己的圈子吗?"

"江淮宁都没说话,要你管我。"谢柠两腿并拢,一步蹦到江淮宁身边,马尾辫一晃一晃,"你们出去吃饭吗?带我一个呗。"

胡胜东故意逗她:"你请客就带你。"

谢柠岂是他三两句话就能打发的,满口应下:"我请就我请,本小姐不缺钱。"

江淮宁全程没说话,不表态,当她是空气。

谢柠不在意他的态度,两手背在身后,心情很好,脸上的笑灿烂明媚。

只要江淮宁来到北城,来到这所学校,她就有一百种方法追到他,她有的是时间。

还没走出校园,江淮宁的手机响了,他拿出来贴上耳朵,声线低淡:"等等,马上到校门口。"

043

谢柠好奇心重，踮起脚尖偷听，可惜没听到电话里的人说了什么。胡胜东扯了她一把："懂不懂规矩？"

"我听到一个女生的声音！"

"过来，哥告诉你一个真理。"胡胜东勾了勾手指，待她靠近一点，说给她听，"劝你趁早死了这条心，江淮宁要是对你有想法，还用得着你追，早跟你在一起了。"

谢柠被他戳到痛点，脸色变了几变，气得跳脚："有你这么说话的吗？打击我很有意思？"

"你怎么听不出好赖话，我哪里是在打击你，我这是告诫你回头是岸……啊，我的脚！"

他被谢柠狠狠踩了一脚，单腿往前蹦了两步，一脸痛苦的表情。

江淮宁终于投来一个眼神，显得很不耐烦，脸上的冷漠被烦躁取代："你俩能不能别闹了。"

胡胜东龇牙咧嘴的表情有所收敛。

他早发现了，江淮宁回那个破县城读了两年书，再回北城，整个人都变了。

那是八月中旬，江淮宁要来北城，他提前得了消息，去西站接江淮宁。见到的第一面，他就觉得这人就剩一副死气沉沉的空壳，没了精气神，也不复以往的意气风发。

天之骄子因家庭变故一朝陨落，性情有所变化是正常的。但他不认为江淮宁也会这样，这两年他们虽没有见过面，但联系没有间断，江淮宁的状态一直很稳。南合是高考大省，今年全省报名参加高考的人数七十二万多，理科生有多少他不清楚，江淮宁能在几十万考生里脱颖而出，成为省状元，绝不可能颓废堕落。

可就是这样一个人，眼里没了光彩，好像对什么都不在乎了。

胡胜东不知道江淮宁在那个破县城里遇到了什么人、什么事，问他，他也不肯多提一个字，真就变成了个哑巴。

走出校门，谢柠在人群中看到一抹亮眼的色彩，眉毛一挑，猜到对方就是给江淮宁打电话的人。

叫什么来着？她想想，好像是叫……沈黎。

沈黎高挑纤细的身材裹在牛仔短裙里，腰间系了条黑色皮带，视觉上拉长了腿部线条，皮带的金属扣折射出暗金色的光泽，复古韵味浓郁。长发绾成蓬松的丸子头，完美展露了修长白皙的天鹅颈，脖子上戴了一条项链，一粒小小的水钻刚好卡在锁骨窝里。脸上化的妆精致不夸张，特别仙气。

谢柠眯起眼，从头到脚扫视沈黎，不放过任何一个细节。对比她自己，站了一下午军姿，脸上的防晒被一层层汗冲没了，军训服没来得及换下，灰扑扑的。

对于一向追求完美的谢柠来说，想死的心都有了。

江淮宁大步朝沈黎走去，胡胜东看了又看，没认出来，用胳膊肘杵了杵身边的人："那女生是谁啊？"

谢柠撇嘴，不愿意说。

胡胜东瞧见她不爽的表情："你认识？"

谢柠不再隐瞒："江淮宁老家的同学，听说两人打小就有交情。"

胡胜东得出结论："青梅竹马、两小无猜？"

"你不会说话不如把嘴闭上！"

"我的话难道不对？"胡胜东不顾她炸毛，火上浇油。

谢柠不理他了，一跺脚，冲到前面跟紧江淮宁，恰好听见沈黎的话："孙阿姨让我带给你的。"

她递给江淮宁一个纸袋。

"谢了。"江淮宁接过来，没看里面的东西。

沈黎鼓起勇气："你们是要吃饭吗？我还没吃，一起吧。"

没等江淮宁回答，谢柠就进入防御状态，不客气道："是要去吃饭，我请客，可我跟你不熟哎。"

她高二去晓高找江淮宁，与沈黎有过一面之缘。

不管怎么说，沈黎在过去两年的时间里，时刻陪在江淮宁身边，而她远在北城，连他一片衣角都摸不到。感情的事还真不好说，万一江淮宁被沈黎勾走了呢。

谢柠对沈黎虎视眈眈，像一头被侵犯了领地的小狼，竖起了后颈的毛。

沈黎脸上的尴尬掩饰不住，却又不甘心就这么走掉，浪费好不容易跟江淮宁相处的机会。

她拿眼神去试探江淮宁，结果并不如愿。

江淮宁没看她，也没听到谢柠带刺的话语，他单手握住手机，手指修长，按键速度快到眼花缭乱，在给人回消息。

沈黎有点难过，想走了。

胡胜东被这气氛弄得不上不下，没办法由着谢柠的性子胡来，站出来打圆场："大家都是朋友，我请客，一起吃个饭吧。"

谢柠又想踩他的脚，但她忍住了，赠送他一个大白眼。

该死的胡胜东，刚刚骗她请客，转头就对着别的美女献殷勤，绝交算了。

几人走进一家饭馆，胡胜东接了服务生递来的菜单，推到沈黎面前，她是客人，理应她先点菜。

"还不知道怎么称呼这位，江淮宁，你的朋友，你不给介绍一下？"胡胜东推了下一言不发的江淮宁。

沈黎没让江淮宁代劳，捧住水杯浅笑："沈黎，黎明的黎。"

江淮宁回完消息放下手机，菜正好端上来，拿起筷子开吃，主食没点米饭，他要了一碗素面，配着桌上的菜。

在操场上挥洒了一下午的汗水，他肚子早就饿了，吃饭并不斯文，但也没发出吸溜面条的声音。

旁边的餐桌传来一个声音，脆生生的，像折断鲜嫩的树枝："老板，再要一碗鸡汤面，不要葱多放香菜。"

江淮宁夹起来的一根青菜掉在桌上，循着声音望过去，正对上一个女生的侧脸，她的发丝被帽檐压出一道压痕，有几缕黏在脸颊上。

那一桌一共坐了四个女生，应该是同宿舍的，穿着清大的军训服。她们边吃边倒苦水，说军训太难熬了，要不找个法师开坛作法降一场雨。

胡胜东差点没笑抽过去。

谢柠没笑，只顾观察江淮宁的神情，他眼睛没聚焦，像是透过那个女生看别的东西。至于是什么东西，她又不是他肚子里的蛔虫，猜不到。

唯有沈黎，在看到那女生的刹那，脸白了几个度。

说话的那个女生，侧脸像极了陆竽。

江淮宁的目光停留了一会儿，被女生旁边的同伴看到了，同伴撞撞女生的肩膀，歪着头咬耳朵："苏歆，快看隔壁桌！江淮宁在看你，我告诉你，他看你好久了。"

苏歆正在喝水，被呛到了，慌乱地抬手打理头发，然后借着跟室友说话不经意地做出转头的动作。

视线相触的那一秒，江淮宁收回目光，若无其事地吃面。

正脸不像，一点都不像。

苏歆确认了，室友没骗她，江淮宁刚刚就是在看她，那一秒的对视错不了，她心跳快得像在敲鼓。

他可是江淮宁，开学当天仅凭一张照片就引起了无数关注。军训以来，谈论最多的话题也是关于他，军训的新生海海，大家穿着同样的军训服，但数他最帅气。

短短几天时间，他就被扒了个底朝天，听说是南合省的省状元，高考裸分729，来自小县城，一所综合实力不那么强的学校，简直称得上逆天改命。

也有人出来爆料，说他以前是北城四中的，高一时的成绩就很牛了。

长得好看，智商又高，谁不心动？

沈黎心慌得不行，肚子很饿，却吃不下饭。江淮宁的反应，令她认清了一个事实，他对陆竿的喜欢比她想象中的还要深。

沈黎喝了两口汤，起身去卫生间。

上完厕所出来，看见谢柠在外面，双手抱臂靠在墙上，单腿屈起，脚底踩着墙面，等人的姿态。

等的人出现了，谢柠站直，问得很随意，但答案她很在意："沈黎，你喜欢江淮宁？"

沈黎不说话，拧开水龙头洗手。

"给个准话行不行？"谢柠走到盥洗台前，看着镜子里自己和沈黎的脸，也就没化妆看着气色比她差一点，稍微捯饬一下铁定不输给她。

沈黎拿纸巾擦手，漂亮的脸蛋上挂着笑："跟你有什么关系呢。"她话音温柔，眼睛在灯光下很亮，那抹笑意没达眼底。

谢柠最烦说话拐弯抹角的人，跟她交好的朋友都是爽快性子。

"当然跟我有关系。"谢柠拦住沈黎去路，迎上她的目光，"你要是喜欢他，咱俩就各凭本事公平竞争；你要是不喜欢，那就当我是在说废话咯。"

沈黎把擦手的纸巾捏成紧实的一团。

走了一个陆竿，又来了一个谢柠，而且谢柠看起来很不好糊弄，沈黎心里翻江倒海地难受起来。

谢柠等得没耐心了，眉毛一横："痛快点行不行？"

沈黎始终没回答，她是胆小鬼，连承认都不敢。

晚上不用集合操练，回到宿舍后，胡胜东找了套干净的衣服，先去卫生间洗澡。

他跟江淮宁选了一样的专业，很幸运地被分到一个宿舍，床铺相邻。

宿舍里另外两个室友在食堂吃完饭就窝在各自的地盘打游戏。天才也是人，需要娱乐放松，军训完累得什么都不想干，只想打游戏。

只有江淮宁，坐在桌前翻课本，手里捏了一支笔，时不时地在书上画一道线、写几个字，弄得其他人压力很大。

实力那么强还那么努力，玩的人怎么能没罪恶感。

有人前来敲门，门虚掩着，那人敲了两下直接推开，是隔壁宿舍的一个男生："卢宇，电脑借我耍一下。"

江淮宁笔尖颤了颤，行动快过大脑，转过头去看向某处。

卢宇正在兴头上，头也没抬："快了，这局打完给你。"

后颈皮一紧，感觉被一道灼热的视线盯着，卢宇抽空瞥过去一眼，被江淮宁眼里复杂难辨的情绪惊到，手指抖了一下，一局游戏全毁了。

开学那天也是这样，江淮宁来得最早，一个人在宿舍里。卢宇是第二个到的，跟他一起过来的是他的老乡，就住在隔壁宿舍。

他老乡站门口喊了他一声，江淮宁当时在阳台晾毛巾，手里的毛巾"啪"地掉地上，目光直直地望着他的脸，三秒钟后，捡起毛巾重新洗了一遍……

卢宇被江淮宁看得心里发毛，搓了搓头发。

"你没事儿吧？"他问江淮宁。

江淮宁摇头，视线落回课本。卢宇那个老乡说话带地方口音，叫"卢宇"的名字，像在喊"陆笋"。他明知道陆笋不可能出现在这里，每次都忍不住侧目，跟个神经病一样。

江淮宁看不进去书，起身去阳台吹风。

卢宇和另一个室友彭垚双排，因他的失误，游戏输了，彭垚跳起来捶了他一拳。彭垚合上电脑，烟瘾犯了，从抽屉里拿出烟盒和打火机，到阳台上抽烟。

"来一根？"

男生间的友谊，要么约个球，要么约根烟，很轻易就消除了距离感。

江淮宁手扶栏杆，瞥去一眼。彭垚咬住烟，前端亮着火星，脸颊凹陷吸了一口，烟从鼻子里往外冒，看起来像个老手。他捏住烟盒在栏杆上磕了磕，抖出来一根，用眼神示意江淮宁。

江淮宁理智缺失，接过烟，不熟练地咬在唇齿间。

彭垚大拇指弹开打火机的盖子，发出"叮"一声脆响，给他点燃了。

江淮宁只抽一口就放弃了，这东西只会让他更加烦躁，不会像他以为的那样，有缓解情绪的作用。

胡胜东洗完澡从卫生间出来，一手拿毛巾擦头发，看见江淮宁指间夹着烟，差点一头撞到墙上。

江淮宁到底经历了什么，丧成这个鬼样子？这还是他认识的那个永远阳光向上的江淮宁吗？

5

关州大学这一届新生从七号开始军训，一直到国庆节放假前一天结束。

六号晚上，辅导员召集学生到教学楼开会，选班委，方便接下来展开各项工作。

女生宿舍里一阵兵荒马乱。何施燕从上铺翻下来,脚丫子踩进人字拖里,一头长发拨到脑后:"老娘刚卸完妆,怎么不早说啊!"

换鞋的换鞋,扎头发的扎头发,还有头发洗到一半不得不冲干净的。

何施燕对镜画眼线,嘴巴没停:"等等我啊,我化妆很快的。"

陆竿最先收拾完,背着书包观看何施燕化妆:"你慢慢来,不着急,还有时间。"

何施燕抽空送她一个飞吻,手指扒开眼皮,一笔勾画而成,手法熟练。陆竿称赞:"你画得真好。"

"刚开始也不行,画多了就熟练了。"何施燕旋开盖子抹口红,嘴巴抿了抿,又用指腹晕染开,"OK,搞定了。"

五分钟"撸"完一个妆,她臭美地转了一圈,假装自己在华丽变身。

何施燕还说让其他人等她,她都收拾好了,张悦然还在用卷发棒弄头发,其他人只能继续等。

宿舍六个人,除了汪雨是外省的,其余五个都是本省的。陶念慈更绝,关州本地人,家离学校近,想回家吃饭,打车半小时就能到。

陆竿、何施燕、汪雨是新闻一班的,张悦然、赵芮、陶念慈是二班的。两个班课表一样,有什么活动都一起行动。

开会的教室在五楼,她们去得有点晚,找到靠后的一排座位坐下。

辅导员一米八几的大高个子,四十岁出头,穿着白色短袖衫,能看到肌肉线条,不像教文化课的。

何施燕小声说:"像卖课的健身教练。"

她形容得太精准,身边人均是捂嘴偷笑。

辅导员简单做了下自我介绍,开始选班委。

轮到团支书这个职位,班里有几个女生举手,陆竿是其中之一。室友们惊讶地扭头:"陆竿,你要竞选团支书?"

陆竿点了下头。

上高中的时候,老师选她当课代表她都不乐意,但又没办法拒绝,现在是她自己想要锻炼能力,尝试一种全新的状态。

既然有人竞争,必然是投票选举,为了公平公正,几位候选人依次到讲台上发表一段演讲,为自己拉票。

陆竿不卑不亢,在黑板上写下自己的名字。辅导员左手托着右臂,站在教室门边夸了句"字写得不错"。

陆竿转过身面朝大家,做完自我介绍,聊了聊兴趣爱好,没跟其他候选人那般允诺一些福利,什么以后带大家吃香的喝辣的。

投票结果出来,陆竿的票数最高,她成了新闻一班的团支书,兼任副班长,配合班长邓阳的工作。

次日早晨八点,开始军训。

一班和二班组合成一个方阵,训练场地在网球场,同一个场地还有别的方阵。

比起在操场上全天接受太阳暴晒的方阵,他们在网球场训练简直是捡了天大的便宜。铁丝网外种了一排高大的树木,遮出一片绿荫,休息时可以到树荫下乘凉。但训练的时候还是得顶着太阳,不可能让他们一直那么舒适。

首先练习站军姿,十分钟、二十分钟、半小时为单位,逐渐延长。

负责他们方阵的教官年轻,二十多岁,性格没那么严厉,偶尔还说几句玩笑。隔壁方阵的教官就比较吓人了,全程黑着脸,训斥声连周围几个网球场都能听见。

哨声响起,教官宣布休息半小时。

大家以火箭速度冲向树荫里席地而坐,个个化身大水牛,疯狂饮水。有的女生背过身,偷偷补防晒。

教官坐在他们前面,帽檐下是一张白净又俊俏的脸,手里拎着挂了绳子的哨子:"会唱军歌不?会唱咱就跟隔壁拉歌。"

"教官,你先打个样,我们再有样学样。"后排的男生起哄。

教官板着脸:"看我好说话就嬉皮笑脸,隔壁的教官看到了吗?那是我连长,一会儿让他来收拾你们。"

隔壁那位教官,他们算是见识过狠劲儿了,缩缩脖子,不敢挑衅。

"说正事儿。"教官列举了几首军歌,现场没一个人会唱的,他有点泄气,拿哨子抵着眉心,"给你们个任务,结束今天的训练后,班长教首歌,后面要拉歌的,咱们队不能输。"

邓阳说:"教官,学哪首?"

教官想了想:"《军中绿花》。"

现场有人搜出来播放,邓阳一听,面露难色:"太难唱了,我不会教,大家自己跟着手机学吧。"

教官还能不知道他们这些学生的德性,私下里肯定不会好好学,宁愿玩都不学:"副班长是哪位?"

两个班的副班长被迫举起手,二班的是个男生。

教官在两人之间来回扫了几眼,把任务交给陆竿:"那个女班长,晚上组织两个班的学生好好学歌,明天我要抽查的。"

陆筝第一天上任就接了个难题,心里打起退堂鼓,嘴上却不能拒绝:"好的,教官。"

教官看表:"还有二十分钟,玩个游戏。击鼓传花会不会玩?"

"听说过。"

"怎么玩啊,先讲讲规则。"

教官单手撑地,借力站起来,甩了甩手中的哨子:"一会儿我把哨子给你们当中一个人,一个接一个传下去,我喊停,哨子在谁手里,谁就起来给大家表演个节目。不想表演节目也行,咱就多加半小时军姿。"

"听起来好刺激,搞快点!"男生们摩拳擦掌。

教官扬手把哨子抛给第一排最左边那个女生,说了声"开始",转过身背对他们,两手叉着腰。

女生赶紧把哨子丢给右边的人,右边的人接着往旁边传,大家都不想当众表演节目,哨子传得飞快。

"三,二,一,停!"

教官回过身,哨子被丢在一个男生怀里,那男生一脸紧张地拿着哨子,想丢给旁边的人,没来得及。

两个班的学生加起来的掌声响彻了整个网球场,旁边几个方阵都看了过来。

男生从地上爬起来,无奈道:"我给大家跳一段?"

掌声更加热烈。

男生摸出裤兜里的手机,播放了一首节奏感很强的英文歌,跳了一段街舞,最后单手撑地抬起双脚的收尾动作,燃爆了全场。

教官也鼓起掌,笑得跟他们这群少年一样青春洋溢。

游戏继续,从表演街舞那个男生开始往后传,后面几排男生都传了一遍,又把哨子扔回了前排女生堆里。

大家不再规规矩矩按照队伍的顺序,到处乱扔,哨子在空中飞来飞去,谁也不知道下一刻会落在谁手里。

教官在数倒计时,哨子刚好被丢到赵芮怀里,在教官转过身的刹那,她慌里慌张地拿起哨子丢给旁边的陆筝。

陆筝还没反应过来,所有人的目光聚集在她身上。

"副班长!副班长!副班长!"

一班的同学情绪高昂,整齐划一地叫着她,边叫边拍巴掌,给足了陆筝排面。

陆筝红着脸被推到众人面前,她压根没料到会轮到自己,也就没准备

051

表演的节目,杵在人前不知如何是好。

掌声持续不断,陆竽清了清嗓子,声音不大:"我给大家唱一首歌吧。"
这是她短时间里唯一能想到的节目。虽然她唱歌不算多么好听,还很容易跑调。

"好!"

陆竽在手机里搜到伴奏,唱了一首稍微有点把握的《一样的月光》。这歌她听了太多遍,不用看歌词也能流畅地唱下来。

有几句不在调上,但这又不是文艺会演,只是玩游戏而已,在眼前的氛围下,陆竽轻柔缓慢的歌声好似驱散了铺天盖地的暑气,给大家带来一缕清凉。

> 一样的月光
> 怎么看得我越来越心慌
> 你留下最清楚的步伐
> 竟是指引我孤单的方向

陆竽唱歌的时候,脑海里一遍又一遍重放在公交车上,她和江淮宁共用一副耳机听这首歌的画面。每一帧都拆开了,揉碎在她心间,播下种子。那些种子在她心底生根发芽,再也拔除不掉。

她唱得投入,大家听得认真,最后一个音落地,全场安静,接着又是一阵掌声。

陆竽脸色爆红,额头脸颊满是汗水,小跑着回到原位坐下,脑袋歪向一边,用何施燕的身体挡住自己的脸。

她害羞的模样惹得何施燕怜爱不已,何施燕摸了摸她的脑袋,夸赞:"宝贝,恭喜你,获得大学四年优先择偶权。"

陆竽眨眼,没听懂。

何施燕用手挡住嘴:"你没看到那些男生,眼神都痴了。"

何施燕的话一点不夸张,上午的军训刚结束,就有男生前来找陆竽要QQ号,一路追到了食堂。

见她在打饭,还有男生去问她室友要她的联系方式。

陆竽端了一碗鱼丸面过来,何施燕刚打发走一个男生:"我没给。"
话音落地,眼前又多了一道影子。

"陆竽,这么巧。"

一道清爽的声音从头顶倾泻而下,跟那些或扭捏或浮夸的男生完全不一样,犹如山涧流淌的清澈的水。

餐桌上几个女生同时抬头。陆竽咬断面条，摆了下手打招呼："是你啊。"

陈嘉林身材比例优越，脸蛋漂亮，皮肤还白，留着利落的短发，在人群中很出众。迷彩军训服被他穿出一种别样的硬朗帅气。

他单手托着餐盘，另一只手递出早就拿出来的手机："上次匆忙，忘了加你，留个联系方式吧。"

几个室友互递眼神，眉毛挑得老高，只想说不愧是帅哥，要联系方式都比别人大方直接。

陆竽没忽略室友们骨碌碌转的眼珠子，也猜到她们在兴奋什么，她没给她们继续看戏的机会，接过陈嘉林的手机，输入一串号码。

陈嘉林见好就收，没再继续打扰，端着餐盘去别处吃饭。

正主一走，几个女生就憋不住了，用目光把陆竽包围起来，让她讲讲怎么认识的。

陆竽抖了抖碗里的面，再不吃就要坨了。

"陆竽，你存心吊我们胃口！"

"这位的颜值是所有搭讪者里最高的，我觉得你可以试试。极品帅哥就得趁早下手，不能便宜了别的小姐姐。"

"什么搭讪者，没听他们的对话，早就认识了吧。"

陆竽耳朵要起茧子了："不是我吊胃口，是没什么好说的。我俩开学前拼车到学校，路上说了几句话而已。"

"就这？"

陆竽就知道她们不信，但她说的是真的："就这，没别的了。"

"那又怎么样。拼车就是缘分的开始。"何施燕分析得头头是道，还举出例子证明，"我姐和我姐夫就是在火车上认识的，两人现在特幸福，三个月前生了个女儿。"

陆竽比了个"停"的手势，太离谱了。

下午的军训完毕，陆竽在班级QQ群里发了条消息，艾特全体成员，让大家吃完饭前往教学楼会合，集体学习唱军歌，明天教官要检查。

她单独给二班的班长发了消息，让他组织一下他们班的同学，一块过来。

陆竽在手机上搜出了教官说的那首歌。她真没歌唱天赋，听了几遍，第一句还唱不准。

人到齐了，陆竽站到讲台上，拿黑板擦拍了拍讲桌："安静，我们要开始学歌了。"

陆竽长相软绵绵的，眼睛很灵，哪怕板着个脸也不会给人很严肃冷漠的感觉，她的威慑力全部来自于大家对漂亮女孩子的宽容，愿意听她的。

053

教室安静了，陆芊调大手机音量："我播放一句，大家跟唱一句，多练几遍应该能学会吧？"

不知哪个班的男生扬声道："副班长，不是你先学会，然后亲自教我们吗？我们笨啊，得一句一句地教。"

哄堂大笑。

陆芊被笑得脸红："你们到底要不要学？明天跟别的方阵拉歌，我们队伍太拉胯，丢脸别赖我头上。"

"学学学。"

胜负心人人都有，陆芊正是利用这一点，用激将法拿捏他们。

差不多用了一小时，终于学会唱《军中绿花》，陆芊带领两个班的同学合唱了一遍，鼓鼓掌，宣布解散。

她完成任务了，解脱了。

何施燕回宿舍的路上还在取笑陆芊："宝贝，你也太容易脸红了，整节课脸都跟猴屁股一样。"

陆芊笑不出来，追着她打了一拳。

洗了澡，躺床上敷面膜，陆芊收到陈嘉林的短信，四十分钟前发的，那时候她在教大家唱歌，没空看消息。

两人聊了几句，互道"晚安"，各自下线。

陆芊揭下面膜去卫生间洗脸，关了灯，摸黑爬到床上，风扇"呼呼"地吹，混合着纱窗外涌进来的风，清凉怡人，驱散了白天的暑热。

何施燕将腿跷到墙上："你们睡了吗？"

黑暗中传来几声"没有"。

"聊个天吧。"何施燕挑起话题，"你们有喜欢的男生吗？"

沉默了一瞬，陶念慈率先开口，情绪有点低落，叹气："暗恋无果，毕业后就没联系了，他现在在外地读大学。"

汪雨说："一样，至今没敢表白。"

赵芮很干脆："没有。"

张悦然犹犹豫豫："有好感算吗？我对很多帅哥都有过好感，哈哈，这么说是不是感觉我挺花心的？要说特别喜欢的人，还真没有。"

大家都袒露了心声，何施燕没听到陆芊的声音："陆芊你呢？"

陆芊望着上铺的床板，她不想提起江淮宁，那是她心底最深处的秘密，离开眈山，跟谁都不愿意再提起。

没等来回答，汪雨轻声说："她睡着了吧？"

何施燕止了话题，放下那双大长腿，闭上眼睡觉。

第三章 /
他们已经很久没联系过了

1

军训一个星期,大家习惯了训练强度,除了皮肤晒黑了,没其他不适。

结束一天的训练,几个女生还有精力去校外吃自助火锅,吃完在奶茶店逛一圈,一人手里拎着一杯奶茶,边聊天边从侧门进学校。

校图书馆前的林荫路上支起了遮阳帐篷,一直延伸到路尽头,一个帐篷挨着一个。每一个帐篷前汇聚了一圈学生,大部分是穿着军训服的大一新生。

汪雨一手遮额,踮脚张望,看到了帐篷前飘的旗帜,写着"篮球社",下一个是"街舞社"。

"社团在招新,我们要不要去看看?"她回头问她们。

"去看看吧。"

宿舍六个女生从前到后挨个社团浏览一遍,在自己感兴趣的社团前驻足咨询。

逛了一圈,陆竽报了网球社和爵士舞社,交了报名表基本就能选上。尽头是学生会的地盘,报名人数比别的摊位多了好几倍。

陆竽挤进去拿了一张空白的报名表,她没有笔,但等其他人用完不知要等到什么时候,便问室友:"你们带笔了吗?"

何施燕从随身带的拎包里找出一支胡萝卜造型的圆珠笔给她:"你要加入学生会?"

陆竽实在找不到空地,便趴在何施燕背上填表:"你要加入吗?"

"我的意思是你报这么多社团,忙得过来吗?"何施燕真的佩服陆竽的精力,"课表我看了,咱们的课不少,你报的那两个社团太耗费体力了,再加一个学生会,我怕你吃不消。我差点忘了,你还是班委,得操心班里一堆破事。"

陆竽填完基础信息,举起表交给学生会的负责人,把笔还给何施燕:"我问过了,网球社一般是周六上午活动,爵士舞是周末晚上,不会占据上课时间。学生会的工作应该没那么繁重,很好协调的。"

何施燕吸了一大口奶茶,被她说动了:"帮我也拿一张表吧,我进学生会。"

陆竽再次挤进去,拽出来一张表:"你少喝点甜的,嗓子都哑了。"

何施燕让陆竽帮忙拿奶茶,她用嘴巴咬掉笔帽,换她趴在陆竽背上填表,含糊道:"也不想想我嗓子哑了是为什么。"

陆竽笑得肩膀抖起来。何施燕轻拍了她一下:"别动,字写歪了。"

下午军训,中场休息时间拉歌,紧挨着的三个网球场都轰动了,六七个方阵加入进来,阵势浩大。

各个方阵互相叫嚣着"叫你唱,你就唱,扭扭捏捏不像样,像什么,大姑娘"。何施燕嘴上吐槽"好幼稚啊这帮人",结果到动真格了,她唱得比谁都大声,胜负欲拉到满格,嗓子就这么喊劈了。

何施燕交了表,问其他人去哪儿了。

陆竽在人群中没找到她们:"可能在别的社团那里。"

两人在树荫下等着,十分钟左右,另外四个回来了。她们确实是去了解社团了,有的报了名,有的没报。

互相交流几句,得知只有陆竽、何施燕、赵芮三人报名加入学生会,能不能被选上还要看这周五的面试结果。

周五晚上,吃过饭的三人先回宿舍换衣服,穿着一身带臭汗的军训服去面试,估计还没开口就被淘汰了。

何施燕换了一条中规中矩的黑色长裙,长发披肩,化了妆,没平时那么张扬明艳,是显气质的妆容。她很会根据不同的场合调整妆面,达到完美契合的效果。

陆竽也稍微拾掇了下,上身是纯白T恤,下身搭了条牛仔半身裙,衣摆扎进裙腰里,勒出纤细的曲线,裙身后面开了一道衩。脚上一双小白鞋,干净简约。

何施燕坐在她面前,帮她化妆。

陆竽闭上眼,感觉眼影刷在眼皮上来回拂动:"下回出去逛街,你帮我挑一套化妆品吧,总蹭你的不好意思。"

"这有什么。"何施燕举起镜子让她看,"蜜桃色的眼影,适合你。"

陆竽眨巴两下眼睛,相当满意:"我也要学着化妆,不能老是麻烦你。"

"行,我教你。"

赵芮等她们好几分钟了,靠着门框,双手抱臂,点了点腕表:"两位大小姐,你们好了没有?"

"好了好了。"陆竿从柜子里拽出帆布包,装了几样东西进去,抱了抱赵芮的腰,哄她,"久等了。"

面试地点的走廊上排了两组长长的队伍。三个女生到前面领了号,站在其他人后面排队。

一个女生从教室里跨出来一只脚,很有学姐风范:"大家别站着等了,进来找位子坐吧,叫到号了再上台面试。"

何施燕个子高挑,有一米七二,拉着两个室友进去找好了座位。陆竿扫了一圈:"这么多人啊。"

肩膀被拍了两下,陆竿扭头看着何施燕。

何施燕一脸无辜:"怎么这样看着我?"

陆竿:"不是你拍我的吗?"

一道含着浅笑的男声从身后强行插入:"后面。"

陆竿扭头的幅度大了些,陈嘉林那张帅脸近距离地映入视线。他的手挥了挥,跟陆竿这几天在草丛里发现的那只橘猫一样,憨态中透着喜感。

"你怎么在这儿?"陆竿问了句废话。

陈嘉林答得一本正经:"首先,我肯定不是来上课的。"

何施燕"扑哧"一笑,笑完连忙捂住嘴,露出一双眼浅含抱歉,仿佛在说我不是故意打断你的:"你要加入哪个部门?"

陈嘉林知道她是陆竿的室友,晃了下手里的号码签:"宣传部。"

何施燕挑眉:"你不会是跟踪我们陆竿吧?"

陈嘉林听出她话里传递出来的讯息,假装不懂,拿眼神去看陆竿:"你也是宣传部?"

陆竿跟他一样,晃了下号码签,是蓝色的。宣传部就是蓝色。

陈嘉林没掩饰自己的好心情,别开脸时嘴角向上勾了下。

面试流程走完,学生会干部让他们回去等消息。面试通过的人会收到一条短信,没收到任何消息就代表没通过。

一群人稀稀拉拉出了阶梯教室,陈嘉林拨开几个人,挤到陆竿身边。为了不显尴尬,他的话是对着三个人说的:"你们去吃夜宵吗?"

何施燕知道他醉翁之意不在酒:"你请吗?"

陈嘉林等的就是这句话:"走吧。"

何施燕就是"口嗨"一下,没料到他答应得这么爽快,她反倒犹豫了,

057

不敢替陆竿做主,向陆竿使眼神。

陆竿两只手握住手机发消息,没接触到何施燕的眼神,何施燕着急,捏了捏她手臂以示提醒。

幸好陆竿的耳朵没罢工,听到了他们的对话,被何施燕捏了下,她收起手机,没有驳何施燕的面子:"吃什么?"

陈嘉林很开心:"你来定。"

陆竿看向另外两个室友,何施燕不敢再擅作主张,给了她一个"随便"的眼神,赵芮也不说话。陆竿决定:"吃麻辣烫吧。"

陈嘉林没意见。

吃完夜宵从食堂出来,陈嘉林送三个女生到宿舍楼下,在栅栏门外止步。

何施燕扭头盯着陆竿看,说:"别告诉我,你没看出来那位帅哥对你的心思。"

太明显了。司马昭之心都没他明显。

陆竿仰头望天,轻轻叹口气:"所以我没给他请客的机会啊。"

请了客就等于欠了人情,回头还得想办法还,她不喜欢这种牵扯。晚上这顿夜宵,她把她们三个消费的钱打给陈嘉林了,转账到支付宝,无法退回。

"你是怎么想的?"几次接触下来,何施燕觉得陈嘉林这人不错,长相好,气质干净阳光,最重要的是进退有度,很容易让人产生好感,可以考虑发展试试。

陆竿拎着帆布包的带子荡来荡去,慢悠悠地说:"没什么想法。"

回到宿舍,没出门的三个人已经洗漱完躺床上了,在玩手机。汪雨翘起脑袋:"你们回来了?还顺利吗?"

何施燕扶着床换掉高跟鞋:"面试结果要过两天才能知道。"

"你们肯定没问题的。"汪雨躺回去,继续看综艺。

陆竿去卫生间洗澡,不禁思考何施燕的问题。

她是怎么想的?

她想,如果能在大学里遇到一个喜欢的人,挤掉心里那个人的位置就好了。

可她刚伸出一只试探的脚,就发现自己做不到,不管是谁,她都会下意识拿他跟江淮宁比,然后得出一个结论,比不过江淮宁。

江淮宁是独一无二的,是她崇拜的人、喜欢的人,谁也比不了。

陆竿觉得自己有病,药石无医。

何施燕不理解她为什么报那么多社团,既当班委又进学生会,恨不得用掉所有空余时间。因为她不想让自己停下来,一旦停下来,那些思念会像来年春天的野草一样疯长。

陆竽不知道时间久一点能不能抹掉江淮宁在她心里留下的痕迹。

或许能,或许不能,目前的她没有答案。

中间隔了一天,陆竽早上刷牙的时候收到学生会发来的短信,告知她面试通过。

何施燕拿着手机从厕所隔间冲出来,拖鞋差点跑掉了:"啊啊啊!我被录取了!陆竽你呢?"

陆竽说:"我也被录取了。"

"真好。"何施燕扭了扭腰,"以后咱们可以一起活动了。"

她想起赵芮,认为她和陆竽都能被录取,精心准备了长篇发言稿的赵芮肯定不会落空:"赵芮?"

赵芮没有收到短信,嘴唇抿得很紧。

何施燕立刻明白了,收敛了脸上的兴奋:"可能短信是分批发的。"

一直到早饭吃完,赵芮都没收到短信,猜到自己被刷掉了,心情有点差。

宿舍几个人得知以后,安慰她不用放在心上,一个学生会而已,想锻炼自己以后有的是机会,大学里的活动还有很多。

2
清大迎新晚会,每个班强制要求一部分人去现场观看。

江淮宁不感兴趣,吃过晚饭背上书和电脑去图书馆。胡胜东给他发了十来条信息,全部石沉大海。

胡胜东简直头疼,他被谢柠威胁,务必把江淮宁绑到迎新晚会现场。她也不想想,江淮宁是个人,又不是一个物件,是他想绑就能绑得住的吗?

胡胜东在宿舍没见到人,直奔图书馆。

自打入校,江淮宁的活动地点基本上是固定的,教室、图书馆、宿舍、食堂,想找他并非难事。

图书馆太大,胡胜东从下往上一层一层转圈,终于找到他。

江淮宁面前打开笔记本电脑,修长的手指轻敲键盘,偶尔看一眼手边的资料。见到这一幕,胡胜东有些犹豫,不想打扰他。

谢柠那边不好交代,胡胜东捏了下眉心,还是走了过去。

旁边的椅子被拉开,有人坐下来,江淮宁没去看,视线紧盯电脑屏幕,眉心微蹙,是思索的状态。

胡胜东等他忙完这一阶段,才低声跟他说话:"跟我出来一趟。"

江淮宁瞥了胡胜东一眼,用口型问:"有事?"

胡胜东点头。江淮宁合上电脑,东西放在座位上没拿走,跟他到自习室外的走廊上,耐心不足的样子:"什么事?"

"迎新晚会,你去吗?"胡胜东没提谢柠,提到她,江淮宁肯定更不想去。

江淮宁用一种疑惑的眼神看胡胜东,胡胜东大费周章地找过来,只是为了问他去不去迎新晚会,这么闲吗?

"不去。"江淮宁转身欲走。

胡胜东没辙,动手拽住他:"就当是陪我去行不行?"

"有病。"

"我有点事需要你帮忙。"

"什么事?"

"到了再说。"

"你不说我就不去了。"

两个大男生在走廊上讨价还价,跟菜摊前为了抹去两毛钱而拉锯战的阿姨没区别。

"我求你了行不?"胡胜东打起感情牌,"凭咱俩多年的交情,你就当是给我一个面子,就这一次,下不为例。"

江淮宁眉头都没皱一下。

胡胜东再接再厉:"我给你跪下了,我叫你爸爸行不行,江大少爷。"

片刻后,胡胜东收到谢柠的微信:他来吗?

胡胜东:来。

费了他不少唾沫,又是乞求又是答应了一堆"不平等条款",总算把江淮宁请出山了,谢柠这回真是欠了他天大的人情。

江淮宁单肩背着书包,手攥住书包带,行走在校园里,大晚上也能收获一批注视。胡胜东习以为常,江淮宁天生就是自带光环的人,以前是,现在也是。

到了晚会现场,胡胜东给谢柠汇报:我们到了。

谢柠在后台做准备。她从没这么紧张过,深深地吸了一口气,看着镜子里的自己,白色的长裙,轻婚纱类型的,蕾丝和薄纱融合成最柔美的裙摆。脸上的妆容每一处都花了心思,力求给江淮宁留下最深刻美好的印象。

主持人报幕的声音透过话筒传递到每个角路:"接下来,有请哲学系大一新生谢柠为大家带来一首原创歌曲,《与你有关的事》。"

"原创歌曲"四个字将今晚的气氛送上第一个高潮,再看到灯光下演唱的女孩那么漂亮,掌声自发地响了起来。

女孩就像一枝白玫瑰，柔软纯洁，又带着坚韧的刺，她可以展露温柔的一面，也可以竖起尖刺扎伤人。

但这一刻的她，是温柔的、美丽的，像待嫁的新娘。

谢柠准备了很久，从歌词到伴奏，再到今晚这一切，都是为了江淮宁。

江淮宁听到谢柠的名字就猜到胡胜东骗他来这里的目的，想要离开，却被胡胜东死死拉住胳膊。

"松开。"江淮宁冷声道。

胡胜东真觉得他多少有点不近人情："谢柠对你的心思，我一个旁观者看了都动容，就算不喜欢她，至少等她唱完这首歌。"

这时候，谢柠的歌声停止，细微的喘息声被话筒放大："这首歌是我写来送给一个人的，他就在现场。"

场下所有学生跟鸽笼里的鸽子一样，前后左右转头寻找被告白的男生。

不用找了，谢柠亲自揭晓："江淮宁，我喜欢你，你愿意让我做你女朋友吗？"

她表白的人是江淮宁啊，似乎一点也不意外。

江淮宁先是在这一届新生群体当中脱颖而出，随着军训结束，他的名字就像风，吹遍了整座校园。再到国庆节收假，北城各大高校的贴吧出现他的照片，盖的楼上千层，花式夸赞，还小小地上了一回热搜，词条是#盘点这一届新生的颜值#。他的未精修照片所呈现的颜值盖过了那几所电影学院的校草。

长得好看的大有人在，长得好看还智商超高的就屈指可数了，江淮宁是那屈指可数里头的第一名。

此刻，不知哪位好事者打起追光灯，在台下观众群体里寻找江淮宁。

一束灯光恰好打在江淮宁身上，把他将要离开的背影照得一览无余。江淮宁被迫停下，回头看了眼："抱歉。"

谢柠抿了下嘴，精心打扮过的脸上破碎感尽显，眼眶里多了一抹热意，她拼命忍着，没有露怯："江淮宁，我再问你一遍，你要不要当我男朋友。"

江淮宁还是那两个字："抱歉。"

谢柠的手无力地垂了下来，话筒太重，她握不住，从手心滚落，掉在地上发出"砰"的一声。声音被扩大数倍，一声巨响，是那个女孩心碎的声音。

江淮宁从众人视线里离开了，没有丝毫犹豫和留恋。

他没有再去图书馆，直接回了宿舍，把书包放在椅子上，坐下喝完一杯水。

"卢宇,你作业写完了吗?"门被推开,隔壁宿舍的男生探进来半边身体。

江淮宁再一次条件反射,回首看去一眼。几秒钟后,他眼里的亮光熄灭,慢慢转回头,望着窗外已然黑透的天色。

哲学系的谢柠公然向江大校草表白的新闻在清大的校园里传了几天。

谢柠躲了江淮宁几天,在一个艳阳高照的中午,她再次出现在他面前,已经整理好情绪,当那一晚的表白不存在。

她端着餐盘放在江淮宁对面,淡定地坐下来:"来晚了,没排骨了。"

胡胜东张了张嘴,牙齿咬住的半片藕掉在桌上,他甚至觉得自己的心理素质还没有谢柠强大:"啊,我打了,你要吃吗?"

"谢谢。"谢柠从他的餐盘里夹走一块排骨。

她的目光在江淮宁脸上停驻了几秒,心里不由得抽痛。她以为自己没事了,怎么一见到他就难过起来了呢。

谢柠假装坦然:"喂,江淮宁,你不认识我了?"

江淮宁看着她,视线顿了一秒,移开:"我那天说的是认真的,我对你没有……"

"停。"谢柠打住,"我现在又没有跟你表白,你没必要上赶着拒绝我吧。"

江淮宁闭嘴,不聊这个话题,他只想安静地吃完饭,然后去图书馆写作业。

胡胜东以为谢柠放弃了,正想讲个笑话缓解下气氛,谁知谢柠语出惊人:"我还是喜欢你,会一直喜欢你,你现在不接受可以,反正我不会放弃。"

胡胜东哑口无言。

大半个食堂的视线汇聚在江淮宁这一桌,谢柠不在意被围观,她也能想到那些人会在背后怎样议论她。可能会说她不要脸,江淮宁都拒绝她了,她还不识趣,觍着脸凑上来给人看笑话。

无所谓,那些言语只要不让她亲耳听到,她就可以做到不痛不痒。她从小被父母教育,想要的东西就自己去争取,争取过了,还是得不到,那就算了,说明这个东西不属于你。人要有冲劲,但不能执拗,爱钻牛角尖的人没好下场。

江淮宁只是拒绝了她一次,还不到让她彻底放手的时候。

"服了,长这么大没见过这么厚脸皮的女生,没看江淮宁懒得搭理她啊。真不知道她怎么想的,为了个男生脸都不要了。我要是她妈,我得气死。"隔了半个餐厅,一个女生推了推身边的好友,寻求认同,"你说是吧?"

苏欹看着那边，不赞同室友的评价："谢柠挺勇敢的。"

那女生脸色难看："勇敢什么啊，一切不知道对方心意的公开表白都是道德绑架，耍流氓行为。"

苏欹不说话了，三观不同，争辩下去只会以面红耳赤收场。

一个女生为了喜欢的人做到这一步，无论如何，不该被嘲笑、被骂不要脸。她只是表达爱意，没做错什么。

是江淮宁的拒绝把她架上了火堆，倘若他接受了，苏欹相信故事传出来会成一段佳话，不会有人说那个公开表白的女孩是在道德绑架，只会夸她勇敢追爱。

当然，江淮宁拒绝她也没错，不喜欢当然要拒绝。

苏欹的室友不再聊谢柠，提起另一件事："江淮宁可能喜欢你，你忘啦，那天在校外的餐厅，他看了你好久。"

苏欹吸了口气，压下躁动起来的心："你别乱说。"

"我又没说错。"那女生信誓旦旦地说，"我不信你没听过他，好多女生跟他表白，还有传媒大学的大美女专门跑过来，他连正眼都没瞧过人家，又拽又冷。他肯多看你，一定有别样的意思。"

苏欹摇头，吃了一口菜："不是别人，也不会是我。"

沈黎所在的北城大学离清大不远，谢柠在迎新晚会向江淮宁表白的事，她从别人口中知道了。

哪怕听说了江淮宁没有接受，她依然心口发堵。

周末在图书馆待了半天，制订好的学习计划，因为心绪烦乱没有完成，她收拾东西，去了清大。

沈黎不是来找江淮宁的，她要找谢柠。

这几天关于谢柠的八卦传得尽人皆知，即便没有她的联系方式，想见她一面也不是难事。

沈黎在图书馆外的台阶下等了几分钟，谢柠两手插兜出来，见来找她的人是沈黎，给了一个白眼，转身就走。

"谢柠。"沈黎看见她了。

谢柠没办法装瞎子，慢悠悠地走下台阶："找我什么事？"

"找个地方聊聊吧。"沈黎问她，"你有时间吗？跟你说点江淮宁的事。"

谢柠不想理沈黎，但沈黎提到了江淮宁，就像捏住了她的命门，她没能抵抗住窥探欲："等等我。"

她回图书馆收拾了东西，背着书包出来了。

两人在校外找了家可以谈话的咖啡馆。谢柠靠着椅背，身上那件深棕色的翻毛领皮夹克让她看起来精致又英气，一股女战士般的气质。她拿小勺搅了搅咖啡，眼睛没看沈黎："现在能说了吗？"

"江淮宁有喜欢的人。"沈黎声音很轻，打着为她好的旗号说，"你这样纠缠他是不会有结果的。"

谢柠像听到一个天大的笑话，浮夸地笑了下。

沈黎拧眉，谢柠的反应不在她预料之中："你不信？"

"这不是信不信的问题。"谢柠丢下小勺，金属碰到瓷杯发出清脆的声响，她缓缓抬起眼帘，眼含轻蔑，"我想请问你是以什么立场跟我说这些，跟个神经病一样。江淮宁有喜欢的人关我什么事，他只要还是单身，我就有权利追他，等他哪天真谈恋爱了，你再来告诉我也不迟。啊，我说错了，就算他谈了恋爱，你也没资格在我面前指手画脚，你是他的谁？"

沈黎从没听过这么刺耳的话，一瞬间浑身血液逆流，握住咖啡杯的手指收紧，骨节用力到泛白。

"怎么，戳到你肺管子了是吗？"谢柠说话一向直来直去，她在江淮宁面前还会保留几分温柔和俏皮，对于一个不相干的人，她是不愿意给面子的，"你不会就是靠这一招赶走情敌的吧？喜欢他就去表白，心思阴暗的人才会为难别的喜欢他的女生。"

咖啡她一口没喝，直接走了，简直浪费时间。

沈黎追出去，大声跟她说："不管你信不信，他就是有喜欢的人了，我想劝你别白费力气！"

谢柠回敬她："你算哪位？等你成了他女朋友，再来跟我叫嚣！"

沈黎站在冷风中，突然泪流满面。

谢柠说的话，每一个字都像裹了冰的尖刺，刺进她的心脏。

3
周末下午，学生会第一次组织会议，要求全部成员到场。陆竽和何施燕一起去了，认识了很多新的朋友。

开完会，差不多到晚饭时间，两人在食堂吃了麻辣香锅。

宿舍群里有人要她俩帮忙带饭。陆竽看到群消息，传达给何施燕："得麻烦你一个人了，我一会儿要去社团，不回宿舍了。"

何施燕擦干净嘴巴："爵士舞社？"

"嗯。"

"我还没见过你跳舞的样子，想象不出来。"何施燕手握拳杵着下巴，端详陆竽的脸。陆竽是那种文气清淡的长相,穿着柔软质地的长裙、坐在图书馆靠窗的位置静静看书才符合她的人设。

陆竽吃完了,拿上包准备走:"等我练会了再跳给你看,目前我还属于四肢不协调的阶段。"

何施燕笑起来:"我等着。"

两人在食堂门口分别,陆竽去往爵士舞社团的场地。路边草丛里突然蹿出一团橘色的影子,绊住了陆竽的脚步,她停下来低头看,是她喂过几次的橘猫。

陆竽蹲下来摸它的脑袋:"糟了,今天没给你带猫粮。"

她第一次见到这只猫是去澡堂的路上,她当时在吃烤肠,剩下半根丢给了它。后来又遇到过一次,她去超市给它买了火腿肠。她没养过猫,听家里有猫的陶念慈说,猫猫不能吃火腿肠,她买了包猫粮,碰见了就喂它一点。

她今天没背书包,只带了一个帆布袋,猫粮装在书包里。

"给它吃这个吧。"

视线里出现一只修长的手,捏着一个金枪鱼罐头。陆竽仰头看手的主人,陈嘉林歪头一笑,将罐头往前递了递。

陆竽替小猫接受了那个罐头。

"你怎么在这里?"她用手指抠开铁盒盖子上的易拉环,用力过度,不小心掰断了环。

陈嘉林笑:"你怎么每次见到我都是这个问题。"他还是给她解释了,"会议结束后在食堂吃完饭,准备回宿舍,正好经过这里。"

陆竽对着打不开的罐头发愁:"你从哪儿买的罐头?"

"网上。"陈嘉林从她手里拿过来,摸了摸口袋,找出一串钥匙,上面挂了一把折叠小刀,他用刀划开盖子。

陆竽提醒他:"你小心点,别划到手了。"

她真是乌鸦嘴,话说完下一秒,陈嘉林的大拇指被锋利的罐头盖子划出一道口子,渗出一丝血。

陆竽不知道说什么好。

陈嘉林把罐头放到地上,小猫饿狠了,"喵"了一声,嘴巴凑过来,用舌头卷着金枪鱼吃。

"学校里其他的流浪猫都长得肥硕如猪,就这只小猫瘦不拉几,营养不良,不知道它是怎么混的。"陈嘉林在小猫的脑袋上揉了下,"可能人缘……不,猫缘比较差。"

陆笋被逗笑:"你的手不处理一下吗?"

陈嘉林看了看指腹,伤口不深:"没事。"

陆笋在帆布袋里翻找,拿出卡包,还真从夹层里找出了两片创可贴,递给他一片:"贴上吧,防止感染。"

陈嘉林得寸进尺,把手伸过去:"左手不方便贴。"

陆笋没帮他,将创可贴塞入他手里。等小猫吃完,她往罐头盒里倒了一点矿泉水,小猫喝了几口,钻进草丛里,她收拾完垃圾扔进几步外的垃圾箱。

陈嘉林自己贴了创可贴,见陆笋要走,追上去问:"你这是去哪儿?"

"社团。"陆笋甩下一句话,进了爵士舞社团的练习室。

计算机系的公开课三个班一起上,地点在一间大阶梯教室。

江淮宁在图书馆写完作业赶到上课的地方,有些迟了,幸好胡胜东帮他占了座位,在前面第五排,靠过道的那个空位给他留的。

江淮宁从后门进入,顺着台阶一步一步走下去,收获了几个班的女生的注视。

北城今年的冬天来得早,十月下旬的温度已然降至个位数。他穿着挺括的黑色大衣,里面柔软的羊毛衫恰到好处地中和了冷硬的气质,像从韩剧里走出来的男主角,看着他,脑海里就自动响起氛围感十足的背景音乐。

江淮宁放下书包,抽出一本书搁在桌面。

隔着过道,苏歆的室友推她的胳膊:"要不咱俩换个座儿?"

苏歆坐在里面,越过室友偷偷瞄了一眼江淮宁,在他发现前,藏起了羞红的脸:"不用了,老师来了。"

两节课连着上,中间有十分钟休息时间,老师出去了,教室里的气氛活过来。

胡胜东要去上厕所,江淮宁起身让开,站到过道里,目光不经意瞥向左侧,在一个女生的侧脸上停了短暂的几秒钟。

江淮宁重新坐下后,苏歆的室友异常敏锐:"我说什么来着,他刚刚又看你了,我默数了,看了你整整五秒!"

苏歆感觉到了,那几秒钟里她浑身僵硬,忍着没有回头看他。

室友竖起手掌挡住嘴巴,生怕被过道另一旁的江淮宁听见,小声又激动地说:"我敢打包票,他绝对对你有意思,真的,你可以试试,别等他被别的女生抢走了。你都不知道,这几天又有好些外校的女生过来打听他,还问他宿舍要不要参加联谊会。肥水不流外人田啊,不能便宜外校的女生。"

苏歆被室友的话鼓动,心里像藏了一条小鱼,游来游去。她迟疑道:"我要去表白吗?"

"谢柠不就是个很好的例子,喜欢就去追,你不说他怎么会知道,他没准以为你很冷淡呢。"室友说。

"你上回还说谢柠脸皮厚。"

"一码归一码,江淮宁喜欢你,你表白那叫两情相悦、佳偶天成!跟那些女生不一样。"

苏歆不敢踏出那一步:"表白这种事不该是男生来吗?如果他真像你说的那样,喜……喜欢我,应该会说的吧。"

室友换了套说辞:"男生是男生,江淮宁是江淮宁,他那么高冷,怎么可能主动表白。算了,当我没说,你要是不敢就忍着吧,之后再有女生追他,你可别后悔。"

两节课上完,放学了。江淮宁和胡胜东去吃饭,刚下台阶就被两个女生拦住了。

胡胜东看其中一个女生红透的脸就知道她想干什么,很有眼力见地退到一边。江淮宁当作没看见,面无表情地继续往前走。

苏歆有点尴尬,在室友鼓励的眼神下,追上前去,细声细气叫住他:"江淮宁。"

路过的女生看了眼,然后望了望湛蓝的天空、灿烂的太阳,心中了然:"这是开学以来的第几个了?"

大学不像高中,老师不管学生谈不谈恋爱,没有了条条框框的规矩束缚,表白就不再需要藏着掖着,恋爱也不需要打游击战。

江淮宁停下脚步:"有事吗?"

他语气不善,眼神冷冷的,苏歆被吓到了,然而已经迈出第一步,她也管不了那么多了,垂在身侧的双手紧紧攥住,说出那四个字:"我喜欢你。"

江淮宁有点烦了,不想再花时间应付这些事,干脆撒谎:"我有女朋友了。"

苏歆的脸色由红变白几乎是一瞬间的事。她的室友目瞪口呆,没想到事情的结果会是这样,拉着失神的苏歆跑了。

一起从阶梯教室出来的人很多,"江淮宁有女朋友"的消息就这么传了出去。

胡胜东知道他在说谎,目的是堵住那些前赴后继的爱慕者。谢柠也知道他在说谎,却联想到了那天沈黎跟她说的话。

067

江淮宁有喜欢的人。

或许,沈黎没有骗她。

谢柠坐不住了,单独约胡胜东出来,问:"你知不知道江淮宁喜欢的人是谁?"

胡胜东被问得措手不及,摸了下鼻尖,脸别向另一个方向。

他这副躲躲藏藏的样子惹得谢柠皱起眉,她就猜到他肯定知道些什么,扯住他的衣领,逼他直视自己:"说!"

胡胜东感到不自在,脑袋往后仰。她的目光紧追着他的眼睛,他只好举手投降:"我也不知道那个女生是谁。"

"你见过?"

"江淮宁钱夹里有张照片。"胡胜东全招了,"那次我在超市买东西忘了带钱,他把自己的钱夹丢给我,我匆匆看了眼,是他和一个女生的合照。"

谢柠大脑眩晕了下,扶着额头:"所以他有女朋友?"

"没有。"这点胡胜东很确定,"开学快两个月了,没见他跟哪个女生打过电话,你说他要是真有女朋友,能不联系?"

"那个女生长什么样子?漂亮吗?"谢柠步步紧逼。

胡胜东就差喊她祖宗了:"我真不知道,我没看清江淮宁就把钱夹拿回去了。我能肯定的是我没见过那个女生,是一张陌生的面孔。而且,江淮宁在那小破县城读书的时候,托我帮他买过一块女士腕表,三万八,年轻的款式。"

谢柠捶桌:"这么重要的信息你怎么现在才告诉我!"

胡胜东挨了她一拳,默默地承受了。

谢柠安慰自己,既然江淮宁没有和那个女生在一起,她就还有机会。

不过,好奇心到底战胜了理智。她想知道那个女生是谁,如果不让她弄清楚,她可能接下来很长一段时间抓心挠肺,总惦记着这件事。

琢磨了一晚上,她第二天顶着两个黑眼圈去上课。

中午吃饭,在食堂碰见胡胜东和江淮宁,胡胜东惊讶地问她:"你昨晚去做贼了?"

谢柠捂嘴打了个哈欠,敷衍道:"是吧。"

胡胜东后悔把江淮宁的事情说给她听了,以她对江淮宁的喜欢程度,听到这些可能会难过半宿。也可能不会,她是个坚强洒脱的姑娘,很多事不需要别人安慰开解,她自己就能想通。

江淮宁撂下书包,脱了外套放到椅子上占座,拿着饭卡去打饭。

谢柠看了眼他颀长的身影,又看了眼他放在椅子上的大衣,脑中突然窜出一个不道德的想法。

胡胜东睁大了眼,怔怔地看着谢柠一边留意窗口前排队的江淮宁,一边翻开他的大衣,手伸进口袋里。

"你这是干什么?"胡胜东觉得她魔怔了,"你还有没有点道德?"

"暂时没有。"谢柠如愿摸到钱夹,"我就是好奇,想看一眼。"

想看一眼江淮宁喜欢的女孩长什么模样。

谢柠翻开钱夹,在透明夹层里看到一张合照。蓝色玻璃折射着阳光,江淮宁和一个女生穿着一样的黑白拼色校服站在台阶上,他的肩膀向女生那一侧倾斜,是一个很自然的想要靠近她的姿势,女生笑得有点腼腆。

谢柠眉目微凝,这个女生……她似乎见过,怎么这么眼熟。

胡胜东帮她盯梢,低声警告:"你差不多得了,赶紧放回去。"

谢柠搜刮了脑海里每一个角落的回忆,始终找不到这个女生的影子。她指着照片问胡胜东:"我好像见过她,但我想不起来,你真没见过吗?"

胡胜东粗略瞄了眼:"没见过。"

谢柠怪他敷衍,认真问他:"你再好好看看,真不觉得眼熟吗?"

胡胜东确定:"你问我多少遍都是一样。"

谢柠挠了挠头,不解:"那我是怎么见过的呢?"

"这我哪里知道?"胡胜东注意着窗口的情况,已经排到江淮宁了,他赶紧提醒谢柠,"他马上过来了,快放回去!"

谢柠不管三七二十一,拿出手机对着合照拍了一张,打算回去再好好想想,到底在什么地方见过对方。

江淮宁过来前,谢柠合上钱夹,塞回他的大衣口袋,还把大衣恢复成他离开时对折叠起的样子,而后长舒一口气,堪称生死时速。

晚上,胡胜东洗漱完躺床上,谢柠那祖宗又来烦他了。

谢柠想了一下午,没想起来合照里的女生是谁,她决定换个方式找答案:我记得清大有江淮宁以前的校友吧,都有谁?

这道题胡胜东能回答上来:李元超,建筑系。张璟,物理系。跟江淮宁关系好的就他俩,其他人我不清楚。

谢柠甩给他一个"谢谢老板"的表情包:你真是我的福星!

谢柠查了建筑系的课表,第二天就找准时机去李元超上课的阶梯教室外蹲人。

下课铃打响,李元超跟同宿舍的几个人往外走,路还没看清,眼前就晃过来一道身影:"李元超。"

李元超一脸茫然:"你是?"

"你好,我是谢柠。"她弯唇一笑。

李元超眼神里疑惑,旁边的室友好心提示:"谢柠啊,向江大校草公开表白的那个。"

李元超不是特别关注校园新闻,这件事他听室友谈论过,听过就忘了,压根不知道传闻中的谢柠长什么样子。

"你好。"李元超恢复正常神色,"你找我有什么事?"

谢柠两根手指比画了下行走的动作:"我们借一步说话?"

李元超丈二和尚摸不着头脑,跟着她到教学楼旁的小道,这里是个风口,冷得他直打哆嗦:"你要跟我说什么啊?找我打听江淮宁?这学期我俩统共就见过三次,可能帮不上你什么忙。"

他和江淮宁虽然同在一个学校,毕竟专业不同,私下里有各自的事情要忙,见面的机会不多,不像高中时期,一起上课下课、吃饭打球。

"这个忙你肯定能帮上。"谢柠从手机相册里找出那张合照给他看,"这个女生你认识吗?"

李元超自然是一眼就认出来了:"陆笋。"

谢柠是第一次听到这个名字,愣了许久,试探道:"江淮宁喜欢她?"

"嗯,应该是吧。"

"他们为什么没在一起?"

"据我所知,有个男生和陆笋是青梅竹马,从小一起长大的那种,感情很深。"李元超说,"那个男生向陆笋表白,她接受了,两人就在一起了。自那以后,江淮宁和她没怎么联系过。"

李元超那一晚错过了顾承表白的场景,是后来听班级群里的同学说起,终于知道江淮宁那晚醉酒失态的根本原因。

谢柠呆若木鸡,她如何能想到还有这样一段故事,三角恋吗?

江淮宁那样优秀的人,竟然会败给别的男生,她对陆笋越发好奇了。

李元超摊手:"我知道的就这些。"

谢柠抿了抿唇,她发现,听到那个叫陆笋的女生跟别的男生在一起了,她并没有开心到哪里去。

江淮宁明知道陆笋是别人的女朋友,还留着和她的合照,藏在每天都能看见的钱夹里,不就证明他心里还有她,忘不了她吗?

一般人总以为少年人的感情不会有多深,可事实上,少年人的感情是最最纯粹的,喜欢就是喜欢,不掺杂任何成年人的现实因素。

李元超冻得受不了了,双手抄兜,书本夹在腋下,礼貌地问:"你还有事吗?"

谢柠摇头，她什么问题也没有了。

李元超走出一段路，想了想，又退回去给她一个忠告："那女孩高二是他同桌，高三他俩住在一起，朝夕相对。照他现在的样子，估计三五年都没法走出来，你自己想想吧，得有个心理准备。"

谢柠僵在了原地，那女孩是江淮宁的同桌？难怪看着眼熟。

她高二去小县城找江淮宁，在他班里见过陆笋一面，只不过她当时的注意力在江淮宁身上，没怎么关注他身边的人，粗粗瞥了一眼，没留下太深刻的印象。

4

天冷以后，宿舍里的姑娘们就不爱出门活动了。每天除了去教室上课，其他时间都窝在宿舍里，煲剧、追综艺、闲聊，吃饭也不愿意去食堂。哪个人要是出趟门，其他人准会让其帮忙带饭。

陆笋是个例外，她总是忙得神龙见首不见尾。最近更夸张，她在考虑要不要接一个家教的兼职。是爵士舞社的一个学姐给她介绍的，薪资丰厚，一小时两百，辅导一个初三生，要求一三五的晚上辅导一小时，周六日辅导四个小时。

"劝你别去了。"何施燕坐在床上，一边追剧一边织围巾，"入冬以后天黑得早，你一个女生外出不安全。"

陆笋刚从外面回来，外套还没脱，抱住书包坐在床边："我还没答应，在考虑中。你这么说，那我不去了吧。"

她看着何施燕织的围巾，怔怔出神，突然像是被提醒了，江淮宁的生日快到了。

何施燕在外人面前一副高冷女神范儿，只可远观不可靠近，了解她以后，会发现她性格很好，随和有趣，最大的爱好是做手工。她前段时间拼了一个超大的乐高城堡、绣了一幅十字绣、刻了两枚印章，现在又开始织围巾。

她在网上买了几盒不同材质颜色的珠子，接下来准备穿手串。

陆笋佩服死她了："你能教我刻印章吗？"

"行啊，你得先在网上买工具。"何施燕停下织围巾的动作，给陆笋列举，"要买石料，这个得好好选，直接影响印章的质量，再买把趁手的刻刀，印泥也要买。其他的印床、勾线笔、磨刀石之类的工具我有，可以借你用。"

陆笋说："等我买回来了你再教我。"

"好说。"何施燕看着她，似笑非笑，"你怎么想起来要刻印章了？"

"兼职不打算做了，空出来的时间得找点事情打发掉。"

071

何施燕服了她:"你真是一刻都闲不下来。"

陆竽是个行动派,跟何施燕聊完就在购物软件里搜石料,选了两块通透碧绿的上等玉石料子。

何施燕直夸陆竽财大气粗,她自己买来刻着玩的石料,三十九块钱一公斤。陆竽买的那两块,价格上千。

等了几天,快递寄到了。

陆竽开始跟何施燕这个师父学刻印章,看起来简单的小玩意儿,动起手来就知道有多费功夫。埋头刻了几个小时,陆竽的指腹磨出了一个亮晶晶的水泡,虎口又红又肿。

"比想象中的难吧。"何施燕双手背后,弯腰检查她的成果,乐开了花,"我们陆竽写得一手好字,刻出来的字怎么这么丑?不合理啊。"

陆竽吹掉石料上面的灰,拿毛刷扫了扫,显露出雕刻而成的字迹,蘸上印泥印在白纸上。

"陆竽"两个字确实丑出了新高度,这块玉石料子算是被她糟蹋了。

好在她还有一块。

陆竽避开何施燕,将作废的印章收起来,拿出另一块料子,继续埋头做工,晚饭时间过了她也没感觉到肚子饿。

何施燕换好外出的衣服,问她:"陆大仙人,你不去吃饭吗?"中午她说不饿,只吃了一个卷饼,晚上还不吃可不是要成仙了吗?

陆竽仰起头,揉了揉泛酸的脖颈:"你帮我带一份可以吗?"

"行啊,你想吃什……"

"还是不要了,我跟你一起去。"陆竽不想麻烦何施燕,藏起刻到一半的印章,跟她下楼到食堂吃饭。

一人吃了一碗面,回去后陆竽接着刻。

何施燕找出上周遗留的作业,边吃薯片边写:"欲速则不达你懂不懂?慢慢来,又没人催你赶工。"

"来不及了。"陆竽嘀咕。

"什么来不及?"

陆竽手下一顿,刻刀的尖端划到指肚,登时冒出一滴血珠。她快速拿纸擦干净了,贴了片创可贴,若无其事地说:"没什么。"

第二枚印章断断续续花了两天半的时间,还在侧面刻了花纹。陆竽不会刻太复杂的图案,怕毁了这块料子,只刻了一枝梅花,为了应冬天的景。

何施燕昨天买的一款大衣不合身,准备去退货,陆竽陪她去。

羽绒服的口袋里装着刻好的印章,陆竽特意配了一个胡桃木小盒子。

一路上，陆竿手指摩挲了无数遍小盒子，想把它寄给江淮宁，当作他的生日礼物。

"陆竿，走了，去吃饭。"何施燕寄完东西，回头见陆竿在发呆。

陆竿冲何施燕笑了笑，笑容里有掩饰不住的苦涩："我寄个东西。"

"哦，我等你。"何施燕拉高围巾蒙住下巴，站在门口等她。

陆竿拿出小盒子放在柜台上，老板问她寄到哪儿，她说："北城，多少钱？"

老板掂了掂她的盒子，分量很轻，不用上秤："十块。"

陆竿掏钱，老板帮她打印快递单，要填收件人的名字、电话号码、地址。陆竿捏着十元钱的手指紧了紧。她恍然想起，她没有江淮宁的电话号码。

沈黎说，他换了北城的电话号码。

他们已经很久没联系过了。

陆竿拿走了那个原本要寄到北城的小盒子，对老板说了声抱歉。老板莫名其妙："不寄了吗？"

陆竿反问："没有电话号码可以寄吗？"

"不行，收件人收不到快递短信。"

陆竿失魂落魄地走出去。

何施燕在门边听到陆竿和老板的对话，再看她的脸色，突然有一种一直以来陆竿的活力和开朗都是装出来的感觉，她的内心其实很悲伤。

一条微博上了热搜，词条是"全国大范围降雪"。北城也在其中，下午纷纷扬扬下了几个小时，地面覆了一层白，松糕一样。

恰逢江淮宁生日，宿舍里几个男生约好给他庆祝，外出吃火锅。

这样特殊的日子谢柠自然不会落下，她不请自来，送上一份精心挑选的礼物。江淮宁没接受，也没赶她走。

他不接受礼物谢柠能理解，他不喜欢她，所以不想跟她有别的牵扯。但让她不爽的是，饭局上来了个不速之客。

沈黎也是过来给江淮宁庆祝生日的。

上次闹得不欢而散，谢柠对上沈黎，很难给出好脸色，阴阳怪气了几句。沈黎像是看不出她的故意针对，没有搭茬，微笑着跟江淮宁的室友聊天。

"真能装。"谢柠吃了口毛肚，撇嘴耷眼。

胡胜东坐她旁边，用眼神提醒了几次没效果，借着给她倒水的机会，几个字从齿缝里挤出来："你收敛点。"

人家沈黎招她惹她了，她要这么欺负人？

谢柠喝了一口他刚倒的柠檬水："你管我？一边去。"一群傻瓜，全被沈黎清纯的外表给骗了。

气死了，胡胜东还帮沈黎说话，眼睛被猪油蒙住了吧，亏他们还是多年的好友。

胡胜东劝不住就由着她去了。

整顿饭除了谢柠时不时"发疯"，气氛还算融洽。

饭后，沈黎把准备好的生日礼物给江淮宁，没说别的，照例一句"生日快乐"。

江淮宁没要沈黎的礼物，想也知道她的礼物很贵，他不想在她来年的生日上花心思还礼。

沈黎皮肤很白，在听到江淮宁说完拒绝的话后更白，然后谢柠就爽了。

"路上小心。"江淮宁低头围上围巾，面色平淡，没看到沈黎眼里的失落快要溢出来。

沈黎走向公交车站，心情还没来得及收拾，谢柠突然丢下那群人，朝她跑过来。她一脸莫名，谢柠笑得怪模怪样，凑近她说："我知道江淮宁喜欢的人叫陆竿。你还想跟我说什么呢？"

沈黎怔住。

谢柠懒得看她的反应，说完就跑回去了。

胡胜东皱起眉毛："你跟她说什么了？"

谢柠用脚尖踢着路面的雪，开心得不得了："美女的事你少管。"

她拔腿追上走在最前面的江淮宁，他今天穿了件黑色的长款羽绒服，发梢落了细碎的雪，围着深蓝色的围巾。围巾很长，绕着脖子裹了几圈还有富余，看着像是羊绒线织成的，柔软又暖和。

谢柠踮起脚尖，笑意动人，一点也不像方才那个张牙舞爪的疯子："你戴的围巾在哪儿买的？给我发个链接呗，'种草'了。"

江淮宁脚步忽地停住，看了她一眼，抿紧了唇。

"小气巴拉，不愿意给就算了。"谢柠倒退着走，歪头打量他那张臭脸，也就剩一张脸能看了，"江淮宁，你现在越来越没意思了，话都不肯多说两句。"

你再这样下去，我可就不喜欢你了。

她喜欢的是那个阳光恣意、对未来充满幻想、无所畏惧的江淮宁，不是眼前这个沉默寡言、冷冷冰冰的阴郁少年。

关州也下了一场大雪，能听到片片雪花落下的簌簌声。没过多久，窗外的冷杉被厚厚的白雪覆盖,压弯了枝头。

这样冷的天气,待在大教室里属实难熬,陆笋的脚冻得失去知觉。

她托腮望着外面的雪,没完没了地下,不知何时会停,多适合在暖气充足的宿舍里捧一杯热热的奶茶,看一部温暖基调的韩剧。谁让他们命苦,下午满课。

放学时,天与地都被这场雪吞噬了,满目漆黑里只有路灯坚守岗位。

何施燕提议:"我们去吃火锅吧。"

其他人欣然同意,改道去校外,吃一家实惠的十元自助小火锅,素菜和丸子随便吃,蘸料和荤菜另外加钱。

几口热气腾腾的食物下肚,浑身都暖了,聊起即将到来的期末考试,既紧张又兴奋。

说笑间,有人的手机响了起来,是陆笋的,她看来电显示是"妈妈",起身走出火锅店,在门口接电话。

夏竹笑了笑:"没看到我给你发的照片吗?"

"什么照片?"陆笋没看。

"微信上给你发了照片。"夏竹说,"是不是很忙?我下午给你发的,你一直没回。"

眼前是漫天的雪,陆笋一只手覆上额头:"我上了一下午的课,手机静音了,刚设置成响铃,你的电话就来了。"

"你先看看吧。"夏竹的笑意穿透屏幕传递过来。

陆笋没有挂断电话,打开微信,看到妈妈下午三点多发来的消息,很多张照片,囊括了一套房子里重要的布局展示,客厅、厨房、主卧、次卧、阳台等等。

整体装修风格偏向原木风,温馨舒适感扑面而来,契合陆笋小时候想象中一个家该有的样子。

她举起手机重新贴到耳边,不确定地问:"这是……新房子吗?"

开学前她就听父母讨论过,年底想在市里买套房,按理说不该这么快装修好。

夏竹重重"嗯"了声:"我和你爸下午去看了,我俩都很喜欢,目前还没签合同。你也是家里的一员,想先问问你的意见再做决定。你觉得怎么样?"

"我很喜欢。"门口有点冷,陆笋捂住被风吹疼的耳朵,"是二手房吗?怎么看着这么新?"

"房源是你孙阿姨介绍的,跟她家在市里的房子离得不远。房主是她一个远房亲戚,一家人在国外定居,老家的房子装修好以后不打算住了,我们签完合同就能搬进来。"夏竹解释得很详细,"房子没住过人,家具都是新的,价格贵一点,胜在省心。"

陆竽还在江家时,听孙阿姨说过,景和苑的那套房子是为了江淮宁上学便利买的,他们家原先就住在靳阳市里。

夏竹的话传递出一个信息:两家离得不远,以后低头不见抬头见。

听到她说喜欢,夏竹立即拍板:"我们就定下这一套。房主近期会回国一趟,手续办理起来很快,说不定等你放假就能住进新房子了。"

通话结束,陆竽两只手插进口袋里,对着茫茫大雪呼出一口白气。

火锅店门口停了一辆黑色轿车,被雪染成了白色,只有靠近底盘的一部分倔强地保留了原有的黑色。车前盖像一块画板,陆竽从口袋里拿出一只手,手指在上面写字,一个"江"字显现出来,她心中蓦地一痛。

她忍着痛一笔一画地写完,品味着这三个字的余温。

"江、淮、宁。谁啊?"许久不见陆竽回来,何施燕出来找陆竽,顺便透个气,店里太闷了,她的脸被热气熏得红彤彤。

陆竽眼睫轻颤,手掌拂去那层雪,"江淮宁"三个字被抹掉,只留下一块凹陷下去的痕迹:"你不认识。"

何施燕走下台阶,歪着头看她:"是你暗恋的人?"

陆竽觉得自己可笑,心里总记挂别人的男朋友。她闭了下眼,否认的话不需要斟酌就说出来:"不是啦。"

何施燕将她故作轻松的姿态看在眼里,没有拆穿,搂住她的肩膀:"好冷,快进去。老板刚上了一批食材,咱们今晚吃个撑!"

5

进入考试周前,陆竽去上这学期最后一节爵士舞课。

社长要求新学员拍一支完整的舞蹈视频,作为这学期的作业,之后会根据大家的表现打分,前三名将获得社团定制的礼品。

陆竽练了一学期,从刚开始四肢僵硬宛如生锈的机器人,到现在能自如地跟上节奏,学姐都夸她进步巨大。

站在镜子墙前,陆竽脱掉外套,里面是一件奶咖色半高领打底衫,配黑色高腰牛仔裤。贴身的穿着将她的身材优势展露无遗,但她此刻的表情严肃得像上战场的将士,频繁做深呼吸,在脑海中复习动作。

轮到她了,可能是没做好拉伸,跳到一半崴了脚,重重跌坐到地上,"咚"的一声,在练习室里荡起回音。

帮忙拍视频的钟芫学姐冲过去，见陆竿满头大汗，吓得不轻："陆竿，你怎么样？"

另外两个学姐也过去了，围着陆竿查看她的状况。陆竿两条腿朝一个方向瘫坐，一只手撑地，另一只手按住右脚踝，疼得吸气："崴了一下。"

钟芫挽起她的裤腿："天哪，这么快就肿了。学校的医务室不能拍片子，得去医院看看有没有伤到骨头。"

陆竿被两个学姐架起来，裹上外套，单腿蹦着往外走，崴到的那只脚不敢落地。

陈嘉林和室友吃完饭回宿舍，隔着几米远认出了陆竿，他把书往室友怀里一塞，跑上前去："这是怎么了？"

"陆竿的脚崴了，我们送她去医院。"钟芫见过他几次，是陆竿的朋友。

陈嘉林没有犹豫，弓身背对着陆竿，说："照你这样蹦到校门口黄花菜都凉了！上来我背你。"

陆竿看着男生宽阔的背，踌躇不决之际，陈嘉林直接握住她膝盖弯，将她托起来放到背上，步子迈得又大又稳。

到达距离学校最近的医院，陈嘉林挂了急诊，让钟芫陪陆竿坐在大厅里等候。

陈嘉林忙前忙后，大冬天出了一脑门的汗，身上的黑色羽绒服被他脱下来抱在怀里，因为慌里慌张，衣服掉下来几次，还被他自己不小心踩了一脚，上面印出一个大大的泥巴脚印。

钟芫担心陆竿之余，还有心情欣赏奔跑中的帅哥："陆竿学妹，那个姓陈的好像很喜欢你。"她歪头，纠正措辞，"不是好像，他就是很喜欢你。"

陆竿在社团里是团宠，她画画很棒，很多活动的宣传海报出自她手，跳舞虽然不是最好的，但她绝对是最上进的学员。

陆竿看着钟芫："你别开玩笑了。"

她不是没看出陈嘉林的意思，也在有意疏远、避开与他的接触，奈何现实不允许。他们同在学生会的宣传部，只要有活动就会碰到一起。爵士舞社团的练习室在男生宿舍楼的必经之路上，光是偶遇就有好几回，喂猫时也碰见过。

用何施燕的话来说，人家没表白，你还不能直接拒绝，不然尴尬的只会是你。

陈嘉林办好了相关手续，带陆竿去做检查。

万幸没伤到骨头，只是扭到了，医生开了外敷的冰袋和活血化瘀的喷剂。

陆竿向陈嘉林道谢："今天太麻烦你了，费用多少，我支付宝转给你。"

"等你康复请我吃顿饭就好了。"出租车在校门口停下，陈嘉林先一步下车，摆好了背她的姿势。

坐在副驾驶座的钟芫给两人制造机会："陆笋，你好好休息，不用挂心社团作业，也不是什么正儿八经的考试。再见。小陈同学，照顾好我们陆笋。"

陈嘉林手撑着膝盖，回头催促呆坐不动的陆笋："快点，腰都酸了。"

陆笋实在不愿劳烦他，但她计算了一下从校门口到宿舍楼的距离，两眼一黑，只能向残酷的现实低头。她两手攀上他的肩，尽量不触碰到他的皮肤，慢慢将身体的重量交给他的后背。

陈嘉林背着她走过校园的林荫路。

大学里拥抱和亲吻没那么引人注目，偏偏是这种背人的行径，可以媲美偶像剧的清新唯美，最是吸睛。如果是帅哥美女的组合，回头率将会翻倍。

陈嘉林的步伐没有去时那么迅疾，他享受背陆笋的时刻，恨不得这条路能长一点，最好没有尽头。

他嘴角挂着温柔的笑，寒冷的风都要为他的笑容让步。

陆笋不知收获了多少打量的目光，脸皮再厚也顶不住了，何况她不是脸皮厚的人。她拍了拍陈嘉林的胳膊："宿舍楼快到了，你放我下来吧。"

陈嘉林脚步没停："你宿舍在几楼？"

"五楼。"

"你打算用一条腿蹦到五楼？"

陆笋皱起眉，思索单腿跳到五楼的后果，那条完好的腿可能也会废掉吧。

陈嘉林给她出了个自认为很实用的主意："你要是觉得不好意思，可以戴上帽子，头低一点，或者干脆捂住脸，大家看不到你的脸就不知道你是谁了。"

陆笋哭笑不得："陈嘉林，你怎么不蒙住脸？"

"我蒙住脸还怎么看路？"陈嘉林轻哼，"我又不怕被人看。"

陆笋怔了怔，痛恨自己总是在每个不经意的瞬间想起江淮宁，回忆撕开一道口子，全部倾泻出来，她堵也堵不住，丢也丢不掉。

哪怕只是一道上扬的轻哼声，她也会想到他。

女生宿舍楼的第一道栅栏门不设限制，可以自由出入，楼道门就不让男生进入了，门口立了警示牌。陈嘉林当没看见，堂而皇之地背着陆笋进去。

"喂！"陆笋挣扎，想要下来，"你不能进楼。"

"你别乱动，小心摔下来脚没好腿又伤了。"陈嘉林路过一楼宿管房间的玻璃窗前，不出意外地被阿姨拦住了。

"这里不让男生进入,门口那么大的牌子看不见?"阿姨急匆匆从屋里出来,手里拎一圈钥匙,"叮叮当当"作响。

陈嘉林没有放下陆竿,眼神清澈诚恳,额头和鼻翼挂了汗珠,可怜兮兮的:"阿姨,我朋友腿受伤了,不能爬楼梯,我送她上去就下来,马上,很快,您通融通融。"

陆竿小声争辩:"我可以让室友下来接。"

"你室友能背得动你?"陈嘉林当场跟她理论起来,"你室友来了,也只能扶着你,你还是得单腿上去。"

阿姨看了眼陆竿的脚,裤腿蹭上去一截,露出肿成发面馒头的脚踝,她手里还提着医院的药袋和拍的片子。

阿姨松口了:"正好我要上楼检查违规电器,我盯着你上去。"

陈嘉林笑:"谢谢阿姨,阿姨您真好。"

嘴甜的孩子讨喜,宿管阿姨笑了下,率先上楼,让他跟在她身后上去。每经过一层楼,阿姨都会大声提醒一句:"有男生过来,衣服穿好了!"她担心有女生光着大腿跑来跑去,以前就遇到过。

陈嘉林负重爬到五楼,累得大喘气,脸都憋红了。虽然陆竿不重,但从校门口一路背到这里,确实耗费体力。

陆竿过意不去,再次道谢。

陈嘉林放下她,还是那句话:"请我吃饭就好了。"

听到两人的说话声,赵芮拉开门,冷不丁瞧见一个男生出现在女生宿舍外,惊得睁大了眼睛。认出男生是陈嘉林,她定了定神,注意到陆竿一只脚抬起,手扶着墙,问:"陆竿,你的脚怎么了?"

陈嘉林看着赵芮:"她的脚崴了,行动不便,得麻烦你们多照顾。"

赵芮过去搀扶陆竿:"放心吧。"

"小伙子,人送到了就赶紧走。"宿管阿姨晃了晃钥匙圈,又是一阵清脆的碰撞声响,提醒陈嘉林。

陈嘉林离开前深深地看了一眼陆竿:"走了。你照顾好自己。"

陆竿的脚伤得正是时候,在结课后受伤能避免每天在教室和宿舍间来回奔波。

原本的图书馆复习计划被迫取消,陆竿不得不老老实实待在宿舍复习,一日三餐依赖室友带饭。

考试安排表出来了,陆竿发到群里,不出所料,没有一个人对这个安排满意。

"什么鬼，最后一场考试与上一场相隔五天？"

"五天都够我回家躺几天再买张票回来参加考试了！"

"兄弟，你其实可以不来，等大四补考。"

"滚蛋。"

陆竿刷着群消息，忍不住笑，前一周五天考四门，最后一周就考一门，还安排在周四下午，不怪他们上蹿下跳。

期末考试来临，学生会和社团活动都停止了。

陆竿之前没缺过任何一堂课，笔记做得满满当当，整理的知识点一目了然，所以复习起来比较轻松。

也许就是因为太轻松了，在停掉所有活动，只剩下复习这件事时，她有大把的时间想起江淮宁，就连晚上做梦，也经常梦见他。

在那些摸不着边际的梦里，她有时和江淮宁在一起，有时他和别的女生在一起，而她作为旁观者，远远看着他和那些不同面孔的女生亲密相处，心里的痛苦从梦里蔓延到清醒时分。

醒来总会恍惚很久，一遍一遍地回想梦里的场景，不断暗示自己，那只是一个梦，不是真的。

又一次从梦中醒来，陆竿在黑暗中睁开眼。她的床铺靠窗，外面刮风的"呼呼"声格外清晰，偶尔风大了，吹得窗框晃动发出"哐哐"的声响。

陆竿拔掉手机充电线，屏幕自动亮起，凌晨两点四十分。

刷了会儿手机，她鬼使神差地打开知乎，搜索"频繁梦见一个人说明什么"。

答案五花八门。有的说，是你想要忘记一个人，但身体替你记住了；有的说，说明对方正在遗忘你；还有一个说，是太过思念，正所谓日有所思夜有所梦。

总之，没有一个是陆竿想看到的答案。无论是她想忘记那个人，还是那个人想忘记她，都不是她想要的。

明天要考两场试，陆竿不再执着于寻找答案，放下手机睡觉。

专业课全部考完，大家身心放松，中间有五天休息时间，只待下周四考完最后一门，正式放假。

陆竿第一次主动联系陈嘉林，问他有没有时间，她想请他吃饭，答谢他上次出手相助。

她语气疏离，陈嘉林的热情能够融化一切："你请客的话，我随时有时间，你来决定就好。"

陆竿忽视他话语间带来的亲昵："明天中午行吗？"

明天周六，各大院里一般不安排考试，她不确定陈嘉林的复习时间是否紧张，为了他考虑，她还是先征询他的意见。

陈嘉林不会拒绝她的任何安排："我都可以。"

陆竿打完电话，一回头撞上几双意味深长的眼睛。何施燕抱臂，下巴抬了下，示意她从实招来。

汪雨说："我们都听见了，你约陈同学吃饭。"

面对她们暧昧的眼神，陆竿没半点心虚："我正要跟你们说，明天中午我请客，当是这学期最后一次聚餐，你们想吃什么？"

何施燕："什么意思？"

陆竿盘算打得响，她是要请陈嘉林吃饭，可没说单独跟他吃饭。大家都是朋友，叫上室友应该不算过分。大不了她再跟他说一声，让他把他的室友也带过来，人多热闹。

唯一要担心的是她的钱包，可能要大出血。

"意思是我们整个宿舍的人一块去。"陆竿的视线从她们脸上一一滑过，"我请陈嘉林吃饭的原因你们不都清楚吗？之前脚崴了多亏他帮忙，一直说想请他吃饭还人情，前段时间忙着复习和考试抽不出时间，现在专业课都考完了，最后一门考试还远着呢，不用着急复习。"

何施燕点了点她的脑门："你怎么不开窍？"

人家陈同学就差把心思写在脸上了，摆明了想跟她更近一步，她叫上她们不坏了气氛吗？

"你们就说要不要去。"陆竿强调一遍，"我请客，不用AA。"

"去，为什么不去？有便宜不占王八蛋。"

陆竿就知道她们不会拒绝免费改善伙食的机会，举起手机晃了下："有好的餐厅可以发群里，我还没想好在哪儿吃。"

提起吃的大家兴致高涨，在大众点评上搜了一堆排名靠前的店铺，截图发到群里，让陆竿拿主意。

陆竿一张张图片点开，经过对比筛选，挑了一家稍微有格调的餐厅。她想得周到，既然是为了答谢别人，请客就不能太寒酸。

陆竿问大家："云家小苑可以吗？你们没意见的话，我就提前订位置了，周末客流量比较大。"

汪雨看了眼人均消费，咋舌："这家好贵的，你确定吗？"

陆竿开玩笑："我打算只给自己留点回家的路费。"

次日中午，十一点左右，宿舍里的姑娘全体出动。陆竿提前几个小时给陈嘉林发了餐厅地址,陈嘉林回复"收到"。

陆笋和室友先出发,到达云家小苑。

近日天气状况堪忧,大中午光线暗得跟晚上一样,等了约莫半小时,服务生端着托盘过来问她们是否需要点餐。

陆笋抬起手腕看表,十二点多了,陈嘉林还没来。她微笑着对服务生说:"稍等,我们还有一个朋友没来。"

服务生说了声"好的",先去服务别的食客。

占了这么久的位置不点餐,陆笋有点过意不去,给陈嘉林发消息,问他到哪儿了。

陈嘉林没有回复。

何施燕喝水都快喝饱了,上了两趟厕所,对陈嘉林的印象大打折扣:"跟女生约会怎么能迟到?不行,扣分扣分。"

陆笋想了想,给陈嘉林拨了通电话,无人接听,正好听见一阵"咕噜噜"的肚子叫声,陆笋抬头,坐在对面的张悦然捂住肚子尴尬一笑:"Sorry,我早上起晚了,只吃了一杯麦片。"

陆笋略作思考,说:"我们边吃边等吧。等陈嘉林过来了,再加几个菜就行了。"

张悦然忙不迭摆手:"不好吧,这顿饭主要是请他的,主客没来我们就先吃,人家该有意见了。"

"没关系。"陆笋叫来服务生点餐。

直到她们吃完,陈嘉林也没前来赴约。以陆笋对他的了解,觉得他不是那种爽约不解释的人,又给他打了个电话,依然没人接。

"回学校吧。"陆笋说,"这都一点多了,跟他约的是十一点半。"

几人坐公交车回学校,正巧碰见一个眼熟的面孔,脚步匆忙往校外走。陆笋想叫住他,又不知道他叫什么名字,只能提高音量吸引那男生的注意:"哎,那个,同学,你是陈嘉林的室友吧?"

那个男生停住脚步,看向她们这边。

他对陆笋不陌生,陈嘉林每天在宿舍里念叨一百遍陆笋的名字,但凡跟陈嘉林走得近的人,无一不知道陈嘉林对新传院的陆笋用情至深。

本来陈嘉林今天订了一束花,想趁着跟她吃饭的机会表白,结果发生了意外。

男生走向陆笋,没等她开口问,他就把自己知道的情况交代了:"陈嘉林在去找你的路上被人打了,现在在医院,他父母一时半刻赶不过来,让我们辅导员过去。辅导员叫我也一起过去,看看能不能帮上忙。"

第四章 /
他喜欢的人一直是你

1

对于陈嘉林没有赴约，陆笋能想到的原因只有他被重要的事情绊住了，抽不开身，此刻听到真正的原因，她不禁倒抽了一口凉气。

陈嘉林的室友焦急道："先不跟你们说了，我得赶去医院。"

走出去两步，他猛地顿住，回头问陆笋："你要一起去吗？"

犹豫片刻，陆笋跟上了他。

两人赶到医院，陈嘉林刚做完全身检查，外伤包扎过了，脑袋缠了一圈纱布，颧骨和嘴角有血痕，手腕绑了固定板，半躺在病床上，没了平日的神采。

辅导员在旁边，正在跟他聊检查结果。走廊上有两名警察，面前站着一个泪流满面的女生，抽噎着诉说经过。

陆笋听了几句，敲开病房的门。

陈嘉林见到来人是她，行动不受大脑驱使，倏地坐直了，脑袋一阵眩晕，他扶着额头一脸痛苦。

"医生说你脑震荡，注意点。"辅导员把他按回病床上。

陆笋先问候了句："老师好。"

辅导员点点头，站起身，看着陆笋和陈嘉林的室友："我去找警察了解情况，你们在这里陪着他。"

陈嘉林眼睛亮亮的，注视着陆笋，想到什么，眼眸被一层歉疚覆盖，他失约了，肯定让她等了很久。

"抱歉，没能准时赴约。"

陆笋摇头，他都伤成这样了，她当然不会在意。

陈嘉林回想起来还觉得丢脸，抬手捂住上半张脸，语气带了一丝调侃：

083

"本来想路见不平拔刀相助,结果我成了被救助的那个。"

他比陆竿先出发,打车去云家小苑,半路下车去花店取花,没走几步,听到花店旁边的窄巷里传出细微的呼救声。

他屏息静听,确定不是自己幻听了,是一个女孩在求救。

一个长在红旗下的五好少年,做不到袖手旁观,他在墙角的垃圾箱旁捡了根别人丢弃的不锈钢拖把杆,冲了进去。

他着急救人,没考虑太多,低估了事情的严重性。一群流里流气的男人在欺负一个学生模样的女孩,把人逼到了墙根,领口拽开了大片,地上的书包沾了泥,脏兮兮的。

陈嘉林一腔热血被冻住,尽管害怕,还是大声制止了:"我报警了!你们还不快走,等着被警察抓吗?"

那群人是社会上游走的老油条,没有如他预期那般露出惊恐的表情,一个个叼着烟笑得轻佻嚣张,不管警察来没来,先拿这个坏他们好事的人开涮。

等着陈嘉林的出租车司机久不见他回来,下车朝花店走去,听到巷子里闹出的打架动静,拳拳到肉的声音实在吓人。

司机没敢进去,站在原地报了警。

警察来了,陈嘉林被送到医院,之后的事情他们就知道了。

陈嘉林的室友竖起大拇指:"堪称当代大侠!不过你这个大侠武艺不怎么样,脑子也不怎么好使。"

"滚。"陈嘉林想踹他,够不着。

陆竿看着陈嘉林没说话,不是她故意要想起江淮宁,是眼前这件事勾起了她的回忆。江淮宁也曾为了保护她不受伤害,最后自己受伤进医院。

"陆竿,你是不是被吓到了?"陈嘉林观察入微,看出她脸色不太好,低声安慰,"我没事,一点小伤而已,养养就好了。"

警察推门走进病房,给陈嘉林做笔录。陈嘉林又讲述了一遍事情经过,跟那个女生说的没有出入,基本可以确定这就是事实。

警察临走时拍了拍他的肩膀:"小伙子,做好事的精神值得称赞,但我得提醒你,下次再遇到这样的事情,记得先报警。不管什么情况下,首先要保证自己的人身安全。"

"知道了,警察叔叔。"陈嘉林缩着脑袋卖乖。

辅导员确认陈嘉林意识清醒没大碍,先回了学校,下午他父母会赶过来照顾,应该不用担心。

陈嘉林的室友找到机会溜之大吉:"咳咳,你还没吃午饭吧,我去给你买饭,你想吃点什么?"

"随便。"陈嘉林用两个字就把人打发了。

室友识相地滚远了,走时贴心地帮他们关上门。

陆竿坐在病床边的椅子上,心想至少要等他室友回来了再离开。

陈嘉林的目光久久地凝视她,嘴角微勾:"你今天这个妆化得挺好看的,是为了跟我吃饭化的吗?"

"不是,我室友买了新的眼影盘,拿我试色。"

"啧,你就不能骗我一下。"陈嘉林眨眼,心里遗憾没能给她送上一束花,但那些准备好的话还是要说给她听,"我们第一次见面是在出租车上,我偷偷看了你好几次,为了跟你搭话才找你借纸巾。以前我从不相信一见钟情这种事,轮到我自己,我信了。真的有一见钟情,不是见色起意,就是只看一眼,心脏就跳得好快。"

陆竿数次想要打断他,但理智占了上风,任由他把话说完。

陈嘉林像只受伤的小狗:"可你看似热情实则冷淡,我不知道拿你怎么办才好,只想让你做我女朋友。我以后会对你好的,永远对你好。陆竿,你,愿意吗?"

陆竿那时候拒绝顾承,万般为难纠结,不愿伤害他,担心葬送十几年的友谊。她和陈嘉林没有那么深厚的交情,拒绝起来应该不难。

她想得简单,当话说出口的那一瞬,她才意识到自己没有想象中那么潇洒决然。

陈嘉林的告白,换作其他女孩听了,只会被打动,她不该用一种满不在乎的态度去踩碎别人的心。

陆竿慎重再慎重,呼出一口气:"首先,谢谢你的喜欢,你是一个很优秀的男生,所以我不想骗你,我有喜欢的人了。我和他不可能在一起,但我目前还忘不了他……"

"我可以等你,没关系的。"陈嘉林手指扣住床沿,手背上青筋浮现,显得情绪激动,"我可以等你忘了他,不管多久都等。"

"那样对你太不公平了。"

"我不需要公平!"

"可我不能接受。"陆竿苦笑着抬起头,直直地撞进那双被各种情绪交织的漆黑的眼睛,"我给不了你期限,也许我永远也不可能忘记他,你的等待于我来说会是负担。"

后半句话说得重了些,却是陆竿的心里话,既然决定开诚布公,她就不该给他留下希望的余地。

拖得越久,他越痛苦。她自己就是很好的例子。

陈嘉林感觉浑身上下都开始疼,可能是麻醉的药效过了:"那个男生是谁?我认识吗?"

陆笋什么也没说。

陈嘉林不甘心,眼眶红了,闭了闭眼,不想让她看见那不该存在的脆弱:"为什么啊,就那么喜欢他吗?明知道不可能在一起,还把他放在心里干什么?不是有人说过,忘记一段感情最好的方式是开展一段新的感情,我都不介意你心里有他了,你为什么不肯给我一个机会?或许我能取代他,成为你心里的那个人。"

陆笋笑了,嘴角微动,不像是在笑:"我也想知道为什么,明知道不可能在一起,还把他放在心里。我自己都没有答案,当然不可能给你答案。"

陆笋在校门口下车,赵芮的消息刚好发过来:陈嘉林情况怎么样?不严重吧?

陆笋边走边打字:我到学校了,回去再说。

收起手机,一阵寒风吹到脸上,陆笋戴上了羽绒服的兜帽,微低着头顶风往里走,有点后悔跟陈嘉林说那么多。她已经做好了不再跟任何人提起那段往事,却还是没有忍住。

陆笋仰了仰头,阻止自己再想这件事。

宿舍里只有何施燕和赵芮在,陆笋脱掉外套,说:"陈嘉林做好事被人揍了,幸好警察来得快,不然后果更严重。"

陆笋讲述了陈嘉林英雄救美的事。

何施燕听完,拍掌称赞:"好了,我正式宣布,之前扣掉陈同学的分数加回来了,一百分!不,一百五十分!陆笋,说真的,考虑一下陈同学,阳光正直好少年,打着灯笼难找。你看咱班那几个男的,且不说长得好不好看,就没一个正经的。对比一下你就知道陈同学多么稀缺了。"

陆笋一笑置之。

下午复习了两个小时,吃过晚饭,陆笋和何施燕去澡堂洗澡。

一人拎着一个塑料篮子,慢悠悠地散步过去。澡堂前有一块旧操场,附近小区的一群大妈来这里跳广场舞。

洗完澡往回走,陆笋的手机响了一声,她从篮子里拿出来,拆开装手机的防水袋,看到一条来自沈欢的消息:你们学校什么时候放假?你票买了吗?

沈欢想,他们两个既是老同学又是老乡,如果两个学校差不多时间放假,他们还能结伴坐车回去，路上有个照应。

陆竿：下周四考完试就放假了，我买了周五上午的票。

沈欢：看来我们学校是最晚放假的。

陆竿：什么时候？

沈欢：下下周。

陆竿笑了下，准备放下手机时，沈欢又来了一条消息：你考完试那天我请你吃饭吧。

陆竿发了个问号，他怎么突然想起来请她吃饭了？

沈欢发了一条语音过来，陆竿点开，外放的声音很清晰："咱俩好歹一个地方来的，这学期都快过去了，一次没聚过。朋友关系不就靠吃饭联系的？"

陆竿还在犹豫，何施燕听到她手机里传出开朗的男声，眉毛挑得高高的："这又是哪位蓝颜知己？我怎么没听过这个声音？"

"以前的同学，在政法大学，离咱们学校不远。"陆竿说。

"哦——"何施燕拖长调子。

陆竿洞察了她的想法，摇头失笑："真的是同学，骗你是小狗。"

平心而论，沈欢是个不错的朋友，虽然她对沈黎有些说不上来的抵触情绪，但她分得清是非，不会转移到沈欢身上。

陆竿跟他说，考完那天下午再约具体的见面时间。

转眼到了周四，考完最后一场，大家解放了。

家离得不远的同学选择当天赶回去，大部分同学跟陆竿一样，订第二天上午的票，今天晚上聚餐的聚餐，打游戏的打游戏。

陆竿从考场出来，给沈欢发了消息。

沈欢今天没考试，他也懒得复习，跟室友待在宿舍里打了一下午游戏，收到消息就拎起外套准备出门，在门边的镜子前照了照，抓了两把头发。

室友调侃："打扮人模狗样的，跟哪个妹子约会啊？"

沈欢回身飞踢一脚："去你的，我去跟老同学吃饭。别瞎嚷嚷，人家有主的。"

室友不再问，扭回头继续打游戏。

沈欢在网上订了一家韩式烤肉，地址发给陆竿，约定在吃饭的地方见。

那家餐厅开在商场里，四楼，电梯前等候的人太多，陆竿乘扶梯一层一层上去，顺手给沈欢发了条消息。

沈欢比她早几分钟到，看到她的消息，没急着进去，在餐厅门口等她。

两个男的从他面前路过，低声交谈。

"看扶梯口那儿,有个美女,去要个联系方式。"

"你想要你自己去要,我才不跟着你丢人现眼。"

沈欢低头玩手机,好奇他们口中的美女长什么样子,撩起眼皮,却没想到他们说的美女是他认识的人。

陆筝一只手搭着扶梯的扶手,左右张望。她穿了一套浅蓝色的小香风套装,外套里是贴身的半高领羊毛衫,小裙子到大腿中部,一双白色长筒靴裹住小腿。她以前是自然卷,不好好打理会显得蓬乱,现在是波浪大卷,脸上化了妆,气质更明媚亮眼。

一个学期没见,沈欢几乎认不出她了,眨了好几下眼,确信自己没认错人。

陆筝从扶梯上下来,被那两个男生中的其中一个给拦住了,对方递出手机,想要她的联系方式。

沈欢不再看戏,打算过去帮陆筝解围。但他还没走过去,就见陆筝不知说了什么,打发了那个男生。

那男生一脸歉意,朝她点点头就走了。

沈欢停下脚步,目瞪口呆。

陆筝斜挎着一个浅棕色小包,手搭在包上,看见沈欢,快步走来。

"嗨,没有等我很久吧?出考场遇到我们辅导员了,多说了几句话。"

沈欢近距离下从头到脚打量她,傻了:"你是陆筝?"

陆筝"扑哧"一笑,许久不见,他还是这么逗:"我不是,难道你是?"

"不是,你变化怎么这么大,我差点不敢认你。"

"你的变化也很大啊。"陆筝指着他的头发,他做了锡纸烫,像个潮男。

沈欢窘然,摸了把头发:"室友硬拉着我烫的,早就想剪了。"

两人进了烤肉店,被服务生领到里面的空位。沈欢已经在网上点好了套餐,包括五花肉、牛羊肉、羊排,还有石锅拌饭、海鲜豆腐汤、冷面之类的。

服务生用小推车推过来,给他们上菜。

陆筝惊讶:"点这么多我们两个吃得完吗?"

"我好不容易请次客,太寒酸可不行。"沈欢没让服务生帮忙烤肉,自己拿着夹子,夹了一大片五花肉放到中间的烤盘里。

火有点大,肉放上去缩紧了,"刺啦刺啦"作响。

陆筝看他笨手笨脚,自己揽了烤肉的活儿。

没多久,五花肉烤好了,她用剪刀将肉剪成小块:"可以吃了。"

沈欢拿了片生菜，夹起两块烤肉蘸上蘸料，放上几片蒜，包裹着塞进嘴里。

两人聊各自学校里的事，聊得好好的，沈欢突然提到了江淮宁："你跟老江没联系过？"

江淮宁没说过，但沈欢猜到了一点，他觉得陆笋太无情了，跟顾承谈了恋爱就疏远了江淮宁。

做不成恋人，做朋友也行啊。

或许是他站着说话不腰疼，江淮宁那么喜欢她，而她对江淮宁无意，勉强粉饰太平继续做朋友，对江淮宁来说是煎熬，于她而言是困扰。不管怎样，关系都会趋于别扭，继而疏远。

这么一想，断掉联系也挺好的，时间会治愈一切，久而久之两人就相忘于江湖了。

陆笋答应跟沈欢吃饭的时候就猜到可能会聊到江淮宁，因为已经做足了心理准备，她的表情很平静，甚至还能微笑着回答："没有。"

她拿小碗从砂锅里盛出一碗海鲜豆腐汤，汤很烫，她喝了一小口，若无其事道："他还好吗？"

他如愿考上清大，和沈黎一起留在北城，一定过得很好吧。她这句问得属实多余。

然而，沈欢犹豫着说："说不上好还是不好。国庆节我去北城旅游了，他跟以前……不太一样。"

"怎么会不好？"陆笋喃喃，"你姐应该去了北城大学吧？"

沈欢不太明白她的话，吃烤肉的动作停了下来，看着陆笋："跟我姐有什么关系？"

陆笋弯唇，面上笑得越开心，心里越酸涩："他和你姐在谈恋爱，怎么会没关系？"

"你从哪儿听到的小道消息？"幸好他没吃东西，不然要被呛到，"老江什么时候跟我姐在一起过？他喜欢的人一直是你。"

陆笋被喝进嘴里的一口汤烫得舌尖发麻，忘了吐出来，生生咽了下去，喉咙是痛的，胸口也是痛的。

她再没有吃一口东西、说一句话，身体各部位处于僵滞状态，全部罢工，包括大脑。

沈欢说完那句，也没指望她能有所回应。她有男朋友，青梅竹马，说出去不知惹多少人羡慕，江淮宁再喜欢她也是枉然。

"你不吃了吗？"

089

沈欢一个人解决了大半烤肉，肚皮要撑破了。

两人乘电梯下到一楼大厅，珠宝首饰和化妆护肤品专柜琳琅满目，灯光亮得灼眼。沈欢往门口走："天快黑了，我送你回学校吧。"

陆筝思绪混乱，想一个人待一会儿。她清了清嗓子，嗓音仍是哑的："你先回去吧，我在商场逛逛，买点东西。"

"那你注意安全，到学校给我消息。"沈欢挥了挥手。

他单手插着兜站在路边拦车，正好有辆空车经过，他拉开车门弓身坐进去。

陆筝看着带起一阵尘土的出租车远去，撤了视线，走回商场，坐在公共长椅上。背后是肯德基的玻璃墙，里面欢声笑语不断，她独坐在外，后脑抵在冰凉的墙面上。

沈欢问她是从哪儿听到的小道消息。

是沈黎亲口说的。

沈黎没道理骗她，沈黎不是特意跑到她面前跟她说的，沈黎是跟自己朋友聊天时，刚好被她听到了。

可是沈欢告诉她，江淮宁没有和沈黎在一起。

沈欢是沈黎的弟弟，如果沈黎和江淮宁在谈恋爱，沈欢不可能不知道，他说的话应该是真的。

他还说，江淮宁喜欢的人一直是她。

她不知道，江淮宁从未跟她说过"喜欢"二字。他们曾住在一个屋檐下，朝夕相处，一起吃饭写作业，他一次也没提过。

陆筝坐了很久，商场里暖气开得太足，血液循环速度加快，她的脸颊在升温。她觉得自己该走了，身体却不想动。

手机响了一声，她猜可能是沈欢问她到学校没有。

她动作迟缓地从斜挎包里找出手机，果然是沈欢的消息，却不是关心她到校与否。

沈欢本来已经决定不多嘴，让两个人彼此淡忘，陆筝选择自己喜欢的人没错，但他坐在出租车上，回想国庆假期去北城见到江淮宁的样子，没能忍住：他的钱夹里到现在还留着你的照片。

他去北城游玩的几天里，费用都是江淮宁出的，有那么几次，他瞥见江淮宁钱夹里的照片。不是他眼尖，是江淮宁情深，每次翻开钱夹掏钱，视线总会在照片上停顿几秒，指腹轻轻摩挲过照片里女孩的脸。

就算陆筝不喜欢江淮宁，也该让她知道，她拒绝了一个对她用情至深的男生。

陆竿眼眶一酸，那些拼命压抑的情绪尽数崩塌，眼里聚了一股热流，兜不住了，"啪嗒啪嗒"滴在屏幕上。

她用手抹掉，屏幕还是模糊的，看不清字。

陆竿闭上眼，腰弯下去，脸深深地埋在膝头，不管精致的妆容会不会被蹭花。

她其实说不清为什么难过，江淮宁喜欢她，她却比不知道他喜欢她更难过，为什么会这样？

她捂住眼睛，没用的，眼泪会从指缝里流出来。

"小姑娘，你没事吧？"路过的阿姨见一个身形单薄的女孩坐在长椅上，肩膀一耸一耸地在哭泣，上前关心她。

陆竿声音闷闷："我没事，谢谢您。"

阿姨递给她两片纸巾，不知道她发生了什么事，安慰了两句，让她看开点，没什么事过不去。

陆竿擦干眼泪，眼前恢复清明，不经意间在斜对角看到一家店铺上方亮起的牌子印着一串熟悉的字母。

她对比腕表上精细的镭射logo，发现是一模一样的。

陆竿顾不得狼狈，一步一步走进店里，视线从流光溢彩的柜台上掠过，最终停在正中间那个玻璃柜台前。

店员身体前倾，微笑询问："您好，请问您有什么需要？是要看女士腕表吗？送人还是自己用？"

例行说完销售话术，店员眼尖地留意到陆竿手腕上戴了一块他们这个牌子的经典款，笑容灿烂了些，说："您手上这块表也是我们家的，看来您很喜欢。"

因为是经典款，目前还在售卖，陆竿看到展示柜里那块表下方的价签上打印着"¥38,000.00"。

陆竿指着那块表问店员："这表一直是这个价格吗？"

"是的，我们的经典款不打折的。"店员猜想她可能要送人，拨开柜门问她，"您需要再看一下这款吗？"

"不用了，谢谢。"

陆竿离开了这家店，魂魄丢了一半。

如果这块腕表这么贵，那条北极星的项链上镶嵌的有没有可能是钻石，而非江淮宁所说的锆石？

他到底瞒了她多少事？

2

浮生居提供了预订年夜饭的服务，年前订出去三十几桌，豪华大包只剩下一间。陆国铭提议，今年的年夜饭干脆也在浮生居吃，一切有大厨搞定，省去了夏竹买菜、备菜、做菜的麻烦。

除夕这天，傍晚时分，陆笙换上新买的羽绒服，对着镜子化妆。

"笙笙，好了吗？"妈妈在门口唤了一声，"我们要出发了。"

陆笙用无名指指腹在嘴唇上蹭了蹭，晕开口红的颜色，应道："来了。"

她最后抓了抓头发，小跑出去。

一辆商务车停在大门前，爷爷奶奶坐在第二排，夏竹、陆笙、陆延坐在第三排，陆国铭占据了副驾驶座。

车子向前行进，陆国铭回头："对了，之前忘了说，江家一家三口跟咱们一块吃年夜饭。一会儿别忘了叫人，陆延，你听到了吗？别玩手机了。"陆笙他是不担心的，一直很懂礼貌。

陆笙心里"咚"的一声，有什么东西轻轻敲了一下。

陆延抱着陆笙的手机玩，没抬头："知道啦。"

到了地方，陆笙默默跟在爸妈后面，脑海里演练了无数遍，等她见到江淮宁，该用什么表情、该怎么打招呼。

陆国铭走在最前面，推开包间门的同时，有人从里面拉开门，两股力道拉扯，陆国铭抬眼看人，嘴角挂上笑："淮宁，你来了啊。"

"伯父好，伯母好。"江淮宁点头问候。

陆笙脑中发出一声嗡鸣，之后便是归于长久的寂静，心跳声盖过一切。

她有多久没听到这个声音了。

做好的心理准备这一刻统统溃散，只剩下仓皇，她甚至不敢抬头去看江淮宁的脸，想要逃离这里。

经过不断的心理暗示，陆笙平静地、缓慢地抬起眼帘，江淮宁在看她，两人视线相接，熟悉又陌生的感觉奔涌而来。

江淮宁微笑着朝她点了下头，什么也没说。

陆笙心里酸涩得厉害，不为别的，江淮宁瘦了很多，皮肤比以前还要再白一点，下眼睑有淡淡一层青灰色，是睡眠不足的证据，嘴唇有些干裂。

她在他身上看不到意气风发的影子，心里那股酸涩慢慢转变成疼痛，似有针扎。

两家人在包间内的休闲区聊了一会儿，吃着水果和点心。服务生进来询问是否上菜，他们才移步到一旁的圆桌，准备开饭。

不知是刻意还是无意，江淮宁和陆笙的座位被安排到一起。

两人落座，江淮宁藏在桌底下的手用力攥了攥，曾经比这还近的距离都拥有过，此刻却激动到手抖，握不住筷子。

陆筝夹了块拔丝地瓜，甜度适中，是她喜欢的味道。

她的一举一动被江淮宁的余光捕捉到，他也跟着夹了块拔丝地瓜，没尝出什么味道。

吃到一半，陆筝的手机开始频频响起消息提示音，短信、QQ、微信，不同的声音。

她嫌吵，设置成振动，结果"嗡嗡"振个不停。

班群里有人在发新年祝福，她是班委，平时工作做得到位又出色，很多同学单独给她发。微信群里是黄书涵、顾承他们几个，约好去桥头放烟花，艾特了全体成员。

其他人都说去，只有陆筝没回答。黄书涵给她发来私信，问她去不去。

大家在天南海北读书，一年可能也就聚这么一回，陆筝没有推托的理由：吃完饭就过去。

以往团圆饭都是中午吃，留出晚上的时间，大人聚会打牌，小孩提灯放烟花，今年是个例外。

黄书涵：吃完说一声，我骑车去接你。

陆筝：我弟可能也要去，你能载两个吗？

黄书涵：我让顾承一块过来，一人载一个。他买了新摩托，不是电动的那种，超级拉风酷炫。

陆筝发了个"熊猫头比OK"的表情包，顺便告诉黄书涵，她在浮生居吃年夜饭，不在家里，别搞错了。

陆筝捧着手机回消息，脸上流露出不自知的笑容。孙婧芳拿筷子的手杵着下巴，开玩笑问："筝筝谈恋爱了吗？怎么老是看着手机笑呀？"

陆筝意识到跟长辈一起吃饭一直玩手机不礼貌，连忙搁下手机，红着脸不好意思地笑笑："没有。我在回朋友的消息。"

"没在大学里交男朋友吗？我们筝筝这么漂亮，肯定有很多人追吧。"

对于长辈问出的这类问题，陆筝不知如何回答，只能用微笑掩饰尴尬："也……也没有很多。"

也没有很多，意思是的确有人追。

江淮宁面色冷淡，端起手边的椰汁一饮而尽，冰凉清甜的口感，并没有缓解他糟糕的心情。

陆筝分明在和顾承谈恋爱，却没有承认，她是不想让长辈知晓，还是不想让除了家人以外的其他人知晓？

明知见了面会心痛,他还是来了。果不其然,等待他的只会是更深更重的痛苦。

痛苦过后,再次分别,便是疯狂的思念。

江淮宁以前没想过自己喜欢上一个人是什么感觉,现在他知道了,大概就是想见她,见了会难过,但还是想见,难不难过就不那么重要了。

陆笋听到大人们换了话题聊,偷偷松了口气,拿了一个空碗,给自己盛鸡汤,顺便问江淮宁:"你喝吗?"

不喝。

他脑子里已经有了答案,嘴巴说出来的却是另一种:"喝。"

他递上自己的碗,陆笋给他盛了一碗,放在他面前,他刚好伸手去接,两人指尖相碰,似有细微的电流划过。

江淮宁听见自己不理智地低声问:"为什么骗人?"

陆笋正在喝汤,闻言顿了下,眼中划过茫然不解,自己什么时候骗人了?

江淮宁理智回笼:"算了。"

陆笋不想算了,想追问,但突然振动起来的手机打断了她。

她的手机搁在桌面上,江淮宁看到亮起的屏幕上来电显示"顾承",他敛下眼睫,掩盖了眼底漫上来的落寞。

陆笋侧过身接起电话,手捂在嘴旁,压低声音:"你到了?我这边吃得差不多了,马上出来。"

顾承的摩托车停在浮生居外,他立在车旁,用嘴巴咬下皮手套:"不着急,你慢慢吃。"

江淮宁听到了电话那边的声音,温柔沉稳,不像他印象里那个狂妄嚣张的顾承。

陆笋匆匆喝完碗里剩下的鸡汤,烫得吐了吐舌:"妈,黄书涵约我去桥头放烟花,你们慢慢吃,我过去了。"

陆延眼睛放光:"我也去,我也去!"

陆笋就猜到他会跟着:"没说不带你。"

夏竹没有拘着她:"注意安全,别玩太晚。"

"知道啦。"陆笋起身离席,从衣架上取下羽绒服套上,眼睛盯着江淮宁的后脑勺,只知道他长得好看,从这个角度看过去,他的头型也完美。

她折回去,手指点了点江淮宁的肩:"你去吗?"

江淮宁说不去。

陆笋没问第二遍,扯着陆延脑后的兜帽出门。

她的身影阻隔在门外,江淮宁的心一下子空了。他已经习惯这种感觉了,很清楚经过时间治愈,他会重新适应失去她。

可这一次,与她见面的后劲太大,他无法再适应,拎起外套追了出去。

顾承载着陆竿,一拧油门,摩托车在山底发出轰鸣噪音,眨眼间蹿出去,将灯火辉煌的浮生居甩在身后。黄书涵骑着电动车,载着陆延小朋友紧跟其后。

陆竿抓住顾承腰侧的衣服,寒风吹得脸疼:"你开慢点,好冷。"

顾承减慢速度,声音闷在头盔里,微微低沉:"傻不傻,拉下头盔上的挡风罩就好了。"

陆竿被提醒才想起来,抬手拨下挡风罩,风吹不到她的脸了。

江淮宁晚了一步,出来时只能看见他们远去的影子,顾承宽阔的背为陆竿挡住风,两个头盔是一样的黑色,一大一小。

春节过后,陆竿一家人回到市里的新房子住。

年初这段时间,亲朋好友走动频繁,今天又有一堆亲戚前来拜年,陆竿一大早就出门了,打车去县城,跟黄书涵逛街吃饭。

在商场里吃了顿烤鱼,黄书涵的妈妈打来电话,说是在熟识的一个服装批发商那儿订了一批货,已经付过钱了,叫黄书涵过去取货,顺道带回来,免得她再跑一趟县城。

黄书涵两眼一黑:"我还得对着单子清点货物。杀了我吧。"

陆竿:"要我帮忙吗?"

"你回市里,我回乡下,咱俩不顺路。"黄书涵说,"下次有时间再聚吧。"

黄书涵打车走了,只剩陆竿一个人,手里拎了一杯红豆奶茶,站在路边等红绿灯,倒计时二十一秒。

她盯着数字,对面刚好来了一群学生,穿着眼熟的黑白拼色的校服。

陆竿抬手腕看表,十二点了,晓高放学了。

红灯倒计时结束,她往那边走,对面的学生往这边来,擦肩而过时,陆竿看到他们胸前的校徽,确实是晓高的学生,她的学弟学妹。

男生们留着清爽短发,走路连跑带跳,活力无限。女生们扎着马尾,手挽手聊最近的电视剧、明星。

陆竿想起什么,问落在队伍后面的两个女生:"你们这么早就开学了?"

两个女生愣愣地看了她一眼,其中一个笑颜如花:"我们是高三生,提前开学啦。"

陆竿悟了,果然,只有他们那一届是特殊的,学校不补课,法定节假日和寒暑假照常。

离开高中校园不过半年多而已,回忆起青春,倒像是上辈子的事。那时候,她和江淮宁并肩走在一起,落在其他人眼中,会不会也是这样美好的画面。

这条路往前走是景和苑小区,再往前就能看到晓高的校门。

陆竿心血来潮想逛校园,走到门卫处,好说歹说才让进。

她顺着主干道走到行政大楼前,拾级而上,看见玻璃橱窗里张贴着鲜红的光荣榜,罗列了往届优秀毕业生。

陆竿第一眼注意到江淮宁的照片,他排在第一位,十分醒目。照片里的他穿洁白衬衫,脸上没有表情,背景是校长办公室。

听说他收到录取通知书那天,学校奖励了他一大笔奖学金,可他怎么看起来不开心呢。

陆竿掏出手机,拍下那张照片。

橱窗玻璃蒙了灰尘,拍出来的画质不清楚,陆竿从包里翻找纸巾,擦干净玻璃,然后再拍,总算清晰了。

陆竿转过身,更清晰的画面浮现在眼前。

江淮宁长身玉立在几步外的台阶下,不知看了多久。

陆竿不确定自己偷拍他照片的花痴行为有没有被正主瞧见,干笑了下,不过看江淮宁的表情,他应该没有看到,没准以为她在自拍。

江淮宁扫了一眼:"你在拍什么?"

他果然没看到。陆竿松口气,扯了个谎:"我在自拍。"

她很快转移话题:"你来学校干什么?"

"李老师出车祸了,过来探望。"

"你这是已经探望过了,还是正准备过去?"

"已经探望过了,准备出去吃饭,刚好看见你。"江淮宁插在口袋里的那只手拿出来,很自然地帮她把被链条包缠住的一缕头发勾出来。

做完这个动作,他才反应过来不对,手顿了下,若无其事地插回兜里。

陆竿眼睫扇了扇,主动邀请他:"要逛逛校园吗?"

江淮宁没回应,但脚步很诚实,跟着她走下台阶,从行政楼旁的坡路下去,绕去了人工湖。

陆竿一手扶着湖畔的白石栏杆,俯视清澈如碧玉的湖水:"学校终于肯好好打理这片人工湖了,以前一靠近这里就能闻到一股臭淤泥的腥味。"

江淮宁:"嗯。"

陆竿指着湖面:"你看,还有锦鲤。"

江淮宁顺着她手指的方向看了眼："嗯。"

陆竽收了目光，不再看这片湖，转而看身旁的男生。他今天穿了件黑色大衣，腰间配了绑带，没系上，松垮垮地垂在后腰。大衣里面是一件白色的高领毛衣，竖起的领子不规则地堆叠，兜着下颌，柔软的触感不需要动手摸，光靠看就能看出来。

"江淮宁。"陆竽叫他的名字，有点正经。

江淮宁还是"嗯"了声。

陆竽默然，他除了这个字不会说别的了吗？

她侧身倚着石栏杆："你就没有什么想对我说的？"她在给他开口坦白的机会。

江淮宁有很多话想对她说，没立场，也没资格，那些话只适合藏在心里，能说出口的仅有一句："他对你好吗？"

陆竽和他不在同一频道："谁？"

江淮宁不太想提那个名字："你男朋友。"

陆竽脑子蒙了："我男朋友是谁？"

她怎么不知道自己有男朋友了，他在开玩笑吗？可他的表情一点也不像在开玩笑。

江淮宁扭头不看她，她就非要听他说出来，非要折磨他？

许久，他启唇，吐出两个字："顾承。"

陆竽确定自己听到了他在说什么，她只觉得荒谬，他以为顾承是她男朋友？

等等，江淮宁以为顾承和她在谈恋爱。

陆竽恍然，仿佛亲手拨开了一直以来罩在眼前的浓雾，一缕阳光投了下来。

自从她和沈欢聊过，知道江淮宁喜欢的人是她，她就始终怀揣着困惑，不明白明明有那么多机会，为什么江淮宁从没跟她说过。

她想过回来以后亲口问他，等到真正见到他，她又不敢问了。

毕业距今八个月，变数太多，他可能不再喜欢她了，或者说没那么喜欢她了。

医生讲究对症下药，这一刻，她想，她找到了症结所在。

只是不确定，这味药晚了这么久吃下去还会不会有效果。

"江淮宁。"陆竽朝他伸手，"把钱包给我。"

她要验证一件事，再确定要不要吃下这味药。

江淮宁不知道她要做什么，本能地听从她的话，从口袋里摸出钱夹放到她掌心。

陆筝食指挑开钱夹,透明夹层里放着他们的合照,整个高三年级集体拍毕业照的那天拍的。她的表情很丑,因为那时候她误会江淮宁高考结束后要和沈黎双宿双飞,她笑不出来,勉强挤出来的微笑只能用"难看"来形容。

江淮宁反应过来她在看照片,想要抢回钱夹,她却背过身躲开了。

她拿出那张照片,没想到里面还有一张,是小二寸的证件照。这张更丑,早期拍的照片,有点褪色了,她的脸圆圆的,比现在胖。

陆筝对这张寸照没印象了,只能问偷藏照片的人:"你怎么拿到的?"

江淮宁抿住唇,用沉默应对。

被她发现了埋藏的秘密,他脑子有点混乱,接下来是不是要解释,他为什么会藏着一个有男朋友的女生的照片?

陆筝第一次见江淮宁露出这种茫然不知所措的表情。

"江淮宁?你不解释一下?"

江淮宁短时间里想不出一个能自圆其说的理由,持续沉默。

陆筝没收了照片,将钱夹还给他。

江淮宁目睹她的举动,纵然失落,也没资格说什么。

陆筝捏住照片装进口袋里,太丑了,堪比黑历史,她不愿直视。她背靠玉石栏杆仰头望了望天空,晴天,无云,天空也不是很蓝,是一种淡淡的灰蓝色,但她觉得很好看。

"江淮宁。"她今天叫了好几次这个名字,这一次最郑重,"我喜欢过你,你知道吗?"

江淮宁一怔,出现了短暂的耳鸣,满目诧异地看着她,张了张嘴,一句话没说出来,他发不出声音。

陆筝猜到他会是这个反应:"我就知道你不知道,我藏得太好了,有心不让你知道,你就不会知道。后来被黄书涵知道,她说我可以去当卧底。"

她说的话听起来像绕口令,但江淮宁听懂了,眼睛通红,只是一瞬间的事。

他不知道她的心意,从不敢妄想。

江淮宁喉结上下滚动,努力让自己的声线平稳,方便她听清,一字一顿地问:"那你现在……还……喜欢我吗?"

小心翼翼的、不确定的语气,是因为他真的不确定了。

她说的是"我喜欢过你",而不是"我喜欢你",两者有本质区别。

陆筝很想问一句"那你呢,还喜欢我吗",似乎不需要问了。他此刻的表情、语气,以及那两张偷藏的照片,说明了一切。

陆笙没有回答他,后背轻顶了下栏杆,身体站直:"你是不是还没吃午饭?去吃饭吧。"

她已经和黄书涵吃过了,在一家味道还不错的烤鱼店,但她可以再陪江淮宁吃一点。

此时此刻,江淮宁的心像漂浮在大海上的木头,随着海浪的翻滚起起伏伏,一个巨浪打来,掀翻了,卷进海水里,再也漂不上来。

那个问题陆笙没有回答,答案是不喜欢吗?

是了,不然她也不会和顾承在一起。

他不知道自己晚走了多少步路,连后悔、反思都无从而起。

陆笙走出去几步,没见江淮宁跟上来。她站在石板路上回头看他,心有灵犀般开口说:"我没有和顾承谈恋爱,你搞错了。"

江淮宁遭受的打击一次比一次重:"你没有……什么?可不可以再说一遍?"他的耳鸣症状好像也变严重了。

陆笙走回去,在他跟前站定:"我说,我没有和顾承谈恋爱。"她踮起脚,靠近他,"从来没有。"

如此近的距离,江淮宁看到她脖子上闪过细碎的亮光,因为藏在围巾里,那一点亮光不会轻易被窥见。

江淮宁鬼使神差,用手指捏住细链扯出来,埋在毛衣领里的底端露出来,是七颗小小的钻石连接而成的北斗七星。

北斗七星会随着季节和时间偏移,但是会永远指着北极星。就像你无论在哪里,我总会想着你,向着你。

江淮宁再也控制不住,把她拉进怀里紧紧抱住。

她什么都没说,又好像什么都说了。

3
校园的风景两人都没心思再欣赏了。

陆笙带江淮宁出去吃饭,说:"你想吃什么?这家新开的餐吧我看评价不错。"

江淮宁像听不见,目光定在她脸上。她似乎变了一些,又似乎没变,还跟以前一样。表情、眼神、声音,都是他梦里的样子。他不敢确定,眼前的一切会不会是另一个梦。

陆笙拉他的袖子:"让你看手机,没让你看我。"

江淮宁的心跳还在持续失衡中,过了许久,可以确定这不是梦,她是真实的。她的发丝被阳光照出金灿灿的光晕,眼睫毛那么长,眼珠黑白分明。在他的梦里,她的面容不会这么清晰。梦里的她,脸总被一层雾笼罩,他只能窥见模糊的五官轮廓。

"你没意见我就订这家了。"陆笋举起手机屏幕给他看。

江淮宁捏了捏她的脸颊,温热柔软的触感,无一不提醒他,她就在他面前。

"我们这样算在一起了吗?"

陆笋站在公交站牌前,故意捉弄他:"不算。"

江淮宁没有不开心,他看到她嘴角翘起的弧度了,她在逗他。

"不算也没关系。"他说。

陆笋正想把"你确定"三个字甩过去,下一秒江淮宁就攥住她的手,把她扯到自己身边来,眼睫微垂,看进她的眼里:"我可以追你。"

只要她是单身,他就可以一直追她,追一辈子也没关系。

陆笋提起来的那口气顺了下去,要等的公交车正好到了,她反握住江淮宁的手,拉他上车,投币,在后面找到空位坐好。

公交车行驶了六站停下,两人下车,手牵手往前走了几十米,到了陆笋订的那家餐吧。

店面不大,美式复古的装修风格,大面积焦糖色的胡桃木装置,灯光偏暖,属于新年氛围的装饰物还没撤下,适合年轻人拍照打卡。

两人被服务生领进去,江淮宁点了吃的,陆笋没点。他问她:"你不吃吗?"

陆笋举着手机拍墙上的复古壁画,发朋友圈:"给我加一个冰激凌。"她没说自己吃过了。

江淮宁拿笔在菜单上钩了个小份的柠檬味冰激凌,服务生离开后,他专注地看着她。

他收回之前的想法,陆笋其实变了一些,变得明媚、亮眼了,更加热爱生活了,不再是那个一心学习的小书呆子。

"你点了什么?"陆笋抬头问他。

江淮宁:"不记得了,随便点的。"

等到餐点端上来,全是陆笋爱吃的,根本不像他说的那样,随便点的。

可惜陆笋吃不下多少,大半进了江淮宁的肚子,她拿小勺子挖冰激凌吃。听到身后那桌传来压低的说话声:"那边那个好像是我同学。"

陆笋回头,那人更惊讶了:"两个都是我同学!"

说话的男生是付尚泽,高二(8)班的体育委员,他对面坐着一个女生,应该是他女朋友，怀里抱了一束玫瑰花。

付尚泽激动得跟猴子似的，三步并两步跑过来："都怪灯光太暗了，差点没认出来。校草，语文课代表，你们怎么在这儿？"

江淮宁愣一下，很快适应了他的热情："跟你们一样。"也是来约会的。

"你们……"付尚泽惊讶地指着他们，领会到他的意思，两手抱住头，激动道，"我去，当时就传你俩在一起了，没想到是真的。不是吧，你们瞒得这么紧？"

江淮宁放下叉子，拿纸巾擦擦嘴巴，笑着摇头："那时候没在一起。"他的笑有几分从前的张扬快意。

"听你鬼扯！"付尚泽一万个不相信。

付尚泽不信，江淮宁也没办法，当中细节他懒得讲，他对现在的结果很满意，恨不得让所有人知道他和他喜欢的女孩在一起了。

陆竽支着下颌眼眸含笑地看看他，刚才不知道是谁说会追她，现在怎么对别人承认他们在一起了？

"天冷，少吃点凉的。"江淮宁跟人讲话的时候眼神没离开过陆竽，见她面前的一碗冰激凌快见底了，伸手拿过来。

付尚泽哼一声："休想让我吃狗粮，我也有女朋友。"

他把晾在一边的女朋友拉过来，介绍给两人认识，之后就没来打扰。

一顿饭吃完，已是下午两点多。

这时候，江淮宁才想起被自己遗忘的车："我开车来的，停在学校外面了。"

陆竽骂他："你是不是没带脑子。"

早说啊，早说他们就不用等公交车了。

江淮宁被骂了还在笑，他的脑子可能要罢工几天才能彻底缓过来，接受她是他女朋友这个事实。

两人坐公交车回到学校，江淮宁开车，载着陆竽回市里。

男生修长冷白的手指搭在方向盘上，偏头看一眼倒车镜，熟练地倒车，驶上正路。陆竽莫名被吸引了，只觉得这一幕像电影里的特写镜头。

"你什么时候考的驾照？"她好奇地问。

"在校期间，利用课余时间学的。"

"好考吗？"陆竽看他开车，有点心动。她打算抽时间报名考驾照，以后总会用到。

江淮宁抽空看她一眼，笑道："放心，没高考难。"

陆竽顺口问："你高考考多少分？"

"你不知道？"

"我只知道总分，不知道各科的分数。"

"语文 138 分，数学满分，英语 148 分，理综 293 分。"

陆笋被打击到失语。

回市里差不多要一个小时，两人都没说话后，陆笋靠着椅背昏昏欲睡。她没有真的睡过去，密闭的车厢里能闻到他身上的味道，一如既往的清新好闻。

车停下来时，陆笋睁开眼睛："到了？"

江淮宁看着窗外，想晚点提醒她，没想到她先醒了。

"嗯。"

陆笋推开车门，一只脚刚踏出车外，手就被江淮宁握住。他的手宽大温暖，捏住她的手指，将温度传递给她。

他缺一个正式的表白："陆笋，我喜欢你，比你喜欢我还要早。"

陆笋心口塌陷，一时间慨叹万千，失去的那些，因他一句话而填补回来。

良久的沉默过后，她嘴上不服，娇声娇气道："你怎么知道你喜欢我比我喜欢你早？"

江淮宁笃定："不管你是从什么时候开始喜欢我的，我都比你早。"

陆笋哼气："你就扯吧。"

她不跟他说话了，趁他不注意抽出被他握住的手，跳下车，刷了门禁卡，一路跑远了，没有回头看他。

江淮宁停好车，乘电梯上十二楼，进门后，他爸妈在包饺子，他妈负责擀皮，他爸负责包，保鲜盒里的饺子奇形怪状。

孙婧芳放下擀面杖歇口气："你老师身体怎么样？"

"除了不能行动，精神状态没问题。"江淮宁去的时候，李东扬正坐在轮椅上吼人，虽比站在他面前的学生矮了一大截，气势却不减分毫。

江淮宁倒了杯水喝，坐在岛台边看手机，路上QQ提示音响了几声，他没顾得上看。

付尚泽拉他进了一个QQ群，群里是高二（8）班的同学，班长曾响和付尚泽牵头组织了个同学聚会，叫大家有空都来。

付尚泽给他私信：我联系不上陆笋，你跟她说一声。

江淮宁暂停了喝水的动作，突然想起来，陆笋的联系方式他也没有，不管是手机号码还是QQ。

杵在原地思索了几秒，江淮宁端起江学文刚包好的两盒丑得不能见人的饺子，一本正经地扯谎："我去给陆伯父他们家送点饺子。"

孙婧芳拿擀面杖指着他"哎"了声，话没说完，江淮宁拎着外套出去了。

"你看看你儿子。"孙婧芳失笑，"我都懒得拆穿他，他是为了送饺子吗？"

门铃响了，夏竹在擦桌子，手上戴了塑胶手套，腾不出手来，使唤看电视的陆延去开门。

"陆延，去看看谁来了，别看电视了。"

陆延抱着遥控器从沙发上挪下来，眼睛依依不舍地瞅着电视，打开门没看是谁，就赶紧跑回来了。

夏竹问他："谁来了？"

陆延这才朝玄关望去一眼，眼珠子瞪大了："江淮宁哥哥！"

"嗯。"江淮宁应了一声，站在门内印有"出入平安"四个字的红色地垫上，犹豫要不要换鞋。

夏竹摘掉手套，过去招呼他："快进来吧，不用换鞋，等会儿要拖地。"

江淮宁穿着鞋进来，黑色大衣衬得身形挺括修长，气质卓然，脸上的笑容温煦："伯母，我妈让我送点饺子过来。我爸包的，卖相不太好看，味道应该不差，香菇猪肉馅儿的。"

两家住得近，做了好吃的会互相送，要么叫过来一起吃，关系处得跟一家人差不多。

"麻烦你特意跑一趟。"夏竹洗了手，接过两盒饺子，放进冰箱冷冻层，打算留着明早吃，"保鲜盒我回头给你妈送过去。"

江淮宁说："不着急。"

夏竹把茶几上几个装零食的篮筐推到他面前一字摆开："想吃什么自己拿，千万别见外，让陆延陪你说会儿话，我去把剩下的活儿干了。"

江淮宁维持着礼貌的微笑："您去忙吧，不用管我。"

夏竹戴上手套接着擦桌子。

陆延挨着江淮宁坐，担负起主人家的责任，招待江淮宁："哥哥，你吃这个夏威夷果，我给你开。"

电视里动画片的声音很大，江淮宁借此掩饰，轻声问："你姐呢？"

陆延没听清："嗯？"

小小年纪耳朵就不好使了？江淮宁无言，捏着他耳朵，凑近一点再次问道："我问你姐去哪儿了。"

"我姐？"这回陆延听清了，指了指房间，"她在里面。"

江淮宁摸了下鼻子，使唤起小孩来一点不心虚："去叫你姐出来，就

103

说……说她同学来了。"

陆延很听话，踩着拖鞋跑到陆笋房门外，"砰砰"砸门，大嗓门喊道："姐！老姐！你同学来了！"

江淮宁愣了，没想到小老弟如此听话。

房门打开，陆笋戴着眼镜出来。她已经卸了妆，换了身宽松的家居服，柔软的珊瑚绒，蓝白配色，点缀了红色和黄色的月亮星星。脚上是一双小狗毛绒拖鞋，"小狗"的两只耳朵耷拉在鞋面上，随着她走路的动作一摆一摆的，白色袜子裹住纤细的脚踝。

陆笋见到客厅里的"同学"，猛地顿住了，飞速退回房间，门"砰"的一声关上。

陆延一脸懵懂："我姐怎么了？"

江淮宁思考了一下，你姐可能害羞了。

夏竹在卫生间里洗抹布，江淮宁瞅准时机，起身走到陆笋房间外："是我，开下门，我说两句就走。"

房间里的陆笋像热锅上的蚂蚁在原地转了两圈，满脑子只剩下"救命"两个字，她来不及换衣服！

之前住在一起的那几个月里，不是没被他看过穿睡衣的样子。这么一想，陆笋释然，拉开门放江淮宁进来。

江淮宁盯着陆笋，掏出自己的手机递给她："手机号码。"

"什么？"陆笋茫然眨眼。

江淮宁装委屈："我没有我女朋友的手机号。"

陆笋仰头看他那张俊脸摆出做作的委屈模样，需要极大的自制力才没有笑喷。她克制着轻轻提了下嘴角，拿过他的手机，一个数字一个数字输进去。

江淮宁自己编辑备注"女朋友"。他没有避开陆笋，甚至有故意让她看到的嫌疑。

陆笋上下两片唇咬合住，抿成一条直线。

江淮宁打开微信，通过手机号搜索，找到她的，昵称是"LYYY"，他申请添加："你想笑就笑，别忍出内伤了。"

陆笋捂住嘴，脸偏向一边，对着白花花的墙壁，嘴硬道："我没有想笑。"

"是吗？"江淮宁把手机装回兜里，两只手捧住她的脸。

陆笋大惊失色，门是半敞开着的，她妈妈路过会看到！她脑袋往后仰，江淮宁没让，嘴唇在她额间印了一下："走了。"

不等陆笋回神，江淮宁就出了房间，夏竹刚从卫生间出来，手里还拎着拖把。江淮宁点头微笑:"伯母,我先走了。"

"这么快就走了,不多待一会儿吗?"

"我下次再来。"江淮宁长了张讨长辈喜欢的脸,一笑就会让人感觉这小伙子性子好。

他离开了,夏竹还在笑。

4

江淮宁来之前,陆竽在房间里看书。他来过以后,她就没心思看书了,脑子里装满了他。

她捧着手机,通过了他的微信好友申请,没有备注"男朋友",她打出他的名字,而后删掉,换成名字首字母缩写。

陆竽这边刚通过,江淮宁就发来一条:付尚泽说过几天同学聚会,让我问你去不去。

陆竽:去。

江淮宁:那我把你的名字报上了?

陆竽:嗯。你去吗?

江淮宁:你去,我当然去。

陆竽缩在书桌前的椅子里,两手抱着膝盖,笑得眼睛眯起来,快看不到屏幕上的字了。

江淮宁打来视频电话,陆竽按了按嘴角,接通后,她没让他看自己,摄像头换成后置,对着前面的书桌。

江淮宁没拆穿她不愿以睡衣示人的小心思,问她:"你要加班级QQ群吗?我拉你进去。"

他提到付尚泽,陆竽就知道这个群里是高二(8)班的同学:"好啊。"

江淮宁那股委屈劲儿又来了:"我没有我女朋友的QQ号。"

陆竽隔着屏幕快笑疯了,幸好他看不到:"我给你。"

她发了QQ号过去,江淮宁立刻添加了,她的昵称跟微信一样。他问:"为什么换掉QQ号?"

"以前那个号随着手机被偷,被人盗了,找不回来。"

江淮宁不知道她手机被偷的事:"什么时候?"

陆竽对此印象深刻,不需要回忆就能准确说出来:"高考完那一晚,班级聚餐结束,我和黄书涵回学校,被一个陌生男人撞了一下,手机就被顺走了。"

江淮宁沉默了几十秒,声音很轻地问:"所以,你没有不接我的电话对吗?"

"你那天给我打电话了?"

"嗯。"

"对不起,我没接到。"陆竿大概能猜到他那时候打给她要说什么,心脏被狠狠揪了一下。她将摄像头换成前置,隔着屏幕与他对视。

江淮宁摇头,不需要她道歉。

那都不重要了,跟这一分这一秒的两情相悦比起来,以前所有的郁闷不快都变得不再重要。

同学聚会定在三天后的晚上,计划先在钟鼎国际大商场里的餐厅吃饭,然后去KTV唱歌。

江淮宁来陆家接陆竿前,在微信上问她穿什么衣服。

陆竿给他发了张照片,全身镜前的自拍照,手机挡住了脸。她穿着卡其色短款羽绒服,同色系的千鸟格半身裙、短靴,头上戴了顶黑色贝雷帽。

江淮宁翻找衣柜里的衣服,没有跟她这身搭配颜色相近的棉服,倒是有件驼色大衣,晚上穿可能会冷。

她发来的这张照片,提醒了他另一件事,他打来语音电话:"你从我钱夹里拿走的照片什么时候还给我?我的。"

陆竿发现这人装委屈上瘾了。

"你先说那张小二寸你是怎么拿到的?"

"是你自己放进我的出入证里忘了拿回去。"

陆竿"啊"了声,终于想起来了,她住校期间曾借江淮宁的出入证混出学校帮董秋婉过生日。

"太丑了,我还你两张漂亮的。"

江淮宁说:"可是,我觉得很漂亮。"

下午三点半,江淮宁准时敲响了陆家的门。

陆竿向妈妈报备完,跟江淮宁出门。他帮她拉开副驾驶座的车门,等她坐好,他立在车门边探进半个身体先给她扣好安全带,再从车头绕至驾驶座。

车子启动前,陆竿从口袋里摸出个东西,眼神示意他:"手。"

江淮宁摊开一只手到她面前。

陆竿将两张崭新的照片放到他手里:"说话算话,还你两张。"

江淮宁低头看照片,一张陆竿穿着浅蓝色缎面泡泡袖长裙,梳了淑女的发型,像城堡里的公主。另一张,她穿纯白短T配高腰牛仔裙,站在葳郁的香樟树下,青春洋溢。

"看这么久,看完了没有?"陆竽羞赧得脸红不已,想把照片抢回来。

江淮宁没给她这个机会,拿出钱夹,把照片塞进透明夹层里:"什么时候拍的?"

"上学期。"陆竽无所事事地抠着安全带,"室友帮我拍的。"

车开到县城,在钟鼎国际大商场的地下停车场停好车,两人乘电梯上去。

陆竽垂眼,盯着他们紧握在一起的手,突然注意到一件有意思的事情。她用手指点了点江淮宁的胳膊,轻轻地问:"你故意的?"

她这话没前情提示,他不太能理解,问:"什么故意的?"

"你的衣服,跟我的衣服颜色相近。"陆竽后知后觉地反应过来,出发前他问她穿什么衣服的用意。

江淮宁莞尔一笑:"你现在才发现?"

他承认了,他就是故意的,要跟她凑成情侣装,让人一看就知道他们是一对。

陆竽心间像打翻了糖罐,甜蜜四溢,抿着唇角笑:"你真让我意外。"

"哪里意外了?"

"不知道。哪里都意外。"陆竽摸了摸他的呢大衣,好薄,适合初秋的天气穿,"你不冷吗?今天气温零度以下。"

江淮宁握住她手的力道收紧了两分:"感觉不到冷,可能是情绪太高涨,体温就会自动升高吧。"他开始胡扯。

陆竽笑着拍他胳膊:"你油嘴滑舌。"

"有吗?"江淮宁反问。

陆竽想了想,没有,某人的脸太帅气太正直,哪怕是花言巧语,经由他的嘴巴说出来,也不会让人觉得轻浮。

电梯到达,剥夺了两人继续聊天的机会。

陆竽按照群里发的包厢号一间一间找过去,快走到时,她挣开了江淮宁的手:"我们低调一点,低调一点。"

一想到她和江淮宁出现在那群老同学面前,会被当成大猩猩围观,她就头皮发麻。

江淮宁在晥高可是风云人物!班里的女生或多或少对他抱有一些憧憬和美好幻想,她不想刺激她们。

然而江淮宁不乐意了,幽怨的眼神说来就来。

陆竽赶紧抱住他,好声哄道:"配合一点啦。"

她难得主动抱他,难得这样撒娇,江淮宁被她拿捏得死死的,勉为其难地答应:"行吧。"

话音刚落,不知哪个刚好打开门,嘈杂的声音传出来:"欢妹还不来,等着我出门迎接还是怎么……"

包厢里十几双眼睛齐刷刷地盯着门口相拥的一对璧人。

陆竽脑中霎时炸开了无数烟花,难以形容这一刻的心情。她触电般松开江淮宁,后退了一步,拉开与他之间的距离。

包厢里十分寂静,曾响率先出声打破:"呃,语文课代表,你不觉得你这动作有点多余吗?"

他们都看到了!她和江大校草抱在一起,不是她退开一步就能假装无事发生的!

江淮宁无辜地看着陆竽,眼波里笑意横生,仿佛在说:不是我不配合。

"都别杵在这儿当门神了,赶紧进来坐。"付尚泽身为现场唯一一个知情人士,一脸淡定,衬得其他人像是没见过世面。

陆竽没照镜子也知道自己的脸红透了,因为她能感觉到那股快要冲上脑门的热意。

大家从最初的震惊中回过神来,问题一个接一个砸过来。

"陆竽,江校草,你们什么时候在一起的?"

"江校草,你不说句话?"

江淮宁瞥了眼陆竽红成番茄的脸颊,大大方方地伸手揽住她的肩,正式宣布:"我们确实在一起了。至于其他的,抱歉,无可奉告。"

第五章 /
我们永远不分开

1

包厢里陆陆续续进来人,消息传播的速度很快,没过几分钟,所有人都知道江淮宁和陆笙在谈恋爱的事。

快上菜了,沈欢还没来。付尚泽在群里问沈欢,沈欢发了条饱含遗憾的语音:"家里临时来了客人,溜不掉。"

付尚泽:"那我就把你的那份吃咯。"

沈欢:"吃吃吃,吃成个肥猪,正好不用打车,滚着回去。"

群里的消息大家都能看到,哄堂大笑。

吃饱喝足,一群人转战到班长预订的KTV,点歌台被几个麦霸占据,其他人三三两两凑一起玩游戏、聊天。

以曾响为首的一帮男生不知在琢磨什么,忽然鼓掌叫好:"好好好,咱们就玩这个,人多玩起来才有趣!"

女生们投来好奇的目光,曾响笑了笑,拿起点歌台上的话筒,装模作样地拍了两下出声的地方,跟领导讲话似的:"经过讨论,我们决定玩个小游戏,不然白白浪费了好不容易凑来的相聚时光。你们就知道瞎聊天。"

女生们问:"玩什么?"

曾响一边嘴角斜翘起,意味深长:"我们玩真心话大冒险!"

有人兴奋,有人发出嘘声,表示太过老套。

曾响听到人群中夹杂不满的声音,顿了下,征求大家的意见:"这是我们商量后的结果,你们要是有好的想法也可以提出来。"

没人有异议。

大家火速清空桌面的杂物,拿出"正规"的仪器——大转盘。转盘上的指针异常灵活,转到哪里谁也控制不了,不存在作弊行为。

不知怎么回事，大家不约而同地看向班里最受瞩目的两个人。

他们的眼神有点可怕，像盯着猎物，陆笋不自觉往沙发里坐了坐，他们该不会是想……不可能，转盘又不能人为控制。

放平心态，陆笋积极参与到游戏中。

付尚泽说："先说好规则，不能完成任务的罚酒三杯。大家都成年了，喝点小酒无伤大雅。"

"别废话了，快开始。"

付尚泽第一个转动指针，他用了很大的力气，顺时针转了几十圈，指针才有慢慢停下来的趋势。

最终，指针指向的人是耿旭。

"出师不利。"耿旭摸了把头发。

付尚泽拍着桌子大笑，其他人一脸等着看好戏的表情，问他："物理课代表，选真心话还是大冒险啊？"

耿旭丝毫不惧："真男人就该选大冒险！"

"行，你有种。"付尚泽摸着下巴思考了半分钟，"打给你通话记录里第一个人，对那个人说'我爱你'。"

耿旭一脸菜色，给付尚泽抛了个"你给我等着"的眼神，一条腿伸直，从裤兜里掏出手机，点开通话记录。

坐在耿旭旁边的同学伸长了脖子观望，一看通话记录里第一个人是耿旭的表哥，顿时觉得没意思。

果然，耿旭挑眉，淡定地拨出电话，按照要求打开免提，对方"喂"了一声，耿旭没给出任何铺垫，直接干巴巴地丢出三个字："我爱你。"

电话那边的人沉默了，三秒后发出一声嗤笑："不至于，真不至于，不就送你两个游戏皮肤，不用上赶着认爹。你要坚持的话，我就勉为其难地答应了。旭，爹也爱你。"

"滚吧你。"耿旭挂了电话。

整个包厢的爆笑声透过门板传出去，走廊上路过的人被吓一跳。

陆笋嘴角的笑还没收起来，下一个就轮到她了。她的笑容凝在脸上，慢慢转化为不可置信："不是吧，真的没有作弊吗？"

这一局是耿旭转的，他为自己辩解："我就随手一转。大家都看着呢，语文课代表，你是不是玩不起？"

"没有。"陆笋视死如归道，"我选真心话。"

大家想问的问题太多，迟迟没有拿定主意。

陆笋反倒觉得好玩："没人问吗？"

付尚泽收集完大家的问题，从中挑出一个最想知道的："你和江校草，谁先表白的？"

这个问题太好回答了，陆笋看了眼身边相貌清俊、气质干净的男生，他也在看她，眼里有她熟悉的温柔。她突然有些害羞，红着脸腼腆一笑，说："是我。"

同学们互相对视，心中了然，肯定是女追男啊，还用问吗？他们想象不出校草追人的样子。

另一个当事人神色一愣，大概没预料到答案会是这个。

江淮宁看着陆笋，没有因为她是他女朋友就放过，笑着戳穿她的谎言："陆同学，玩真心话怎么能撒谎呢，明明是我先向你表白的。"

众人"哇哦"了一声，兴致勃勃的目光在两人之间来回移动。

陆笋眼睛瞪大了一圈，那天下午，他们在眈高偶遇，是她先说的喜欢不是吗？怎么能算是他先表白的？

她倒要听听他的解释："什么时候？"

江淮宁脱口而出："你还记得那年的愚人节吗？我说'我喜欢你'，你祝我愚人节快乐，伤透了我的心。"

所以那天在校园偶遇，陆笋说她早就喜欢他了，他开心得要死，冷静下来又有些费解，既然早就喜欢他，为什么不肯接受他。

后来的种种错过，他实在找不出一个好的理由圆过去。他很满意现状，那些细枝末节他就不愿再计较了。

陆笋没想起来："你说清楚，哪一年的愚人节？"

"去年，就去年的愚人节。"

陆笋一脸茫然，还有这回事？

时间离得这么近，陆笋认为自己不可能忘。记忆里，她确实跟江淮宁说过"愚人节快乐"，前面他所说的表白，她完全没印象。

她努力回忆，奈何实在不记得了。这么多双眼睛盯着她，素来要强的她怎么可能轻易服输，反击道："照你这么说，我比你更先表白。"

在场的同学快笑死了，他们这是杠上了吗？没必要啊。一个真心话大冒险的游戏而已，不必这么较真。

江淮宁也问："什么时候？"

陆笋下颌微抬，骄傲的语气："高二运动会结束那天，班级聚餐，玩游戏的时候！"

江淮宁当然没有忘记，他们玩的是"你说我猜"，即一人负责比画卡片上的词汇，另一人猜答案。他和陆笋抽到同样的数字，被分到一组。他

111

抽到的卡片上写着"我喜欢你",要引导陆筝说出这句话。

这件事高二(8)班的同学都有印象。

江淮宁沉默了。

"江校草,你还有更早的证据吗?"付尚泽大笑,"没有的话,确实算我们陆筝先表的白哦。"

江淮宁举起一只手,宣布认输。

陆筝拿起果盘里一瓣橙子咬在嘴里,闲适地拨动转盘,指针飞速转动,停下来时,指向一个男同学。

她吃完一瓣橙子,江淮宁适时递来一张湿纸巾给她擦手。她趁机歪头,身体向他倾斜,看起来像靠在他肩上:"你什么时候跟我表白了?"

江淮宁握住她葱白一样的手指,将它们一根一根擦干净:"不是说了,愚人节。"

"我怎么没印象?"陆筝一手扶额做思索状,不敢相信自己的记性差到这种地步。

将用完的纸巾丢进垃圾桶,江淮宁垂着眼,试图读懂她的表情:"你是不是在演?"

陆筝大呼:"我没演戏,真不记得了!"

"你难道不是因为担心对未来有影响才拒绝我的?"江淮宁贴心地为她找好了借口,"不用演。我能理解你的想法,事到如今,我也不在乎你拒绝我的事了。"

他在说什么啊!陆筝越发困惑。

江淮宁定定地看着她,不再言语。

"我真没演戏!我发誓!"陆筝急了,"骗你我没头发!"

这是一个正值美好年华的少女能想到的最恶毒的誓言了。

陆筝情绪激动没收住音量,周围的同学顾不上玩游戏,只顾看他们。付尚泽试探地问:"你们在吵架?就为了谁先表白这事儿?"

江淮宁和陆筝异口同声:"没有。"

付尚泽不信:"我都听到了。你们两个一定有个人记错了。"

陆筝为自己的记忆力担保:"记错的人不是我。"

江淮宁手搭在膝盖上,身体整个侧过来朝向她,要笑不笑:"你确定?"

他的眼神坚定、有力,太容易使人信服,陆筝差点就动摇了,晃了下神,很快坚持自己的答案:"确定。"

"行。我们打个赌,我要是向你表白过,你就输了,输的人……"江淮宁停顿一下,临时起的意,没想好给她一个什么样的惩罚,"这样,输的人答应赢的人一个要求,不许拒绝。"

陆竽受不了激将法:"赌就赌。"

围观群众愣了几秒,突然爆发出笑声,江校草和陆竽谈恋爱怎么是这个画风。俊男美女在一起,他们以为会跟偶像剧一样浪漫,眼前的一幕真是让人跌破眼镜。

陆竽双手抱臂:"你就说你怎么证明吧。"

"这个你不用担心,我有人证。"江淮宁说话的间隙,从大衣口袋里拿出手机,找到沈欢的号码拨出去,开了免提。

沈欢秒接电话:"老江,你打电话邀请我也没用,我真抽不开身去参加同学聚会。我外公外婆来了,我得陪他们……"

江淮宁没空听他废话:"我问你,去年愚人节,我让你交给陆竽两封信,你还记得吗?"

"记得啊。"沈欢愣了愣,不知道他为什么突然问起这个,老实回答,"两封信上分别标了数字,提醒她按照顺序看信对吧?"

江淮宁说话的时候一瞬不瞬地注视陆竽,眼见她的眼神渐渐往惊诧、难以置信过渡,他露出了胜券在握的神情。

不是他非要占上风,是想让她知道,他过去潜藏的爱意是真实存在的。

"你怎么说?"江淮宁眼眸轻眨,眼底的温柔被包厢里的灯光最大限度放大。

经过漫长的沉默,陆竽不禁开始怀疑自己记忆错乱:"你说两封信,什么信?我没收到信。江淮宁,我没骗你,我真没收到。"

江淮宁把问题丢给沈欢:"我让你送的信,你送到没有?"

还在通话中,沈欢立刻答:"我当然送到了。"

陆竽夺过江淮宁的手机,争论的对象变成了沈欢:"你没给过我信!"

沈欢蒙了:"我给了,我记得当时……"

当时他拿着江淮宁的信准备交给陆竽,陆竽不在班里,有同学叫他去班主任办公室,刚好碰上沈黎来找他,他把信给了沈黎,叮嘱沈黎见到陆竽后将信交给她。因为他不确定班主任训他多久,怕误了事。后来他回到班上,陆竽已经坐在座位上,沈黎也离开了,他以为沈黎把信给了陆竽,便没有多问。

"我想起来了,我确实没亲手交给你,我让我姐给你了。"沈欢底气不足地挠了挠眉心,"她没给你吗?"

江淮宁拿回手机挂了电话,脸色登时沉了下去。

113

2

沈欢被挂电话，想问的话也被迫中止，从房间出去，没在餐厅里见到沈黎。他去了厨房，看见她在盛饭。

沈欢喊了声"姐"，沈黎回头，穿着冬季呢绒裙子的她长发披肩，温柔小意："你要吃饭？用我帮你盛吗？"

沈欢没拐弯抹角："我问你，去年愚人节，老江写给陆竽的两封信，我让你交给陆竽，你给她了吗？"

沈黎耳边嗡鸣，指尖一颤，碗脱手而出，磕在厨台上"砰"的一声，又滚落到瓷砖地上。碗碎了，米饭撒在地上，一摊狼藉。

"你给陆竽了吗？"他追问。

沈黎脸色惨白，被拆穿的恐慌和心虚掩藏不住。

见她如此神态，沈欢心凉了半截："为什么啊？那是老江写给陆竽的信，你为什么要……姐，你不会是喜欢江淮宁吧？"他感到不可思议，重复一遍，"你喜欢江淮宁？"

除此以外，沈欢想不到别的动机。

他猜中了沈黎埋藏最深的秘密，她浑身发抖。他的质问就像刀子扎在她心上，强烈的道德感鞭笞着她，她几乎站立不稳，手扶住厨台边缘。

沈欢不需要她的回答了，他用了肯定的语气："你喜欢江淮宁。"

他内心震颤不已，久久无法接受这个事实。

沈黎喜欢江淮宁，他作为她一母同胞的弟弟，从来不知道她的心事。

"姐，你应该早点告诉我的。"

有时候道理在亲情面前，会做出让步。他没有谴责她的行为，只恨知道得太晚，如果他早一点察觉沈黎的心思，在江淮宁喜欢上陆竽前，他会帮她。

放假前他和陆竽吃饭，陆竽误会沈黎和江淮宁在一起，当时他想不通，现在有了答案。可能在他不知道的时候，沈黎还做了别的事，加深了陆竽的误会，不仅仅是偷藏了两封信那么简单。

"姐。"见她魂不守舍，沈欢喟叹一声，"事情做了就做了，已经过去了。至少，给江淮宁和陆竽道个歉。"

沈黎僵住，抬起眼，豆大的泪珠从眼眶里滚落出来："他……他们在一起了吗？"

沈欢没答，不想再戳她心窝子。

他的沉默就是最好的回答。沈黎泪眼蒙眬，笑得凄惨又可怜，她如何能想到，那两个人从彼此的生活中消失八个月，还能再遇到，重新在一起。

沈欢捏着纸巾给她擦眼泪，他从小没她聪明，胜在嘴皮子利索："你们北城大学优秀的男生遍地都是，没必要一心扑在江淮宁身上。他是很好，也没好到天上有地下无，以后你总能找到一个真心对你的。听我的，放下吧，别钻牛角尖了。"

沈黎的眼泪怎么擦也擦不完，泣不成声："你什么都不知道……我很早就喜欢他了，他为什么不肯回头看看我？我比陆竽认识他更早，我哪里比不过陆竽？你告诉我啊，我哪里比不过陆竽！"

沈欢紧皱起眉毛，明知她沉浸在悲伤的情绪里，听不进去话，他还是要说："感情这种事又不像排队，讲究先来后到。远的不说，就说顾承，他和陆竽青梅竹马，陆竽不还是跟江淮宁在一起了。你别这么死心眼。"

沈黎拼命摇头，她只想要江淮宁……

聚会的包厢里，经过方才的小插曲，气氛有些尴尬，一不小心见识到了三角恋里的钩心斗角，大家难免心有余悸。

若不是事实摆在面前，谁能相信沈黎那种高高在上的女神耍起心机这么没下限，竟然干出拦截别人书信的事。

其他人毕竟不能感同身受，热闹看完了，接着玩游戏。唯独江淮宁和陆竽，心里颇不是滋味。

原来不是阴错阳差，是被他人玩弄了。

江淮宁气到一句话都不想说，全程木着脸，直到转盘上的指针停下来，直直地指向他。

众人愣了一下，见他脸色实在太臭了，不敢起哄。

付尚泽开口说话，声音不自觉地变得小心翼翼："校草，真心话还是大冒险？"

江淮宁愿赌服输："真心话。"

付尚泽看其他同学，其他同学给他使眼色，于是付尚泽不怕死地问："校草，你上一次接吻是什么时候？"

江淮宁木然的俊脸松动，他和他女朋友交往还没到一个星期，哪儿来的接吻。他心态再好，也不好意思当众说他没接过吻。

陆竽偷觑了江淮宁一眼，却跟他的目光撞个正着。

她一双眼里装满兴味，跟其他人一样，也在等他的回答，有看热闹不嫌事大的嫌疑。反正要说真心话的人是他，不是她。

江淮宁促狭心起，不想她置身事外，一个没忍住，扯了她的手臂过来，在她唇角印了一吻。他抿了下唇，似乎在回味那一触即离的温软："刚刚。"

他在回答那个问题。

上一次接吻是什么时候？刚刚。

陆筝的脸红得滴血，恨不得钻地缝。她做梦也没想到，看个热闹也能引火上身。

江淮宁的动作太过猝不及防，大家一时没反应过来，寂静维持了三秒，随后起哄声如燎原之火点燃了整个包厢。

"牛啊校草！"

陆筝坐不下去了，借口上卫生间逃离了包厢。

走廊上的温度没包厢里那么高，她吸了一口新鲜的空气，朝尽头走，为了拖延时间，每一步都走得缓慢。

上完厕所出来，迎面撞见江淮宁，他脖子上挂着她的链条包，臂弯里挽着她的羽绒服。

"我们这就走了？"陆筝拿过羽绒服穿上。

"时间不早了，我们还要回市里。"

陆筝没异议，正好不用回去面对大家的调侃。

她刚迈出一步，江淮宁突然握住她的手，他左右观望一眼，将她拖进旁边一间无人使用的包厢，反锁。

没开灯，眼前一团浓墨般的黑。

陆筝后背被压在门边坚硬的墙壁上，身前是他炽热的胸膛。她心跳飞快，低声骂他："你做贼啊，吓死我了。"

江淮宁的呼吸声在黑暗里放大，他欺身离她更近："我赌赢了，你欠我一个要求。"他薄唇贴在她耳边，要她履行赌约，"我想吻你。"

陆筝心口颤了颤，脸颊急剧升温。

"怎么就算你赌赢了？"陆筝躲开他一波接一波喷洒出来的热气，弱弱地辩解，"我没收到你的信，不算。"

江淮宁手掌撑在她耳侧的墙壁上，把她圈起来。

"没收到不代表不存在。"

"你怎么想的，在愚人节……"

"听人说，愚人节表白说的才是真心话。如果对方拒绝，还能当成是愚人节的玩笑，彼此不会闹僵到连朋友都做不成。"江淮宁用指腹轻轻蹭她的脸颊，"我怕你会拒绝。"

陆筝抱住他的腰，在他怀里仰起头，下巴抵在他胸膛上："你在信里写了什么？"

"我喜欢你。"

"嗯？"

"还有，愚人节快乐。"提起此事，江淮宁不无遗憾，"我给两封信编了号，你看完第一封信，如果接受，第二封信就不必再看了。"

陆笋哼笑出声："你怎么这么傻？"

江淮宁真诚发问："傻吗？"

"傻。"陆笋搭在他腰间的那只手下移，握住他的手，"你可是江淮宁啊，怎么会担心我拒绝你以后我们连朋友都没得做。就算我不喜欢你，我也不舍得远离你。"

江淮宁收紧手指力道："那是谁断掉联系，不跟我说一句话？"

"不是我的原因，是沈黎……"

陆笋也很委屈。江淮宁的升学宴上，沈黎对她说的那些话，意在宣誓主权，她是个有骨气和尊严的女生，怎么可能在别人警告暗示以后，还去靠近别人的男朋友。

江淮宁眉头拧得紧紧的，暧昧的气氛消失，化为低气压："她跟你说什么了？"

陆笋不愿在背后议论人，没什么意思。一切都过去了，他们如今好好地在一起，这比什么都重要。

她闭口不提，江淮宁却不想轻易翻篇："说不说？"

眼睛适应了黑暗的环境，陆笋能看清他怒意遍布的脸，她试图宽慰他："时间不能倒流，说不说也没区别。"

江淮宁闭上眼，额头抵着她的额头，声音很低："我想知道。"

陆笋顿了顿，如实说："她说你和她约定一起考北城的大学，我以为你们早就约好高考后在一起。她说你换了北城的号码，我以为你不想联系我了。"

江淮宁感到窒息，这些他统统不知道："没想过验证吗？"

陆笋思绪没跟上："验证什么？"

江淮宁指导她："现在，拿出手机。"

陆笋依言从随身的斜挎包里翻出手机，亮起的屏幕光笼罩着两人的脸，表情一览无余，一个无奈，一个茫然。

陆笋脸上是茫然："然后呢？"

江淮宁给出下一步指示："拨打我的电话。"

陆笋一愣，他们这几天全靠微信联系，没通过电话，她没有他的手机号："你的号码多少？"

"以前的还记得吗？"

"记得。"

"拨号。"

陆竽心里有了答案,迟迟不敢去验证,手指都在抖,十一位数字输完了,按下绿色的拨通键。

下一秒,寂静的包厢里响起一道手机铃声,来自江淮宁的大衣口袋。他拿出手机,亮起的屏幕上来电显示"女朋友"。

陆竽心底发酸,眼眶也发酸。

江淮宁没有换掉手机号。

"咱俩到底谁更傻?"江淮宁为了彻底打消她的疑虑,当着她的面接通了电话,证明这个号码是能正常使用的,"她说什么你都信?"

陆竽眼睛湿漉漉的,相逢的那一刻她没哭,眼下却忍不住。

江淮宁重新把她搂进怀里:"我们都是傻子,一对傻子。"

谎言终究是谎言,拆穿其实没那么难,可是,在青春懵懂的岁月里,喜欢一个人,小心翼翼掩藏自己的心思不被他发现,已经用光了一个女孩子所有的勇气,哪里还有多余的勇气去求证。

驱车回到市里,陆竽消耗太多情绪,路上就睡着了。

车停在中洲嘉园四期栅栏门外,江淮宁倾身过来,帮她解开安全带。陆竽晕车,在车上睡觉没那么踏实,感觉有人靠近,她就醒了。

陆竽拎包下车,跟江淮宁挥手告别,却见他从驾驶室下来,牵起她的手:"陪你再走一段路。"

路灯下他的眼神像小狗,陆竽无法拒绝,从包里摸出门禁卡,开了门,两人手牵手漫步在小区的青格砖路上。

陆竽家住六号楼,位置靠里,一条路走到头,到了楼道门前。

"晚上温度低,你穿这么少,快回去吧,别着凉了。"陆竽摆了摆手,一步三回头地上了台阶,刷卡进门。

笨重的楼道门在身后自动关闭,陆竽最后一次停步回望,透过铁灰色门上的小窗口,看见那道颀长的影子仍在原地,双手插兜,静静地等着。

一条无形的线拉扯住陆竽,她一步也挪不动。

冲动是一瞬间的事,她拍开墙壁上的开关,楼道门"咔哒"一声响解开了锁,她拉开门冲到台阶下。

江淮宁打算站一会儿就走,听到开门声抬起头,本该回家的女朋友像一支小火箭,以超快的速度一头扎进他怀里。

他被那股霸道的冲劲撞得后退一步,手从兜里拿出来,托住她的后腰,勉强稳住两人的身体。

陆竿气喘不匀，急躁地踮起脚，拽住他的大衣领子往下拉。江淮宁被迫弯下脖颈，陆竿说："算你赌赢了……"

她毫无章法地吻住了他的唇。

江淮宁怔然，反应过来后，更紧地揽住她的腰，夺回主动权，唇齿碾磨间有清香甘甜的橙子味。他恍惚想起，她今晚在KTV包厢里吃了几瓣橙子。

温软润泽的触感在舌尖流窜，是他梦里不会有的。他想他以后不需要做梦，他可以真实地拥有她。

拥抱、亲吻都是真实的。

江淮宁情绪涌动，亲吻的力道不自觉加重，陆竿感觉自己要被吞了，光靠鼻子呼吸已经不够提供肺部所需的氧气。

江淮宁时刻注意着她的感受，在她快要喘不过气时，停了停，放她呼吸几口夜里凉凉的空气，再度吻上来。

他们亲得太投入，楼道门开了又关的声音也没能打扰他们。

这个吻可能进行了几分钟，或者更久，结束时，陆竿两只手依然攥着江淮宁的衣领，忘了松开，手指都泛酸了。

在他人看来，就像她在强吻江淮宁。

是，一开始是她主动的，等到江淮宁开始反攻，她就招架不住了，只能寻找间隙换气，每次换不到半口气，就会被他再次堵住唇。

他展示了前所未有的强势，寻不着平日里的温柔。

陆竿嘴唇上一片湿淋淋的水光，江淮宁眼眸暗了又暗，兀自调整着呼吸，余光陡然扫见台阶上一道黑漆漆的身影，视线顿住了。

陆竿迷离的眼眨了眨，察觉到他的脸色变化，慢吞吞地回过头去。只见她爸爸陆国铭一手拎着两个黑色垃圾袋，呆滞地杵在那里，像一尊雕像。

陆竿睫毛抖了抖，迟迟喊不出那声"爸"。

陆国铭的脸色能跟夜色比美。

晚上吃了海鲜，垃圾留在家中味道大，他拿下来丢掉，门一拉开，瞅见路灯下一对年轻人在拥吻。

他没好意思多看，也没过去打扰人家，准备原路退回去，脑海里突然浮现陆竿下午出门时那身装扮，卡其色短款羽绒服、格纹短裙，再看一眼背对着他的那个纤瘦的身影，跟陆竿的打扮一模一样。

正对着他的男生仰起了头，是他认识的江淮宁。

他怔了怔，又看了眼那个女生，哪里是打扮一样，那根本就是他的女儿陆竿！

陆竿看着陆国铭，嘴巴张开又闭上，哑巴了。

陆国铭步履僵硬地走下台阶，越过他们两个，丢完垃圾背着手走回来，再次经过他们身边时，拿出了当家长的威严："回去。"

陆笋脸上的热意霎时间降至零度，两只手无处可放，抱着包闷头跟在爸爸身后。

陆国铭抬步踏上一级台阶，停了步子，回头对江淮宁说："还有你。"

江淮宁没犹豫，跟了上去。

进了门，电视机的声音泄出来。陆国铭换了鞋，径直往里走，坐在沙发上的夏竹瞅他一眼："丢个垃圾怎么这么久？"

陆国铭哼了一声。

陆笋从鞋柜里给江淮宁找了一双拖鞋，两人一前一后走到客厅。

夏竹见到江淮宁出现在这里，表情空白了几秒，然后站起来笑着招呼："你们回来了？"

江淮宁问候一声："大晚上过来，实在有些叨扰。"

"不打扰，我们一般十点以后睡觉，你快坐。"

陆国铭关了吵闹的电视机，从茶几下搬出一块木质象棋棋盘，放到茶几上，头也没抬："会下象棋吗？"

江淮宁谦虚严谨："会一点。"

陆国铭下巴一点，叫他坐过去。

江淮宁平静地坐在茶几边上的小矮凳上，脊背挺得端正笔直。

夏竹端来一杯热水，放在江淮宁手边，皱起眉毛说："真是想起一出是一出，这么晚了下什么象棋，想下棋不会白天叫淮宁过来陪你吗？"

江淮宁微笑着回答："没事，我陪伯父下几局。"

陆笋躲回自己的房间，脱下羽绒服才发现后背出了汗。让江淮宁独自面对她爸，多少有点不厚道，她硬着头皮又出去了。

陆国铭和江淮宁你来我往下了几个来回，陆国铭开始问话："你们在一起多久了？"

江淮宁清楚地感觉到额角上一滴汗在皮肤上炸开，他咽了下口水："没几天。"

"没几天是几天？"

"三天前在一起的。"

"你确定？"

"嗯。"江淮宁约莫明白了下棋的用意。他既要时刻关注棋局的变化，还要头脑清晰地回答陆笋爸爸的问题，一心二用，难免会出错，要么棋输得难看，要么回答问题不走心，容易被套出真话。

客厅里就四个人,只有夏竹游离在状况之外,眼睛不知看谁好,睃了一圈,最后落在距离自己最近的陆笋身上:"你和江淮宁在谈恋爱?"

到这一步,再想瞒着是不可能的,陆笋闭了闭眼,干脆坦白:"我和江淮宁是在谈恋爱。就是……在楼下亲个嘴,被我爸看到了。"

夏竹抽了口气,很快联想到别的:"那你们俩晚上是去约会了?"

陆笋摇头:"没有。今晚确实有同学聚会,不信给你看我手机里的群消息。"

夏竹摆手拒绝查看她的手机,她对自己的女儿还是很信任的。

江淮宁一边下棋一边解释,没再让陆笋替他开口:"我和笋笋是互相喜欢。高中时期我们一直以学习为主要任务,没想过其他。中间因为一些事没怎么联系,这次放假回家才重新联系上,确定对彼此的感情是认真的,所以决定在一起。事实上,我们喜欢上对方的时间要更早一些。"

因此断定,他们在一起不是一时冲动。

交往时间是三天,但不能这么算,他们的感情远比三天更为深厚绵长。曾经朝夕相对的日子里,那些喜欢只是被掩藏了,不能说明它不存在。

陆国铭眉梢动了动,让他接着说。

江淮宁接收到信号,也就接着说了:"我理解伯父伯母的心情,无论我现在向你们保证什么,一没资本,二没能力,说什么都没底气,是虚的。我能做到的,就是对陆笋好,保护她、疼爱她。她本就是在有爱的家庭里长大的,疼爱和呵护从小到大都不缺,但我给她的,只会比我自己想象的更多。"

我有的,都会给她,只多不少。

棋盘上,陆国铭下错了一步,江淮宁没有乘胜追击,假装没看到他的疏漏,棋子落在一个意想不到的地方。

夏竹听完有些动容。她一向和气,对自家孩子从来说不出一句重话,对别人家的孩子只会更客气:"没那么严重,我和她爸也不是老迂腐,你们年轻人的事自己决定,不后悔就行。"

陆国铭赢了一局棋,没兴趣再下,正色道:"别听你伯母的。陆笋是我女儿,哪能由着你想怎么样就怎么样。她从小懂事,各个方面没让家里人费过心,总是报喜不报忧,你将来就算是伤害了她,她也未必会跟我们告状。我说这些,不代表你伤害她不会付出代价,将来真有那么一天,就算跟你爸撕破脸,生意不做了,我也得给我女儿出头。"

"爸……"陆笋眼眶红了一圈。

"行了,时间不早了,回去睡吧。"陆国铭说完话,又变回以前那个

121

敦厚老实的长辈,对江淮宁说,"我也不是要为难你,有些事该交代清楚还是提前说给你听比较好,免得以后回想,我自己后悔。"

江淮宁本就比同龄人通透稳重,自然能明白陆国铭作为一个父亲的苦心:"我知道。"

陆竽送江淮宁离开,心情还没缓过来。

江淮宁倒像无事发生一般,笑着让她回去,别站在楼道里吹风。

"晚安,洗个澡早点睡,我就不给你发消息了。"他进了电梯。

这几天,他们晚上总是在微信上聊着聊着,时间就划过了零点。

陆竽回到屋里,夏竹还有话要问她:"你是之前就喜欢他了吗?"

陆竽没否认,但要为自己解释一句:"我们那个时候很纯洁的!"

江淮宁一脚踏进家门,鞋没来得及换,孙婧芳就快步到了他跟前,看着他的目光晶亮有神,喜事临门的样子不能更明显了。

江淮宁不相信消息这么快传进她耳朵里,他刚从陆家回来而已。

孙婧芳没卖关子:"跟我打牌的张阿姨你记得不?她也住在四期,刚打电话给我说,在小区里遛狗看到你跟一个姑娘手牵手。"

江淮宁不记得什么张阿姨,孙婧芳的牌友那么多,他没认全。

他弯腰换鞋,孙婧芳跟着弯腰,看他的脸,嘴角快咧到耳根子了:"我寻思着你今晚是和竽竽去参加同学聚会,跟你牵手的姑娘只能是她。你们在一起了?"

江淮宁趿拉着拖鞋走到岛台边,抽出一个干净的杯子倒水。

"问你呢。"孙婧芳紧跟着他,迫不及待地想知道答案,"快告诉我是不是?"

江淮宁一口气喝了半杯水,看得出她是真的急,索性承认:"嗯,在一起了。"

"哎呀,真的啊。"孙婧芳合掌,一脸惊喜。

其余的细节江淮宁没说,简单交代了下目前的情况:"她爸妈知道我们在谈恋爱,跟我聊了聊,我刚从陆家回来。"

孙婧芳了解陆家夫妻俩的为人,根本无需为他担心,只问:"聊到哪里了?是现在准备彩礼还是怎么着?"

江淮宁呛了一下,放下水杯:"没您这么开玩笑的。"

交往三天就想结婚,说出来陆竽爸爸可能拿棍子揍他一顿,太不靠谱了。况且,他没到法定结婚年龄。

孙婧芳又问了一堆问题,诸如"你们是什么时候在一起的""过年两家吃饭也没见你们多亲近,怎么就谈上了""你们大学还有三年半毕业,异地恋,你想好该怎么平衡学业和感情吗"……

江淮宁没有满足中年妇女大晚上突发的好奇心,洗干净杯子倒放在沥水架上,表示有事以后再说,他现在要去睡觉了。

3

江淮宁开学时间比陆竿早,订票的时候,他第一次对开学这件事产生了抵触情绪。

他问陆竿:"为什么当初填报志愿不考虑北城的大学?"

陆竿的回答很清醒:"就算我当时跟你在一起了,我的首选志愿依然是关大,这一点是不会变的。如果没有被关大录取,我或许会考虑北城的大学。"

江淮宁说:"我喜欢你这样。"

陆竿不明白:"哪样?"

"做自己。"

"嗯,做自己也是要付出一些代价的。"陆竿自娱自乐,"比如,我要和我男朋友异地恋三年多。"

江淮宁眉梢挑了一下,嘴角微微扬起。明知她是故意逗他,他还是忍不住高兴,高兴她称呼他为"男朋友"。

江淮宁顺着杆子往上爬:"我想在开学前跟我女朋友正式约个会行吗?不行的话,我等会儿再来问。"

陆竿捂住脸在床上打滚,身体扭成毛毛虫,克制着没让自己"啊啊啊"尖叫出来,担心被视频另一端的人听到。

江淮宁是在撩她吗?一定是。

她给他的答复是与表情截然相反的矜持:"我考虑考虑。"

她的手机屏幕倒扣在床上,他那边看不到她的脸:"一分钟过去了,还没考虑好?不然我去你家亲自邀请?"

"不用了!"陆竿坐起来,理了理弄乱的头发,拿起手机对准脸,表情已经调整到正常状态,但她眼睛里的笑意是藏不住的,"什么时候?"

"下午行吗?晚上再一起吃个饭。"

"行吧。"她勉强道。

陆竿午饭没吃多少,放下碗筷回到房里,开始翻箱倒柜找漂亮衣服,对着全身镜比画着搭配。

选好要穿的衣服,陆竿坐在化妆镜前捯饬脸蛋,用上了之前很少用的

123

正红色口红，涂上以后，觉得颜色太过艳丽，擦掉重新换了一个颜色。

还没出门，陆竿就把自己折腾累了。

当她打开房门，放轻脚步走出来，发现爸妈不在家，估计出门打牌了。她偷偷松了口气，挺直脊背，故作平静地对客厅里的陆延说："一会儿爸妈回来，你告诉他们我出去玩了，晚饭不在家吃。"

陆延的视线从电视上移开，看着她："姐，你去哪儿，能带上我吗？"

陆延从小就黏她，走哪儿跟哪儿。

陆竿两手在胸前交叉："不能。你在家乖乖的，不要给陌生人开门。看会儿电视就去整理开学资料，多做点功课，别开学了跟不上新学校的进度。"

夏竹托关系给陆延办了转学，他下学期就要到市里的小学读书。

一提学习，陆延就头疼："知道啦，你快走吧。"

陆竿出门，在楼下见到了江淮宁。这次他没有提前问她穿什么衣服，但他们穿了同样的浅色系。

江淮宁很自然地牵起她的手："心有灵犀，是这么用的吧？"

陆竿微微弯起唇角，怎么一见到他心情就会好到不可思议："嗯，语文课代表奖励你一朵小红花。"

她把手腕上的发圈摘下来给他。

黑色的皮筋上正好穿了一朵亮晶晶的小红花，晶石的切割面多，色泽鲜亮。

江淮宁收下了，揣进兜里。

陆竿突然想到一件事："你上次说你的高考成绩，我挺意外的，你语文竟然只比我低了一分。"语文可是她引以为傲的科目。

江淮宁很会讲话："你教得好。"

陆竿说："我可没教过你什么，倒是你，帮了我很多。"

"我可以要求回报吗？"

陆竿服了他逮住便宜就想占的思想，斜了他一眼："江淮宁，你怎么回事，当朋友的时候无私奉献，成我男朋友了就开始讨价还价，索要报酬，没你这样的。"

江淮宁反思片刻，低头认错："我不对，我尽量改。"

只能说尽量改，因为占女朋友的便宜会使身心愉悦，他有点上瘾。

他们的约会跟普通情侣没什么不同，逛街、吃东西、聊天，聊的内容都是没营养的，偶尔还会翻起上学时期的旧账，然后跟小学生一样拌嘴。

路过饮品店，陆竿请他吃冰激凌。天太凉了，两人分吃一个，江淮宁担心她吃完肚子会痛,分担了大半。

夕阳余晖在天际拖着长长的尾,宣告这一下午的结束。

太快了,还没感知到足够的快乐,时间就流逝了。

两人去吃了摆盘精致但味道一般的西餐,出来后立马奔赴小吃街,吃了顿物美价廉的夜宵。陆筝咬着烤肉串,手里拎着一堆带回去给陆延的零食:"八点了,我们要回去吗?"

江淮宁看表:"才八点。"

他们又多逛了一会儿,大概九点钟,江淮宁送陆筝到楼下。

就是这里,熟悉的路灯、熟悉的楼道门,上次接吻被陆筝爸爸抓个正着。

"有个东西忘了给你。"陆筝从包里摸出一个胡桃木小盒子,拉过他的手腕,放在他手里。

江淮宁掂了掂小盒子:"什么?"

"打开看看不就知道了。"

江淮宁打开,里面是一枚玉石印章,通体碧绿润泽,侧边刻了一枝梅花,底部是他的名字——"江淮宁印"。

"你刻的?"

"嗯。"陆筝在包里翻了翻,找出一小盒印泥给他,"我有个室友酷爱手工,她教我的。刻好了想给你寄过去当生日礼物,老板说没手机号不能寄。好了,别骂我蠢,我不知道你根本没换手机号。"

江淮宁倾身拥住她。

陆筝靠在他怀里,第一次提起这个话题:"江淮宁,我们以后能不分开吗?"

她指的不是短暂的时间空间距离的分开,而是彻底的分开,是分手。她想永远跟他在一起,再也不要体会那种一想到他就难过到心脏抽痛的感觉。

江淮宁手掌抚在她脑后,他同样不想体会对生活不抱任何期待的感觉,像行尸走肉。

"只要你不想,我们永远不分开。"江淮宁说,"你想也不行。我已经错过一次,以后一定会死缠烂打,你厌烦也没用。"

这一刻,"爱哭鬼陆筝"取代了"女侠陆筝",她吸了吸鼻子,努力忍住不哭:"我记住了,你要说到做到。"

江淮宁拿印章蘸了印泥,盖在她手心,字迹清新地印在她白嫩的皮肤上。他合拢她的五指,手掌包裹住她的拳头,虔诚道:"你的。"

江淮宁是你的,只要你不丢掉,他永远在。

江淮宁开学那天，陆笋没去送他，在微信上给他发了个"一路顺风"。

他回了个"贴脸亲亲"的表情包，她低头一笑，跟他约好下车后视频通话。

陆笋待在家里无聊，开始整理乱成狗窝的房间，提前收拾开学要带去学校的行李，无意间翻出以前用过的线圈本。她盘腿坐在地毯上，背靠着床沿，在阳光洒满的房间里，手握一支铅笔，勾勒江淮宁的脸部轮廓。

几个小时过去，江淮宁顺利抵达北城，出了站，刚坐上出租车就迫不及待给她打来视频电话。

陆笋接了，瞄了眼屏幕，看见他因为早起蒙上一层倦意的俊脸，嘴角缓缓扬起："还没到学校？"

她跪在地毯上，趴在床边，手机放在支架上，手上画画的动作没停。

江淮宁打了个呵欠："刚下车。"

他掀了掀眼皮，想要看清她在做什么，无奈摄像头角度有限，只能瞥到本子的一角，索性问出来："你在干什么？"

陆笋没瞒他，竖起线圈本给他展示："还剩一点就画好了。"

纸上是穿着大衣的江淮宁，身材比例优越，脸部线条清晰，眉眼神韵与真人有百分之九十的相似。剩下百分之十怪她画技不够，不足以还原江淮宁的帅气。

江淮宁的视线从每一根线条划过，手肘搭在车窗边沿，食指骨节抵着唇角："这么快就想我了？"

他那边是在车上，有司机在，陆笋不肯搭腔，骄傲地哼了一声，意思是"才没有"。

江淮宁说："你这个本子我看着有点眼熟，你高中是不是就在用了，专门用来画画的，里面画了很多幅。"

陆笋抬起眼帘，眼里多了丝惊讶："你怎么知道？"

江淮宁不答。

"你偷看了？"这个线圈本是她的秘密，她没给任何人看过。

江淮宁不知道要不要说实话，沉默片刻，还是决定坦白："嗯，无意中看过。"他连忙解释，"不是偷看。"

"那你看到……"

江淮宁点了下头："看到你画了很多我的画像。"他声音低了些，像是只说给她一个人听，"原本以为你暗恋我，可我又看到你画了其他人。顾承、黄书涵，还有班里的同学，你都画过，我就不确定了。"

两人没注意时间，不知不觉聊了许久，司机一路没出声，耳朵快被融化的蜜糖腻住了。车停下来，司机揉了揉耳朵，扭回头朝后面说："嘿，帅哥，清大到了。"

陆笋听到司机的话，跟江淮宁说了声"回头再聊"，挂了电话。

江淮宁付了车钱："后备厢里有我的行李箱。"

"稍等。"司机下车帮忙拎出行李箱，一副过来人的口吻，"热恋期吧，听你煲了一路的电话粥。"

江淮宁笑笑，谢过司机，推着行李箱进学校。

没走几步，后面有人叫他的名字。

江淮宁停下步子。胡胜东背着一个黑色的皮质书包追上来，一手拍在他肩上："假期过得怎么样？"

胡胜东身后跟着谢柠，正月里穿着棒球服、皮短裤、过膝长筒靴，烫了新的发型，比往日更加明艳动人。身侧挂着一个毛茸茸的巴掌大小的方形小包，随着她一蹦一跳，小包在身侧上下轻晃。

"看他的样子就知道了。"谢柠蹦到江淮宁面前，双手背后倒退着走，视线明目张胆地在他脸上睃着，"面若春风，唇角带笑，买彩票中大奖了？"

胡胜东也看了眼江淮宁，形容不上来，感觉跟上学期不太一样。

两人跟看猴子似的，江淮宁懒得理，手扶着行李箱拉杆，口袋里手机响了一声，拿出来看。

陆笋给他发来了那幅画完成后的样子。江淮宁按了保存，嘴角那抹淡淡的笑，跟浇灌了养分的花朵一样，绽放到极致。

谢柠跟两个男生在宿舍楼前分别，边走边回想江淮宁那个笑容，想不通他是因为什么事开心，问他他也不肯说。

他还是不太爱说话，但眉眼间的舒朗骗不了人。

4

陆笋开学前跟黄书涵聚了一次。

两人在餐吧碰面，黄书涵挑出沙拉碗里的一颗小番茄放进嘴里，陆笋有先见之明，侧过身避开，番茄一咬就爆汁，黄书涵手忙脚乱拿纸巾擦桌面。

有一滴溅到陆笋的手背上。

"Sorry，不是故意的。"黄书涵给她擦了擦，"你接着讲。"

陆笋喝着热热的柳橙汁："讲完了。"

"细节呢？过程呢？"黄书涵大为不满，"再问一个，你们现在到哪一步了？亲了吗？是不是跟小说里的描写一样，有过电的感觉？"

陆笋咳了一声，左右各看一眼，还好周围人不是很多："别提了。"

"怎么了？"

"被我爸看到了。"

"啊？"黄书涵先是睁大眼，而后张大嘴，发出无情的笑声，"真的啊？哈哈哈，校草怎么这么惨。"

陆竽："你怎么不说我惨呢。"

"姐姐，是被你爸逮住的哎，当然是男方更惨。你爸有没有打断校草的腿？不对，你爸那人性格那么随和，肯定不会发脾气。"

陆竽捏住吸管在玻璃杯里搅了搅，回想起那晚江淮宁跟她父母保证的话，情不自禁地露出甜蜜的微笑。

"打住啊你。"黄书涵故意搓手臂上的鸡皮疙瘩，"今天你买单，你虐到我了。"

陆竽不管："是你要我讲的。"

黄书涵立马变脸，一副讨好的样子："那你再讲讲，跟校草谈恋爱什么感觉。"

"没什么感觉，他开学了。"

"哦，我差点忘了，你俩异地。"黄书涵瞬间觉得这恋爱一点也不甜，"相隔那么远，你就不怕他被其他女生挖墙脚？江淮宁那张脸太招蜂引蝶了，高中时期就那么惹眼，到了大学没顾忌了，那些女生不得前赴后继。"

陆竽的小心肝被她说得颤了颤："没那么夸张吧？"

"你是不是对你男朋友的魅力一无所知？"黄书涵说，"我们三流学校都流传着他的名字！你不会不知道他以颜值上过微博热搜榜吧？就'盘点这一届新生颜值'那个话题，他人气好高，军训时各种角度的照片满天飞。之前他们学校的那个谢柠，直接在迎新晚会上公开唱情歌示爱。"

谢柠。陆竽脸色忽变，对这个名字不陌生。

她是江淮宁以前在北城读书的同学，还去晓高找过他，那时她就很大胆，放出话来，要在北城等江淮宁。

陆竽见过谢柠本人，是一眼惊艳的类型。

黄书涵见陆竽表情不对劲，打了下嘴巴："你别多想，她表白被江校草拒绝了。后来还有个女生当面向他表白，他也拒了，还说自己有女朋友。当然，那是他为了杜绝麻烦找的借口，现在他确实有女朋友了，稍微有点道德感的女生不会惦记有主的男生啦。"

陆竽两只手捧住脸，一脸沉思："你说那么多女生喜欢他，他为什么会喜欢我呢？"

"拜托，你超级优秀的好吧。是我们一群人的家长口中'别人家的孩子'。

江淮宁高攀你了！给我自信一点！"

陆竽看黄书涵像一只护崽的母鸡，笑了："我没觉得我配不上他，我就是……对他喜欢我的理由感到好奇，仅此而已。"

黄书涵放下心来，怂恿她："你问问他呗。"

说问就问，陆竽拿起桌上的手机，给江淮宁发了一条微信：问你一个问题，你为什么会喜欢我？

黄书涵从对面绕过来坐在陆竽身边，盯着陆竽的手机屏幕，她也想知道江淮宁的答案。

江淮宁正上课，扫见手机屏幕亮了下，顺手拿起来看消息，嘴角就跟提了根线似的，一点一点上扬。

胡胜东就坐在他旁边，看得最清楚。

张教授在讲台上抑扬顿挫地输出教学内容，江淮宁手指修长，单手打字比一般人都快。

回了条消息，他放下手机，嘴角的弧度没下去。

可惜他运气不好，被张教授逮住他课堂开小差，叫起来回答问题。

胡胜东心头一紧，他刚刚只顾着好奇江淮宁，忘了听课。万一江淮宁回答不上来，搞不好张教授下一句话就是"他旁边的那位同学，你来回答一下"。

那他就完了！

胡胜东慌里慌张地向另一边的卢宇求救。

事实证明，他的担心是多余的，耳边传来江淮宁对答如流的声音。

看得出来张教授对江淮宁的回答相当满意，上一秒还黑着脸，摆足了训人的架子，下一秒就多云转晴，笑呵呵抬手示意江淮宁坐下，连句苛责也没有。

别人可没有这样的待遇。

胡胜东放下紧张情绪，慨叹一句，江淮宁不愧是江淮宁，把"一心二用"发挥到极致的变态学神。

陆竽发完那条消息就后悔了。

"我忘了，现在是上课时间。"江淮宁给她发过这学期的课表，她才想起来他上午满课，这会儿还没到放学时间。

她刚说完，对话框里就多了一行文字。

江淮宁：因为太阳东升西落。

黄书涵叉了块滑蛋塞嘴里，请教陆竽："他这是什么意思，两者有关系吗？"

陆竽咬手指，敲了个问号发过去。

江淮宁明确道：喜欢你是必然事件，不是偶然。

"以后谁再说理工男不懂情话不懂浪漫，我就跟谁急！"黄书涵咽下口中的食物，感谢江淮宁用一句话扭转了她对理工男的刻板印象，"江淮宁值得！"

她收回那句"江淮宁高攀你了"的厥词。

江淮宁和陆竽没有谁高攀谁，两人绝配！

黄书涵从极致浪漫中醒过神来，差点没哭出来："我为什么要为你们异地恋而担心，我该操心操心我自己，老天什么时候赐我一个男朋友，我从今天开始吃素祈愿。"

陆竽没听清黄书涵说了什么，全副心思都在江淮宁那里。

他说得对，她这么快就想他了。

那股思念随着陆竽返校后变得浓烈。

她是宿舍里第一个到的，整理好床铺，打扫完整个宿舍的卫生，中午去食堂吃了碗拉面，下午其他室友陆陆续续到了。

汪雨作为宿舍里唯一一个外省人，把带来的家乡特产分给大家："别客气，多吃点，我过年胖了好几斤，到现在也没瘦下来，你们得陪我。"

大家笑起来，叽叽喳喳聊假期里的事。

陆竽吃着手工点心，手机放在桌上，手指不停地点击屏幕，后来嫌单手打字不方便，干脆把点心叼在嘴里，两只手握住手机打字，嘴角悄悄上扬。

宿舍里聊天的声音戛然而止，目光全聚集到她身上。

陆竽感知到气氛变化，捏住点心咬了一口，抬起眼，清澈的眼神像迷茫的小鹿："怎么了？"

"你这状态不对劲，有情况啊。"何施燕趴在对面上铺，俯视着陆竽，将她全部的表情尽收眼底，"春心荡漾的。"

陆竽有种被看穿的心虚感，反问："有吗？"

"怎么没有？"何施燕指了指自己的双眼，"我两只眼睛都看到了。"

其他人附和："我们也都看到了。"

陆竽放下手机，肩膀放松下来。她没想过隐瞒恋爱的事，却也没想过这么快被她们看出端倪。她不禁摸了摸脸，她表现得有那么张扬吗？她明明很低调。

何施燕一语中的："你谈恋爱了？"

台词被抢先，陆竽哑声，半晌，轻轻点了下头。

"妈呀,我随便一说就说中了。"何施燕激动地从上铺爬下来,踩进毛绒拖鞋里,一屁股坐到陆竽床边,"谁啊,把我们新闻系一枝花给挖走了,是陈嘉林吗?"

她只知道陈嘉林追陆竽最猛烈,以为他趁着假期把人拿下了。因为英雄救美那件事,她对陈嘉林的观感很不错。虽然陆竽说过不喜欢他,但是以前不喜欢,不代表现在和以后不喜欢。

陆竽说不是他。

何施燕:"有照片吗?让我们看看人长什么样子,连经管系的系草都给比下去了。"

经管系的系草说的就是陈嘉林。

"我只有一张类似证件照的照片。"陆竽抬起头看她们。

室友们的眼神跟嗷嗷待哺的小雀没差别。

"证件照更能判断颜值,搞快点!"何施燕摩拳擦掌。

陆竽从相册里找出那天在晓高光荣榜前拍的照片。几颗脑袋同时凑过来,盯着上面的男生——半身照,穿纯白衬衫,手里拿着一张荣誉证书,脸上的表情有点冷。

安静了片刻,何施燕冒了句惊叹:"你别拿网图骗我,这是你男朋友?证件照帅成这个样子,真人得好看到什么程度。"

赵芮有些一言难尽:"这张照片我看过,比你这个还高清。"

"在哪儿看过?"

"去年开学季,网上有大V博主发起一个话题,盘点这一届新生颜值Top,后来上热搜了。他是叫江淮宁吧,照片被顶上热评第一,很多博主看到后争相转发。后来就有跟他同校的学生发他的照片,其中就有这一张。"

"他很有名吗?"何施燕没关注过这个热搜。

赵芮说:"咱们省的理科状元,能不有名吗?现在在清大计算机系,听说当初几所一流名校争抢他,开出的条件一个比一个诱人,所以我才觉得不可思议。陆竽,你是开玩笑的吧?"

何施燕抢话道:"你一说咱们省的理科状元,我有点印象,据说很帅,我倒没去搜人家的照片。"

何施燕看着陆竽,记起去年吃自助小火锅那次,陆竽跑出去接电话,在积了雪的车前盖上写江淮宁的名字。她当时就敏锐地察觉到陆竽和这个叫江淮宁的男生之间有故事。

她恍然大悟:"你们不会是老同学吧?"那他们在一起就不奇怪了。

陆竽"嗯"了声,笑了笑:"他可是我们学校的校草。"

赵芮打了个磕巴:"你、你是晓高的?"

那条热搜下面提供照片的基本是晓高的学生,还流传出一个有意思的故事。

江淮宁的照片作为优秀毕业生被张贴在学校的光荣榜,他的那些学弟学妹对他太崇拜,偷偷撬开橱窗的锁,拿走了照片。幸好学校留存了底照,重新洗了一张贴上去,没过多久又被偷了。接连被偷几次,最后没办法,换掉了原先的橱窗,用上了加固锁,照片这才得以保留。

陆竿点头说是的,她就是来自晓高。

赵芮正想问他们是怎么在一起的,陆竿的手机屏幕一闪,弹出微信视频通话邀请,是江淮宁打来的。

江淮宁和陆竿在聊天,聊着聊着,那边没回复,他就拨了个视频电话过来。

陆竿看着围在面前的几颗脑袋,犹豫着接还是不接。

"这叫什么,说曹操曹操就到!"何施燕推了推一动不动的陆竿,好奇心快绷不住了,"喂,你男朋友给你打电话,你不接?"

陆竿手指悬在屏幕上方,迟迟没点下去。

何施燕故意偏过头:"你放心,我不看。"眼角的余光还黏在她手机屏幕上,说不看是假的。

陆竿无奈地接通电话,屏幕上出现江淮宁的脸,比证件照里还帅气百倍——浓眉大眼,纯黑的毛衣衬得皮肤白得反光,碎发坠在额前,遮了一半长眉。跟自带滤镜似的,耀眼到让人不敢多看。

"怎么不回我消……"

"息"字卡在唇间,镜头前的陆竿被挤开,几张陌生的面孔映入眼帘,江淮宁怔了一秒,叫陆竿的名字:"陆竿?"他没搞懂现在的状况。

陆竿在画面之外小声解释:"她们是我的室友,想见一见我男朋友。"

江淮宁了然,面色恢复淡静,开口自我介绍:"你们好。我是江淮宁,陆竿的男朋友。"

声音也好好听!

几个女生齐齐失声,方才的如狼似虎全成了泡沫,见到帅哥一个字也憋不出来。何施燕更是激动到猛掐大腿,冲陆竿眨眼,用口型无声道:"太帅了,太帅了。"

她们把手机还给陆竿,互相对眼神,一致对陆竿的男朋友表示认同。

陆竿重新回到镜头前,看着江淮宁,他应该刚回宿舍,外穿的衣服挂在身后的衣柜门上。

"我的室友们比较害羞,有机会再介绍你们认识。"陆竽边说边笑看那几个呆若木鸡的室友,只觉她们的反应过于好笑。

纯属是叶公好龙了。

想看江淮宁的是她们,见到人了,还不是真人呢,隔着屏幕而已,她们就怂了,连话都不敢说,只知道互相递眼神。

江淮宁拉开椅子在书桌前坐下来,喝保温杯里的水,脖颈微微后仰,凸起的喉结上下滚动。

陆竽直勾勾地看着他:"你下课了?"

"嗯,等会儿去打球。"江淮宁知道她的室友在旁听,没说什么暧昧的私话,"你呢?"

"马上要下楼打水,出去逛街买点东西,然后吃晚饭,跟室友一起。"陆竽躲进床铺里,很小声地说,"江淮宁,我发现我没有你的照片。"只有一张偷拍的证件照!

"嗯?"

"给我一张你的照片。"

"干什么?"

"当屏保啊。别人再问起我男朋友,我比较好介绍。"陆竽不管她的室友们竖起耳朵偷听,自顾自提要求,"多给几张也行。"

几个室友捂住嘴,避免自己控制不住发出尖叫声,她们宿舍里看起来最像"直女"的陆竽谈起恋爱居然这么甜。

江淮宁笑低了下头,抬起头时,眼眸盛满了柔和的光:"我没有。"

"你自己的照片你没有?"

"不骗你。"江淮宁说,"没拍过。"

陆竽旁若无人道:"现在给我拍几张,等你。"

女朋友的要求不能拒绝,江淮宁手指抵着唇角,笑眼弯弯:"行吧,我去找个拍照技术好的援助。"

陆竽很满意他的态度:"开玩笑的。照片随时可以给我,不用着急。你不是要去打球?有时间再聊。"

江淮宁静静地注视着她,没有挂电话,等她先挂。

何施燕跟旁边的汪雨小声交流:"陈嘉林输给这一位不亏。"

汪雨同样小声:"你之前可是很看好陈嘉林的!"

"我说过吗?"何施燕变脸超快,"那我收回。"

陆竽挂了电话,下一秒,251宿舍的尖叫声快要掀翻房顶。

何施燕:"救命救命,那张脸是真实存在的吗?怎么会有人长那么好看,声音还那么'苏'！还是个学霸！上帝到底给他关上了哪扇门！"

汪雨："虽然他刻意压低了声音，但宠溺的意味根本压不住好吗？"

"'行吧，我去找个拍照技术好的援助。'"何施燕用低沉的嗓音学江淮宁说话的语气，然后点评，"他好听女朋友的话！快快快，五分钟之内，我要知道你们的交往过程。"

陆竿被她们调侃得脸红，咳嗽两声，勉强镇定："哼，现在对我张牙舞爪，刚才你们怎么都怂了？"

何施燕反问："冷不丁见到一大帅哥，你不蒙吗？"

江淮宁在宿舍里写了半小时作业，发消息问胡胜东他们在哪个篮球馆。

胡胜东挺惊讶的。下课后，一群男生直奔篮球馆抢位置，去之前他问过江淮宁，江淮宁说写完作业再决定去不去。他以为江淮宁是在敷衍，其实根本不想去，毕竟江淮宁上学期除了学习，没参与过任何活动。

胡胜东给江淮宁发了篮球馆的位置：你要过来？

江淮宁：嗯。

收起手机，江淮宁拎上装球衣的袋子，到达篮球馆，刚进场就听见球鞋摩擦地板的尖锐声响，以及奔跑追逐的声音。

"江淮宁来了！"胡胜东喊了一声，抢球的一群人停下来。

看台上围观的女生们明显情绪高涨不少。

江淮宁打了个手势，让他们先玩，他去换衣服。

场馆内有暖气，打球会出汗，穿短袖短裤也不会冷。不多时，江淮宁从更衣室过来，一身鲜亮的红色镶白边的球衣，胸前大大的黑色字母，刺绣了一圈英文。

球场上的人都等着他，有他们宿舍的，还有别的宿舍的男生。

胡胜东打了一会儿，累得不行，暂时没上场，坐在替补位休息。江淮宁径直走向他，拜托他一件事："帮我抓拍几张打球的照片。"

胡胜东身上热气腾腾，擦着额头上的汗，仰头眯起眼："你说什么？"

江淮宁知道胡胜东耳朵没聋，不再强调，跑去球场。开球没多久，他连投两个三分，还盖了一次帽，空旷的篮球馆内欢呼声四起。

胡胜东帮江淮宁拍了几张照片，欣赏一眼，这姿势、这脸蛋、这腹肌，不用修图就能吊打娱乐圈的一众男星，他"啧啧"了两声。

中场休息，江淮宁坐到场外的长椅上，背靠身后的墙壁。他自己带了水，没接别的女生送来的水，拧开杯盖喝了两口，把照片发给陆竿。

没等她回复，他就退出微信界面，打开旅行软件，订了张北城到关州的车票,下周六早晨出发。

胡胜东坐在江淮宁旁边,没看清目的地,问:"你买票回家?这才开学多久。"

"不是。"江淮宁耳力好,视频电话挂断前,他听到陆竿的室友低声说了句什么"陈嘉林输给这一位不亏"。

陆竿也承认过学校里有人追她。

他有点坐不住了。

第六章 /
某人就是吃醋了

1

手机在包里响了几声,陆竽臂弯里挂了个购物的塑料篮,她把两盒面膜放进去,猜是江淮宁的回信,拿出手机一看,果真是他。

从上到下六张照片,陆竽一张张点开。

光线明亮的篮球馆里,江淮宁穿着红色球衣,站在三分线外,仰头看向篮筐,额前的碎发全部捋上去,露出光洁白皙的额头,侧脸精致无瑕。

其中一张他跳跃起来扣篮,爆发力太大,带起了球衣下摆,一截劲瘦有力的腹肌露了出来,腰很窄,清晰的线条没入裤边。

陆竽不知道他是不是故意的,反正她看得脸红心跳,耳尖发烫。

最后一张可能是他刚打完球,发梢被汗水沾湿,凌乱地耷拉下来,瓷白的脸颊和脖颈上挂着汗,朝镜头对准的方向走来,身形拔得很高,比例完美。

陆竽长按屏幕一一保存图片,故意找碴儿:老实交代,这女友视角的照片哪儿来的?

这就是他口中拍照技术好的援助吗?果然名副其实,太会抓拍了。

江淮宁灌了几口水,球场上的人在叫他,他跟没听见似的,嘴角勾了勾,单手打字:改天介绍你认识。

胡胜东见江淮宁眉眼间的笑意深了又深,好奇得抓心挠肺,凑过去瞅一眼,江淮宁反应快如闪电,没让他看到聊天内容,退回到主页面。

"你什么毛病,偷看别人手机。"江淮宁盖上水杯,带了点情绪睨了他一眼。

"我还想问你呢,你跟我说句实话,你是不是在搞网恋?"胡胜东好心赐给江淮宁一句忠告,"骗钱是小事,别被骗色了。"

江淮宁笑了，她要是骗色就好了。

"就是这副表情。"胡胜东逮住机会指着他的脸，煞有介事地说，"你最近动不动就露出这副表情，抱着手机没完没了，也没见着真人，你告诉我不是网恋是什么？"

江淮宁按亮手机，给他看屏保："我女朋友，懂？"

胡胜东视线定在江淮宁的手机屏幕上，一个穿着淡蓝色华丽复古小礼裙的女生，眼睛好大好水灵，面孔有点熟悉。

胡胜东想看仔细一点，江淮宁不给了，将手机锁了屏收起来。

"你跟我说笑吧？"胡胜东打量江淮宁的表情，"你谈恋爱了？我不信，除非你把人带到我面前。"

江淮宁不与他多说，起身蹦了蹦，准备上场，丢给他不咸不淡的一句："关你什么事，你爱信不信，不信拉倒。"

"我是不是来得刚刚好？"谢柠从篮球馆入口进来，抱着几瓶运动饮料，穿着过膝靴的长腿一路走来很吸睛。

胡胜东抱着球过去，一点铺垫也没有，丢给她一个重磅炸弹："江淮宁有女朋友了，你听说了吗？"

她肯定没听说，他也是刚知道的。

谢柠给出的反馈不像他预期的那样，她挑起唇角"喊"了声："我早就知道了，他拒绝苏歆的时候说的，很多人都听到了。"

一个谎言而已，还有人当真了？

不少爱慕江淮宁的女生因为这句话止步，然而随着时间推移，没人见过江淮宁所谓的女朋友，也没见他跟哪个女生走得特别近，谎言不攻自破。

这学期以来，那些明恋暗恋的女生就如春季的野草，一茬一茬地冒了出来，比以前更疯狂。

听说江淮宁在这个篮球馆打球，她下了课就急急忙忙赶过来，此刻看一眼场馆内的情况，跟她一样闻讯赶来的女生不在少数，她顿感压力大。

开学后的一周不是很忙，陆笋作为班委，要比其他学生忙一点，但也还好，她早就适应了课余时间安排得满满当当。

周六早晨没闹铃，陆笋一觉睡到自然醒，下楼吃了早饭，回到宿舍其他人还在睡。她写了会儿作业，觉得有点冷，爬到床上戴上耳机看综艺。

九点多，熬夜党陆续起床，不刷牙不洗脸，躺在床上玩手机。

何施燕揉了揉眼睛，丢开手机，坐起来懒洋洋地靠在墙壁上，打了个哈欠，手贴在肚子上："陆笋，你几点起来的？"

"七点不到吧。"

"你吃过早饭了？"

"嗯。"

何施燕不再说话，她本来想如果陆竿没吃，两人现在下去吃个早午饭。

"你饿了？"陆竿从墙上挂钩的袋子里拿了一包干脆面，扬手丢到何施燕的床上，"先吃点垫垫肚子。"

"谢谢宝贝。"何施燕下床刷了牙，坐在凳子上嚼干脆面。

陆竿接着看视频，突然进来一通电话，是江淮宁打来的，问她在做什么。

"在看综艺节目。"陆竿看了眼腕表，"十点要去网球场练球，练到十一点半，然后去吃午饭。"

她事无巨细地交代完，反过来问他在做什么。

江淮宁站在正对着女生宿舍楼群的林荫道上，吹着初春微寒的风，感觉不到冷，只觉得心旷神怡。他眉梢带笑："你猜。"

陆竿顺着他的话猜想："在图书馆学习？"

"嗯，猜对了。"江淮宁骗她。

他看时间快到十点，再过几分钟陆竿应该会下来，于是暂时隐瞒，等她亲自揭开惊喜的面纱。

网球社规定的练球时间快到了，陆竿挂断电话，换上运动鞋，扎了个利落的高马尾，背着装网球拍的黑色运动包出门。

何施燕喊住她："等等，我跟你一起下去。一包干脆面把我馋虫勾出来了，我去食堂吃个饭。"

陆竿等了何施燕几分钟，又一次见识到她快速化妆的神奇过程。

何施燕对着镜子拨了拨头发："好了，走吧。"

出了宿舍楼道门，刮风的天气，何施燕冻得眯了眯眼，佩服陆竿的勇气："也就只有你风雨无阻热衷社团活动，这么冷的天别人都懒得出门。"

陆竿笑了笑："就当是活动筋骨，到了室内就不冷了。"天气不好的情况下，他们一般在室内网球场活动，一点也不冷。

两人说说笑笑，陆竿的脚步突然顿住，栅栏门外，一道挺拔的身影站在香樟树下，穿着黑色冲锋衣款式的棉服，单肩背着黑色书包，手指握住书包带。估计等得无聊了，耳朵上扣了银白色头戴式耳机听歌，微垂眼睫，盯着脚下的方砖纹路。

陆竿呼吸滞了滞，松开挽住何施燕胳膊的手，拔腿朝那个男生跑去。

何施燕正聊得兴起，身边的人跑了，她抬起眼，只见陆竿像一只欢快的小马驹，冲到男生面前抱住他。

那男生猝不及防，很快伸手搂住了陆竽的腰，将她整个人裹进怀里。

网球拍掉在地上，陆竽一整个挂在江淮宁身上，在他怀里仰起头，眼眸明亮，万千星辰也不及。

"你骗我。"陆竽的嘴角好似有自我意识，忍不住上扬，鼻翼翕动，深深汲取他身上清冽好闻的味道。

江淮宁抱她更紧，全部的想念倾注到这个拥抱里，嘴上不说。

"你戴着耳机能听到我说话吗？"陆竽没听见他的回应，嘟嘴，"你听的什么歌？"

江淮宁取下头戴式耳机，扣在她耳朵上，里面没声音。

陆竽拨开耳机，不理解他的行为："没听歌你戴耳机干什么？"

"一直有女生过来搭讪。"江淮宁不想应付，戴耳机是一种委婉的拒绝交流的方式，能避免一些麻烦。

陆竽脸上的笑意因他的话而收敛几分，丝毫没掩饰自己在吃醋。她在他腰间掐了一把："你还挺得意？"

"没有啊。"江淮宁眉头都没皱一下，她力道不重，隔着衣服跟挠痒痒一样。

"没有你还笑。"

"我是见到你笑，又不是对她们笑。"江淮宁两只手轻轻捏住她的脸颊，往两边扯，"千里迢迢来看你，没点表示就算了，还问起罪来了？"

陆竽把何施燕抛到了脑后，仰头在他嘴唇上亲了下。周末不上课，天又冷，校园里没什么人走动，不然陆竽可干不出公共场合亲嘴的事情。

轻轻一吻，江淮宁脸上的笑收不住了，仰起脖颈望了眼头顶的天，就为这个，这一趟没白来。

几米开外，何施燕围观了全程，眼睛睁大，隐形眼镜都快掉出来了。

证件照上的男生真实地出现在眼前，果然帅得很有冲击力。这不是重点，重点是之前看照片，她以为陆竽的男朋友是"高岭之花"那一类的，视频通话那次，她也没见他笑，只知道他声音磁性好听，没想到真人这么爱笑。自从见了陆竽，他嘴角上扬的弧度就没下去过。

何施燕抚了抚心脏定下神，在宿舍群里播报：号外号外，最新消息，陆竽那位大帅哥男朋友来学校了。朋友们，千载难逢的机会，这次不看，下次就不知道要等到什么时候了！

汪雨：哪里哪里？

何施燕：就咱们女生宿舍楼外。

张悦然：先告知一下，是"照骗"吗？

何施燕：绝对不是！真人比照片好看百倍！速来！

陶念慈：把人拖住，马上下来。

江淮宁和陆笋连体婴一样黏在一起好久，江淮宁突然俯下身，贴在她耳边低声说："那边那个人是你室友？"

陆笋如梦初醒，从他怀里弹开，缓缓回头，看到冷风中化作一座石雕的何施燕。后者双手抱臂歪了歪头，感叹一句真不容易，这丫头终于想起她的存在了。

陆笋对江淮宁说："我去跟我室友说一声。"

"去吧。"江淮宁弯腰捡起地上的网球包，拍了拍灰尘。

陆笋走到何施燕跟前，还没开口，一阵狂奔而来的脚步声由远及近，陆笋愕然地看着跑来的室友们，耳边响起何施燕心虚解释的声音："我在群里说你男朋友来了，她们就百米冲刺下楼了。"

汪雨跑得大喘气："人走了没有？"

何施燕用眼神示意斜前方，几个女生顺着她目光指示的方向望去，飞快眨巴眼睛，惊艳的神情自不用说。

"个子这么高！"

"这身材比例，完全不输男模。"

"不愧是凭颜值上热搜的人！"

她们只知道夸长相，陆笋替男朋友辩驳："长得好看是他最微不足道的优点了，他学习成绩超级厉害，我们学校奥赛班那些大神都崇拜他。"

"好了，知道你男朋友很厉害了，不厉害也当不了咱省的状元、上不了清大。"何施燕劝她打住，"再夸下去我们就套麻袋装走了。"

陆笋大笑一声，扭头去看江淮宁。他接收到她的目光，抬步走过来，对其他人轻轻颔首，而后对陆笋说："十点多了，你的社团活动不去没关系吗？"

"糟糕，我忘了。"陆笋连忙掏出手机，在网球社群里向学长请假。

学长回：打卡强迫症陆笋都不来了，我们社要倒闭了。

社团成员在下面回了无数条"哈哈"。

自从加入社团那天起，每周六上午陆笋准时到网球场打卡，晴天在室外球场，雨天在室内球场，从无缺席，她突然请假，学长才会这么惊奇。

陆笋又解释一遍，确实是临时有事。

学长没怪她，催促其他人赶紧集合。

陆笋发消息请假的工夫，旁边几个室友把江淮宁从头扫描到脚。她们的目光明晃晃，江淮宁也没有任何不适，礼貌地微笑："差不多到午饭时间了,要不一起吃个饭?我请客,感谢你们平时照顾陆竿。"

她们几个面面相觑,不好意思承认,平时陆竿照顾她们比较多,不管是生活上还是学习上。

室友们矜持地看着陆竿,何施燕作为代表发话:"合适吗?"

陆竿大方道:"这有什么不合适的,一起吧。"

江淮宁问她们想吃什么。宿舍里一群吃货,别人请客吃饭哪还有什么意见,纷纷表示自己不挑食,吃什么都可以。江淮宁以为她们谦虚,看向陆竿,后者回答:"她们没客套,是真不挑食。"

几人同时笑了,一起往校门口走。

"江淮宁是吧,你和我们陆竿是谁追的谁啊?"何施燕没忍住好奇,问了出来。

江淮宁瞥了眼陆竿,语气随意:"她没跟你们说?"

"没说。"

江淮宁也问陆竿:"我们算谁追谁?"

其余人愣了,这个问题很难回答吗?连当事人都不清楚,还需要互相商量。

陆竿被他紧握着手,两人掌心相贴,是一样的温度。她也正看着他:"人家问你,你问我?"

"不知道。"江淮宁笑了下,声音里自然带出一股缱绻味道,"我追你了吗?好像没有。你追我了吗?好像也没有。"

室友们越发好奇:"那你们是怎么在一起的?"谈恋爱不就是你追我、我追你的过程,还有第三种方式?

陆竿晃了晃他的手:"你不是在追我吗?帮我辅导功课、整理错题、制订专属学习计划,还送我礼物、做饭给我吃、帮我改造自行车、来例假的时候冒雨帮我买卫生棉……"

他为她做了太多,她数不过来。

江淮宁说:"这算追吗?"对她好是发自内心的本能,没有目的性的,不能算追求她的手段。

"算吧。"

"行,你说算就算。"江淮宁笑了笑,敲定了答案,再来回答何施燕那个问题,"是我追的陆竿。"

几个女生被追听了一出打情骂俏,已经不在乎是谁追的谁了,只觉得又甜又虐。甜的是江淮宁和陆竿那种亲密无间的熟稔,受虐的是她们。

陆竿寥寥数语,没交代太多细节,但她们已经能想象到两人相处的画

141

面何等甜蜜。

"既然你们互相喜欢,为什么现在才在一起?"陶念慈找出重点。

"这个就说来话长啦。"陆竿轻轻叹气,不再赘述中间蜿蜒曲折的过程。

2

打车到达吃饭的地方,江淮宁要了个小包间。

服务生递来菜单,他先拿给女生们看。在她们讨论点什么菜的时候,他给陆竿倒了一杯热茶,不言不语,静静看她。

她们点好了,他再拿过来,添了两道陆竿爱吃的,合上菜单还给服务生。

"你回程的票买了吗?"陆竿捧着茶杯抿了口,轻声问他。

江淮宁脑袋偏向她那边,从表情到语气都是郁闷:"这么快想我走?"

"你别曲解我的意思。"

"买了,明天下午。"

"你今晚住哪儿,订酒店了吗?"

"没订,睡大马路吧。"江淮宁随口说笑,搁在腿上的手探过去,捏住陆竿的手指,声音只有她能听见,"拉上你一起。"

这家餐厅的菜十分美味,唯一不足的是每道菜分量不多。几个女生早上起来晚了没吃饭,展现出来的饭量过于惊人,吃到中途还加了一次菜。

江淮宁买单时,何施燕偷偷瞄了眼比小臂还长的账单,咬了咬舌尖,回头找陆竿商量:"要不我们还是 AA 吧。江同学毕竟远道而来,我们才是东道主。"

陆竿不是存心炫耀,只是陈述一个事实:"没关系,他考上省状元,我们学校奖励了很多,我没细问,反正不少。"

何施燕倒吸气,知识就是金钱,先辈诚不欺我。

江淮宁折叠小票,随手塞口袋里,走到陆竿面前,给了她一颗从柜台上拿的薄荷糖:"说我什么?"

陆竿撕开包装咬进嘴里,清凉溢满口腔:"说你厉害。"

"哪里厉害了?"

"学习厉害。"

江淮宁不置可否地笑了,手自动寻找她的手,握住,牵着她往外走,侧头问其他人是回学校还是怎么着,用不用帮她们叫车。

她们岂是那么没眼力见的人,摆手表示不用:"你们该约会约会,我们先撤了。"

几个女生手挽手迅速撤离了小情侣的视线,一秒钟都不打扰。

江淮宁见她们上了公交车，扭头问陆笋："我们去哪儿？"

"我正要问你呢，你想去哪儿？"

陆笋没化妆，扎着马尾，羽绒服里是一套轻便的运动衣，本来是要去打网球的，被他突然到来的惊喜砸中，她什么都顾不得了。跟以往每次见面前都盛装打扮相比，此刻的她有点破罐破摔的随性。

江淮宁没想太久，说："想去你的学校逛逛。"

"你不早说，我室友也是回学校，我们可以一起走。"陆笋屈指挠他掌心，对着他笑，"你是不是故意的？"

江淮宁一向坦诚："对啊，故意的，想跟你单独待在一起。"

陆笋在他胳膊上打了一下，给他乱扣帽子："你是不是背着我偷偷谈了几段？我看你游刃有余的样子，不像第一次谈。"情话随口就来，草稿都不用打。

江淮宁握紧她的手塞进自己的冲锋衣口袋，在冷风中等下一趟公交车："无师自通懂不懂？"

陆笋敷衍地点了点头："嗯嗯，你厉害。"

不仅学习厉害，各方面都厉害，谈恋爱都比别人"会"得多。

陆笋临时担任导游，带江淮宁逛关州大学，附带讲解。

"我们学校最出名的就是六大人工湖，几乎每隔一段距离就有一片湖，从上空俯瞰，六片人工湖连成下弦月，我们统称它们为'月潭湖'。不过，每个人工湖都有自己单独的名字。"陆笋指着面前这片湖，各色锦鲤从石桥下游过，带起圈圈涟漪，"我们看到的这片湖叫……"

"桃源湖。"江淮宁接话。

陆笋转过身来，惊到了："你怎么知道？"

桃源湖的名字由来是湖边种了一片桃林。

江淮宁长臂绕过陆笋的后颈，手掌扣住她肩膀，把她揽进怀里，得意道："我不仅知道这片湖叫桃源湖，还知道另外几个人工湖叫秋梨湖、青杏湖、雪梅湖、玉竹湖、海棠湖，它们分别以湖畔种植的植物来命名。"

陆笋这个临时导游要宣布下岗了："看来你提前做过功课，还骗我给你介绍，江淮宁你学坏了。"

他搂着她笑："没做过功课，之前来过，偶然听人说起。"

陆笋被迎面吹来的一阵风呛到："你什么时候来过？"

"上学期，元旦假期，当天赶了个来回。"

陆笋第一次听他说起这件事，胸口像被什么东西蛰了下，明知故问："你……是来找我的吗？"否则他没有理由来这里。

143

江淮宁没说是或不是:"想来看看你生活的地方。"

元旦放假,他大半夜睡不着订了张来关州的票,一个人在这里如幽灵一样晃荡了几个小时,逛了整座校园。

路过人工湖时,他看到有性子顽劣的男生在结了厚厚一层冰的湖面滑行,试着横穿过去。结果没走几步,冰面"咔嚓"作响,裂了几道痕,那男生一脚踩进水里,刺骨冰冷的湖水没过大腿,岸上几个好友捧腹大笑。

那时候误以为陆竽和顾承在一起,没想过要打扰她,因为见到了也不知道能说什么。不可否认的是他确实存了一丝幻想,或许能偶遇她。

事实上,没有。

一座校园能有多大,他却找不到她在哪儿。

陆竽听他轻描淡写地带过,心还是疼了许久,她双臂搂住他的腰:"你别难过了,我补偿你。"

江淮宁眼里的那点悲伤消失了:"怎么补偿?"

"亲你一下。"说完,陆竽抬起头,嘴唇蹭了下他的唇角。

"就这样?"江淮宁舔舔唇,没什么感觉。可能被她主动亲了几次,他要求变高了,人都是得寸进尺的。

陆竽脸颊燥热:"你就知足吧,还想怎样。这里是学校!能不能有点学生的样子!"

说话声音突然变得好大,江淮宁合理怀疑她是害羞了,看一眼她越来越红的脸,他确定她就是害羞了。

按照陆竽的理论,在学校就该有学生的样子,他们接下来的约会地点就改成图书馆了。

江淮宁的书包里装了笔记本电脑和作业,在高铁列车上写了一些,还剩下一部分,要么见缝插针地写完,要么等明天下午回去熬夜写。

陆竽不想他熬夜,提出陪他写作业。

她回宿舍拿书本,江淮宁在楼下等她。

室友们躺在床上准备午休,见陆竽回来了,惊讶不已,问:"这么快就回来了,男朋友走了吗?"

"一会儿还要出去。"陆竽挑了几本书装进书包里,走向何施燕的床铺,"你的学生卡能不能借我用一下?"

何施燕从帆布包里翻出自己的学生卡给她,没问原因,陆竽主动交代了:"我们去图书馆学习,他没卡进不去。"

何施燕佩服学神的约会方式:"祝你们学习愉快。"

"走啦。"陆竽挥挥手,背着书包跑出去了。

关大的图书馆坐北朝南，共有七层，尖顶的设计，朝东的一面墙覆盖了一半爬山虎，底下落叶堆积，没来得及清扫。

　　图书馆整体充满古朴气息，类似于古代的藏书阁，特别是到了晚上，灯光全部打开，在排排香樟树的掩映下，显得底蕴悠长。

　　江淮宁看到图书馆东边在施工，挂了绿网，他元旦过来还没动工。

　　陆竿说："学校打算再修一座图书馆，是你们清大的一位建筑学教授亲自主笔设计，无偿的。"

　　江淮宁想了下："裴德先教授？"

　　"这你都知道？"陆竿又要夸他厉害了。

　　"不是我神通广大，李元超是建筑系的，听他说起过裴德先教授。老人家除了教书育人，业余爱好是免费给人设计建筑，全国各地很多大中小学校里都有他的作品。"

　　"听起来是位了不起的人物。"陆竿把自己的学生卡给他，她用了何施燕的，两人刷卡进去。

　　一楼大厅安置了饮水机，陆竿出来匆忙，书包里只带了个空水杯，先去接了杯水。

　　"修建新的图书馆是因为近年来考研人数激增，学生抢自习室座位堪比春运抢车票，学校干脆扩大自习室。"陆竿说，"新图书馆与这座图书馆之间会建一座桥梁连接起来，又是一道风景线。"

　　刚好聊到这个话题，江淮宁问她："你要考研吗？"

　　"还没想好。"踏进自习室，陆竿自觉放轻声音，"老实说，我对高三复习有阴影了，考研跟高考比会轻松吗？"

　　江淮宁说："不会。"

　　陆竿更小声了："那我就要好好考虑了。"

　　找到座位坐下来后，两人没再说话，各自完成作业。

　　陆竿作业少，比他先写完，玩了会儿手机，给江淮宁写了张纸条：你到底订没订酒店？我现在帮你订。我们学校附近没酒店，你得打车到远一点的地方去。

　　江淮宁看了眼，提笔在下面回了一行字：你们关州的酒店行业好没商业头脑。

　　陆竿不想委屈江淮宁，给他订了一家五星级酒店，距离学校半小时车程。

　　订完她把手机推到江淮宁面前，让他看一眼。江淮宁不关心晚上住在哪里，手指轻按解锁键，再点开，屏保是他的照片——扬手扣篮那一张，球衣下摆掀起，露了半截白皙劲瘦的腹肌，线条清晰却不贲张。

江淮宁微抿唇，意味深长的笑意从眼角漫出。

陆笋看到他脸上灿烂的笑才意识到不对劲，抻长脖子，发现他看的是屏保，赶忙抢回手机，嗔怪地瞪他一眼。

江淮宁手指虚握成拳，抵在下颌，笑了半天停不下来。

陆笋恼了，丢下他去阅览室看书。

江淮宁赶在晚饭前写完了作业。

陆笋看完半本书，忘记了之前的羞愤，问他："你想吃什么？晚上我请你。"

江淮宁习惯性攥住她的手，装进他冲锋衣口袋里："吃食堂吧。"

"就这？"

江淮宁坚持要吃食堂，陆笋绕了远路，去了平时不常光顾的西食堂。学校一共两个食堂，东食堂离宿舍近，饭菜平价，西食堂菜色丰富，相应的物价也更贵。请男朋友吃饭，她当然不在乎价钱。

两人找到一张空桌，放好东西去点餐。坐下没多久，有人冲陆笋打招呼："副班长，你来吃饭啊？"

说话的时候，对方的眼神频频瞟向江淮宁。

跟她一起的几个女生也在不动声色地打量江淮宁，最后还是没忍住好奇："副班长，这位是你男朋友？不会吧，我一个计算机系的朋友前天还找我打听你的联系方式，托我给他牵线。"

"嗯，男朋友。"陆笋大方地承认。

"不给介绍一下？"

"江淮宁，江水的江，淮河的淮，安宁的宁。"陆笋说，"不是我们学校的。"

江淮宁等她介绍完才开口："你们好。"清澈的眼睛盯住最后说话的那个女生，"让你朋友别动心思了，我也是计算机系的。"

那女生笑得不行，一个劲点头："行，保证传话到位。"

她们挥挥手，丢下一句"副班长你们慢慢吃"就没再打扰。

江淮宁双手抱臂，目光紧锁陆笋的脸，要笑不笑："说吧，到底有几个人在追你？"

陆笋转移话题："饭再不吃要凉了。"

江淮宁没听见似的："那个什么陈嘉林算一个，刚刚你同学口中一个，还有几个是我不知道的？"

陆笋噎了下，他居然知道陈嘉林："你不是听见了，我同学说别人向她打听我的联系方式，我这还没给呢。"

"嗯。"江淮宁没有轻易揭过，"陈嘉林呢？"

眼看绕不过去了,陆竽正面回答:"我没答应人家。"

她说着突然笑起来:"江淮宁,你吃醋了?"

是她的错,空气里飘散着这么浓郁的酸溜溜的味道,她怎么才闻出来。

江淮宁别开脸:"没有,我吃什么醋,赢家不需要吃醋。"

陆竽憋住笑,差点被嘴里的食物呛到:"可能是我看错了,某人没吃醋。"

江淮宁偏要跟她反着来:"某人就是吃醋了。"

陆竽被他的坦荡和幼稚打败,嘴角提起:"吃饭吧,别吃醋了。"

3

吃过饭,两人出去看电影,到晚上九点结束。江淮宁拦了辆出租车,跟司机报了关大的地址,先送陆竽回去。

陆竽下车,回头对江淮宁说:"到酒店给我发消息。"

江淮宁说:"好。"

陆竽关上车门,从光线昏暗处走到灯火通明里。进了学校大门,她回了一次头,出租车停在那里,后座的车窗玻璃上映出江淮宁的脸。车厢太暗,她看不清他的神情,但直觉告诉她,他在看她。

她挥了下手,加快了离去的脚步。

司机回头问江淮宁:"接下来去哪儿?"

江淮宁像是在等什么,没有及时回答司机的问题。司机以为他没听见,提高音量又问了一遍。

回宿舍的路上,陆竽脑中闪过光线昏昧的电影院里,江淮宁看着她时湿漉漉的眼神,太让人心醉了。

她的脚步越走越慢。

分隔两地的恋情,相聚的每一分每一秒都格外珍贵,陆竽不想浪费掉,脚步猛地停下,心一横,抱着包掉头往校门口奔跑。

她以为过了这么久,出租车开走了,需要再拦一辆,但等她跑出来,那辆车居然还停在原地,没有挪动分毫。

陆竽缓了口气,跑过去拉开车门坐进去,动作一气呵成。随着车门"砰"的一声关上,她没有后悔的余地了。

她抱住江淮宁的胳膊,闭上眼靠在他肩上大口喘气。

江淮宁这才告诉司机下一个目的地:"长岛酒店,谢谢。"

半小时后,出租车在长岛酒店正门停下。

前台工作人员穿着熨烫规整的深蓝色制服,头发用网兜盘起来,没有

147

一丝散乱,微笑着替他们办理好入住手续,递上一张房卡。

"谢谢。"江淮宁拿起柜台上的房卡,牵着陆笋到电梯前。

他按了上行键,没等多久电梯就到了一楼,"叮"一声打开,里面没有除了他们以外的人。

陆笋后知后觉地感到紧张,生平第一次跟一个异性住酒店,虽然这个异性是她男朋友。

电梯到了十楼,江淮宁手没放开,搂着她出了电梯,找到房间刷卡打开,满室明亮的灯光,将一切照得无所遁形。

正对面是全景玻璃窗,窗帘拉了一半,万家灯火尽收眼底,如一片彩色银河。

陆笋看着中间那张醒目的白色大床,愣了整整十秒钟。她的目光去寻江淮宁,只见他拉下冲锋衣的拉链,硬挺的布料在空荡安静的房间里摩擦,窸窸窣窣作响。

江淮宁觉察到她的视线,脱衣服的动作进行到一半,顿住,抬眸看过去。

"怎么是大床房?"陆笋不可置信地问他。

若不是她脸上的表情过于震惊,江淮宁几乎以为她是演的。他把衣服丢在沙发上:"酒店难道是我订的?"

她订的什么房间她自己不清楚?

陆笋懊恼,可能是她选错了:"我说怎么贵得离谱!"她没住过五星级酒店,以为普遍是这个价钱,真是吃了没见识的亏。

江淮宁失笑:"入住都办了,不能退吧?"他抬下巴,指着卫生间,"你先洗还是我先洗?"

陆笋还在适应中:"你先洗。"

江淮宁进了卫生间,偌大的空间里只剩陆笋,耳边不多时响起淅淅沥沥的水流声。她坐到沙发上,旁边放着江淮宁的衣服,属于他的味道盈满鼻尖。

她深吸口气,不断自我暗示,没必要紧张,曾经一整个学期和江淮宁住在一起,中间只隔了一堵墙,现在只是拿掉这堵墙而已。

陆笋想得太入神,门铃突然响起,吓得她肩膀耸了一下。她起身走到门边,门外是标准的服务式用语:"您好,您买的东西到了。"

陆笋从门镜往外看,确实是酒店的工作人员。她打开门,探出半个身体,服务生双手奉上一个纸袋。

关上门,陆笋打开纸袋看进去,一次性内裤、干净的袜子,还有一瓶卸妆水——去电影院前她化了个妆,睡前需要卸妆。

江淮宁想得好周到,她都忘了自己没带任何东西过来。

卫生间的门"咔嗒"一声,江淮宁出来,没穿酒店提供的浴袍,他自己带了衣服,长袖长裤睡衣。他拿着毛巾裹在头顶来回揉搓,潮湿的头发凌乱到打卷儿。

两人只有短暂的眼神交流,陆竿躲去卫生间,洗完澡,房间里的大灯关了,留了床头上方两盏暖橙色的壁灯。

床上两个枕头,江淮宁用了一个,陆竿自觉绕到另一侧,掀开被子躺下,两人中间隔了一尺的距离。

陆竿呼吸紧了紧,尽量自然地开口:"我关灯了?"

江淮宁没出声。陆竿扭头看过去,只见他闭着眼,呼吸平稳,像是已经睡着了。起那么早从北城坐车赶到关州,很累吧。

陆竿动作幅度变小,手肘撑起身体按下灯光开关。窗帘遮光性能好,窗外一点霓虹灯光也没漏进来,视线里除了黑色,再也看不见其他。

她屏住呼吸小心翼翼地躺下,紧绷的身体还未放松,一条胳膊从颈下穿过来,她被搂进一个温暖的怀抱。

陆竿心跳加快,声线不稳:"你没睡着?"

"快睡着了。"

"哦,是我吵醒你了。"

江淮宁压着嗓子轻哼一声,脸埋进她颈窝里,手掌按在她腰间:"怎么走了又回来了?"

陆竿知道他在问什么。她翻过身面朝他,他们之间距离太近,她几乎贴在他胸口,能听到他的心跳声,跟她的一样快,哪里像快睡着的状态。她声音闷在他怀里,低柔而轻缓:"你怎么没让出租车开走?"

她好聪明,把问题丢给他。

江淮宁嘴唇触到她额心:"因为我觉得你可能会回来。"

"哼。"

"'哼'是什么意思?"

"意思就是你猜对了,我会回来。"陆竿也抱住他的腰,两人的身体挨得更紧密,同样的沐浴露味道在周身萦绕,她大胆而直白地说,"我舍不得你。"

江淮宁唇瓣下移,擦过她的鼻尖,再下移,轻轻吻上她的唇。陆竿微仰头方便他亲吻,两人的气息纠缠在一起,沐浴露的香味似乎更浓郁了。他喘息着,舌尖撬开她的唇缝,勾起她的舌轻吮。

陆竿溢出一丝难耐的嘤咛,江淮宁一顿,撤离了,别开脸喘气。黑暗里,两人的唇瓣像涂了一层油光，亮晶晶的。

江淮宁抿了下唇，觉得不够，等她缓和了些，再度吻住，更深更急切地勾缠住她的唇舌。他手掌托起她的后颈，翻身覆在她身上，潮热的吻从唇角滑到脖颈，留下一个又一个暧昧的痕迹。

陆竽像条渴水的鱼，张口呼吸，手不知何时攀到江淮宁脖颈上，掌心贴着他的皮肤，那样滚烫。

"江淮宁。"

"嗯……"回答的声音不再清冽利落，而是拖着黏连的尾音，含混不清，性感到极致。

江淮宁有理智，勉强满足后就停了下来，翻身平躺在床上，手指攥住被单，平复体内的躁动。

陆竽大概是缓过来了，爬过去在他脖子上亲了一口："礼尚往来。"

江淮宁笑，重新把她抱过来："你就这么信任我？"这种时候还敢凑上来亲他。

陆竽半个身子趴在他身上，早没了进酒店时的紧张。

"不信任你信任谁？这么说吧，比起相信我自己，我更相信你。"高中时期就是如此，她总是无条件信赖他。

她绝对是在给他戴高帽，江淮宁想，他要是不表现好点，对不起她这么高的评价。

江淮宁捏她鼻尖："你最会拿捏人心了。"

"不是。"陆竽头脑清晰，"我可没本事拿捏别人，你喜欢我，我才能拿捏你，换了别人不行的。"

幸亏房间里没灯光，不然江淮宁脸上的笑无处可藏。她还说自己没本事，没本事就能让他心甘情愿被她牵着走，本事再大点，不得把他耍得团团转。

陆竽不知他心中所想，打了个哈欠："困了。"

江淮宁怕她睡得不舒服，没抱那么紧，拉高被子掖好："睡吧。"

快睡着的时候，手机铃声将陆竽从睡梦边缘拉了回来。床头柜上亮起一簇光，陆竽拿起手机。

何施燕：宝贝，你晚上还回来吗？快到宿舍门禁时间了。

陆竽一下清醒了，趴在被窝里打字：不回来了，你锁上门吧。

江淮宁还没睡着，问她是不是有什么事。她脑袋埋进暖烘烘的被子里，咕哝一声："忘了给室友说晚上不回去。"

陆竽一觉睡醒，已经是第二天早晨，房间里依旧很暗，但没有如夜晚那般伸手不见五指，她睁开眼就看到江淮宁的睡颜。

大脑意识还没苏醒,蒙了两秒,想起来昨晚没回学校,因为她舍不得丢下千里迢迢来找她的江淮宁。

陆竿一动未动地看着沉睡的他,不想吵醒。

高中时期的她怎么也不会想到,有一天她和江淮宁躺在同一张床上,过去那个遥不可及的梦,如今触手可及,命运真奇妙。

她得感谢命运,感谢江淮宁喜欢她。

乱七八糟的东西想了很多,江淮宁还没醒,陆竿等得有点无聊了,目光重新回到他的脸上,真就找不出丁点瑕疵——脸上看不见毛孔,皮肤光滑细腻,没有色沉,睫毛那么长,闭着眼,眼睑下方落了一片淡淡的阴影,鼻梁高挺,嘴唇的形状刚刚好,适合亲吻。

她多看了两眼,色心乍起,偷亲了一下。

江淮宁在她撤开的下一秒睁开眼,眼底清醒,不像刚睡醒的样子。他在守株待兔:"等了你好久,总算被我抓住了。趁我睡觉占我便宜?"

陆竿立刻反应过来自己被耍了,脸臊得通红,趁他不注意掀开被子跳下床,准备逃到卫生间去。

半路被江淮宁截住,抱回床上:"耍完流氓就跑,陆竿你的胆子呢?"

陆竿被他禁锢在怀,力量悬殊之下,挣扎是徒劳的,她一头乌黑长发铺在雪白的被单上,白嫩的脸透着些许绯红,不敢直视他的眼睛。

江淮宁一手撑在她身体一侧,另一只手扶住她颈部,大拇指按在她脸颊上,逼她看自己:"你跑什么?"

"江淮宁,你耍诈。"陆竿羞得没脸见人了。

"你什么时候学会倒打一耙的功夫了?"江淮宁特别无辜地眨眼,"你偷亲我,反过来怪我耍诈?"

"你这是'钓鱼执法'!"

"有本事别偷亲。"

陆竿吃了败仗,张着嘴没声儿了,只用大眼睛瞪着他。怎么能那么坏,早就醒了故意装睡,明摆着想看她出丑。她早该警觉的,昨晚他就是如此,明明清醒却装作睡着。可恶,她又上了一次当!

江淮宁贴近她的脸,与她呼吸交织:"怎么不说话了?"

陆竿哪说得过他啊,投降算了:"嗯,我偷亲了。我是小偷,你报警让警察抓我吧,再给我判个刑,看看我是犯了什么罪。"

她闭上眼睛,任他摆布。偷亲男朋友怎么了,犯法吗?

她这副动人的娇态,谁舍得判她的刑,江淮宁可舍不得。

感觉到热热的气息越来越近,陆竿眼睛撑开一条缝,江淮宁的脸离她好近,下一秒就会碰上她的鼻尖。她猜到他的意图,伸手推开:"我没刷牙。"

江淮宁挪开她的手:"我不嫌弃。"

陆竽偏开头:"我嫌弃。"

江淮宁一脸受伤:"你嫌弃我?"

"我嫌弃我自己。"陆竽从他臂弯下方溜走,成功躲进卫生间。她站在盥洗台前刷牙洗脸,江淮宁进来了,将下巴搁在她肩上,黏着她。

他下午就要回北城了,在一起的时间只剩几个小时,头顶仿佛悬挂了一个倒计时牌子,一分一秒的流逝被无限放大。

陆竽洗漱完,就着卫生间里的镜子化妆,江淮宁在她旁边刷牙。

涂口红前,江淮宁捧住她的脸,跟她接了一个绵长的吻,然后拿过她手里的口红,帮她涂。涂完,他没忍住,又亲了她一口,他的唇瓣也沾上了一点红。

陆竽脸红得不像话,用手指抹去他嘴唇上的口红。

她也没想过她和江淮宁谈恋爱会是这样。

以前不敢想,现在不用想。

4

江淮宁回到学校正好赶上晚饭时间。宿舍里几个男生勾肩搭背出去吃饭,门推开,撞见风尘仆仆的大校草。

他周六一大早就消失了,连着两天不见人影,消息不回电话不接,彻底失联,胡胜东操心得连游戏都打不好了。

胡胜东绕着江淮宁转了一圈,确认他全须全尾,松口气:"你再不回来,我就要报警了。"

彭垚趁机告状:"东子念叨了一天一夜,说你网恋'奔现'被人骗去'挖煤'了。"

江淮宁扯了下唇,把书包扔到桌上。胡胜东凑上前来,挠着头笑:"我这不是担心你嘛。你那个网恋对象怎么样?"

"你考上清大真是个奇迹。"江淮宁看着他,"谁告诉你我是网恋?"

彭垚也说:"我就说不可能是网恋,我们校草像是搞网恋的人吗?"现实里多少美女追求他,也没见他给个好脸色。

卢宇一直没说话,他以前总怀疑江淮宁对他有点不一样的情感,为了避免尴尬,他很少和江淮宁一起聊天吃饭,只有睡觉没办法,他又不可能因为一点怀疑就搬出去住。

此刻听说江淮宁有对象，卢宇心里长久以来压的一块石头移开了，向江淮宁求证："你对象男的女的？"

胡胜东和彭垚同时看向他。

卢宇窘得不行："我就……就随口一问。"

江淮宁："你考上清大也是个奇迹。"

江淮宁手机响了，陆笋估摸着他到了学校，打来一通语音电话。江淮宁拒接，给她发消息：给我打视频电话。

陆笋弹了个视频电话过来，被接通了，画面里的江淮宁一脸笑意。

灯光明亮，笼罩着她柔和又精致的五官，为了避免吃饭时弄脏头发，她随意绾了个蓬松的丸子头，嘴唇红红的，面前一碗看起来很辣的炒米粉。

陆笋左手举手机，右手拿筷子："你到学校了？"

江淮宁给她展示宿舍内部，胡胜东吓得赶紧把挂在床头的内裤收起来。他听见江淮宁用一把磁性温柔的嗓音说："给你介绍几个人。"

陆笋被炒米粉辣惨了，张嘴"嘶哈"，坐在对面的何施燕见状，递给她一片纸巾，她擦了擦嘴角和快要流出来的鼻涕："什么？"

她在食堂吃饭，身后离打饭的窗口太近，太过嘈杂，掩盖了视频里的声音，她没听见他说了什么。

江淮宁偏了下头，摄像头照到旁边等候多时的三个"好奇鬼"。

陆笋正在擤鼻涕，没一点心理准备，整个人顿住了，呆呆地与三颗脑袋对上。她默默地收起纸巾，不知如何开口称呼，问只露出四分之一张脸的江淮宁："你的室友吗？"

"他们非说我搞网恋，我得证明一下。"江淮宁解释。

陆笋笑眼弯弯："他们说网恋也没错，我们本来就是聊天比较多。"

感谢发达的网络，相隔两地的他们得以紧密地联系，搁以往，要靠书信来往，真是残酷的浪漫。

江淮宁反驳："怎么能叫网恋？我们今天才见过面。"

胡胜东认出陆笋了，一瞬间被吓得够呛，猛拍江淮宁的肩膀："她不就是你放在钱夹里的照片上的那个女生？"

江淮宁搞不懂胡胜东为什么如此震惊，没否认："是她。"

胡胜东再看向江淮宁，眼里多了丝谴责的意味，视频通话还在继续，他强忍着没有当着女孩子的面说什么难听话。

江淮宁没理胡胜东，给陆笋介绍了三个室友。

陆笋大方自然地挥手打招呼："你们好。"

除了胡胜东，另外两个都表现得很热情，像打量新奇物种一样盯着屏

153

幕上的陆筝。

女孩一双眼大而水灵，整张脸最好看的就是眼睛，是第一眼会让人注意到的部位，还是双眼皮。睫毛长，弯弯的眉毛，鼻子挺而小巧，嘴唇红艳艳的，笑起来好甜。

原来江淮宁喜欢这个类型的女生。

也不能这么说，不是没有这个类型的女生追求江淮宁，他理都没理，说明类型不重要，重要的是人。

互相认识完，江淮宁没耽误陆筝吃饭，顺便说她一句："辣就别吃了，嘴巴都肿了，去换点别的吃。"

她就是属于不长记性的那种，喜欢吃辣，又不太能吃辣，每回吃完辣的东西难受，下次依然想要尝试。

陆筝乖乖听话："知道啦，你快去吃饭。"

江淮宁挂了电话，脸上那层意犹未尽的情绪久而不散。彭垚和卢宇看得酸死了，也想找个女朋友对自己嘘寒问暖。

胡胜东憋不住了，不吐不快："江淮宁，我没想到你是这种人。"

彭垚和卢宇目瞪口呆，他在说什么啊，这谴责的语气以及悲愤的表情，不知道的还以为江淮宁抢了他女朋友。

江淮宁侧过身看向他，也挺惊讶："我是哪种人？"

"你女朋友陆筝，谢柠找你以前的同学打听过她，她有个青梅竹马的男朋友。你们是一个学校的，你别告诉我你不清楚这事儿。"胡胜东语气越发严肃，"你堂堂清大校草，顶尖人才，你做这事儿？你是有多想不开，兄弟我替你感到丢人。"

彭垚和卢宇两个不知情的人吓傻了，看着江淮宁，希望他能解释一二。

"你是不是觉得你很聪明？"江淮宁撂下一句话，手撑着桌子起身，不跟他们多费口舌。听女朋友的话，他要去吃饭了，肚子好饿。

上了几天课，江淮宁在网上买了一堆在其他人看来乱七八糟的玩意儿，课余时间写完作业，他就坐在自己的座位上，专心鼓捣那些。

胡胜东路过江淮宁身后瞄了几眼，剪子、镊子、银条、铁杵、刻刀……还有一些他没见过的小工具。

江淮宁把银条放在一个结实的正方体台子上，用锤子不停锻打。

"他这是在干什么？"胡胜东喝了口可乐，指着江淮宁问另外两人。

另外两个耸肩，谁知道啊，看不明白，像是在造武器。

"你自己问他。"

"江淮宁,你在做什么新的实验项目吗?"在胡胜东的印象里,江淮宁不可能干不务正业的事。

他上学期只顾学习从不娱乐的形象深入人心,轻易无法扭转。

江淮宁低头太久,脖子有点酸,他甩了甩发酸发麻的手腕,脖颈往后仰,一只手绕到后颈重重揉捏几下,给他们解答疑惑:"我女朋友快生日了。"

"你想说什么?"他们还是不太理解。

江淮宁休息好了,举着小锤子接着锻打银条,说:"我打算给她打一枚戒指。"

"你缺钱?"

别人不清楚,他们跟他一个宿舍的,多少了解他的家庭背景。他以前是北城一家塑料公司的少爷,俗称富二代。后来家里破产了,家底比起一般小康家庭也丰厚得多。他爸挺有魄力,回老家后跟人合伙开了度假山庄,如今混得风生水起,很多大公司的团建定在那里。现在的人赚够了钱都想返璞归真,最爱去那些偏僻山庄里修养身心,他爸建的那度假山庄赶上了好时候。

不说家境如何,江淮宁靠自己的头脑就挣了不少钱,他那些奖学金和项目奖金加起来,比工作了四五年的上班族还多,不可能没钱给女朋友买戒指。

江淮宁拿砂纸打磨银条表层,取出一根银丝用镊子掰出花纹的形状,回头还是得拿到外面的店里焊接,焊枪不能在宿舍使用。

他抽空回答胡胜东的问题:"不缺钱。"

胡胜东在手机上开了一局游戏,没抬头:"不缺钱你费这劲儿干什么,买一枚不就得了。"

江淮宁:"说真的,你很难有女朋友。"

胡胜东哑口无言。

江淮宁以前没尝试过做这些,体验过后有了发言权,做手工是真的难。对照着视频一点一点从头开始学习陌生领域的知识,之后再付诸实践。由于是门外汉,有的工具买错了,只能重新买。

他用的围巾是陆竽亲手织的,那枚玉石印章是陆竽亲手刻的,他也想亲手为她做一件礼物。

戒指是他能想到的最有意义的东西,他想试着打造一枚,送给她。

只送给她一个人。

陆芋过农历生日,生日前几天刚好是劳动节放假,江淮宁过来一趟,提前帮她把生日过了。因为她生日那天是周二,他课程排得满,赶不过来。

他是一号上午到关州的,住在上回的长岛酒店。

放假期间学校不查寝,陆芋白天晚上跟他待在一起,大部分时间各自学习,学累了就出去约会,看完了三部假期档上映的电影,吃了一顿烛光晚餐。

比那回他们在靳阳市吃的西餐好吃,陆芋还喝了一点酒。

江淮宁从外套口袋里掏出一个靛蓝色的四方四正的盒子放到桌上,陆芋瞥见了,一口红酒呛出来,慌乱地拿纸巾收拾残局。

江淮宁靠在椅子上,笑得比红酒醉人,猜准了她的心思:"陆芋,你反应这么大,该不会以为我要向你求婚吧?"

陆芋的脸蛋在摇曳的烛光映衬下绯红一片,她不承认是羞红的,一定是刚才那口酒呛的。

江淮宁说对了,看到他拿出一个小盒子,她脑中冒出的第一个念头是他预备向她求婚。

"我才没有!"她否认得很有力度。

香氛缭绕的餐厅里,江淮宁手指按住盒子推到她面前:"提前祝你生日快乐,陆芋同学,二十岁了。"

陆芋穿了条针织长袖裙,长发半绾,妆容清透淡雅。坐在临窗的位置,眼前是温暖的烛火,窗外是璀璨的灯火,映在她晶亮的眼睛里,每眨动一下眼睛,就像小钩子撩动他的心。

她托着腮,紧贴着手掌下缘的袖口往下滑了一点,一截莹白的手腕露出来,纤细得食指和拇指能轻松圈握住。

红酒的后劲有这么快上来吗?

她眼中的江淮宁周身好像镀了一层朦胧的光晕。

陆芋捏捏脸颊,想让自己清醒一点,然后垂着眼眸盯住那个盒子,既期待打开它,又舍不得打开。

江淮宁没喝酒,眼神清亮:"想打开就打开吧。"

陆芋这才拿起盒子抱进怀里,仿佛刚挖到的宝藏,眼睛扑闪着亮光,抬头看他:"我打开了?"

江淮宁笑,她莫不是喝醉了。

以前她说自己酒量还可以,估计是在吹牛。

"用不用我帮你打开?"江淮宁看了眼戒指盒。

"不用。"礼物要亲手拆才有意思,陆芋扯开绑住盒子的蝴蝶结丝带,打开它,然后整个人定住了,飞快地抬眸看向江淮宁。

两人之间隔了一簇蓝紫色的绣球花,是餐桌上的装饰之一。

江淮宁琢磨不透她的表情,索性问出来:"你这是开心还是不开心?"

陆竽眨了眨眼,他说不是求婚,盒子里怎么装的是戒指?还是带钻的。

她不该贪杯喝了好些红酒,导致思考问题变得迟钝,江淮宁哪句话是玩笑,哪句话是真的,她分不清了。

江淮宁脸上笑意渐浓,再三解释:"真不是求婚,就是一份生日礼物。戴上我看看。"

尺寸应该与她的中指合宜,他经常牵她的手,每根手指摩挲过无数遍,连她掌心的纹路他都观察过,篆刻于心。

"要我帮你戴吗?"江淮宁从对面过来,取出盒子里的戒指,套上她左手的中指,慢慢推到指根,果然不大不小正合适。

旁侧响起几道低调的掌声,两人侧头看向声源处。同在餐厅用餐的顾客以为自己见证了求婚现场,不便过去打扰,就鼓掌参与了一下。

江淮宁托起陆竽的手,懒于解释,笑着说了"谢谢"。

陆竽看着自己手指上戴的戒指,感动得又想哭又想笑:"好漂亮啊。"

戒托是由繁复精美的立体花纹缠绕而成,中心嵌了粒小小的钻,不夸张,日常佩戴不会太过扎眼。

陆竽突然意识到一个问题,仰起头,眼里带有一丝顾虑:"不会很贵吧?"

江淮宁捏她的脸蛋,软软的,看着就想捏:"材料费便宜,贵的是手工费,可以说是天价。"

陆竽错愕地重新端详手上的戒指,戒托上的花纹好像用了掐丝工艺,被列为非遗,手工费可能真不便宜。

以前当朋友,江淮宁习惯做好事不留名,现在是她男朋友,他只想炫耀:"因为这是你男朋友亲手做的,你自己掂量一下手工费是多少。"

江淮宁从陆竽眼里看到了预想中的惊讶和惊喜,心里就满足了。

陆竽久久没出声,不敢相信。她一会儿看戒指,一会儿看江淮宁,喃喃自语:"这怎么能是你做的呢?"

江淮宁偏头,她是不是小看他了:"怎么不能是我做的?"

"这么精致的戒指,看着好复杂,一点也没留下新手的痕迹。"

一般的新手做工会粗糙很多,就像她第一次织围巾,针法总弄错,织出来的成品让人一眼就能看出是手工,不是店里买的,难为他冬天一直戴着。还有那枚印章,是她刻毁了一枚后的成果。

江淮宁："你都能给我织围巾、刻印章，我打一枚戒指送你也没什么吧。"

"不一样。"陆笋摇头，鼓了鼓腮帮，"不一样的，织围巾、刻印章跟打戒指相比显得太小儿科了。"

江淮宁不认同她的话："什么小儿科不小儿科，情意是一样的。"

陆笋笑得傻里傻气，大概酒劲开始上头了，不顾周围人的注视伸手抱住他，声音温软地说："江淮宁，我好感动啊。"

"快吹蜡烛许愿。"江淮宁说。

餐厅离下榻的酒店远，需要打车。江淮宁滴酒未沾是正确的，下车时，陆笋陷入昏睡，身体软成一团泥，被他一路抱进去。

幸亏酒店前台认得他们两个，不然就他这个行为，足以让人怀疑他拐带醉得不省人事的女大学生意图不轨。

事实证明，陆笋是真的信任他。

之前跟他住酒店，她至少头脑清醒，有自我判断。眼下醉成这样，跟他住酒店，她也不怕被占便宜。

进了电梯，陆笋半醉半醒，眯起眼："江淮宁。"

江淮宁低头看她，回应："想说什么？"

陆笋突然高举起左手，给他展示自己的戒指，开心得跟小朋友一样："好亮！"

"嗯。"江淮宁嘴角微勾。

到房间后，江淮宁弯腰把喝醉的人轻放在床上，脱去她脚上的平底单鞋，用卸妆水帮她卸妆，再拿毛巾给她擦脸。

陆笋睁着眼睛盯住他的脸，看了许久，抬手搂住他的脖子，不让他起身。

江淮宁丢开毛巾，好整以暇地看着她："还能认得清人吗？"

陆笋埋在他颈窝里笑："我是喝多了，不是喝傻了。"除了头晕想睡觉，她没觉得自己醉了。

江淮宁陪她躺了一会儿，起身去洗澡，出来时她又睡过去了，他无奈地笑，只好拧了毛巾给她擦脚，塞进被子里。

等他躺到床上，她就跟自动雷达似的，翻个身滚进他怀里。

假期短暂，转眼江淮宁就要回北城。

临走时，陆笋说，下次她去北城看他，不能总让他来回跑。

江淮宁就等着她这句话——

"下下周我们学校举办运动会，你可以过来玩。"

关大的运动会在劳动节前就圆满结束了，清大的运动会还没开始，最后一天恰好连上周末，不会耽误她的学习。

陆竿听完蠢蠢欲动，仅剩一丝犹豫："可是我周六上午有社团活动。"

江淮宁手机屏幕上是订票界面，他在看合适的发车时间："我给你订中午的票，三个小时到北城，你还能赶得上我下午的篮球赛。身份证号多少，念给我。"

陆竿看着他，渐渐回过味来："你参加了篮球赛？"

"运动会项目我报了接力赛和1500米，篮球赛算是趣味项目，不是特别正规的比赛。"江淮宁问她，"想来看吗？"

陆竿哪还忍得住啊，当下就变卦了："别订中午的票了，我怕赶不上，订上午的吧。"

江淮宁垂眸看她，眉梢动了下，笑意爬上眼尾："社团活动怎么办？"

"我可以请假！"陆竿拿过江淮宁的手机，输入自己的身份证号码，购票成功的提醒弹出来，"搞定！"

抵达北城是中午十一点多，陆竿随着汹涌的人流下车，呼吸了几口新鲜空气。

她在出站口的人群中寻找那道身影，没过几秒，目光与江淮宁的遥遥对上，唇边登时绽开笑意。

江淮宁眼前一亮，她上衣是红色的海军领针织衫，胸前两粒扣子，喇叭袖带着点复古的味道。她肤色白，两弯锁骨刚好露出来，纤细精致，深蓝色的高腰牛仔裤裹住两条细长笔直的腿。

在人群里鲜亮明艳，夺人眼球。

江淮宁逆着人流走到她面前，轻轻拥住她："代表北城欢迎你。"

陆竿自然地挽上他的胳膊，脚步轻快，走起路来像是在蹦蹦跳跳："你来接我没问题吗？不会耽误你的事吧？"

"我报的项目已经比完了，只剩下午的篮球赛。"江淮宁抬手将飘到她脸颊上的一缕发丝勾到耳后，"肚子饿不饿？先带你去吃饭。"

陆竿肚子不饿，早上候车时，在肯德基买了豆浆和汉堡："好可惜，没看到你跑1500米。你跑了第几名？"

高二举办运动会，正逢江淮宁手臂骨折，打了厚厚的石膏，无法参加任何比赛项目。到了高三，高考等着他们，运动会这种活动不带他们高三生玩，她至今没见识过江淮宁在赛场上的风姿。

159

江淮宁摸了摸棒球服的口袋,从里面掏出一块金牌,挂在她脖子上。

陆竿捏起胸前的金牌举到眼前,上面印着"男子1500米冠军"字样,着实惊讶了一番:"你是第一名啊?"

江淮宁轻哼一声。

"归我了。"陆竿取下金牌装进包里,装模作样地叹了口气,"这么看来,没看到你比赛现场更可惜了。"

他拿冠军的时候,场外不知多少女生疯狂呼喊他的名字。

江淮宁低头看着陆竿,想确认她是在逗他,还是认真的。她的眼睛很亮,越看越好看,他懒得管她说的是不是玩笑话,他当真了:"下午让你看个够。"

"我说的是1500米跑,不是篮球比赛。"

"不想看篮球比赛?"

"我的意思是,1500米我想看,篮球比赛更想看。"

江淮宁总结:"要不你直接说你想看我,这么说的话我比较好理解。"

"江淮宁,你脸皮真厚。"

"比比谁更厚。"江淮宁拿自己的脸去蹭她的脸。

陆竿伸手推开他,佯装嫌弃:"粉底都蹭掉了!"

"给你买新的。"

江淮宁笑着捏她脸颊,手感特别好,他总是忍不住触碰,似乎明白"爱不释手"四个字的含义了。

陆竿口腔溃疡,江淮宁中午带她去吃了点清淡的。

比赛下午三点开始,两点左右要去场馆集合。吃完饭,江淮宁牵着她的手逛清大的校园,算是礼尚往来。

陆竿带他逛关大的校园那天是周六,天冷,校园里没多少人晃悠。今天虽然也是周六,但因为学校在举办运动会,不管走到哪里都能遇到人。那些人不认识她,但认识她身边的江淮宁,连带着她也颇受关注。

陆竿听到路过的女生低声惊叹:"她就是江淮宁传说中的女朋友?"

还有的说:"原来江淮宁真有女朋友啊,她们怎么都说那是他拒绝别人的借口?"

"哲学系那位彻底没戏了。"

"不光哲学系那位,其他追求者也没戏。"

陆竿挑了下眉,歪头看着神色正经的江淮宁,她不信他没听到那些女生的议论,不打算说两句?

江淮宁回看她一眼:"想问什么?"

然而,不待她问,他就主动开口交代得一清二楚:"哲学系那位就是谢柠，你见过的，应该还有印象吧，高二的时候去晀高找我的那个女生。她是向我表白过，我当面拒绝了，没给过任何机会，也没有过让对方产生误解的行为。其他女生也一样。"

陆竿在他说第二句话时就笑了。

她要说不吃醋纯属是假话，别的女生惦记她男朋友，她不可能丁点不在意。是他的坦诚给了她足够的安全感。

江淮宁问她："你笑什么？"

"我发现我越来越喜欢你了。"

毫无防备的表白，让江淮宁愣了一下，虽然他脸上的表情没变，但只有陆竿知道，他握住她手的力道在收紧。

江淮宁在感情一事上把"得寸进尺"发挥到极致："我允许你更喜欢我一点。"

陆竿脸上的笑容更灿烂了一点。

校园还没逛到一半，篮球赛开始的时间快到了，江淮宁转头对她说："走吧，去篮球馆。"

越靠近篮球馆，越是能真切感受到沸反盈天的气氛。

进到场馆内，看台上按照院系划分的区域来了不少人，江淮宁一出现，沸腾的氛围像被按下暂停键，霎时间安静了。

第七章 / 留在你身边

1

俊男美女手牵手的画面映入大家的视线,篮球馆直接变成偶像剧拍摄现场。

安静的氛围持续了半分钟之久,就在陆竽的脸因那些注视越来越热的时候,气氛重新闹腾起来。

陆竽在闹哄哄的声音中,被江淮宁牵到计算机系的区域。他安排的位子是中间第三排,不过分近,也不过分远,属于最佳观看席。

她旁边是江淮宁的室友彭垚,宿舍里唯一一个没参加篮球赛的人。

彭垚眼睛发直,之前视频通话的时候他没仔细看陆竽,照片倒是在江淮宁的手机上看过多次,没办法,江淮宁的屏保、桌面壁纸、聊天背景都是他女朋友,想不看到很难。他以为照片多少有美颜滤镜的效果,见了真人才发现更为灵动漂亮。照片毕竟是静态的,远没有动态直观。

"彭垚,我室友。一会儿我上场了,有什么问题找他就行。"江淮宁给她介绍完,脱了外套丢到她怀里,预备去换衣服。

陆竽微笑着跟彭垚打招呼:"你好,我们在视频里见过,我是陆竽。"

彭垚笑成个傻子,不会说话了,只知道点头。

江淮宁临走时不忘叮嘱他:"帮忙照看一下。"

"滚吧滚吧。"对上江淮宁,彭垚就没那么拘谨了,嫌弃地挥了挥手,"好好打,干翻自动化那群菜鸡。"

江淮宁走到第一排,听到他的话,叉腰回头:"友谊赛。友谊第一,比赛第二。自动化系的同学知道你在背后这么称呼他们吗?"

彭垚无所谓:"哦,友谊赛是吧,你女朋友在底下看着呢,你不拿个第一好意思?"

江淮宁无言以对，打了个手势走了。

"陆竿妹妹，喝不喝水？"彭垚遵从江淮宁的嘱托照看陆竿，找班里的后勤人员要了瓶矿泉水给她。

"谢谢。"他的表情透着股傻气，陆竿没忍住笑了起来。

彭垚挠头，趁着比赛没开始，跟她瞎聊："你可算是露面了。江淮宁在我们学校有多火你知道吧，不止我们学校，北城的高校就没有没听过他名号的，追他的女生能绕操场好几圈……啊，我说这个不是制造矛盾，就随便聊聊，随便聊聊。"

陆竿捧着矿泉水没喝，一直在笑："我知道，你接着说。"

彭垚见她不仅不生气，还特别认真地在听，彻底放开了，嘴巴说个不停："你放心，我们校草绝对称得上守身如玉第一人，甭管哪儿来的女生，一律拒绝，他身边连只母蚊子都没有。他拒绝那些女生的时候也没留余地，说得很清楚，就说自己有女朋友了。没用啊，他的女朋友只存在传言里，没人见过，久而久之那些女生就不信了，追他的势头更猛了。"

陆竿没打断他。

"这下好了，你出现了，传言被证实，估计没人再缠着他了。"彭垚说得口干舌燥，咽了口唾沫，"你早该来的。"

陆竿适时递上手里没开封的矿泉水："喝点水吧。"

"谢谢。"彭垚接过水，拧开瓶盖"咕咚"灌了几口，干渴的嗓子得到缓解。

陆竿看着场上的江淮宁，穿一身蓝色球衣，领口一圈白边，胸前印着数字"6"。身后是他的队友，有胡胜东和卢宇，还有另外两个同班同学，个子都很高，站在一起十分养眼。

陆竿的目光只在江淮宁一个人身上。

老实说，她其实看不太懂篮球规则，之所以如此期待这场篮球赛，无非是想看江淮宁。篮球场上的他眸光清澈，短发利落，举手投足间少年气十足，仍旧是高中时期那个江淮宁，一点没变。

时间并没有磨平少年的棱角，他永远张扬无畏，坦荡赤诚。

陆竿不知不觉，眼眶竟有些湿润。

江淮宁与她对视一眼，撑开护腕戴上，走到一旁跟队友交流。

比赛时间到了，裁判就位，尖锐的哨声响起，篮球高高抛到空中，江淮宁率先抢到球，一路被人拦截，追逐的脚步声紊乱而有力。

彭垚激动地攥起拳头，笑骂："还说友谊第一，他打得比谁都猛！"

现场气氛随着两队比分拉大，变得越来越火热。

中场休息时间，彭垚很上道，给陆竽拿了瓶新的矿泉水，冲场上示意："给你男朋友送水去。"

陆竽有些迟疑："需要送水吗？"这种比赛一般有专门负责送水的人员。

"你不去别的女生就要去了。"

陆竽手握一瓶矿泉水，犹犹豫豫地看着篮球场上的江淮宁，这么多人围观，她不好意思过去。

球场上，江淮宁一手撑腰张口喘气，汗水顺着两边的鬓角滑落，淌过下颌，一滴滴砸在地板上。他偏头看向她，一副等着她的样子。

坐在陆竽后边的团支书从后勤人员那里抽了条干净的白毛巾，塞到陆竽手里，眼神鼓励她："去吧。你再不行动，我们后勤小姐姐要去了哦。"

陆竽攥紧毛巾，一鼓作气冲下去。

整个场馆的学生都看着那道红色的纤细身影，快速朝那道蓝色的身影靠近，最终，一红一蓝重合。

陆竽气喘吁吁站在江淮宁面前，红着脸递上矿泉水。

江淮宁仰起脖子吞水的间隙仍然凝视着她，陆竽握着毛巾踮脚给他擦脸上、脖颈处淌下的汗，看台上此起彼伏的起哄声围绕着他们，比江淮宁进球时还要夸张热烈。

陆竽简直想遁地逃离。

江淮宁一口气喝掉半瓶水，拧上瓶盖塞到她手里，见她一动不动目光垂敛，手掌在她脑门上轻拍了下："傻了？"

明明是拍了下，在其他人眼里，只觉得校草在上演"摸头杀"，一个个疯了似的又笑又叫。

后半场江淮宁亦如刚上场那般打得很猛，没给对手喘息的机会，看台上的观众嗓子都快喊哑了，不禁慨叹这就是女朋友的威力吗？见识到了。

比赛快结束，计算机系的辅导员来了，突击点名，以防有人溜出去玩。

花名册给到团支书，江淮宁的学号排在第一个："江淮宁……"团支书下意识念出来，指了下球场，对辅导员说，"他在比赛。"

有人瞟向陆竽，叫她的名字："校草女朋友，帮你男朋友点个到。"

陆竽只想当隐形人，可他们不让，有事无事总爱打趣她。

辅导员戴着细边眼镜，听到人群里"扑哧"几声笑，先是不解，手指推了推眼镜，顺着大家的目光看向陆竽，陌生的面孔，坐在他们班级的位置。再听他们你一言我一语地讨论，辅导员弄清楚了，笑一笑："江淮宁的女朋友？"

陆竽愣了下，也不知道哪儿来的勇气，点了头。

"老关，你的得意弟子被人撬走了。"班里的男生张嘴嚷嚷。

164

由此可见，他们师生关系和谐，课堂之外的地方更像朋友。

团支书用花名册挡住脸偷笑，接着往下点名，辅导员指着叫嚷的那个男生："学学人家江淮宁，学业顶尖，人生大事也没落下。"

其他院系的学生都听见了从计算机系区域传来的笑声。

点完名，有几个同学缺席，团支书报给辅导员，辅导员在心里记下了，没在现场逗留太久，目睹江淮宁进了个球，夸一句"不错"，然后走了。

这场篮球赛毫无悬念，计算机系的比分远超自动化系，赢得了冠军。

娱乐性质的比赛，冠军也没奖牌拿，美院同学赞助了纪念版雕塑，计算机系的队员一人摸了一把，交到江淮宁手里。

"我们拿这玩意儿也没用，送给你女朋友玩呗。"倒是会借花献佛。

江淮宁没客气，将雕塑收入囊中，跟着他们去更衣室，换回自己的衣服，去看台找陆笋。

其他人陆续撤离，场馆里只剩稀稀拉拉几个人。彭垚还在滔滔不绝讲述江淮宁入学以来的各种事迹，他的嘴巴就没停过，一瓶矿泉水全喝光了。

江淮宁蹙眉，拉开他，看向陆笋："他跟你讲什么了，笑成这样。"

陆笋展开怀里的外套让江淮宁穿上，借用彭垚的话："就随便聊聊，随便聊聊。"

彭垚原本担心说太多江淮宁的事会被江淮宁骂，陆笋居然肯帮他遮掩，他就放心了，嘿嘿一笑，跳下看台去找另外几个室友。

走出去几步，彭垚停下来，回头问江淮宁："赢了比赛，晚上聚餐庆祝吗？"

胡胜东几个走过来，没等江淮宁答，率先拍板："还用问，肯定聚啊。"

江淮宁不理他们，只问陆笋："想去吗？"

陆笋说没问题，江淮宁就答应了。她口腔溃疡没好，他准备叫胡胜东挑个干净清淡的馆子，别想着吃大排档了。

话还没说出口就被陆笋拦住了，她拉了拉他的袖子，用眼神示意他别说，一大群人迁就她一个人，怎么好意思。

几个男生商量一番，决定去吃他们常光顾的那家烧烤店，味道好，价格实惠，适合人多聚餐。考虑到陆笋，胡胜东多问了句："能吃吗？不能吃咱们换个地方。"

陆笋笑着答："能吃。"

手机响了，她走到一旁去接。三分钟前她发了条朋友圈，定位是北城，黄书涵知道她看见了，非要跟她约饭。

陆笋拿着手机走回来："我有个朋友要过来，可以吗？"

"是妹子吗？欢迎欢迎。"几个男生很捧场。

陆竿找胡胜东要了烧烤店的地址，发给黄书涵，叫她直接打车过去。

一行六七个人，在橘色夕阳的笼罩下走进路边一家烧烤店。前庭后院的格局，餐桌摆得毫无章法，院子一侧置了个烧烤架，烟熏火燎，肉串的油滋滋往下滴。系围裙的老板熟练给烤串撒调料、翻面，抽空招呼顾客入座。

天没黑，空余的餐桌还有不少，他们随便选了一个，打算等人来齐了再点，免得烤串凉了不好吃。

胡胜东去上了个厕所，回来后坐下，脸色不太对劲，看着江淮宁欲言又止。江淮宁睨了他一眼："什么事？"

胡胜东手掌搓了搓膝盖，瞟了眼陆竿，讪笑。

江淮宁不耐烦了，催促道："快说。"

"那个，谢柠问我们在哪儿聚餐，她要过来。"胡胜东声音低不可闻，说出来心里没底。

在座的人脸色俱变，暗暗责怪胡胜东不会做人，谢柠公开表白过江淮宁，在众多追求者中势头最猛，毫不掩饰对江淮宁的心思。人家女朋友头一回过来，她这时候来不是添乱吗？

彭垚恨铁不成钢地拍胡胜东的脑袋："你告诉她我们在哪儿了？"

胡胜东支支吾吾："我……随口说了句老地方。"

几个男生的目光一致瞟向陆竿，胡胜东平时挺机灵一个人，遇到与谢柠有关的事，总是理智出走，犯糊涂。一句"老地方"，别人听了会误会谢柠经常跟他们一块吃饭。

认真算起来就三次而已，谢柠每次都是跟着胡胜东过来的，目标是江淮宁，但江淮宁没怎么搭理她。不管她找多少话题和江淮宁聊，江淮宁统统没听见一样，自顾自吃饭，吃完付了钱就走——完全严防死守，不留一丝余地。

胡胜东也怕陆竿生气，更怕江淮宁甩手走人，忙不迭说好话："她就过来吃顿饭，你放心，她不是那种不识趣的人。要是真发疯，我一定拦住。"

"说谁发疯呢？"胡胜东身后突然冒出一道脆生生的声音。

说坏话被正主逮了个正着，胡胜东尴尬得嘴角抽了抽，缓了几秒才敢回头，意欲当方才的话不存在："你怎么来这么快？"

谢柠手指勾着车钥匙，钥匙上挂了个篮球吊坠，撞击起来"叮当"响。她纤指一抬，指着不远处一辆奔驰，回答他，开车来的，能不快吗？

胡胜东添了把椅子，大脑神经不由得紧绷，唯恐她说出不合时宜的话。

谢柠没坐，眼珠子转一圈，锁定陆竿。

篮球馆里那一幕她看得真真切切，耳边充斥着同学们的议论，说什么的都有，她听到有人说校草的女朋友真漂亮，难怪藏得紧。

她近距离打量陆竿，眼睛半天没眨一下，似乎是想看看陆竿哪里值得江淮宁痴心一片，放弃整片花园。

陆竿没露怯，迎上她的目光。

除了江淮宁以外的几个男生默默咽口水，生怕下一秒战火纷飞，面前的桌子被掀起来。

谢柠的目光虽然直接，却并不会令人感到讨厌和不适，她是带着好奇和探究，当中没有一丝一毫轻蔑的意味。

打量完了，谢柠得出结论："没看出哪里不一样，不都是两只眼睛一个鼻子一张嘴。"

"不一样。"陆竿接她的话茬，"眼睛比你大一点，鼻子比你挺一点，嘴巴……嘴巴好像差不多大。"

谢柠瞪眼，张了张嘴，罕见地被堵到词穷。

她没料到江淮宁的女朋友是这种路数，当即气笑了："脸皮真厚。"不是骂人，只是一句中肯的评价。

陆竿点头承认，奉还给她："这个比不过你。"

在场的男生咋舌，女生之间的战争太可怕了，没有硝烟，全是暗刀子在空中乱飞。

彭垚拼命给江淮宁使眼色，意思是你不管管？再不管该打起来了！

江淮宁无视彭垚的暗示。谢柠这人，他多少了解一点，雷声大雨点小，虚张声势。陆竿对上她未必会输。

他淡定地拎起桌上的茶壶，给陆竿倒了一杯菊花茶，让她多喝点败败火。

黄书涵的到来，暂时打破了微微僵硬的气氛。

双方经过一番介绍，互相都认识了。

胡胜东舒一口气，赶紧叫服务生拿菜单来，打算用吃东西来转移大家的注意力："来，想吃什么随便点，千万别客气。"

其他人也配合着活跃气氛："听你这口气，你要请客啊东子。"

胡胜东噎了噎："我请客就我请客。"

"我请。"江淮宁沉默已久，终于发话，"不用给我省钱。"

大家欢呼一声，拿着笔在菜单上打对钩，荤菜素菜点了一大堆，还点了一整条烤鱼。

菜单递到江淮宁手里，他熟知陆竿的口味，点了她喜欢吃的，特别备注少放调料，辣椒是一定不能放的。

轮到谢柠，什么也没点，特豪迈地冲服务生吆喝："一打啤酒，两斤二锅头！"完了扭头对陆筝说，"喝一个？"

江淮宁拧眉，警告地叫了她一声："谢柠。"

没说别的话，但他叫她名字的意思是劝她适可而止，别闹得场面不好看。

黄书涵坐在谢柠和陆筝中间，不明情况，脑袋偏向陆筝，轻声问："这个谢柠是怎么回事啊？"

陆筝抿唇摇头，叫她别问了。陆筝看着谢柠，理由正当充分地婉拒她的邀请："吃药了，喝不了酒。"

谢柠歪头："不给面子？"

为了证明没有敷衍她，陆筝手指扯开下嘴唇，靠唇角的部位长了两个泡，四周泛红："没骗你，吃了消炎药。"

谢柠只好作罢。

胡胜东眉头添了几道褶皱："点这么多酒你一个人喝得完吗？我们可不喝白的，还二锅头呢，不怕喝醉？"

谢柠："怕什么，明天周日。"

"你开车来的。"

"找代驾不就行了，再说这里这么多人呢，能让我睡在大街上啊。"

胡胜东拦不住她，由着她去了。

服务生端来烤好的串，装在几个大铁盘里，烧烤料的香味经过炭火烘烤散发出来，引得人垂涎。几个男生下午打球耗费不少体力，开动起来连话都顾不上说。

"这一盘是少放调料不要辣椒的。"服务生把一个小号的铁盘放到江淮宁面前。

刚端上来铁钎烫手，江淮宁扯了截卫生纸，裹住铁钎把手的位置，递到陆筝手里："少吃点，难受就别吃了。"

谢柠没掩饰悲伤的眼神，端起小酒杯，里面倒满了二锅头，五十三度的，辣到呛喉，她一口闷了。

几个男生喝的啤酒，东拉西扯地闲聊，见她喝这么猛，不免被吓到，给离她最近的胡胜东递了个眼神。

胡胜东抢了两次，没能成功抢走谢柠手里的杯子。

她挡开他的手，把杯子牢牢护在怀里，跟宝贝似的，不耐烦地皱起眉毛："别管我，我喝点酒怎么了，多大点事，再拦我跟你翻脸了啊。"

胡胜东无奈到头痛。他的错，不该跟她透露聚餐的地方，明知她来了只会伤心。

陆竽眼睁睁看着一瓶二锅头下去一半，实在有些担心，出言劝她："谢柠，别喝了，吃点东西吧。"

陆竽嘴里嚼着肉串，嘴巴痛，说话含糊，没有胜利者骄傲的姿态，言语间是对普通朋友的平淡关心。

自此，谢柠才有那么一点理解江淮宁的选择。陆竽该内敛的时候内敛，该露出锋芒的时候也不会藏着，待人处事有自己一套原则，温和不世故，尖锐不骄躁。

谢柠笑了，眼睛和脸是红的，心口是痛的。她摆了摆手，对陆竽说话，语气没有对胡胜东那么暴躁，笑嘻嘻的："我酒量好着呢，这点酒就想灌醉我，没可能。"

陆竽于是不再劝了。

谢柠手托着下巴，隔着中间的黄书涵去看陆竽，满腹好奇："我问你啊，你是从什么时候开始喜欢江淮宁的？"

陆竽没隐瞒，但也没说得太详细，囫囵回了句："两年前。"

谢柠表情诧异，又问："你喜欢他，怎么后来又交了男朋友？"

"没交男朋友，是他误会了。"

谢柠顿了很久才挪开视线，去看江淮宁。这是她今晚第一次正眼看他，她无情地笑了下，没想到他处处春风得意，在感情路上这么不顺。这大概就是运气守恒，不可能世间的好事都让他一个人占了。

谢柠的思绪绕了一圈，有一点无法想通："他误会了，那你呢？"

"三言两语难以描述。"陆竽说。

谢柠非要问个清楚："那就'五言六语'。"

"不想讲。"陆竽拒绝得干脆利落，夹了一块烤鱼，裹满了香料的鱼肉吃进嘴里，溃疡的地方痛得不行，她用舌尖顶了下，更痛，眉头不由得皱了起来。

江淮宁丢下一根铁钎，默不作声地起身走了，没过多久回来，手里拎着个透明打包盒，是一碗清淡的蔬菜粥，放到陆竽面前。

他把烤鱼的盘子推到另一边，不让她再碰了："那个太辣了，吃这个。"

谢柠看了眼眶更红，江淮宁从没这么对过她，从来没有。哪怕在陆竽没出现前，他对她也不曾有过这样的关照。

"服务员！"谢柠托着下巴的手指胡乱地抹了把眼角，"帮我换个大点的杯子，你们这儿的杯子太小了，喝不过瘾。"

胡胜东看不过去："谢柠，你何必。"

谢柠不理他。

服务生找了个大玻璃杯送过来,谢柠拿开瓶器撬开一瓶啤酒,倒进杯子里,喝了一大口,咂了咂嘴,还是喝啤酒爽快。

啤酒白酒一通乱喝,酒劲很快上头,她的脸红得跟屋檐下挂的灯笼似的。

"卢宇?好巧啊。"烧烤店里来了一伙人,为首的男生见到熟人抬手打了个招呼。

陆笋和卢宇同时回头。陆笋不认识他们,很快收回了目光。卢宇却很熟悉,是隔壁宿舍的几个男生,在学校里吃完饭,过来吃点夜宵。

卢宇跟他老乡挥了下手,那几人没多聊,去找空位。

陆笋吃着没什么味儿的蔬菜粥,兀自嘀咕:"我以为是在叫我,差点应了。"那男生说话有口音,很像在叫她的名字。

卢宇听到她的话,微微一愣,回想了片刻后,露出豁然开朗的表情:"我好像理解了!"

"理解什么?"彭垚"撸"了一串烤羊肉,手里捏了瓣蒜,咬一口,满嘴蒜味。

卢宇指着江淮宁:"我以前老觉得江淮宁看我的眼神不寻常,怎么形容呢,就是那种很复杂的情绪,我以为他对我有什么不一样的情感。刚刚岳阳叫我,我突然反应过来,我的名字和他女朋友的名字谐音。"

"哈哈哈,原来你上学期老是躲着江淮宁是因为这个,笑死我了。"

"照照镜子啊朋友,江淮宁就算喜欢男的,那也不是你这样的。"

"去去去。"卢宇恼了,挥舞着手里的铁钎打岔,"赶紧吃,羊肉凉了味道好膻。"

笑闹声中,陆笋一脸惊奇地瞅着江淮宁:"有这回事?"

江淮宁想不通,他的室友到底是什么奇葩,一个两个的脑回路比别人多了十几道沟壑。

卢宇最后评价他:"江淮宁真是一大情种,没见过这样的,听见个相似的名字也能有条件反射,以后谁都不服就服你。"

几人说话的工夫,谢柠又干掉一瓶啤酒,眼神乱飘,两只手抱着一个空啤酒瓶子,脸颊贴在瓶身降温。

"她这样没事吧?"黄书涵问。

"没事,我一会儿送她回去。"胡胜东早知会如此,脸上已经没有表情了。

只希望谢柠酒醒后会忘记与江淮宁有关的一切,重新开始,找回以前那个天不怕地不怕、咋咋呼呼的谢柠。

2

代驾到了，胡胜东弯腰把谢柠塞进车后座，呼了口气坐进去，降下车窗对路边的几人说："我先送她回去，晚点回宿舍。"

车子扬长而去，晚上跌宕起伏的一出戏终于落下帷幕。

卢宇和彭垚勾肩搭背走了，完全不管身后的江淮宁。

江淮宁站在台阶下，问黄书涵怎么回去。黄书涵还想拉着陆笋彻夜聊天，交换彼此的近况，见此情景，她就没再提了，挥手跟他们道别："我打个车回去，不打扰你们了。"

她挤了下眼睛，没把那句"春宵一刻值千金"说出来。但陆笋从她的眼神里读懂了她的意思，伸手掐了下她的脸："到学校给我打个电话。"

送走黄书涵，这下就只剩两个人了，陆笋疲惫地靠在江淮宁胳膊上，早起赶车有点累："我们去哪儿？"

她没订酒店，江淮宁说过会负责她的住宿。

刚好一辆亮着空车牌的出租车路过，江淮宁招手让其停下，带她坐进车里，给司机报了个地址。

陆笋歪了下头，眼神迷惑，她听到的不是某某酒店的名字，更像是一个小区的名字。

她没问，江淮宁也没说。出租车行驶到目的地，她从车窗看出去，如她所料，是某小区的大门。

"这是哪儿？"她声音上扬。

江淮宁付了车钱，边推车门边说："我家有套房子在这里，目前没人住，我周末偶尔会过来住一晚。"

陆笋下车环顾四周，从外观来看是个高档小区，地理位置也好。

江淮宁牵着她的手进电梯，按了九楼。

"这是我爸来北城赚了钱买的第一套房子，靳阳市那套房跟这一套是差不多时间买的。没买房前，他和我妈租房子住，五十来平方米的一居室，住了很多年。公司倒了以后，他带着我妈回老家，这套房子就闲置了。租出去能收不少租金，但他们不舍得让人住进来，一直这么空着。"

江淮宁很少讲以前的事，陆笋也没多打听。

"当初我爸是被合伙人坑了，公司留给他只剩个空壳子，好在没多少外债，他做生意这些年没花过大钱，偿还完债务，存款剩了不少，不然也没有后来的浮生居。"江淮宁轻飘飘地带过那段艰难的时光，低头对陆笋笑，"当然，也离不开你爸爸的支持和帮扶。现在好了，他们在老家打理着小生意，那地方山清水秀，适合养老，有三五好友做伴，应该不会再回这地方了。"

171

电梯到了九楼，陆筝问他："你以后是要留在北城吗？"

江淮宁停在家门前，手指按密码，门"嘀"一声打开，他扭头看着她，没回答："你呢，想留在哪里？"

陆筝没犹豫，答："留在你身边。"

江淮宁推开门，屋内没开灯，窗帘是上次离开时拉上的，四周黑黢黢，什么也看不见。门板在身侧重重关上，陆筝的肩被顶在墙壁上，炽热的吻落了下来。

他的手扶着她的脖颈，由浅到深，试探着进攻，一点一点掠夺她全部的呼吸。

陆筝轻喘了一声，江淮宁抓住她的手按在墙面，身体贴她更紧，唇舌纠缠，在寂静的空间里发出暧昧声响。

袋子落地的窸窣声打断了他们，江淮宁闭上眼，缓缓吐了口气，抬手拍下墙上的灯光开关。水晶吊灯亮起，洒下银白色的光，整个客厅亮堂堂，低调的中式装修风格，因很少住人而显得空荡冰冷，缺少人气。

陆筝垂眸看了眼，路上买的面包掉在地上，她弯腰捡起来，对上江淮宁的目光，偏头笑了下。奇怪，他们亲了那么多次，她怎么还会害羞。

江淮宁拇指碰了碰她的脸颊，轻笑一声，去厨房烧水，她还要喝药。

"晚上吃饱了吗？"他的声音从厨房传出来，"没吃饱的话，我再给你煮点吃的，我记得上次过来买了面条。"

晚上的烧烤她没吃多少，嘴巴痛，吃得很慢，后来给她买的蔬菜粥，没喝几口遇上谢柠发疯，剩下的就没机会吃了。

"我买了面包，饿了吃这个就行。"陆筝从袋子里取出一个夹了香肠和滑蛋的三明治，本想留着明天当早餐，没忍住现在就开吃了。

她咬一口三明治，趿拉一双宽大的男士拖鞋去厨房。

江淮宁往水壶里倒了两瓶矿泉水，等水烧开的工夫，倚着厨台发呆。听到脚步声，他回过头，陆筝已走到他跟前，举起手里的三明治："你吃吗？"

江淮宁低头就她的手咬了一口，挑了下眉，意思是说味道还不错。

陆筝也咬了一口，慢慢地咀嚼："好吃吧？我挑的这个，一看就好吃。"

"嗯。"

吃着吃着，江淮宁又把人搂过来，在她嘴唇上亲了一口，手搭在她腰间，特别散漫地歪着头笑。

一壶水烧开，跳闸的声音响起，江淮宁松开怀里的人，侧过身去拿杯子清洗，倒满一杯水。

陆笋喝了药去洗澡,身上满是烧烤味,头发也洗了,顶着一头滴水的长发出来,找江淮宁要吹风机。

他从床头柜的抽屉里找出来:"用我帮你吹吗?"

"我自己来就好了。"陆笋跑去卫生间吹头发。

江淮宁用另外一间卫生间冲了澡,靠在床上查看手机里的未读消息。陆笋手指拨拉着刚吹干的头发,踢踢踏踏地在房间里到处走,环顾他以前生活过的痕迹。

这间是江淮宁以前的卧室,大部分东西搬走了,留下来的都是不重要的。

陆笋在书架上看到他踢足球的照片,拿起相框问他:"你还会踢足球?"

江淮宁视线转移过去:"那都是多少年前的照片了,瞎踢的。"大概是小学六年级吧,学校里组织的活动,他妈妈作为学生家长去当观众,拍了很多照片。

"你小时候就这么好看了?"某人还真是从小帅到大。

陆笋找自己的手机,想起来洗澡时落在卫生间了,她跑去拿过来,对着相册拍了一张。

江淮宁后脑勺抵着床头,一条胳膊横在头顶,笑着看她:"干什么,手机里我的照片还不够多?"

下午打球,他次次侧头看她,都看到她举着手机对着他,不知道拍了多少张。

"不够。"陆笋故意跟他作对,掉转方向对着他"咔嚓咔嚓"连拍了十几张。

江淮宁服了她,手掌挡住脸,脑袋往被子里藏。陆笋大笑,甩掉拖鞋爬到床上:"江淮宁,你害羞了?"

"谁害羞了。"江淮宁见她没再拍了,脑袋从被子里钻出来,搂着她的脖子把人扣进怀里,"我看看你下午拍的照片。"

陆笋脑袋枕在他颈窝,没有躲藏,开放她的相册给他看,前面上百张全是他一个人的照片,球场上各种神态姿势的他。

江淮宁手指往左滑,翻到其中一张,他跟抢球的对手撞到一起,失去表情管理,不太好看,他动手删掉了。

"干吗删我照片?"陆笋想阻止,没他手快。

江淮宁在女朋友面前有"包袱":"这种还留着,不能忍。"

陆笋夺回手机,放床头柜上充电,不给他看了。

没手机看,江淮宁又睡不着,只能做别的事情打发时间,他捏住陆笋的下颌，低头吻她的唇，没一会儿，她就不争气地讨饶，求他放过。江淮宁呼吸紧促，嗓音喑哑地评价一句："出息。"

陆竿眯着眼缝，不甘示弱地反击："嗯，你有出息。"有本事呼吸别乱啊，身体别绷那么紧啊。

江淮宁听出她的潜台词，别开脸笑："你还真是一点不认输。"

突然想到她之前说的话，他问："你是认真的吗？你说留在我身边。"

陆竿手指玩着他 T 恤领口，宽大的领子斜向一边，锁骨露了一半，这种半隐半现最诱惑人："当然是认真的。大学选的是我心仪的学校，以后找工作，在哪个城市无所谓。北城这么繁华，工作机会更多，留在这里挺好的。"

说完，她微抬下颌看他："你还没回答我，你以后是要留在北城吗？"

江淮宁在她发顶亲了下："嗯。"

"我们一起留在北城吧。"

"好。"

他喜欢听她说"我们"。

3

期末考完试，陆竿回了靳阳，听说老家两个月没下过雨，暑热肆意蔓延，每天将近四十摄氏度的高温，除了待在空调房里，哪儿也去不了。

江淮宁人在清大，假期延后，到现在还没放暑假。

陆竿闲得无聊，在房间吃着雪糕，搜索靳阳到北城的票。

"一天吃好几根雪糕，肚子受得了吗？下次来例假，别在我面前念叨肚子痛，自己不长记性。"

夏竹推门进来。她目前辞了服装厂的工作，在浮生居帮忙，今天得闲，在家熬了一锅绿豆汤解暑，给陆竿端来一碗，见女儿嘴里叼着雪糕，忍不住教育两句。

陆竿把雪糕棍扔进垃圾桶，接过绿豆汤："谢谢妈妈。"

"这是要去哪儿？"夏竹准备出去，无意间瞥见她手机屏幕上的购票界面。

陆竿喝了口汤，里面放了冰糖，甜丝丝的："去旅游啊。"

"去哪儿旅游？"

"北城。"

夏竹一只手扶着腰，乐了，拿手指戳她脑门："你看你妈像个傻子吗？还旅游，糊弄谁呢，想去找淮宁就直说。"

"我每天待在家里玩太荒废了,去北城看看有没有合适的兼职,赚点零花钱。"陆竿脸快埋进碗里,没去看妈妈的表情。

"家里缺你零花钱了?"

"不是啊。"陆竿立刻解释,"我总有一天要独立的,不能一辈子花爸妈的钱,早点积累经验没什么不好。我们宿舍的姑娘就有做兼职的。"

她打小就是个有主意的,长大成人后更不用说,对自己的未来和人生有规划是好事,夏竹不阻止。

到底是女孩,夏竹担心她在外受人欺负,不得不问得仔细一些:"去北城住哪儿?房租那么贵,赚的钱还不够租房子的。"

陆竿听出妈妈松口了,悄悄抬起眼,小声说:"孙阿姨在北城有房子,我上次去北城玩就住在那里。"

夏竹不知道说她什么好,无奈极了:"你啊,真不见外。"

陆竿见妈妈没生气,厚着脸皮说:"江淮宁让我住的,不是我主动要求的。"

夏竹摇摇头,端着空碗出去了,丢下一句"随你,爱怎么着就怎么着"。

陆竿订好车票,截了张图发给江淮宁。

江淮宁可能在忙,二十分钟后回的:什么都不用带,人来就行了。

陆竿收拾了满满一行李箱的东西,其中有孙阿姨送来的吃食,叫她带过去跟江淮宁一起吃。

孙婧芳的原话是:"别听你妈的,她那人就是爱讲客气,你可千万别见外,那房子我和你叔叔也不打算再住了,以后就留给你俩住。装修有些陈旧,你们年轻人要是不喜欢,拆了重装或是卖了再买一套新的,随便你们折腾。"

陆竿听得脸都红了,孙阿姨话里话外的意思,俨然把她和江淮宁当成了新婚夫妻。

夏竹看着自家女儿,好气又好笑,之前的厚脸皮去哪儿了?

陆竿带着双方家长沉甸甸的爱坐上了通往北城的高铁列车。四个多小时的车程,到达北城是下午两点多,这边也是高温天气,一下车就被滚滚热浪从头到脚裹住。

江淮宁借了胡胜东的车来车站接她。

见了面,二话没说先抱一下,江淮宁问她累不累,先吃饭还是先回家。

陆竿穿了条薄荷绿的吊带长裙,外面搭了一件白色薄透的坎肩,还是热得不行,额头鼻翼沁满了汗珠:"不想在外面吃饭,先回家吧。"

回到家后,两人一直待到太阳落山才出门,热浪的温度仍然没降下来,热得走几步路出一身汗。

从超市出来,路过饮品店,陆笋去买了两支冰激凌,递给江淮宁一支。江淮宁咬下第一口,视线落在她脸上:"你是不是快来例假了?"

陆笋张口把冰激凌的尖尖抿进嘴里:"没有,你记错了。"

江淮宁不语,拿眼神审问她。

"我骗你干什么。"陆笋说着朝前跑去,将他远远甩在身后。

天太热,出门懒得化妆,陆笋素面朝天,头发随意绾起,是一颗微微凌乱的丸子头。江淮宁一手提着两个超市购物袋,跟在后面看她蹦蹦跳跳的样子,笑得眉眼温柔四溢。

跑了没几步,陆笋的鞋带散了,她手里拿着冰激凌,腾不出手来系,回头无奈地望向江淮宁,求助他:"帮我拿一下。"

她把冰激凌递给他,叮嘱一句:"别偷吃我的。"

江淮宁视线垂下,她两只鞋的鞋带同时散了,不知是怎么系的。他把买的东西放地上,手里的冰激凌给陆笋。

陆笋下意识地替他拿住,却见他在她面前屈膝蹲下,她惊了一下,脚往后缩,被他的手指攥住鞋带,无法挪动。

他打了个结实的蝴蝶结。

陆笋手里拿着的冰激凌快要融化,淌下白色的奶油,她赶紧舔了一口。江淮宁站起身时刚好看见这一幕,笑起来。

"我没偷吃,快化了。"陆笋说。

一滴融化的冰激凌滴到手指上,佐证了她的话,她连忙将冰激凌塞给他:"你看吧。这种冰激凌化得最快了。"

江淮宁从口袋掏出纸巾给她擦手指:"我又没怀疑你偷吃。"

他几口解决完剩下的冰激凌,拎起地上的购物袋,牵着她回家。

江淮宁走得慢,迁就陆笋的步伐。她每抬一下脚,视线不由得落在鞋面上,他系的蝴蝶结很有个人特色,她不会系这种。她仰头看着他的侧脸,恍惚地以为,他们在一起很多年了。

陆笋之前的想法太简单,兼职不是那么好找的。她要求高,不想找端盘子、打杂的服务类工作,想找个与专业相关的锻炼自己,更是难上加难。大公司不可能招没文凭和经验的短期暑假工,小公司同样希望不大。

筛选了几天,在招聘网站的犄角旮旯里找了家广告工作室。小作坊级别,工资水平未知,一切信息等面谈才能知晓。

去工作室那天,陆笋起了个大早,拾掇一番,前去应聘。

江淮宁提出要送她,她站在玄关,手撑着壁柜换上单鞋:"我问过彭垚,你们这几天挺忙的,我一个人去就行了,而且不一定能选上,碰碰运气,有很大的可能白跑一趟。那个招聘界面什么有用的信息都没有。"
　　江淮宁穿白T恤、牛仔裤,青春洋溢,跟高中生没差,一张俊脸笑意弥漫,夸她:"了不得,学会从我身边的人打听消息了,你还打听到什么?"
　　"我还打听到你这个暑假没几天休息时间。"陆竽低头检查包里的物品,随口答,"课程结束,紧跟着要进一个什么教授的项目。"
　　江淮宁笑:"你什么时候跟彭垚关系那么好了?"
　　"篮球赛那次,加了联系方式。"陆竽手指在双眼前比画一下,"我是有眼线的,有些事情你想瞒也瞒不住我。"
　　江淮宁跟她一块出门,无辜地看着她:"我没有什么瞒你的。"
　　陆竽没时间跟他聊天了,频频看表,与他在小区门口分别,赶到地铁站。
　　那个叫"致意"的广告工作室,距离住的地方不算近,坐地铁四五十分钟,中间还要换乘,这是让她颇为纠结的一点。但她也没有更好的选择了。
　　北城的地铁赶上早高峰,人挤人,整节车厢几乎没有空余的地方。陆竽手拉着吊环,一路罚站,快到目的地才多出几个空位,也没有坐下来的必要了。
　　她按照地址找到地方,是在工业园区的一栋楼层不高的写字楼里。
　　陆竽在保安处登记后进入,致意工作室只占了写字楼其中一层的某间办公室,在七楼。
　　电梯前稀稀拉拉等了几个人,她跟随其他人进去,已经有人按了七楼的按键,她退到旁边去站着。
　　轿厢里弥漫着咖啡的味道,几个穿职业装的女人闲聊八卦,陆竽听了一耳朵,对于这种氛围感到新鲜和好奇。
　　七楼到了,一个穿红白条纹衬衫裙的女人走出电梯,陆竽跟着出去。
　　女人回头看她一眼,见是个陌生面孔,问了一声:"新来的?以前怎么没见过你?"
　　陆竽说:"我是来应聘的,致意工作室。"
　　女人"啊"了声,明白了:"你跟我来吧。"
　　陆竽一头雾水跟着对方走进办公室,随后就被塞了一堆文件夹,她什么也没问,听候吩咐。
　　"菲姐,这是谁啊?"一个穿格子衬衫的男人路过,抻着脖子好奇问道。
　　姚菲菲喝了口咖啡,慢条斯理地说:"小温发出去的招聘信息,我以为招不到人,没想到真来了一个。"
　　格子衬衫男笑得直打嗝:"招聘界面都是她吃饭的间隙随手弄的。"

177

陆竿还不知道自己的任务是什么，只能傻站着听他们你一言我一语寒暄，感觉自己来到了一个特别不正规的地方。

姚菲菲打住延伸出来的话题，看向陆竿："手里这堆资料，今天前筛选完，提取出重要信息，能做到吗？"

"啊？"陆竿眼神里透着浓浓的疑惑，她还没有接受面试，"现在就开始工作吗？"

"有问题？"姚菲菲反问。

陆竿摇头。她没什么问题，不过有件事需要提前告知对方，以免出现误会："我是大学生，刚读完大一，暑假出来打工的，所以只工作两个月就离开。你们这儿招短期工吗？"

姚菲菲重新打量她，语速很快："正好赶上最忙的时候，缺人手，你来得巧，只能暂时用着。等中午小温闲了，帮你做合同，签个短期的。先说好，工资不高。能干就签，不能干现在离开也行。"

陆竿思索了十来秒，抱紧怀里的资料："我坐哪儿？"

姚菲菲看她上道，眼里闪过一丝赞赏，也不说废话，指着格子衬衫男："超儿，给她辟出一个工位。"

"得嘞，你去忙吧，这里交给我。"格子衬衫男敬了个礼，转头对陆竿自我介绍，"我叫马超，就三国里那个马超，叫我超哥就行。你叫什么？"

"陆竿，陆地的陆，竿是乐器的那个竿。"陆竿补充，"竹字头，下面一个于是的于。"

马超没反应过来，食指在掌心比画。

陆竿干脆说："滥竽充数的竽。"

"哦哦哦，那个竽啊，知道了。"马超笑起来，领她到一个工位前，"你就坐这儿吧。"

在此之前，这里没人，桌面堆着一些杂物，马超快速打理干净，陆竿把一堆资料放上去。

"有个事情我很好奇。"马超问她，"我们的招聘信息三天前挂上去的，纯属是碰运气，你怎么看到的？"

陆竿说："我随便浏览到的，也是碰运气来试试。"

马超觉得她性格挺有意思，跟她多说了两句："那你知不知道我们工作室注册也就三个多月，随时可能倒闭。"

陆竿来之前猜测这家工作室成立不久，因为她没有搜索到任何相关信息，她也确实没想到竟然只有三个多月的历史。估计就算面试，被问到公司的发展背景，也没什么好说的。

她本着"来都来了"的心态,咧嘴挤出一个笑:"别在我开学前倒闭就行。"

马超呛了一下,她可真敢说。

中午吃饭,陆竿最后一个下去,独自一人,不知道附近有什么好吃的,出了园区随便进了一家店。她点了份套餐,结果踩雷了,菜普遍偏咸,她不想浪费粮食,只能就着米饭吃掉。

江淮宁打来电话时,她在隔壁的饮品店买喝的,猛吸了一口清爽的柠檬水,嘴里那股齁咸的味道冲淡了一些。

"面试结果怎么样?"江淮宁在吃午饭,说话伴随着咀嚼音。

"没面试,直接被录用了。"

"这么厉害?"

"不是我厉害,是那个工作室……"陆竿不知该怎么形容,"有点特殊,正好缺人手,我碰巧撞上了,跟古代抓壮丁有点像,这么说你能理解吧?"

江淮宁皱了皱眉,思虑更多:"会不会不靠谱?"

"应该不会,我也没什么好让人家骗的。"陆竿说,"合同拿给我了,我还没签,等会儿传给你看看。"

"行。"

陆竿拎着柠檬水回工作室,其他人比她先吃完饭,已经回来了,开始午休。马超过来问陆竿中午吃的什么,陆竿说了那家快餐店的名字。

马超嘴角一抽:"怎么去那家吃了,那家是我们投票公认的最难吃的店。跟老板提过建议,死不悔改,菜咸得要死,各种重口味的调料乱放。"

"下次不在那家吃了。"陆竿一个新来者,哪里知道谁好吃谁家不好吃。

马超加了她的联系方式,把她拉进工作室的群:"大家打卡的店会放到群里,你可以留意一下。"

陆竿笑了笑:"好,谢谢。"

"对了,合同你尽快看,签完了给你发工作证,进出方便,不用总是登记。"马超晃了晃手机,"有不懂的就问我,你现在的职位就是小助理,需要随时跟我或者菲姐那边对接。"

陆竿一一应下,随后拍下合同发给江淮宁。

术业有专攻,江淮宁对这方面也不是很了解,请法学系一位学长帮忙看过以后,确定没什么陷阱漏洞。

陆竿签了合同,成为致意工作室的一员,虽然只是临时员工。

整个工作室就二十来个职员,分为A和B两个小组,老板是姚菲菲。

179

她看起来不太像老板，因为什么活儿都做，陆竿还看到她亲自拎着桶装水换到饮水机上，大为震惊。

走完合同流程，陆竿就专注手头的任务。

姚菲菲给她的资料是匈牙利一个小众香水品牌的发展史以及名下多款香水的介绍，从这些资料中提取重要信息。

马超跟她透露，这个小众品牌只在当地刮起过一阵风，之后就不温不火地生产、销售，近期想打入中国市场，需要一个能让人记住的惊艳"亮相"。

哪怕是这种级别不高的项目，也轮不到才成立三个多月的小作坊。致意工作室能拿到一张入场券，全靠姚菲菲的人脉，负责匈牙利和中国对接的那个人，是她过去的朋友。

陆竿对马超口中"过去的朋友"这个形容难以理解。

马超挑明："其实就是前男友。"

陆竿沉默了下，能给前女友介绍业务，至少说明当初的分手没有闹得太难堪。

"这事儿你心里清楚就行，别往外说。"马超声音低了几个分贝，"咱们'致意'只是拿到一个机会，这个香水品牌还对接了其他的广告公司，能不能成功入选还是两说。这是'致意'的第五单生意，也是最大的一单，菲姐很重视。"

陆竿点头，明白了这个项目的重要性。

马超额外补充了一句："这一单不仅代表着工作室能不能更上一层楼，还关系菲姐在前男友那里的脸面，她最近着急得嘴上起燎泡了。"

陆竿没接话。

姚菲菲在办公室叫人，马超"哎"一声，跑过去了。

陆竿打开电脑，把资料上勾画出来的重要信息列出来，下班前发到姚菲菲的邮箱里，跟其他人一块离开。

走出工业园区的大门，几个打扮时尚的姐姐惊呼："哪儿来的帅弟弟，咱们园区的吗？"

"好久没看到这么朝气蓬勃的面孔了，年轻真好。"

"去要微信啊。"

"人家万一不搞姐弟恋。"

"你也说了是万一，万一人家就喜欢姐姐呢？"

"啧，看到没有，人家手里拿着奶茶，来找女朋友的。"

"就不能是自己喝的吗？"

走近了，她们注意到那男生拎着印有清大logo的帆布袋，暗暗惊叹。

随即，那个男生提步从园区大门一侧的树下走到门前。

那里飞奔出来一个女生，同样拥有青春姣好的面容，扑进男生怀里。

"说什么来着，有女朋友了。"几个年长的姐姐说说笑笑地离开。

陆竽跑得额前出了一层汗，满脸的笑：“你怎么来了，也不提前跟我说一声，万一我没准时下班，你不就要等好久。”

"哪有上班第一天就加班的。"江淮宁笑着递给她一杯她爱喝的红豆奶茶。

陆竽捧在手里，眉心一动："热的？"

"你少喝点冰的吧。"江淮宁从袋子里抽出吸管，撕掉包装纸戳进杯盖，方便她喝。

陆竽嘴巴凑上去吸了口，软糯微甜的红豆在嘴里一抿就化："好好喝。"她举起奶茶让他尝。

江淮宁只喝了一口就不再碰。

陆竽看他拎着个帆布袋："这是什么？"

"放学后顺路去图书馆借的书。"他换了只手拎书，牵起她的手，"晚上想吃什么？"

"不知道，你来决定。"

江淮宁问起她工作上的事，陆竽有说不完的话："整个工作室加上我不到三十个人，整体氛围不错，最近大家都比较忙，没什么时间交流，我只认识老板，还有一个跟老板关系比较好的……也算是我的上司？人挺好的。我今天的任务是筛选资料，除了吃饭基本没怎么休息过，赶在下班前完成了，看了好多好多文字，脑袋发昏。"

她歪头靠在江淮宁肩上，喝了口奶茶，闻着他身上清爽干净的味道，身上的疲累统统消失："我们去吃火锅吧！大夏天吃火锅，别有一番滋味！"

江淮宁一顿，准备好的安慰夸赞她的话语统统咽了回去。

4

江淮宁忙归忙，休息时间还是有的，他把陆竽从老家拐来北城，是想和她过轻松愉快的假期生活，到头来她比他还忙。

有时候工作做不完还要带回家，戴着眼镜，绑着头发，穿着宽松的大T恤，坐在电脑前敲敲打打。问她在干什么，她说明天上午要开会，在准备会议资料。

"你到底是干什么的？会议资料怎么也要你来准备？"江淮宁真诚地发问。

"小助理啊。"陆竽眼没抬，自我调侃，"小助理就是一块砖，哪里需要往哪里搬。"

江淮宁自觉包揽了做饭的活儿,照着网上搜来的美食教程,拿陆筝当小白鼠,一道道菜尝试过来,由一开始的普普通通,逐渐进化为大厨水准。

暑假过去一大半,致意工作室顺利拿下匈牙利香水品牌的合作,办公区上下一片欢欣鼓舞。

姚菲菲在群里发话,下班后聚餐,打扮漂亮点就行,其他的她全部安排好了。

陆筝跟另一个叫谷月的姐姐坐马超的车,副驾驶上是致意工作室的老板姚菲,其他人自行拼车,前往聚餐的地方。

陆筝握着手机给江淮宁发消息:晚上我们工作室聚餐,我不回去吃饭啦。

江淮宁不忙,回消息很快:在哪里聚餐,几点结束,我去接你。

陆筝先把地址发给他,几点结束暂时还说不准。

江淮宁叫她快结束了给他发消息。

陆筝回复一个"好"字,唇边不自觉带了笑,引起旁边谷月的注意:"跟男朋友聊天啊?"

陆筝笑容腼腆地看了她一眼,收起手机回答:"嗯,问我什么时候结束聚餐,要来接我。"

"真甜蜜。"谷月羡慕道。

正开车的马超有些诧异:"陆筝有男朋友了?也在北城?"

陆筝说:"他在北城读书,我们俩都是南合省的。"

"放暑假了,他没回家?"

"他是清大的学生,成绩比较好,课程结束后跟着老师做项目,放假比其他学生晚。不过现在也放假了,在北城有住处,就没回去。"

"清大的啊。"谷月惊得眼睛稍稍瞪大,"之前听她们说,咱们这栋写字楼里有人的男朋友颜值超高还是清大的,是不是说你男朋友?"

陆筝看着谷月,楼里有人谈论江淮宁吗?

是了,他有时会来接她下班,频次不低,被其他人看见讨论几句实属正常。

"应该是。"陆筝轻声说。

上车后就闭目养神的姚菲菲听到这里,睁开眼睛,侧过身往后看,眼里带着点好奇的意味:"长得很帅吗?有没有照片我看看,我还一次没见过。"

谷月连忙附和:"我也没见过,只听她们在茶水间提起过。"

陆筝被盯得脸热,从包里翻出手机,屏保就是江淮宁打篮球的照片。她先拿给老板看。姚菲菲挑了下眉:"想过很帅,但没想过这么帅。"

谷月看完也满口称赞。

姚菲菲年轻,长相娇俏,没有当老板的架子和凌厉感:"要不叫上你男朋友一起?他不是放假了嘛,一块过来玩,让姐姐们给你把把关。"

陆芓愣了下,大着胆子拒绝老板:"不要。姐姐们会吃了他。"

姚菲菲掩唇笑起来,眼睛弯成一条弧线,小孩不经逗,把随口说的话当真了。

刚到聚餐的地方,陆芓又收到一条来自江淮宁的微信消息:饭局上少喝点酒。

陆芓回了个扮可爱的小兔子表情包,意思是说知道了。

陆芓是整个工作室里年龄最小的职员,饭桌上,他们对她这个没在社会上摸爬滚打的妹妹多有照顾。

今天的聚餐以聊天放松为主,不存在低俗的劝酒行为。陆芓手边两杯喝的,一杯红酒,一杯橙汁,想喝哪个随她的意。

她浅啜了几口红酒,其余时间喝的橙汁。

聚餐到尾声,姚菲菲看大家没尽兴,时间也还早,提议去隔壁清吧坐坐,一切消费她来买单。

众人欢呼万岁。

陆芓跟着大家出了餐厅,外面华灯初上,正是这一盏盏璀璨明灯,点亮了城市的夜晚,映出繁华景象。

台阶一侧,立着一道清瘦颀长的身影,肩颈线条横平竖直,人高、腿长,因着身材比例好,视觉上比本身还显高。身旁一盏路灯,洒下朦胧光晕,落在他的发梢、肩头。他抬起头来,对陆芓笑了下,眼里融进了细碎的光,比头顶的路灯柔和百倍。

陆芓身后响起一片不小的惊呼声,姚菲菲和谷月即使提前看过照片,也不能免俗地被真人惊艳到。

陆芓回过身,挥手跟姚菲菲告别:"菲姐,我就不去酒吧了,刚喝了点酒,脑袋已经开始晕了。"

姚菲菲轻笑,点了下头。

陆芓又跟其他人挥了挥手:"哥哥姐姐们玩得开心,我先走了。"

谷月的视线定在几米外那张颠倒众生的脸上,开陆芓的玩笑:"不让你那位清大的男朋友过来打个招呼吗?"

"下次再介绍!"陆芓丢下一句就跑了,脚步声很急。

人还没到跟前,江淮宁的胳膊就先伸出去,揽住她的腰:"跑那么快干什么,也不怕摔跤。"

183

陆笋挽着他的手臂大步向前走,没回头,嘴上还在催促:"快走快走……"仿佛背后有猛兽在追赶。

江淮宁不解,还是听从她的话,加快了脚步。

走出去很远,陆笋才气喘吁吁地慢下来。江淮宁回头看了眼,跟她一起聚餐的那群人进了隔壁一家酒吧。

"什么情况?"他挑眉问。

陆笋调整好呼吸,神秘兮兮地对他说:"我平时不听八卦,今天才知道你在我们这个工业园区火了。那些姐姐都在讨论你,称你为'清大的帅弟弟'。我同事也都对你感兴趣,我们再走慢一点,她们会把你当成大猩猩围观!"

江淮宁哭笑不得:"这样?"

陆笋大点其头。

江淮宁捏捏她通红的耳垂,问:"你是不是喝酒了?"

"喝了一点点红酒。"陆笋用拇指和食指比了个高度,"你是想说我喝醉了吗?我没有,脑子清醒得很。"

江淮宁再次摸她的脸,温度比平时高:"你上次喝这么多就喝醉了。"

"上次是哪次?"

"劳动节,我去关州提前帮你过生日那次。"

不提还好,陆笋脑子一运转就感觉更晕了:"那次是因为……因为酒不醉人人自醉,情绪占大部分因素。"

江淮宁说不过她,反正他看她的样子跟喝醉酒差不多。

坐车到小区门口,陆笋晕车,再加上酒的后劲上来,一下车就弯腰撑着膝盖干哕,没吐出东西来。

江淮宁轻蹙眉,一下一下抚摸她后背:"很难受吗?不该让你少喝点酒,该让你一滴酒也别沾。"

陆笋直起腰,还有力气辩解:"不关酒的事,是晕车。"

江淮宁定睛看了她几眼,判断不出她说的是真是假,无奈叹一声,站到她面前弓着身:"上来,我背你。"

陆笋抿唇一笑,脚踩到旁边的花坛瓷砖上:"过来一点,够不着。"

江淮宁回头,看清她的站位,笑了声,挪过去:"大小姐,现在能起驾了吗?"

陆笋跳到他背上,两只胳膊牢牢圈住他的脖颈,笑嘻嘻地说:"能。"

江淮宁托起她,稳稳当当地迈步走进小区。她的脑袋趴在他颈窝,呼出的热气撩在皮肤上,痒丝丝的,带着灼热的温度。他呼吸略重了些,没听到她出声，他试探着问："陆笋，你睡着了？"

"没有。"陆笋轻轻应了声，转而问他，"我重不重？"

江淮宁说："不重。"她一米六五，体重九十斤出头，在他看来算轻的了。

陆笋脸颊凑近他："那你的呼吸声怎么这么大？"

江淮宁步子顿了顿，不答。

陆笋追问个不停，江淮宁在她腿上拍了下："别乱动，掉下来不管你了。"

"真不管我？"陆笋尾音黏腻，似融化的糖。

江淮宁装作没听见，不搭理她。她现在可能是在酒精作用下，话特别多，越是搭理她越是来劲，问个没完。

回到家，江淮宁去倒水喝，陆笋小尾巴一样跟上去，喝了半杯水，感觉小肚子都鼓起来了："我去称个体重，是不是最近长胖了。"

"谁说你胖？瘦成竹竿了还胖。"江淮宁把人捞进怀里亲，呼吸更乱了，意在说明他的呼吸声大不大与她的体重无关，与别的有关。

陆笋终于心满意足地笑了："原来你是因为想干坏事啊。"她的嘴唇红润，吐息间犹带醇香酒气，撩动人心。

真想不管不顾越了雷池。江淮宁心说。

陆笋抱住他的腰，感受他的体温和心跳，想到从谷月那里听来的八卦："江淮宁，你怎么在哪儿都那么耀眼，我是不是捡到宝了？"

江淮宁与她额头相抵："你也耀眼。"他才是真的捡到宝了。

陆笋抬起头，嘴唇不小心擦过他干净的脸颊，她没当回事，只顾说话："有吗？没你耀眼。"

"看我的眼睛。"

陆笋依言看他的眼睛，黑白分明的眼珠，她夸赞："眼睛很亮。"

"因为里面有你。"江淮宁说得随意，完全没有哄她的意思，出自真心。

开学前两天，陆笋结束了"致意"的工作，订了北城到关州的车票。江淮宁一如既往比她先开学，目前在学校上课，跟陆笋约好今天晚饭在外面吃。

陆笋收拾好，提前从家里出发，到清大找他。还未下车，她就看到在校门口等待的江淮宁，穿黑色T恤，领口和下摆带了白边，假两件的款式，搭配白色休闲长裤，还戴了一顶与她是情侣款的浅米色棒球帽。

陆笋推开车门正要拔腿跑过去，这时从学校里走出来一个穿蓝色风琴裙的女生,到江淮宁跟前说话。陆笋脚步刹停,自觉等在路边,暂时没上前打扰,看手机打发时间,不太关注他们聊了什么、聊多久。

可是没过两秒,江淮宁就注意到她了,叫她的名字。

陆笋抬眸看去,见他招了招手,只好收起手机过去,听见他对那个女生说:"我回去发给你。"

女生道了谢,对着陆笋笑了笑,算作打招呼,走出去两步,突然想起来:"你是不是没我的联系方式?"

她是二班的,跟他不在一个班群里,同在教授手下做事才有交集。

江淮宁掏出手机,点开备忘录:"邮箱地址给我。"

叶姝南念了自己的 QQ 号:"我用的 QQ 邮箱。"

江淮宁点头,表示记下了。叶姝南顿了顿,见他没什么要说的,便抱着书先走了。

校门口没其他人,陆笋两只手圈住他的手臂:"晚上我请客,我们去吃你喜欢的那家私房菜好吗?"

江淮宁摸了摸她的脑袋,带她去等公交车。

到达私房菜馆,江淮宁点了五菜一汤,陆笋觉得有点多,担心吃不完浪费。

江淮宁从书包里掏出笔记本电脑摆到餐桌上,趁着上菜前处理点事情,修长手指在触控板上滑动,眼睛没抬,说:"你明天就要回学校了,给你饯行当然要丰盛点。"

陆笋于是心安理得:"吃不完打包带回去给你当夜宵。"

江淮宁笑着说可以,掏出手机点开备忘录,对照叶姝南的 QQ 号填进去,把教授发给他的资料传到她邮箱里。

邮件发送成功,江淮宁合上笔记本电脑,装回书包。

陆笋给他倒了一杯普洱茶,小茶杯推到他面前,已经晾了一会儿,温度刚好不烫口:"是不是忙得没空喝水?你嘴唇干得起皮了。"

叫她说对了,他这一整天确实很忙,为了早点结束跟她见面,他几乎没休息过,岂止是忘了喝水,午饭都没吃几口。

江淮宁一口干了杯中的茶,润了润快冒烟的嗓子。陆笋拎起茶壶又给他倒了一杯,晾着。即使他没回答,她也能猜到:"再忙也要记得按时吃饭、多喝水,身体最重要。"

江淮宁捏捏她的后颈:"知道了。"

"嘴上说知道没用,你得做到。"陆笋说。

正是吃晚饭的时间,这家私房菜馆口碑不错,顾客多,菜上得慢。两人聊了一会儿,第一道菜才端过来。

陆筝动筷,先夹给江淮宁:"你辛苦了,多吃点。"

江淮宁第一口吃进嘴里,还未及品尝出味道,QQ消息的提示音响起,打扰了他用餐的心情。他微拧着眉心拿出来看了眼,不是什么消息,是一条好友添加申请:我是叶姝南,有个地方不是很明白,方便请教你吗?

江淮宁按了锁屏键,手机丢到桌上,不方便。

陆筝看他的表情,问:"是教授找你吗?"他学习上的事她一般不问,因为他说了她也听不懂,隔行如隔山。

几道菜陆续端到桌上,江淮宁给她夹了片桂花糖藕:"不是教授。你在校门口碰见的那个女生,是隔壁班的同学,找我请教问题。"他喝口茶,"她也在庞教授的项目里。"

"你怎么不回她?"陆筝咬了口糖藕,里面塞了糯米,软糯香甜,伴有桂花的香气。吃第二口时,发丝散下来,黏在了嘴角,她用手撩开,将头发拢至脑后。

"找教授比找我有用,那资料我连看都没看,没办法给她答疑解惑。"江淮宁说着话,侧过身拉开书包拉链,从里面一个小口袋里找出一根发圈,递给她。

陆筝一愣:"你怎么有这个?"

"这是你的。"江淮宁屈起手指轻弹她脑门,"你脑子不记事?"

黑色发圈,穿了颗红色的水晶花朵,表面泛着光泽。陆筝买了太多发圈,每用不了几天就弄丢,不记得有这一款。

江淮宁手伸过去,握住她一头微卷的长发,不得要领地用发圈缠绕了两圈,松松垮垮,勉强能看。

"你奖励给我的一朵小红花,你忘记了?"江淮宁没好气地提醒她。

"想起来了。"陆筝心虚地笑,她记性是真不太好,"你还随身携带着啊,我以为你早随手丢去哪里了。"

"哼,以为谁都跟你似的。"

陆筝捂着嘴笑,爱死了他拿乔的样子。在别人面前扮演高冷不爱搭理人的校草,在她面前就是幼稚黏人爱吃醋的乖学生,她怎么能不爱?

她擅长口是心非,明明喜欢,却要故作嫌弃,把碗里剩下半块糖藕夹起来,一股脑塞进他嘴里:"吃点甜的吧,这么毒舌!"

江淮宁眉毛一耸,堵得他说不出话,嚼了嚼咽下去才出声:"甜得发腻。"

"甜得发腻你也吃下去了,没见你吐出来。"

江淮宁又是一声轻哼,不是她给的他才不会吃。

187

第八章 /
还没分别就开始想念

1

返校后的日子过得平淡如水，大二课程增多，加上一些选修的课程，晚上的部分时间也要被占用。

大一新生入校，给整座校园注入了新鲜血液。下课路过操场，能看到一群群新生顶着炎炎烈日站军姿，教官在一旁报时，站足二十分钟才能休息。

何施燕饱含同情地摇了摇头："去年的小可怜是我们，今年换了批人，转眼我们就从小菜鸡变成学姐了。"

汪雨说："我没戴眼镜，陆竿你快帮我看看方阵里有没有帅学弟。"

何施燕手肘搭着汪雨的肩，手摸摸她的头："乖乖，你是不是问错人了，哪个学弟帅得过我们陆竿的校草男朋友。"

陆竿拍她一下："你够了啊。"

何施燕大笑。

平淡的日子总是过得飞快，一晃眼秋季被甩开，迎来漫长的冬季。冷风一夜吹败了校园里的草木，地上铺满枯黄的树叶，踩上去"嘎吱"响。

周六，江淮宁在床上睡懒觉，宿舍里的人都觉得稀奇，一方面是他竟然睡懒觉，另一方面是他竟然还在学校里。

胡胜东在刷牙，满嘴牙膏泡沫，走到他床铺边："这周不去关州找你女朋友？"

但凡有时间，这人就往关州跑，作业都是抽空写的。回来以后，会把车票塞进一本空白相册里，一个多学期过去，北城到关州的往返车票占了整本相册的三分之一。等到大学毕业，相册估计不够放了。

江淮宁打了个哈欠，随口答："她这周末很忙。"

被吵醒再也睡不着，江淮宁干脆爬起来洗漱，收拾资料背上电脑去图书馆学习,胡胜东跟他一起。两人先绕去食堂吃早饭,来得晚,没剩什么好吃的。

江淮宁端着餐盘,迎面碰上二班的叶姝南。

"太好了,在这里碰见你,我正要去男生宿舍楼找你。"叶姝南从帆布包里拿出一沓装订的资料,"庞教授让我给你的。"

江淮宁单手托着餐盘,接过资料,跟她道谢。

叶姝南没离开,挡在他面前,犹豫再三还是问了出来:"我给你发的QQ好友申请你是不是没看到?"她抿了下嘴,声音低了些,"加个联系方式,以后找你方便一些。"

"看到了,你说有不懂的问题找我请教,我当时没看那份资料,无法解答。"

"是这样啊……"叶姝南还想再说点什么,江淮宁对她轻颔首,错开身,把餐盘放在胡胜东对面,资料装进书包里。

"她找你做什么?"胡胜东一口馒头一口菜,肚子饿了,顾不得吃相,腮帮子撑得鼓鼓囊囊。

江淮宁言简意赅:"庞教授给我的资料,她顺带拿给我。"

"她也挺牛的,庞教授的项目就她一个女生。"胡胜东由衷地佩服。

江淮宁没接话,默默吃完餐盘里的早午饭,之后一整天待在图书馆里没出来。

远在关州的陆竽同样在图书馆里写了一整天的作业。冬季天黑得早,吃过晚饭从食堂出来,她拿出手机给江淮宁发消息,等了很久,他没回。

她给他打电话,对面冰冷的机械女声提醒她,拨打的用户已关机。

以前从未有过这种情况,陆竽不免有些担心,从微信联系人里找到彭垚,发消息问他江淮宁在忙什么。

所幸彭垚回复得及时,免去了她在等待过程中不安地揣测。

彭垚:江淮宁病了,咳嗽好几天了,晚饭前突发高烧,去校外的医院挂水了,可能要做个常规检查。临走时我们说晚上住家里,不来学校了。你联系不上他?

陆竽:他手机关机了。

彭垚:你别担心,估计在医院耽搁的时间太久,手机没电了。他一个大男生,照顾自己没问题。

陆竽没回,满脑子都是江淮宁咳嗽好几天了,他居然没有告诉她。

她一刻也等不了,当下就动手搜索从关州到北城的车票,没作犹豫,订了一张两小时后发车的票,抵达北城的时间是晚上十一点四十分。

购票成功，短信发过来，陆竿确认一遍，随手抓了几样东西装进包里，套上保暖的长款羽绒服，戴上毛线帽。

汪雨和赵芮提着暖水瓶从外面进来，撞上外出的陆竿。

"你要出去吗？"汪雨退后两步，注意到陆竿的装束，提醒她，"外面好像在下雪。"

陆竿正在往群里发消息，跟室友说明情况，见她们回来，长按删除键，删掉打出来的文字"我晚上不回来了，要去一趟北城，你们锁好门，不用等我"。

汪雨："这么晚了……"

陆竿没来得及解释，担心雪下大了，打车不方便，赶忙走了。

冰冷的空气被门板格挡在外，汪雨望着她离去的方向，以为自己听错了，跟身边的赵芮交换眼神："她说她要去北城？这都几点了，我的天。不知道她买的几点的票，到那边不得后半夜了。"

陆竿从宿舍楼道门出去，凛冽的风裹挟着细小的雪粒拍在脸上，冰凉的触感，昭示着即将到来的大雪。

在校门等了十分钟左右，终于等来一辆空出租车。

上车后，陆竿给司机报了地址。

万幸列车没有延误，准点发车，陆竿第一次坐这么晚的车，靠窗的位置，侧过头就能瞧见窗外黑沉沉的夜。她的脸映在玻璃窗上，没有表情。

上车时的嘈杂随着列车向前行驶渐渐安静。陆竿脑袋枕着座椅靠背，时而按亮手机，想看点东西打发时间，一下瞄到所剩无几的电量，恍然想起，出门匆忙忘了带充电器，充电宝也不在包里。

不敢玩手机了，担心没电关机，她把手机装进包里，闭上眼假寐。

三个小时的车程不算漫长，陆竿没有一秒钟是睡着的，抵达北城时，车内广播响起播报，陆竿睁开眼睛，眼底除了一点倦意，不见惺忪。

她跟随其他乘客下车。

北城一向比关州冷，没有降雪，手机更新的天气预报显示，当下有零下九摄氏度。

时间逼近零点，陆竿经风一吹，头脑彻底清醒，再无半点倦意。

毕竟是繁华都市，凌晨的车站出口仍旧熙攘热闹，并无萧瑟之意。

陆竿打车前往住的地方。目的地越来越近，她的心却越缩越紧，暑假住了将近两个月的地方，熟悉感扑面而来。

出租车稳稳停在小区门口，陆竿付钱下车，弯腰蹲在一侧的花坛边吐了，而后从包里掏出保温杯，漱了漱口。

一辆轿车从身后驶来，车灯照亮了前面的路，职场人士才刚刚下班。

陆竿掏出门禁卡，刷开门，从容踏入，小区里各条道上路灯明亮，有些住户家里还亮着灯。

乘电梯上去，陆竿紧缩的心脏慢慢放松，输入门锁密码，大门应声打开，入目是一片漆黑。楼道里的光洒进来淡薄的一层，照亮了玄关小小一隅。

陆竿反手锁上门，没开灯，用手机电筒照明，直奔卧室。还好门没反锁，她轻松潜入，床上的被子隆起，江淮宁侧身而躺，只露一个黑黝黝的后脑勺。

她悄声走近，绕到床的另一边，瞧着他的正脸，探手摸上他的额头。

陆竿刚从室外进来，手沾染寒气，如一块冰坨子，贴上滚烫的皮肤，病中熟睡的江淮宁一下惊醒了，近乎弹跳般坐起来。

陆竿拧开床头柜上的台灯，半点没有搅人睡眠的愧疚，冻得发白的脸上笑嘻嘻的："不好意思，吵醒你了。"

借着幽微如豆的灯光，江淮宁睡眼蒙眬，迷迷瞪瞪地看着她，自言自语："我在做梦？"

"嗯，做梦。"陆竿回应他，手再次贴在他额间，她的手实在太凉，试不出来，"有体温计吗？"

她的声音那样真实，江淮宁眼里的睡意顷刻间褪得一干二净，一片澄澈。

"陆竿？"他伸手摸向她的脸，冰冰凉凉的触感。

陆竿笑眼弯弯："嗯。"

"你怎么会……"江淮宁喉结滚动，干燥得发痒，没能掩住咳嗽。

"你是想说，我怎么会在这里？"陆竿接下他的话，然后解释，"我给你发消息打电话统统没有回应，问过彭垚才知道你病了，所以从关州赶过来了。"

江淮宁拿起床头柜上的手机，按了几下毫无反应，什么时候没电自动关机的他也不知道。

在房间里待了一会儿，陆竿身上风尘仆仆的冰冷气息尽数褪去，身体渐渐回暖。她脱下厚厚的羽绒服，摘掉帽子，到处翻找东西。

江淮宁目光黏在她身上，一秒也不舍得移开："你在找什么？"

"体温计啊。"

"在客厅的茶几上。"

陆竿跑出去，拿着体温计进来："检查结果怎么样？没事吧？"她抓起江淮宁的胳膊，捏着体温计不管不顾地从他衣领探进去，塞入他腋下。

江淮宁犹如被抽走魂魄的木偶，怔忡地看着她："你从关州，咳咳……坐车来的？"

191

"不然呢？"陆竿坐在床边，双眸凝视他，"我'嗖'一下飞来你身边的？"

"现在几点了？"

"还好，不是很晚。"

江淮宁不信，从她手里拿走她的手机，屏幕上显示的时间已过零点。他丢开手机，握住她的手腕，把她拽进被窝里："是不是很冷？"

"你别乱动，体温计要掉了。"陆竿趴在他怀里，一手撑在他坚实的胸膛上，阻止他动弹。

江淮宁重新夹好体温计，紧紧揽住她，两人依偎在一起。陆竿小声说："我坐了几个小时的车，身上一股味儿，好臭的。"

其实没有味道，是她的心理作用。

江淮宁不肯松开手："我不嫌弃。"

陆竿穿着高领毛衣，在被子里裹一会儿就热得受不了了，仰起脖子说："我还吐了，要去洗澡。"

江淮宁皱眉，眼里的心疼溢出来："晕车？"

"嗯。"

"我就是普通感冒。彭垚怎么跟你说的，你紧张成这样？"江淮宁更用力地搂住她，声线沙哑，"大晚上坐车跑过来，也不害怕。"

"人家也没有夸大其词，说你咳嗽好几天了，今天发高烧，去医院做检查。"

江淮宁无奈又心疼，特别想亲亲她，安慰她，又怕把自己的感冒传染给她，只能忍着那股冲动，温热的唇瓣落在她额间，细细辗转："就做了个血常规检查，外加看了看肺部，什么问题也没有。"

"我关心则乱嘛，哪有想那么多。"陆竿如小狗一样嗅了嗅他身上的味道。亲眼看过，确认他安好，她才不会胡思乱想。

江淮宁听她这样说，一颗心塌软得稀巴烂。

陆竿静静地听着他的心跳，几分钟后，快要睡着的她努力撑开眼皮："体温计拿出来我看看。"

江淮宁闭着眼，下颌轻触她发顶："自己放的自己拿。"

没人比江淮宁更会撒娇了。

搁平时，陆竿或许会跟他对着干，偏不如他的意。现在他是病号，这么虚弱地往床上一趟，他就是要天上的星星，她也会试着摘一摘。

陆竿抿着的唇角挂上清浅笑意，手伸进他领口取出体温计。她太困了，眼睛眯成一条缝看上面的数字，继而眉头深深蹙起："怎么还有点低烧？"

"挂完水没多久，没那么快退烧。"江淮宁不想她担心，拿过体温计放床头柜上,准备关灯,"睡一觉就好了。"

陆竿虽然困乏,但如何能睡得着,从床上爬起来,衣料摩挲着被子,窸窸窣窣一阵响。

江淮宁问她做什么,她说去洗澡,身上太脏了不能忍受。江淮宁没辙,手肘抵在枕头上支起脑袋,看她拿着睡衣进出浴室。

很快冲完澡,她手里拿一块凉水打湿的手帕,尝试给他物理降温:"平躺着。"

江淮宁依她的言,直挺挺地躺在床上。陆竿把手帕叠成方块状,"啪"一下拍在他额头上,而后掀开被子钻进暖烘烘的被窝里。平时他怀里就像个恒温暖炉,现下发着烧,跟火炉似的。

"你晚上吃的什么?"陆竿关了灯,在黑暗里问他。

"买了份排骨汤面。"

"吃药了吗?"

"吃了。"江淮宁答着话,嗓音里漏出一丝笑意,她是不是把他当成三岁小孩了,吃饭喝药的事还需要强调。但他心里再清楚不过,她是因为在乎他,才会对他的事如此上心,巨细靡遗。

江淮宁闭眼,闻着她身上与他一样的沐浴乳味道,心头一片温软。

夜里陆竿起来过几次,给他换额头上的帕子。

天蒙蒙亮,陆竿再次醒来,一晚上几乎没怎么睡安稳,她屏着呼吸轻轻下床,出了卧室到厨房煮粥。

江淮宁平时住学校宿舍,不常在家里,冰箱里没别的新鲜食材,米面是有的。她给电饭煲设置好煮粥程序,翻找冰箱冷冻层,只能找到半只鸡。

陆竿关上冰箱门,坐在客厅沙发上打瞌睡。

江淮宁醒来时,床上没人,若不是空气里残留着她的味道,他几乎要怀疑昨晚是他脑子烧坏出现幻觉了。

吃药的作用,令他这一夜睡得格外沉,中途未曾醒过,不知道陆竿是何时起来的。他揉了揉乱糟糟的短发,推开卧室门,霎时停住脚步。沙发上蜷缩成一团的人,脑袋一点一点,额头快要磕到膝盖。

江淮宁眼眶涩涩的,突然不想走过去打扰她,又不忍心看她以那样不舒服的姿势在沙发上睡着。他抿了下唇角,还是走了过去,脚步每一次落下都很轻很轻,生怕惊扰到她。

走到沙发边似乎很漫长,江淮宁弓身,把小小一团的她整个抱起来。

一步还没挪动,陆竿就在他怀里醒了,张嘴打了个绵长的哈欠,眼睛都睁不开,嗓音模糊:"你醒了啊?"

193

"嗯，去床上再睡会儿。"江淮宁调整了下抱她的姿势。

"你吗？"

"说的是你。"他的声音低而温柔，"困得上下眼皮打架还强撑着。"

"我不困。"陆竽从他臂弯里挣脱出来，脚踩拖鞋，风风火火地跑去厨房，煮的粥已经熟了，散发着香味。

她盛出两碗端到餐厅："你刷牙了吗？我煮了粥，不过家里没小菜，随便吃点吧。"

江淮宁拉住她的手，另一只手抚上她的眼睑，那里留有疲惫的痕迹："昨晚是不是没睡好？"

陆竽："下午补个觉就好了。"

两人站在卫生间的洗脸池边刷牙，跟暑假里同居的情景一模一样，牙杯的颜色一粉一蓝，牙刷是同款。

江淮宁拧了热毛巾先递给她，她洗完脸，他再就着她用过的毛巾随便擦一擦，挂在架子上。

两人对坐餐桌，边聊天边喝粥。

饭后，陆竽盯着江淮宁吃药，给他量体温，总算退烧了，只是还有点咳嗽。

"你待在家里别出去吹风，我去趟超市买点食材，家里什么都没有。"陆竽站在玄关换靴子，一手撑着壁柜，弯腰拉上皮靴一侧的拉链。

江淮宁抚着鼻子笑："没么弱不禁风，我陪你去。"

他衣服都换好了，架不住陆竽态度强硬："那你要不要听我的？"

大部分时候，江淮宁对她是极为纵容且顺从的，某些事情上，他不想听她的，比如此刻这件事："我可以帮你拎东西。"

"我要买的东西不多，能拎得动。"陆竽套上羽绒服，坚决不让他出门，"超市那么近，我一个人没问题。你要是无聊就看电视，顺便换一下床单被套，某人昨晚睡觉出那么多汗。"

不等他再开口，面前的大门关上了。

徒留江淮宁一脸无奈地对着门板，张口欲说的话没能说出来，只好咽回去，默默地转身去卧室换被单。

没过多久，陆竽打来电话，他这边一接通就听见超市里纷乱嘈哳的背景音，是早起的大爷大妈们抢菜的声音。

陆竽问："你有特别想吃的菜吗？"江淮宁的口味她是知晓的，但生病的人口味或许略有不同。

江淮宁沉吟片刻，说了个令她意想不到的答案："红豆奶茶。"

"你要喝奶茶？"

"帮我给我女朋友带一杯,谢谢。"

江淮宁坐在刚换完被单的床上,空气里还有清洗剂的味道,他唇角带笑,说出口的话却十足正经。

陆芊愣了一秒,待到反应过来,笑了声:"不跟你说了。"

她自己做主,挑了些江淮宁爱吃的菜,主要是想买筒骨炖汤。她不太会煲汤,回去还得打电话请教妈妈。

说好不买那么多东西,最后拎了一大袋食材,还装不下,另要了一个小号购物袋。

路过饮品店,陆芊停下脚步,听江淮宁的话,给他女朋友买一杯红豆奶茶。走到小区门口,她抬起眼就看见伫立在寒风中的人。

这个不安分的病号,好不让人省心。

江淮宁快步到她跟前,分担了她手上全部的重量,一只手轻松提起,再看她的手指,眉毛蹙了蹙:"还说能拎得动,手都勒红了。"

陆芊喝了口热热的红豆奶茶,一手推他,催促道:"快回家,外面冷死了!"

北城的冬天又干又冷,北风肆虐,她出门一趟脑袋都冻疼了,更何况抵抗力正处在低下状态的病人。

到家后,陆芊系上围裙,在厨房里对着一袋剁好的筒骨发呆,认命地给妈妈打电话:"妈,教我怎么煲汤,要给病人喝的,清淡又滋补的那种。"

夏竹被她的话问愣住了:"谁生病了?"

陆芊说:"江淮宁。"

夏竹果然问起了:"你去北城找他了?"

陆芊含含糊糊应了一声,为了阻止妈妈问东问西,赶紧说正事:"妈,你快教我筒骨怎么炖汤最好喝,我做不好。"

煲汤的步骤她清楚,无非是先焯水去腥,放入锅中熬上几个小时,再加调料调味。按照基本步骤也能炖出一锅汤,但味道远不如她妈妈的秘方。

她在家的时候总觉得妈妈煲的汤格外鲜,不油腻还特别有滋味,她在别的地方没有尝到过。

夏竹叹一声"女大不中留",开始教她煲汤。

陆芊拿备忘录一一记下,按照妈妈教的方法来做,特意挑了个深口砂锅,置于炉灶上,没用电饭煲。

"妈,你下午有空吗?"陆芊倚着厨台,声音很甜。

"怎么了?"

陆芊傻笑一声:"下午再教我做一个冰糖雪梨汤好不好?江淮宁嗓子

哑了,一直咳嗽,听说喝这个能清热化痰、润肺止咳。"

夏竹沉默了,大学四年没过完一半,她就有种女儿已经嫁出去了的错觉。

2

江淮宁上午没回学校,宿舍里几个男生没太当回事,心想不就是个感冒,以江淮宁经常锻炼的体格,去医院挂个水就生龙活虎了。但他一直没回来,就容易让人胡思乱想了。

胡胜东给他打电话,能打通,没人接。

"不会在家里晕死过去了吧?"他发散思维。

卢宇摇头:"也许是睡着了没听见。"

"他女朋友昨天就没联系上他,找我打听情况。"彭垚晃晃手机,"今天再联系不上,他女朋友该急死了。"

下午两点多,江淮宁仍然没来学校。

胡胜东坐不住了,决定去江淮宁住的地方看看,万一他真在家里出了什么事,一时半刻无人知晓,想想都吓人。

卢宇和彭垚陪胡胜东前去。

他们几个刚出宿舍楼,碰见穿白色羽绒服、在北风中等待的叶姝南,兜帽罩在脑袋上,衬得脸巴掌大小。她怀里抱着书,手上提着袋子,在原地跺脚,风把她的眼睛吹得眯了起来。

胡胜东叫了她一声:"叶姝南,你怎么在这儿?"

叶姝南微微一笑:"我找江淮宁有点事。刚刚拜托一个男生上去传话,一直没消息,我又没他联系方式。"

"有也没用,我们都联系不上他。"卢宇插话。

叶姝南愣了愣:"他出什么事了?庞教授布置的作业下午要交,我来收作业的。"

这确实是要紧事,庞教授看重江淮宁,江淮宁才大二,庞教授就提过江淮宁以后保研跟着他。要是作业不交给人留下坏印象,有些事情就会打折扣了。

"麻烦你跟教授说一声,他生病请假了。"胡胜东说,"等他病好了一定交上。"

"那你们这是……"

"我们正要去他家探望他,怕人晕倒在家里了。"胡胜东说得煞有介事,不知情的人听了,大概会以为江淮宁病到生活不能自理。

陆筝花了一上午时间炖了一锅莲藕筒骨汤，得了她妈妈的真传，江淮宁尝了一口赞不绝口，喝了两大碗。

他的感冒已经大好了，午饭过后，陆筝强迫他再睡一觉，睡眠有助于养病。她也要补一觉，困得不行了，站着都能睡着。

两人的手机处于静音状态，一应消息和来电提醒统统听不见。

门铃响了几声，两个熟睡中的人谁也没听见。

三个男生连同来找江淮宁要作业的叶姝南，蹭了小区其他住户的门禁卡进来，轮流按门铃。

拖的时间越久，胡胜东越害怕，想抬脚踹门："你们说，他不会真出事了吧？"

"要叫物业过来吗？还是报警？"

"别吓我。"

胡胜东抬手拍门，"砰砰砰"的声音，门板震动，响声巨大，终于将睡梦中的江淮宁吵醒了。他闭着眼聆听了几秒，确实是他家的门被砸，不是别人家。

窗帘拉得严实，屋内光线昏暗如黑夜，陆筝还在睡。江淮宁下床走出卧室，拍门声变得清晰。

他合上卧室门，怕吵到陆筝，眉头紧皱着一手拉开门。

门外神色焦急的几人正商量报警，然后门就开了。

江淮宁短发凌乱，睡眼蒙眬，一张脸白里透红，除了困倦，不见一丝一毫病气。身上是白色套头长袖衫、浅灰色直筒运动裤，裤边绲了白线，休闲居家的气息浓郁。

胡胜东张嘴说话，不小心咬到舌头："你在……在家啊？"

"我不在家在哪儿？"江淮宁一手握住门把，身体懒懒倚着门框，眉心的褶皱没松，"进来吗？冷死了。"

室友们以前来过他家聚餐，轻车熟路地找拖鞋进屋，唯有叶姝南站在门口的地垫上，犹豫是该进还是该退。

江淮宁看着叶姝南，叶姝南立刻开口："我来找你交庞教授这周四布置的作业，你写完了吗？没有的话，我……"

"稍等。"江淮宁打断她。

叶姝南在门口等，没进去。

门外走廊的大理石地砖阴凉沁寒，江淮宁停下步子回头，指了下鞋柜："先进来吧。"

"你吓死人了你知道吗？"胡胜东照着江淮宁的胳膊捶了一拳，"死

197

活联系不上你,我们都猜你在家晕倒了。"

"报警电话已经拨出前两位了!"卢宇说。

彭垚紧跟其后附和:"就是就是。以后手机能不能保持畅通?还有啊,你女朋友找不到你,你最好给她……"

"回个电话"四个字没说出来,江淮宁就皱眉嘘声:"别吵。"嗓门一个比一个大,吞了安眠药也能被他们吵醒。

这时候,卧室门从里面打开,陆竽眼睛半合,懒洋洋地站在门口,咕哝一句:"怎么这么吵?"

客厅霎时寂静,几双眼睛"唰"地投向卧室门口。

江淮宁眼疾手快,推着陆竽进卧室,门关上,隔绝了他们的视线。

客厅里几人面面相觑。

"那是陆竽?"

"你没看错。"

"她什么时候来的?"

"我怎么知道?"

一门之隔的卧室里,陆竽眼里的困倦散干净了,指着门外,没说话,眼睛圆睁。江淮宁领会,主动交代:"我手机静音了,他们联系不上我,以为我在家晕倒了,过来查看,还差点报警。"

陆竽面无表情,淡淡评价:"你室友人真好。"

江淮宁拿起桌上的作业,出去交给叶姝南,告诉她:"另外一部分已经发到教授邮箱了。"顿了下,向她表示感谢,"麻烦你跑一趟。"

"正好周末没事。"叶姝南不以为意,也没多余的话要说,拿了作业就要走人,"我先走了,你早日康复。"

陆竽换好衣服出来时,叶姝南已经走了。

"她怎么走了?"刚打一个照面,还没来得及说话。

江淮宁倒水喝,嗓子还有点哑:"过来收作业,拿完就走了。"

陆竽看了眼墙上的挂钟,三点多了,吃过午饭就躺到床上,睡的时间不短,但是感觉没睡够。她揉了揉眼睛:"你陪他们,我去厨房。"

江淮宁抓了抓睡得蓬乱的短发,没骨头般地靠着她:"干什么?"

"说好下午给你炖冰糖雪梨汤。"陆竽推开他,挽起毛衣袖子,"现在炖,正好晚饭前喝掉。"

不给他拒绝的时间,她话一落就跑去了厨房,没两秒钟,又跑出来,到卧室拿手机,给她妈妈打电话,求教冰糖雪梨汤的做法。

厨房里"叮叮当当",江淮宁的心早飞到陆竽那里,没心情招待烦人的室友们："你们什么时候走？"

"有点良心，江淮宁，我们是来探望病人的。"胡胜东谴责他。

江淮宁哼笑了声："探望病人的，东西呢？"

三个男生齐齐失声。

陆竽忙完出来，见他们还没离开，正好她早上去超市买了些菜，两个人应该吃不完。中午还剩了骨头汤，可以用来打火锅。有他们在，能把菜全部解决掉。于是陆竽问他们要不要留下来吃饭。

"陆竽邀请的，不是我们硬要蹭饭。"

得了便宜还卖乖，说的就是他们。

江淮宁懒得理，靠坐在沙发上，回复一些未读消息，之后去厨房给陆竽帮忙。

"我刚买了票，明天早上的。"陆竽端出炖好的冰糖雪梨汤，放到厨台上，洗干净一个勺子，递给江淮宁。

他喝了口甜甜的汤，看着她，眼睫毛垂下，什么也没说，就叹了一口气。

陆竽偏头，笑着问他："叹什么气？"

"你知道的。"江淮宁说。

叹相聚总是太短暂，叹刚见一面就要分别，叹还没分别就开始想念。

陆竽知道，但她不说出来，踮起脚，手指攥住他胸前的衣服，亲了下他的下颌："你要按时吃饭，药也要坚持再吃几天，少熬夜。"

江淮宁盯住她红润的嘴唇，躁郁地"啧"了声，不能亲可太烦了。

3

元旦放假，距离上次见面相隔几天，陆竽没让江淮宁来找自己。她问过彭垚，江淮宁待在庞教授手里的那个项目快完结，近来忙得飞起。

陆竽假期里也没有别的安排，背着书包去图书馆学习，学了一上午，中午在食堂吃了饭，下午没去图书馆，回宿舍洗床单被套。

走到宿舍楼下，碰见从家里过来的陶念慈，背着一个很奇怪的包。

她喊了陶念慈一声，陶念慈应声回首，冲她一笑："吃饭了吗？"

"吃了。"陆竽走近了才看到陶念慈背的包里装了一只猫，毛茸茸的屁股对着透明窗口，"放假第一天，你不在家怎么来学校了，还带了只猫。"

"家里无聊，带猫猫来给你们玩。"陶念慈取下猫包挂在身前。

"它怎么不动？"陆竽敲了敲窗口，"不会冻到了吧。"

"不会，里面放了毛绒垫子。我妈开车送我来的。"陶念慈说，"它面对陌生人比较高冷，混熟了才会给面子。"

陆笋经常喂学校里的流浪猫,很喜欢猫,弯腰软着声音呼唤,没得到丁点反应,这只猫仍然用屁股对着她。

陶念慈见惯这种情况,笑了笑。

两人走进宿舍楼,还没上楼就被宿管阿姨当场抓获:"宿舍不让养小动物,这哪儿来的猫?"

"阿姨,我家住附近,带猫过来玩一会儿。"陶念慈弯起嘴角说好话,"我妈两小时后来接我,我再把猫送回去。"

说了半天,宿管阿姨才放她们进去。

陶念慈吐了吐舌,跟陆笋一道进了宿舍,打开猫包,拿小零食引猫出来。是一只体型很大的猫,身上的毛跟虎斑一样,引来全宿舍女生的惊呼。

猫没有被吓到,反而高傲地雄踞在主人陶念慈的床上,冷漠地看着她们,竖起的大尾巴威风凛凛,长得也威风凛凛,不像猫,更像一头猎豹。

何施燕拿手机拍照:"好帅的猫,这什么品种?"

"缅因,十八岁生日时我爸送我的。"陶念慈摸了摸猫的脑袋。

"它叫什么名字?"

"凯撒。"

"嗯,这名字确实跟它很配。"

何施燕搓搓手,脸上露出怪阿姨式坏笑:"能给我摸摸吗?凯撒。"

猫高傲地扭开脖子,看都不看她一眼。

何施燕叉腰,瞪眼:"要不要这么冷漠,我就摸一下!"

凯撒干脆跳开了,离她远远的。陶念慈笑了:"它从小就这样,我跟它最熟,也不是想摸就能摸的,全看它心情。"

"这不就是传说中的霸道总裁?"何施燕看着猫,圆溜溜的眼睛跟剔透的玻璃珠一样,却又锐利有神,带着侵略性,仿佛它是这间宿舍的主人,何施燕附加一句,"还是个不近女色的霸道总裁。"

几个女生围着一只高冷的猫自言自语了两小时,没回应也乐此不疲。陶念慈的妈妈忙完了打来电话,陶念慈就带着猫离开了。

陆笋才想起自己回来要洗床单被套,前几天下了场雪,天气阴寒,洗了难晾干,今天放晴了。她拆掉床上用品,换上一套干净的,端着盆去洗衣房。

洗涤程序启动,她给手机定了个闹铃,先回宿舍。

陆笋从书包里抽出一本书,打开电脑创建空白文档,整理新闻传播伦理与法规的重点,这是考试课的科目,她在为期末考试做准备。

闹铃响起,陆笋去洗衣房取回洗好的床单被套,晾在阳台上,接着整理重点。何施燕下床上厕所,经过她身后,看了眼电脑屏幕:"佩服,你不拿奖学金谁拿?"

陆竽合上电脑,揉了揉酸胀的眼睛:"谁让我有个大学霸男朋友,跟他比起来,我都算堕落了。"

何施燕劝她:"你要认清现实,人与人之间的天赋是有差别的。"

"我高中不懂这个道理,只知道死学苦学,还是追不上别人的脚步。"陆竽单手支腮,回忆往昔,生出一股感慨,"不过努力总比认命好,我一直坚信。"

何施燕点头:"我们晚上吃什么?"

陆竽不知道,反问:"你想吃什么?"

何施燕一早就想好了,就等陆竽开口问自己,扬起笑脸回答:"吃火锅。我现在能吃十盘肥牛!"

陆竽提醒她:"你不是要减肥?"

"只要我不上秤,我的体重就还是上次那个数字。"她很擅长自欺欺人。

陆竽无言以对。

最后还是去吃了火锅,何施燕虽然没点十盘肥牛,但她一个人就吃掉了四盘,付钱的时候,她不好意思AA,直接请了客。

晚上回宿舍,陆竽给江淮宁打视频电话,两人聊了好久。

陆竽戴了耳机,江淮宁那边说了什么,宿舍里的人听不见,但陆竽那甜甜腻腻的嗓音全灌进耳朵里。

何施燕摇了摇头,"啧啧"两声:"真甜啊。"

陆竽打完电话,心里有点空落落的,但也不想继续学习了,找何施燕要了下午给凯撒拍的照片,打算画画消磨时间。这一画就画到了夜里十二点。

宿舍里的人都是夜猫子,各个床头亮着手机屏幕的光。

陆竽点击保存,把新鲜出炉的画发给陶念慈。

住在家中的陶念慈还没睡,激动地发来一串感叹号:哇咔咔!是凯撒啊!好好看!陆竽竽你好会画!我要用来当头像!

发完这条消息,她的微信头像已经换成了陆竽的画。

陶念慈:你怎么画的?

陆竽:找燕子要了照片,对照着画的。

陶念慈发来星星眼表情包,对她膜拜。

陆竽:我可以分享到微博上吗?

她上学期在何施燕的影响下注册了微博账号,偶尔会发一些动态,主要是分享画画,已经很久没更新过。

陶念慈：可以！［亲亲］

陆竿把照片上传到个人微博，关电脑睡觉。

没定闹铃，第二天早上睡到自然醒，陆竿拿起手机，是昨晚没有退出去的微博界面，多了几百个来自陌生人的点赞，夸她画风好有感觉。她的微博粉丝有九百个，其中还包括塞进来的"僵尸粉"，能有这个点赞数是她没想到的。

什么感觉？她问其中一个网友。

对方隔了半小时才回复：好温柔好少女的画风！大大不要停，继续创作，已经脑补猫猫变成帅气男生了！［给大大递笔］

陆竿是参考照片画的，照片里陶念慈露了四分之三张脸，她不仅画了猫，连同陶念慈也画进去了。做了二次元处理，跟陶念慈本人的长相有一定差距，只在细节处凸显人物特点。熟悉陶念慈的人才会觉得像，陌生人看了只会当画里的人是甜美可爱的二次元人物。

凯撒在陶念慈边上，前肢撑着床单，后肢蹲坐，一脸漠然，威风八面，当时是在看她们几个陌生"怪阿姨"。单单从画里看，它真像闹别扭的霸总男朋友，等着女友来哄。

陆竿笑了下，给这位网友点了个赞。

期末考试安排下来，陆竿买了回家的票。

考试结束，陆竿火速回家，优哉游哉地享受上了假期生活。

可怜的江淮宁跟以前一样，放假晚，归期未知。

陆竿闲来无事，在网上买了块数位板，画起画来更方便顺手，效率也提高许多。

何施燕说陶念慈养的那只猫，也就是凯撒，像霸道总裁，加上微博评论区的网友说"脑补猫猫变成帅气男生"，给了陆竿创作灵感。她以猫变成一位帅气多金的男人展开思路，画了拟人版的漫画，还写了很多浪漫的剧情脚本。

陆竿已经画了几幅发到微博上，真有人追连载，求她快点更新。

不知哪位网友好心帮她宣传，最近两天，肉眼可见地涨了好些粉丝。追更新的人多了，她也有了压力，又不想敷衍了事交差，只能每天抽一部分时间慢慢画。

陆竿把这件事告诉陶念慈。凯撒是陶念慈的猫，用她的猫为原型画漫画，她得知情，用官方一点的说法来讲，需要她授权。

陶念慈比陆竿想象中的疯狂：你微博是哪个！速速告诉我，我要去追连载!

陆笋忘了,陶念慈是个二次元少女、漫画迷。

陆笋:你搜"鲈鱼儿"就能找到,头像是一条小鱼,我自己画的。

陶念慈不跟她聊了,飞奔去微博关注她的账号,迅速看完她更新的前几话,回到微信,像个饥渴已久的徒步沙漠人士:大大什么时候产粮?孩子饿得不行了!

陶念慈:需要我给你拍更多凯撒的照片吗?各个角度的!它现在坐在窗前晒太阳,一副生人勿近的样子,可迷人了!

陶念慈把相册里关于凯撒的存货都交出来了,给陆笋提供更多的灵感:五分钟能不能更新二十话?我知道你能的!

陆笋:……我可能会死。

陶念慈:加油。

跟陶念慈聊完,陆笋专心画画。那些照片当中,有给凯撒戴金丝框眼镜的装扮,下一话里,陆笋就在画上给凯撒加了一副金丝框眼镜,呈现出来的效果出乎意料的好,追更的粉丝们全都疯狂催更,像一群嗷嗷待哺的小雀。

4

江淮宁终于放假了,从学校回来。

陆笋提前得了消息,开心地在家里四处晃悠,一会儿去厨房,一会儿去阳台,两手背在身后,脚步欢快。

陆国铭在家休息,见状,表示不解:"沙发垫子很烫吗?怎么坐不住?"

知女莫若母,夏竹一语点破:"淮宁今天回来,我听婧芳说的。"

陆国铭的脸色霎时变得复杂。

江淮宁下午两点多就到家了,因为他爸开车去车站接他,陆笋就没去,心却像长了脚,不受她控制,跑到江淮宁那里去了。

傍晚时分,陆笋收到等待已久的消息:下来。

陆笋眼睛一亮,从阳台冲回房间,在白色长毛衣外套了件羽绒服,没化妆,戴了一顶白色的毛茸茸的帽子。

电梯显示屏上的数字不断变换,陆笋抿着唇,尽管极力维持镇静,但不断抠着袖口的手指还是暴露了她的情绪。

她和江淮宁有一个多月没见了,思念的情绪快要将人吞没。

电梯在中途停下,进来一位中年女人,继续下行。电梯到一楼,门打开,中年女人先出去,陆笋随后。

对方走路比较慢，陆笋忍着没有"超车"，始终跟在后面。楼道门的开关在墙上，陆笋探臂拍了下，中年女人推开门。

门缝渐渐扩大，陆笋看见台阶下等候的江淮宁，她睫毛轻轻扇动了几下。

他站姿笔直挺拔，穿着红色连帽卫衣、黑色冲锋衣式样的羽绒服宽松，敞开衣襟，黑色的束脚裤，布料硬挺，裤脚没入高帮的联名款鞋子里。他双手抄兜，沉静如水的眼眸在看见陆笋的刹那，掀起了浪潮。

中年女人手掌撑着能自动闭合的厚重铁门，视线朝后，看着自己后面的小姑娘。

陆笋一怔，旋即反应过来人家的意思是让她先行。她连忙道谢，走了出去，矜持又淡定地走到江淮宁面前。

须臾，中年女人也出来了，从旁边的台阶下去，渐行渐远，拐过一栋楼，彻底看不见身影。

陆笋立刻丢掉在外人面前努力维持的淑女形象，一下扑到江淮宁怀里。

预判了她的行动，江淮宁早早伸手托住她的手肘。陆笋在他怀里仰起头，眼睛晶亮，说："我们去哪儿？事先说好，我还要回去吃晚饭。"

"这么久没见，不想我？"江淮宁沿着小区外的坡路下去，路过宠物店，玻璃门内，小金毛在笼子里"呜呜"叫。

陆笋的视线被可爱小狗吸引，答得不走心："不想啊。"

江淮宁顺着她的视线去看小狗，它趴在笼子里，耷拉着耳朵，是很可爱，但他们有一个多月没见面了，她是不是该把注意力多分一些给男朋友。

他把左手从口袋里拿出来，捏住她下颌，叫她看着他，问："真不想假不想？"

陆笋在他的眼睛里看到了自己，嘴巴再硬也软了，说不了谎："假的。"

江淮宁紧紧握住她的手，他的手掌宽厚温暖，没一会儿她的手就变得热热的。她的眼睛藏在毛茸茸的帽檐下，弯起了弧度。

江淮宁俯低脖颈，才看到她弯弯的眼睛，忍俊不禁："这么开心！"

陆笋没答，沿路走过公交站牌，对面是一家烧烤店，玻璃窗透出暖黄的光。陆笋摆动胳膊："你到底要带我去哪儿？"

"随便走走。"江淮宁脚步停了停，捏住她羽绒服的拉链一下拉到顶端，遮住了她一半白皙小巧的下巴。

再往前走就是公园的侧门，这么冷的天，这个时间点，公园里没人，除了他们两个大傻子，踩在凹凸不平的鹅卵石子路上。两边栽种了桂花树，冬季苍翠依旧，在风中摇摆枝叶，"沙沙"作响。

不远处是一座八角凉亭，围栏边的长条木椅久不坐人，铺了一层灰。

陆笋踏进凉亭,说:"这个公园我第一次来,你……"

刚回过头,面前就罩下一层阴影,紧接着嘴唇被攫取了。剩下的话尽数消弭,耳边风声不再,体感的寒冷不再,只余两片唇上传来的温热触感,经久不褪。

陆笋回到家中,刚好到晚饭时间,洗个手准备吃饭,手机在口袋里振动一下。

是江淮宁发来的微信:明早能跟女朋友吃个早饭吗?

陆笋答应得爽快:我请客,带你去吃一家很好吃的早餐店。

江淮宁回了个"好"字。

早餐店一年四季开张得早,小区门口就有一家煎饼果子店,夫妻俩经营的。丈夫负责摊煎饼,妻子负责打包收钱,热气腾腾的雾气里,两人笑脸迎接每一位顾客。

陆笋戴着毛绒手套,不分五指的那种,像一团雪球,手背上还缀了两只长长的兔耳朵。她指着煎饼果子店:"他家的煎饼果子也很好吃,下回再带你来。"

"嗯。"江淮宁今天穿的还是黑色系,体型好,体态也好,看着清冷又孤高,实则温柔得不像话,只有陆笋知道。

两人各走各的,挨得很近,但没有牵手。

江淮宁在想办法跟她牵上,说:"我手冷。"

陆笋看他的手露在外面,天寒地冻,骨节泛白,手指快冻成剔透的冰棍。她皱眉:"不知道塞进口袋里吗?缩进袖口里也成。"

江淮宁睁着眼睛说瞎话:"不太暖和。"

陆笋的手套是挂脖款的,她摘下手套,取下挂绳挂在江淮宁脖子上:"你戴我的手套,这个暖和。"

江淮宁想评价她一句不解风情,想想还是算了,男人不能太作。他戴上她的手套,里面茸毛很厚,被她的体温烘得暖乎乎,手一伸进去就被一股温暖包裹。

陆笋问:"暖和吗?"

"嗯。"

"我在网上给你买一双同款吧。这个你戴有点小。"

"好。"

江淮宁穿衣打扮偏硬朗,一股酷哥风,手上戴着白色的毛绒兔子手套,还是挂脖款的,不能更违和了。

到早餐店坐下,陆竽点了豆腐脑和热干面,问他还吃不吃小笼包,这一家的小笼包也很好吃。

江淮宁要了一屉。

两人没别的事做,吃早饭也在约会的行程当中,不着急,吃得慢腾腾。

靳阳市里还有好多地方他们没逛过,早饭是陆竽安排的,剩下的交给江淮宁来安排。

当陆竽看到游乐场大门,惊讶地扭头看他。

江淮宁淡定地提起往事:"还记得吗?高三上学期,国庆收假那天,我们不想复习了,去游乐场玩。"

陆竽怎会不记得,说:"去鬼屋玩把我吓得够呛,回去连着几个晚上做噩梦。"

那是晓山建的第一个游乐场,从那以后她再也没去过,不过游乐场里那个鬼屋一直很流行,晓山的高中生没有不去打卡的。

眼前的游乐场比那个大了很多,光从门口的设施就能看出来。窗口前排了长队,大冷天也有许多人来玩,朋友、情侣、家长带小孩的组合。她和他属于情侣组合。

江淮宁还陷在回忆里:"从进鬼屋那一刻起,我就跟在你身后保护你,你还害怕?"

"谁知道啊,我以为有只'鬼'跟着我,吓死了好吗?"

江淮宁提前在网上购买了门票,在入口处排队进去。

这次游乐场之行完全按照陆竽的喜好,没有体验刺激的过山车,也没有恐怖的鬼屋、迷宫,她玩得很开心。

从摩天轮上下来,旁边有个女人带着女儿买气球,Hello Kitty的造型,绳子系在小女孩手腕上,以防不小心飞跑。

陆竽只是看了一眼而已,江淮宁就走到卖气球的摊位前。

她连忙跟过去:"你干吗?"

江淮宁仰头看着一堆气球:"想要哪个?"

"我又不是小孩子……"

卖气球的老板脑子转得快,堆起笑脸卖力推销:"谁说气球只有小孩子才能玩,大人也可以玩,刚才有好些男生给女朋友买。"

营销话术,陆竽听得明白,想拉江淮宁离开,不当冤大头。

江淮宁指着其中一个气球,问陆竽:"小兔子行吗?我觉得你应该会喜欢。"手套就是毛茸茸的小兔子造型。

老板从一堆气球里挑出那只"小兔子",捏着绳子递给江淮宁,说:"拿好了。"

江淮宁问:"多少钱?"

"三十五。"

陆筝想喊一句"抢钱啊",三十五块钱一个气球,靳阳市的物价有贵到这种地步吗?随即想到这里是游乐场,那就能说得通了。

江淮宁这个冤大头已经付完钱了,转过身面朝她:"手伸出来。"

陆筝反应慢半拍,手抬起来,不解地看着他。

江淮宁把气球的绳子系在她纤细的腕子上,跟那位母亲学的:"看紧点,别让气球飞跑了。"

陆筝看了看手腕,又抬起头看了看飘在半空的小兔子气球,两只耳朵竖起来长长的,随着风飘来荡去,有根线牵引着,飞不走,像是在空中跳舞。

她笑了起来,头发在阳光下镀了一层淡淡的金色。

江淮宁被她天真的笑容晃花眼,三十五块钱花得超乎想象的值。

手腕上系着一个这么可爱的气球,陆筝恍然回到小时候,变成小孩,脚步轻盈,偶尔会不自觉地踮一下脚尖:"江淮宁。"

"嗯。"

"江淮宁。"

"嗯。"

江淮宁一遍遍不厌其烦地应声,手拉着她,眼睛看着她,只看着她,对别人没兴趣,对游乐场的各项活动也没兴趣。

太阳很大,风还是很冷,吹在脸上刺刺的,陆筝摇头,笑着说:"没什么,就是想叫你的名字。"

5

不知不觉,除夕来临,一年就这么过去了,时间最无情。

跟去年一样,陆筝一家回乡下旧宅过年。

中午吃年饭,一桌丰盛的菜肴出自陆国铭的手,鸡鸭鱼虾、瓜果蔬菜样样有。

晚上随便吃了点,黄书涵给陆筝打来电话,约她在老地方聚。

一年一次聚会,是他们这群发小的约定。

陆筝回房间换装备,羽绒服、帽子、围巾、手套,一样不少,裹得严严实实。

黄书涵的电话又来了,陆筝接通,点开免提丢到床上,对着镜子整理围巾:"什么事儿?"

"我刚忘了问,你怎么过来?我和承哥骑车去接你还是怎么着?"

陆竽说"好"。

电话挂了,陆竽系好围巾,下一秒,手机又响起来,陆竽无奈地接起:"黄书涵,你能不能一次性把话……"

她没看来电显示,直到那边传来江淮宁清朗的声音:"我在你家门外。"

陆竽愣了愣,站在阳台上的玻璃窗前看出去,大门外停了一辆黑色轿车,车前灯亮起,在夜里存在感极强。

陆竽挂了电话匆匆下楼,经过客厅,一片嘈杂。是有人过来串门,一拍即合地支起了麻将桌,准备搓几圈。一年里难得的休假时光,娱乐身心的活动要玩个遍。

陆竽跟夏竹报备完,出门去,陆延屁颠颠地跟着她,甩都甩不掉。

认出停在那里的车是江淮宁的,陆延比他姐还激动,将嘴里的棒棒糖拿出来,对着车窗挥手大喊:"姐夫!"

话音还没落,就被他姐揍了,脑瓜子被打得"嗡嗡"的。陆竽叱他:"瞎喊什么?"

陆延清楚他姐的武力值,连忙跳开了。

车门推开,江淮宁下来,不再是冷酷的黑色,他今天穿了干净的浅蓝色,长得好看,身材优越,穿什么都亮眼。

幸好他早有准备,从口袋里摸出一个红包递给陆延。

陆延当宝贝捧在手里,偷瞄了他姐一眼,把红包塞进棉服里衬的内袋,笑得眼睛里都是小星星:"谢谢姐夫。"

陆竽无语。江淮宁只知道笑,也不纠正他,还夸赞一声:"真乖。"

江淮宁看向陆竽,她眼睛死盯着陆延,在思考怎么教训这小兔崽子。

江淮宁笑了笑,从另一边口袋里掏出红包,抓起她的手,拍在她手心里:"别妒忌,你也有。"

陆竽微微抬眸看他:"我等会儿有活动。"她把红包放进口袋里,拉上袋口的拉链,拍了拍,"黄书涵约我去桥头放烟花,你去吗?"

江淮宁恍惚了下。去年除夕,两家人在浮生居吃年夜饭,中途陆竽被朋友叫走,也是去桥头放烟花。临走时她问他"你去吗",他赌气说不去。

说完他就反悔了,拔腿追出去,顾承骑着机车带她走了,他只能望着他们远去的背影,最后连背影也看不见,唯余路灯的光。

他孤零零一个人,在冷风中站了很久,第二天头特别疼,仿佛是对他口是心非的惩罚。

今年她问他,你去吗?

他毫不迟疑地回答:"去。"

陆延拉开后排的车门,先坐进去等他们。

陆竿坐在副驾驶上,江淮宁倾身靠过来,给她系安全带,然后启动车子。陆竿突然想到黄书涵和顾承要来接她,赶忙拿手机给黄书涵发微信,叫黄书涵别来了。

黄书涵:你骑自行车过来?

陆竿这个废物点心,始终学不会骑电动车,之前还说要考驾驶证,迟迟没有鼓起勇气去驾校报名。

陆竿:江淮宁开车送我。

黄书涵:[省略号.jpg]

顾承扣上头盔,催促黄书涵:"别玩手机了,走了。"

黄书涵看着他,眼里的同情一闪而过:"我们不用去接她和她弟弟了,江淮宁开车送他们过来。"

顾承不是脆弱的人,她说出这句话的时候语气很是小心翼翼,唯恐伤害到他。

顾承抬腿跨上机车的动作一顿,他没什么表情地握住车把手,没有拧动钥匙,也没有说其他的话。

黄书涵瞅了他一眼,以为他会失落,但他连一丝情绪都没泄露出来,反而叫人说不出安慰的话。

车开到桥头,江淮宁透过挡风玻璃看到了四周的烟火气。

桥的东边接壤热闹的街市,西边是群居的住户,吃过年夜饭,前来凑热闹的人很多,小孩占了三分之二,提着灯笼,拿着各式各样的小炮疯跑。

江淮宁理解了陆竿一家人每年除夕坚持回乡下的意义了。过年就是这样才热闹。

两人下车,慢悠悠地从人群中穿过,在桥上看见了顾承、黄书涵、董秋婉、周鑫、邓洋杰、李德凯,还有一个小姑娘。陆延跑过去,兴奋地跟那小姑娘说话。

顾承手指夹着烟,看了陆竿一眼,一眼停留了半分钟,而后撤开视线,去看桥下潺潺流动的河水,被沿岸的彩灯照出斑斓的粼粼碎光。

陆竿走近了,看清那小姑娘是顾承的妹妹顾馨彤,一件白色棉服从头裹到脚,跟一只胖乎乎的汤圆似的,戴了口罩,只露出两只圆溜溜的眼睛,亮晶晶,对什么都好奇。

几人脚边堆着大大小小的烟花,还有仙女棒、杂七杂八的小炮。黄书涵给了陆竿一根超长的仙女棒,大概有一米。

黄书涵转头冲那个冷酷到不行的人说："大哥，别装酷了，打火机借用一下。"

顾承惜字如金，默默从裤子口袋里掏出打火机，放入她手里。

黄书涵帮陆竿点燃了仙女棒，火星"刺啦"一声迸开，火花四溅。陆竿举着仙女棒，静静地看它燃烧，它太长了，她不敢随便挥舞，怕戳到别人身上。

她笑着看江淮宁，抬抬下巴："那边还有好多小炮，你也玩啊。"

"我看着你玩。"江淮宁说。

陆竿把手里的仙女棒给他，自己去拿了一根短的，借着他那根仙女棒上的火星点燃了。火光照亮他们的脸，是温暖的色泽。

两人趴在栏杆上，背影羡煞旁人。

周鑫不知点着了一个什么炮，源源不断地喷出彩色的浓烟，他们在缭绕的烟雾里放声大笑。

"周鑫这傻瓜，搞的什么玩意儿，眼睛熏疼了。"

"这不是你买的吗？怪我？"

"踢远一点啊我去，我裤子被这烟染成紫色的了。"

"哈哈哈……"

黄书涵在欢声笑语里去看顾承，他眼神淡漠，不知在看什么，但总有那么一个瞬间，视线会从陆竿身上掠过。只有那一瞬，她能够看清他眼底的落寞。

她就知道，他不可能完完全全藏住情绪。

真够虐的。现实里不可挽回的遗憾比她看过的那些"Be小说"虐多了。

正看着，顾承突然转头，对上她复杂的目光。他没深究她眼底的情绪，伸手："打火机给我。"

黄书涵把攥在手心里的金属打火机还给他，他拿过去，点燃了一根烟，走远了，一个人抽。走时，他不忘叮嘱她一声："照看一下我妹。"

顾馨彤和陆延在玩摔炮，扔到地上"啪"一声响，两人"咯咯"笑个不停，不谙世事，无忧无虑。

顾承抽完一根烟就回来了，身上一股淡淡的冰凉的烟草味，嘴里嚼着长条形的软糖，酸酸甜甜。

"他们人呢？"

黄书涵抬手一指："江淮宁和陆竿顺着桥头的台阶下去了，可能沿着河岸散步吧。其他人跑去对岸的超市买东西吃。"

时针快要拨到零点，沿着河岸散步的两人回来了，手牵在一起，裤腿沾了岸边枯黄的草屑。

"承哥,过来点烟花!"邓洋杰搬出准备已久的烟花,依次排开。

顾承没兴致,把打火机丢给他们。

桥边人头攒动,兴奋地仰头望向天空,不知是谁先起的头,大声喊着倒计时:"十、九、八、七、六、五、四、三——二——一!新年快乐!"

最后一个数字响起,一排排烟花冲上漆黑的夜幕,在空中炸开,万紫千红,如颜料泼洒。可是,世上最贵的颜料,也远没有眼前的一幕壮丽璀璨。

烟花持续了很久很久,空气里都是硫磺味。

陆笋抬头看着江淮宁,眼睛里倒映着烟花,一朵一朵,如星辰闪烁:"江淮宁,新年快乐。"

"新年快乐。"江淮宁搂着她的肩,在她额心亲了一下。

周鑫回头正好撞见这幅画面,忙捂住眼睛,大惊小怪:"这是春节,不是情人节啊两位,能不能给单身狗留条活路。"

陆笋大笑:"走开,我们又没有做见不得人的事。"亲额头而已。

黄书涵提议:"新年了,许个愿望吧朋友们。"

周鑫首先对着天空喊了一声:"祝我来年暴富!"

邓洋杰:"祝我追到外国语学院的女神!"

李德凯:"我也要暴富!"

黄书涵的手搭在栏杆上,声音被风送出去很远:"祝天下有情人终成眷属!"

"有情况啊涵姐,你这是指你自己吧。"周鑫搔了搔耳朵,做出洗耳恭听的姿态,"来,跟哥说说,看上谁了,你们学校的?谁这么不给我们涵姐面子,我去揍他的。"

黄书涵瞪他一眼,附带一句"管好你自己",而后看向陆笋,换上笑脸:"该你了。"

在他们说出自己的愿望的时候,陆笋就在思考了,到了这一刻,她仍然没有想好要许一个什么样的愿望。她当然不可能无欲无求,只能说对近期的生活状态非常满意,目前没有没达成的念想。

陆笋沉吟了下,笑着说:"那就祝我们身体健康,开开心心每一天。"

"好庸俗,鲈鱼你能不能学学我,多有野心抱负。"周鑫嘴巴利索,接话快。

陆笋反问:"庸俗吗?"

"庸俗!"

"我就是个庸俗的人。"

陆笋转头看向右边的江淮宁，他正含笑看着她和朋友拌嘴，她轻轻扬眉："新年愿望，你不许一个？"

江淮宁说："学业有成，早点毕业。"早点娶你。

剩下半句，他在心里补上。

周鑫服了他们："你俩一个比一个庸俗。"

剩下的董秋婉和顾承，一个许愿来年变瘦，一个什么愿望也没许。两个小朋友没参与，过了零点，他俩就开始打瞌睡，眼皮耷拉，快要进入梦乡。

烟花散尽，他们一年一度的聚会也要散场了。

第九章 /
分别是为了重聚

1

过了初七,陆竽一家人回到市里,陆竽又可以躲在房间里画漫画了。

连续几天没更新,她登上微博一看,粉丝竟然涨到了三万多,逼近四万,留言和私信堆积了好多。

△大大过年不更吗?孩子等着你产粮呢。

△每天抱着手机刷新无数遍,我妈以为我谈恋爱了,我该怎么跟她说,我追一个小破漫画追上头了。

△女主什么时候发现她男朋友是猫猫变的?好期待好期待!

△一动情就露出猫耳朵的这个设定我嗑死了!我们的女主怎么还没察觉到。

这还只是评论区,私信里的催更方式更是五花八门。陆竽一条一条点开来看,看到其中一条,愣了一下。

△您好,我是漫语的编辑落月,在微博热门上看到您的漫画,想问您有兴趣签约吗?这是我的QQ号,希望得到回复。

陆竽点进对方主页,简介那一栏写着"漫语编辑"。

出于好奇,她就去百度搜了"漫语",确实是一个正规又出名的漫画平台。

陶念慈是个漫画迷,为了进一步验证,陆竽给她发微信,问:你知道漫语吗?

陶念慈回消息神速:当然!我日常追的漫画好多都是这个平台出的,里面有超级多的大神,"游西塘"你听说过吗?他的古风漫画风靡全网,作品在外网也很火,应该说风靡全球。好多单行本都绝版了!

印象里,陆竽好像听过这个名字:期末考试前,你让我们帮忙抢特签的那个画手?

陶念慈：对对对！就是他。你怎么突然问起这个了？

陆竽：有个漫语的编辑私信我，想让我去平台连载《猫先生》这个漫画。

陶念慈：赶紧签约，机会难得不容错过。根据我的了解，这个平台的门槛挺高的。我觉得你画得很好，画风自成一派，不输我看过的那些专业画手的作品，应该能吸引很多少女粉。

陆竽感谢她的鼓励，给自己增长了不少信心。

还有一件事令陆竽十分纠结：我画的是你的猫，拿去签约会不会不太合适？

陶念慈太佩服陆竽的脑回路了，这有什么，她才不会介意。

陶念慈发来语音，用一把甜美的声音咆哮："你在说什么啊！脚本是你编的，漫画是你绘制的，我没出一点力，有什么不合适的。快去签约！好的际遇要把握住！"

大二下学期开始，陆竽除了上课和参加社团、学生会活动，还要连载漫画，整个人忙得没一点空闲时间，正好江淮宁也很忙。两人日常联系全靠手机，开着视频通话，各自忙碌，偶尔抬眸看一眼对方。

清大最近多了一则新的传闻，校草江淮宁跟他那个异地恋的女朋友分手了。

证据之一，这学期以来，他再也没去看他女朋友，他女朋友也没来看他。

证据之二，是计算机系的人传出来的，大三的交换生名额有一个定了江淮宁，剩下那个名额未定，要去美国一年。

交换的那所学校在全球计算机专业里排名顶尖，被称之为"计算机行业的黄埔军校"，傻子才会为了女朋友留在国内。

异地恋难以维系，异国恋更不用说，真没几对不分手的。

这个谣言越传越真，那些沉寂已久的女生开始蠢蠢欲动，各种绮念冒了出来，往江淮宁身边凑。

这当中不包括谢柠。经过一年多的沉淀，每天徜徉在哲学里，她对江淮宁的那点心思早就被时间和知识消磨得不剩多少了。

偶尔听到别人讨论他，她会突然怔神，然后淡淡一笑。

在食堂吃饭碰见胡胜东和他的室友，没有江淮宁，谢柠端着餐盘找不到座位，就坐了过去，随意闲谈："我听说江淮宁和陆竽分手了，不是真的吧？"

"谁这么缺德，背后造这种谣，巴不得人家分手吗？"卢宇愤愤道，"要不是早上看到他俩打视频你侬我侬，我差点就信了。"

彭垚同情校草："他哪是不想去关州找女朋友，他上周末买好了票，庞教授一个电话打过来，他直接飞外地参加研讨会了，昨天才回来。"

卢宇附和："你是不知道他有多忙，早上衣服都穿反了，出门时被我提醒才发现。"

谢柠问："那……出国交换的事儿？"

"你说这个啊，大概率是真的。"彭垚嚼着米饭，话音含混，"除非他不愿意去。"

胡胜东在食堂多买了一份饭，带到宿舍里。

推开门，江淮宁已经从庞教授的办公室回来了，仰着脖子枕在椅子靠背上，面前的电脑开着，屏幕上在跑代码，他趁机小憩。

胡胜东走近，听到了平稳的呼吸声，靠近他瞅了一眼，好像睡着了。

卢宇和彭垚落后几步，正说笑打闹，被胡胜东以眼神制止，两人停了下来，不约而同地去看江淮宁。

彭垚用口型问："睡了？"

胡胜东点头，这样也能睡着，可怜见的。

彭垚轻手轻脚地在宿舍里走动，呼吸都屏住了，爬到床上躺下，准备午休。

胡胜东把饭轻轻放在江淮宁桌上，后退一步，江淮宁突然醒了，手指捏了捏鼻梁骨，睁开眼睛。脖子枕在坚硬的椅背上时间久了酸痛，他手捏住后颈按揉。

胡胜东呼出一口气："给你带了饭。"

"看到了。"江淮宁看了眼电脑屏幕，挪开，捞过饭盒低头扒饭。

胡胜东靠着桌沿看他，熬夜加长时间看电脑，他眼底泛着淡淡的青黑色，也就他这张脸傲人，换了别人，顶着两个黑眼圈，只会让人觉得萎靡不振。他不一样，还是干净清爽的，不见半点邋遢。那两个黑眼圈给他增添了一点颓感，让那些女生看见了，再加上最近流传他分手的传闻，不知多惹人怜爱。

胡胜东想东想西的工夫，江淮宁干完了一份照烧鸡腿饭，端起手边的水杯凑到嘴边，喝了一口空气，这才发现里面没水了。

"我给你倒。"胡胜东拿走他的杯子。

江淮宁也不说声谢，又闭上眼睛，争分夺秒地休息。

胡胜东倒了杯开水放桌上，冒着热气，想着他可能着急喝，从床头挂的塑料袋里拿了瓶矿泉水："你这一波忙到什么时候结束？"

江淮宁睁眼，拧开矿泉水瓶灌了几口："快了。"

没睡着的彭垚爬起来，手肘撑着床，问江淮宁："学校里的传闻你听说了吗？"

卢宇从卫生间出来："衣服都能在忙乱中穿反，你能指望他听说什么？"

"也是。"彭垚干脆告诉他，"学校里都在传你和你女朋友分手了。"

"无聊。"江淮宁拧上瓶盖，下一秒就进入学习状态。

胡胜东笑了一声："今儿中午谢柠还问我，你出国那事儿真的假的，你还没得到确切消息？"

江淮宁不语，胡胜东继续道："彭垚说大概率是真的。"

彭垚立刻辩解："我也是听别人说的。"

"放学后庞教授找我，说到这个事情了。"江淮宁不再隐瞒，"是真的。"

"怎么说的，去美国？"

"还没定。"

"是交换的学校没定，还是名额没定？"胡胜东说完，转念一想，"不管哪个学校，肯定不会差。别人的名额或许需要竞争，属于你的名额还不是板上钉钉。"

江淮宁脑中突然闪过什么，看向经常跟陆竿打小报告的彭垚："你是不是把我出国交换的消息透露给我女朋友了？"

彭垚尴尬地笑了笑："我一不小心说漏嘴了。"

卢宇拆穿他："鬼才相信你是一不小心。"

胡胜东"啧"了声，谴责彭垚："他们要是吵架了，你就是'大功臣'，你个大聪明。"

彭垚吓得脸色变了："不会吧……"

"女生天生敏感多思，江淮宁还没说你就先说了，人家以为他故意瞒着呢，你说说你是不是在捣乱？"胡胜东一语中的。

江淮宁点开与陆竿的微信对话框，上一次聊天是今天早上。他洗漱时，抽空给她拨了个视频电话，聊了没多久，赶着去上课就挂了，挂之前还隔空亲了一口来着。陆竿在电话里没提过关于出国的事，一句也没问。

江淮宁揉了揉眉心，退出微信，订了一张去关州的车票。

熟悉的关大，熟悉的女生宿舍楼，熟悉的香樟树。

雾蒙蒙的阴天，刮着北风，江淮宁等了没多久，皮肤表层的温度好似下降至冰点，没了知觉。

以前在这里等陆竿，时而有女生前来搭讪，两个学期过去，经常有人瞧见这帅哥和新闻系大才女陆笋约会，久而久之大家都知道帅哥有主了。再碰见他，远远欣赏一眼，没人不识趣地凑上去。

收到江淮宁的消息，陆笋从床上跳下来，保存了没完成的画，来不及梳妆打扮，换上衣服，对着镜子整理头发。

"陆笋，你男朋友来啦？"汪雨在她对面床铺，将她的举动看在眼里。

陆笋弯腰穿鞋："嗯，在楼下等我。"

"你晚上还回来吗？"何施燕趴在床上问。

陆笋没回答，她拿上包，跟她们挥了挥手，出了宿舍，下楼梯失去耐心，一次跨两三级台阶。

跟江淮宁第一次来学校找她那样，她飞奔着撞进他怀里。

江淮宁浑身疲惫，见到她，疲惫就消除了。他搂住她的腰，脸埋在她颈窝里，闭着眼感受她颈部跳动的脉搏，鼻息是熟悉的馨香。

陆笋的脖颈被他的呼吸撩得热热的、痒痒的。她没有挪动，同样也在静静地感受他胸膛的体温、他的气息。

她的手贴在他背部，轻轻出声："你怎么穿这么单薄？"

可能他来得太匆忙，没看关州的天气。从昨天开始倒春寒，气温骤降，暖气已经停了，陆笋把收起来的冬装重新翻了出来。

江淮宁身上穿着春季的薄款运动衣，里面一件套头长袖衫，风一吹，冷气直往体里钻。

江淮宁的手臂跟藤蔓一般，收紧再收紧："不冷。"

"要……喘不过气了。"陆笋在他怀里憋红了脸，额头印了一串他胸前拉链的印子，她抬起头时，江淮宁看着她额心的印记，忽地笑了。

"笑什么笑。"陆笋不明所以。

江淮宁指腹在她额头上按了按，那印子太深，抚不平。

陆笋定定地看着他的眼睛，也不探究他为什么笑了，只剩心疼："你又没睡好觉，黑眼圈这么重，眼睛里全是红血丝。之前跟你说过，忙就不要过来了，一来一回耽误的时间够你睡好长一觉了，你是不是没听进去？如果想见我，打视频就好了……"

她说了很长一段话，江淮宁只看到她嘴唇张合，至于说了什么，他听得一半清晰一半模糊。

"不是耽误。"他突然说。

陆笋停下了絮叨。

"来见你怎么能是耽误时间呢？"江淮宁修改她的措辞。

沉默片刻，陆笋只有一个想法，得找个地方先让他睡一觉再说。

217

她边走边摆弄手机,订好了酒店,手掌摩挲江淮宁的胳膊:"很冷吧?"还得给他买件外套才行,不然迟早得冻感冒。

"还好。我们去哪儿?"被她拖着走了几步,江淮宁才想起来问。

陆竿回答得相当随意:"开房。"

这么有歧义的词,不知道的人听了会乱想,江淮宁不会,她说开房,就是开一间房,不含任何旖旎地躺着睡一觉。

"去酒店前先带你去商场。"

到校门口,恰好停了一辆出租车,上面的学生下来,往学校里走,陆竿拉着江淮宁赶紧坐上去,给司机报了个长岛酒店附近的商场,买完衣服就能去休息。她想得十分周到。

坐车的过程中,两人的手没分开过,502胶粘住了似的。

车在商场入口停稳,陆竿扫码付完车钱,在一楼电梯口看了眼指示图,男装区在三楼,跟江淮宁直奔三楼,进了其中一家店。

春装早就上了,秋冬款的衣服只占据一小片区域。陆竿去那一片挑选,一眼相中一款米色毛绒外套,胸口有一个小小的红色刺绣。她把它从衣架上拎出来,转身在江淮宁身前比画,弯了弯眼睛,其实不用比画,他穿什么不好看啊。

"你去试试。"她说。

陆竿让店员拿了适合江淮宁的码,他转身去试衣间。陆竿在他换衣服的间隙,又挑了一件绿色的连帽卫衣。

敲了敲试衣间的门,开了一条缝,她把衣服递进去:"这件也试试。"

须臾,江淮宁出来。换了衣服就换了种气质,原先的黑色运动衣把他包装得冰冷疏离,眼下绿色卫衣搭配米白色毛绒外套,奶里奶气,说他是男高中生也不会有人怀疑。

果然是衣架子,不需要挑来挑去,一进店就买好了。

毕竟是他要穿的,陆竿付款前询问他的意见:"你喜欢吗?不喜欢我们再挑。"

他问了同样的话:"你喜欢吗?"

"我?"陆竿食指点了下自己,"又不是给我穿的。"

"穿给你看的,你喜欢比较重要。"

陆竿爽快地去买单,江淮宁没跟她抢。

"麻烦剪掉吊牌,我们穿走。"陆竿拿走小票。

"好的,您稍等。"店员拿了把小剪刀过来,经过陆竿身旁,不由得夸赞,"你男朋友真帅,跟模特似的,没见过比他穿这套衣服更合适的人了。"

陆竿笑了笑,她确定店员不是在恭维,因为江淮宁真的很帅。

等店员剪完吊牌,她跑过去,在江淮宁耳边说:"听到没有,店员夸你长得帅,穿这套好看。"

江淮宁"嗯"了声,矜持道:"我女朋友眼光好。"

陆竿顿了顿,歪头看他:"一语双关?"她眼光好,是指挑人的眼光,还是挑衣服的眼光呢?

半小时后,酒店房间的门锁"嘀"的一声响,江淮宁被陆竿拉进室内,反锁门,推到床边,命令他:"睡觉。"

"你呢?"江淮宁靠着枕头,一双眼倦懒也迷人。

"我玩手机。"陆竿坐在床尾的沙发上,脱了鞋靠着沙发靠背,"早知道把笔记本电脑带过来了,还能画画。"

"你不陪我睡?"

"我不困。"

江淮宁默然几秒,起身下床,从书包里拿出平板电脑,问:"用这个画行吗?"

"我电脑里有画到一半保存的图,你平板电脑里没有。"

江淮宁把平板电脑塞回书包,弯腰抱起她,轻轻放到床上,高大的身躯覆上她的身体,与她长长久久地对视。

"为什么不问?"江淮宁主动挑明。

陆竿近距离凝视他,他的皮肤真好,熬夜也没有长乱七八糟的瑕疵,还是那么细腻光滑,就是黑眼圈有点重。不像她,熬夜会长闭口和痘痘。

"问什么?"她看够了,才接他的话。

"出国交换的事。"江淮宁说,"彭垚跟你透露过,你为什么不问我?"

陆竿:"你是因为这个才过来找我的?"

江淮宁翻身到她身侧躺着,手臂搂住她,嘴唇贴在她后颈:"因为想你才来见你。"

陆竿枕着他的胳膊:"是真的吗?你大三要出国做交换生一年?"

在其他人面前,没确定的事江淮宁向来有所保留,不肯透底,在陆竿面前不会,他毫无保留。

"是真的。"江淮宁缓缓道来,"带我的庞教授几天前找我谈过,一共两个交换生名额,一个给了我,另一个目前还没定。他找我是通知这件事,没得商量,但我说想要考虑几天,他很不理解,但没说什么。"

陆竿"唰"地支起手肘,盯着他的脸:"这么好的机会还需要考虑?如果换作我,害怕夜长梦多,恨不得让老师当场写上我的名字。"

她的反应在江淮宁的预料之外，他一时无言。

"你、你该不会顾虑到我，所以在犹豫吧？"陆筝皱起眉，给他细数一堆出国的好处，"你可以增长更广阔的见识，可以接触到跟国内不一样的知识。名额这么稀缺，说明这个机会很重要。你不要因小失大。"

江淮宁手掌扶着她的脑袋，按在胸前："你不觉得难熬吗？一年。"

陆筝能听到他的心跳声，那么有力。

"时间过得很快，不知不觉，我们在一起一年了。一年，三百六十五天，在学校里的日子总是过得重复又充实，很快就过去了。再者，中途又不是不能回来，你没空，我飞过去看你也行。不过是距离远了一点，时间长了一点，没那么难熬。"

她努力说得洒脱，为了不让江淮宁心有负担。

江淮宁喉咙滚了下，咽了口空气下去，说不出话。

陆筝拿手指戳他硬实的胸膛："你怎么不说话？"

"你把话都说完了，我说什么？"江淮宁嗓音低哑，像喉咙里梗着一颗小石子。

陆筝手指来回摩挲他的下颌，光溜溜的，没有胡茬的刺感："难道我说得不对？"

"不对。"江淮宁回得很快。

"哪里不对？"

"有些知识也不是非要去国外才能学，在国内我也一样能学得出色。"江淮宁语气认真，表情自信。别人说这话是傲慢，他说出来会令人无条件信服。

"别啊，能出国长见识多好，多少学生求不来呢，你就别犹豫了。"陆筝手伸进他裤子口袋，掏出他的手机，密码是她的生日，轻易解了锁，从通讯录里找到庞教授的号码，"现在给庞教授打电话，说你愿意。"

江淮宁闭上眼，装睡。

陆筝不留情地拍他的脸，"啪啪"两声："快打电话，我看着你。"

江淮宁搂紧她，夺走手机扔到床头柜上。一不小心用力过猛，手机从床头柜上滑下来掉地上，床边铺了地毯，不用担心会摔碎，他懒得爬起来捡："睡醒再说。"

"你别糊弄我。"陆筝挣脱他的手臂，下床捡手机。

江淮宁叹气，看来这个电话不打，他女朋友是不会安心放他睡觉了。他顺从地拨通庞教授的电话，响了很久，没人接。

庞教授年纪大了，不跟年轻人一样手机不离手。

"不是我不打,是教授没接,放过我吧,我先睡觉……"

话音未落,手里的手机响了起来,庞教授回拨过来。陆竽挑了挑眉,示意他快接电话。江淮宁摁了下眉心,接通了。

温厚的声音从听筒里传来,陆竽脑袋贴在江淮宁耳侧,自然能听见:"淮宁啊,打给我是想说出国的事决定好了?"

江淮宁清了清嗓子:"决定好了,您把我的名字写上吧。"

庞教授说:"那天跟你谈完我就写上了,你说考虑,我就当你是没睡好,脑子不清醒。"

江淮宁一噎。

等庞教授那边挂了电话,江淮宁放下手机,把陆竽抱在自己身上,在她嘴唇上亲了响亮的一口:"满意了?"

陆竽一颗心落了回去:"离你出国还有那么久,我们有足够的时间待在一起。不说眼前,未来还有几十年。"

这话江淮宁爱听,手指抚摸着她的后颈:"还记得我的新年愿望吗?"

陆竽记得:"学业有成,早点毕业?"应该是这八个字吧。

江淮宁把那天放在心里的话说出来:"早点毕业就能早点娶你。"

"娶我?"陆竽不害臊,"我还不想嫁呢。"

"不想嫁我你想嫁给谁?"

说不过他就开始耍赖,陆竽一手盖住他的眼睛,一手捂住他的嘴:"不是很困吗?怎么还不睡觉,别说话了。"

她说着,准备从他身上下来。江淮宁箍住她,不让她动,扯下捂着嘴巴的那只手,说:"就这么睡。"

"这样怎么睡,不重吗?我九十多斤。"陆竽不太敢乱动,眼下他们的姿势于他来说与胸口碎大石无异。

"我其实不想睡。"尽管很困,困得睁不开眼,但他觉得与她相聚的时间太难得,用来睡觉是暴殄天物。

陆竽语调轻扬:"不想睡觉你想干什么?"

然后,她的嘴唇就被吻住了,两人的姿势颠倒。

2

第二天下午,江淮宁走了,陆竽回学校。

之后的日子,她上课、画画、跳舞、去学生会开会,还有,每天跟江淮宁联系。

清大的校园里,江淮宁去美国做交换生一年的消息已经得到证实,大

221

面积传开。有人还在传他和女朋友分手的流言,也有人说在车站见到他,八成是去找女朋友了。相信他已经分手的那拨人就说,去找女朋友没准是谈判,一个谈不好,结果还是分手。

江淮宁从没在意这些传言。

交换生的名额还剩一个,竞争有多激烈只有系里的人清楚。

胡胜东收了心,全部精力用在学习上,游戏也不打了,闲话也不说了,在学习态度这方面俨然成了第二个"江淮宁"。

他想要那个名额,跟江淮宁一起出国。倒不是陪江淮宁,他是为着自己的前程考虑。眨眼就到大三了,有些事现在不努力,到了社会上,只会被人按地上虐。

与他竞争名额的学生里,数叶姝南最不容小觑,她曾在庞教授的项目里待过,这是一大优势。

胡胜东学累了,在宿舍里唉声叹气:"'少壮不努力,老大徒伤悲'啊,古人诚不欺我。早知道有这么一个香饽饽在前面摆着,我就该从大一入学起,勒紧我的脑神经,绝不松懈。"

"这不还有几个月吗?现在努力也不晚。"卢宇安慰他,"你各方面成绩跟校草比也就差了一点。"

"差的那一点就是关键。"胡胜东丢下笔,回过身看他,"叶姝南那女的,我害怕啊,那么厉害。"

卢宇没法安慰他,还给他传递了一个打击人的消息:"有人说她前天去找庞教授了。你说项目都结束了,她去找庞教授干什么?"

"不会吧!"胡胜东转回去,抓起书拼命看,但他这会儿脑子转不动,看不进去,于是找江淮宁打听,"哎,江淮宁,你跟庞教授联系紧密,给我透个底,另一个名额是叶姝南的吗?"

江淮宁翻过一页书:"不清楚。"

胡胜东薅乱了一头短发,濒临崩溃的边缘。

江淮宁这才移开视线,淡淡瞥了他一眼,不疾不徐道:"你未必会被她比下去。她就占一个优势,你的成绩也不差。"

陆竿完结了人生中第一部漫画,花了一个学期加一个暑假的时间。在校期间她以学业为重,一周只更一到两话,拖长了战线,暑假才有大把时间花在漫画上面。

当初随心创作,篇幅设置得不长,没想到会得到这么多人喜欢。

在她完结那天,编辑落月发来消息,问她下一部作品是否有计划。

编辑都是这样,一部完结了,希望你赶快创作出下一部,维持住上一部积累的人气。

陆竽没有人气流失的紧迫感,她回编辑:暂时没灵感,不确定下一部作品什么时候能产出。

可能三五个月,也有可能是半年,没个定数,她也就没给落月承诺。

落月回:我知道了。创建新作品前记得跟我说一声,我好帮你安排。

陆竽退出聊天框,在手机备忘录上接着列药品清单。

她查了个人携带药品出境的要求和限制,在不违反规定的前提下,尽量多备一些日常用药。

列好了清单,陆竽顶着大太阳出门,到距离小区比较远的一家大药房配齐了。药箱不方便携带出国,她买了个类似洗漱包的多层帆布包,按照类别把药装进去,治疗感冒、肠胃不适、过敏、跌打损伤的都有。

陆竽拎着药进了小区二期,轻车熟路找到江淮宁家,敲门。

江淮宁前来开门,穿着衬衫样式的白色短袖,到膝盖的大短裤,拉着她进屋:"怎么不晚点过来,外头太阳正晒。"

"给你送点东西,晚点我要回乡下外公家,我表哥结婚,明天举办婚礼,我们一家提前一天过去,看看哪里需要帮忙。"

陆竽出门一趟,脸上出了汗,妆有点脱了。

她跟着江淮宁进了他的房间,坐在他床上缓了缓,空调的冷风扑在脸上,散去了些许燥热。

江淮宁的房间不似平日那般整洁,散乱着杂七杂八的东西。他最近在收拾出国要带的物品,行李箱摊开放在床尾的地板上,里面装了一些叠好的衣服。

陆竽直接把药包丢进他行李箱里。

"这是什么?"江淮宁拿起帆布包,拉开拉链,里面是五花八门的药,能治疗各种病症。

"我都查过了,这些是可以允许携带出境的药品,可以放心带出国。"陆竽两手撑在床上,身体后仰,"你机票订了吗?"

"订了。"

"什么时候走?"

"9月3日。"

陆竽一下沉默了,正好卡在她开学那天。她抿了下干燥的唇,难掩失落地说:"我就不送你了,反正你要去北城登机。"

江淮宁坐去她身边,握住她的手放在自己腿上:"不用送。你来送我,回去却要一个人,我舍不得,所以不要来送。"

陆笋假意轻松地耸肩:"本来也没打算送,你又不是没人陪,我记得交换生有两个名额。你们应该会一起出发吧,另一个人是谁?"

"本来也没打算送?"江淮宁笑着捏她的下唇,"是谁的嘴巴刚刚噘得老高。"

陆笋不承认是自己。

"跟我一起出国的人你认识。"江淮宁没有继续逗她。

"谁?"

"东子。"

名额落定前,叶姝南和胡胜东的赢面最大。叶姝南是在庞教授的项目里待过,若论综合成绩,胡胜东则更胜一筹。名额会给胡胜东,江淮宁不意外。他一早就料到了,是胡胜东自己没信心。

陆笋听到这个名字很开心:"真好,他是你老朋友兼室友,你们关系铁,在国外能互相照应。"

江淮宁说:"应该是我照应他。"

陆笋笑了,江淮宁事事周到妥帖,持重又沉稳,在照顾人这方面没几个人能比得过他。可是这样的他,要跟她分开一年。

陆笋情绪稍稍下跌,立马被她铲除了,她很会转移注意力:"你家有冰激凌吗?我想吃。"

"等着。"江淮宁出了房间。

陆笋躺在他床上,被他的气息包围,闭上眼睛,等得快睡着了,江淮宁的脚步声才传过来。

陆笋缓慢撑开眼皮,坐起来,瞧见他拿着一小盒冰激凌站在床边,俯视着她。

她怔了下,刚刚好像听见了外面传来的开门、关门的声音,不可置信道:"你出去给我买冰激凌了?"

江淮宁没觉得有哪里不对:"我家里没冰激凌。"

"我问你的时候,你直接说没有,我就不吃了。"她也不是非吃不可。

"但是,你想吃。"

其他的不重要,她想吃最重要。

陆笋握着冰凉的小盒子,拆开勺子,挖了一勺冰激凌送入口中,芒果奶油味的冰激凌,比她吃过的任何一款都要好吃。

江淮宁接着收拾东西,行李箱很快被填满。他手肘搭在腿上,仰头看着她:"就算我去了国外,你遇到困难也要给我打电话,不用怕打扰到我,至少别让我从其他人嘴里知晓。"

陆竽一勺一勺吃着冰激凌,没听进去:"就算我给你打电话,你也不可能立刻飞回来见我,干吗给你添堵。"

"陆竽。"江淮宁难得严肃地叫她的名字,"我没跟你开玩笑。"

陆竽也正了正色,不再玩闹:"好了,我知道了。"

江淮宁脸上的严肃这才褪去,目光落在她唇上,她干燥的唇被冰激凌润得水淋淋的,不用尝也知道裹着芒果奶油的味道。

陆竽9月3日开学,江淮宁9月3日的航班飞美国,学校坐落于宾夕法尼亚州的匹兹堡。距离有多远陆竽还没查过,总归隔着十二到十三个小时的时差,两边白天和黑夜完全颠倒。

陆竽买了9月2日的票去关州。她一贯如此,在开学前一天或前两天返校。

她不知道,江淮宁买了跟她同一车次的票。

直到从家里出发去车站时,江淮宁才告诉她。

他也不嫌麻烦,携带那么多东西,从靳阳坐车到关州,把她送到学校,再从关州到北城,明天和胡胜东会合,一起飞去美国。

坐在高铁列车上,窗外的景物不停变换,碧绿的平原被过快的速度拉成一幅油画。

陆竽的座位靠窗,她一会儿看窗外的景色,一会儿扭头看江淮宁。而她每一次扭头,恰好能撞上江淮宁的视线,证明他一直在看她。他总是这样,目光笔直地悄悄地看着她。

于是她不再看窗外的景色,专注地看着他。

对视了一会儿,江淮宁率先笑了。他握住她的手,指腹摩挲她的每一根手指,低声说:"我第一次知道靳阳到关州这么近,一个多小时就能到。"

陆竽懂他话里隐含的意思,时间太短,一眨眼就到了目的地,意味着他们在一起的时间也短,一眨眼就要分别。

陆竽比他洒然一点,拍拍他肩膀:"别这样,分别是为了重聚。"

江淮宁抬手把她的脑袋拨过来,靠在他肩上:"重聚是为了什么?"

"为了更好的未来。"陆竽答得不假思索,"我们共同的未来。"

江淮宁手指捏了下她圆润小巧的耳垂,哼笑:"你还说你不会安慰人,说起这些头头是道,这叫不会安慰人?"

"安慰别人是不会,安慰男朋友,勉勉强强够用。"

江淮宁送陆竽到学校,有大一新生提前来报到,校园里并不空荡,走到哪里都能看见人。宿舍管得没那么严，江淮宁帮陆竽把行李提到五楼，放进她的宿舍。

陆竽第一个到，宿舍里没其他人。

东西放好后，她双手并用推他出宿舍："你快走吧，再磨蹭小心赶不上车。"

江淮宁被她推到门边，停住脚步，身后就是门板，他后背抵在上面，低头看她。陆竽还有什么不明白的，靠近他，仰头吻住他的唇。

比任何一次都绵长的亲吻，榨干了彼此最后一口氧气才分开。江淮宁黑眸深浓，过了许久，那股情绪仍然化不开。

"我走了。"

"嗯。"陆竽呼吸急促，还没缓过来。

"我走了。"江淮宁的手握住门把，视线停留在她脸上，一步也没迈出去。

"嗯。"陆竽后退一步，给他让出空间，抬眼看他，不打算再送他到楼下，那样只会更加难分难舍。

江淮宁背过身，拉开了门，最后说："我真走了。"

陆竽背靠衣柜门，偏着头笑："走吧。"

他们就像两块融化的橡皮糖，黏在一起的时间久了，分开格外艰难，勉强扯开，中间还黏连着糖丝。

江淮宁这回真的走了，走出宿舍，下楼，拿上他寄存在楼下的行李箱，然后出宿舍楼道门，出校门，打车去车站。

宿舍里关于江淮宁的气息随着他的离开而消散，陆竽保持一个姿势许久没动，眼眶有点红。她仰了仰头，对着空气无声地笑了笑，开始打扫卫生。

她给自己放了一首欢快的歌，一边听一边擦洗一个暑假没用过的床板，上面落了一层灰，白色抹布染成了黑色。

陆竽擦完自己的床铺，从衣柜里拿出被褥铺上去，再把带过来的行李箱里的东西一一拿出来，归置好。

忙完这些，她坐在床边，歌曲还在播放，不知跳到哪首歌，她没听过，歌词也听得不是很清晰。

没有事情可以做了，陆竽开始想江淮宁，疯狂地想。

她拿起手机看时间，江淮宁正巧发来一条消息，说他已经检票上车了。

她呆呆地看着屏幕，过了许久才回复一个"好"字。

嘴上说得轻松，等到只有一个人在的时候，大脑不被其他的思绪占据，就只剩下"江淮宁走了"这一件事。

3

翌日清早,两个男生打车去机场。

江淮宁的父母在老家,提前说好不用来送机。胡胜东跟他保持一致,也没让父母过来。人来人往的机场大厅里,离别的氛围倒是感受了一把。

胡胜东围观完别人的分别场面,在原地蹦了蹦,精神抖擞地嚷嚷:"我怎么一点不难过,还很兴奋呢。"

他扭头去看江淮宁,企图寻找共鸣。只见江淮宁丧着一张脸,活像别人欠了他几百万没还。胡胜东噤了声,不给他添堵了。

"还好赶上你们了。"一个声音从他们身后响起,带着喘气声,显然是跑着过来的。

胡胜东回头,眼睛睁大了一圈。

谢柠跑得头发都乱了:"我说你们也太不够意思了,好歹几年的老同学,要出国了,怎么着也得让我给你们践行。"

胡胜东:"要怪就怪江淮宁,他昨儿个才从老家回北城,哪儿来的时间聚。"

谢柠顺着他的话数落江淮宁:"他是够不像话的,没点人情味。"

胡胜东帮她讨伐:"就是。也就咱好心,不然谁跟他做朋友,动不动摆臭脸。"

谢柠点头:"说得太对了。"

胡胜东举起双手,谢柠默契地跟他击了个掌。

江淮宁脸上没表情,淡淡地看他们耍宝。

谢柠闹腾够了,收敛了张牙舞爪的姿态,秒变明艳大方淑女:"怎么着,趁着登机前去撮一顿?"话说出来,她忘了问,"你们什么时候登机?"

胡胜东挑眉:"你请客就去。"

谢柠"嘁"了声:"废话,说好我给你们践行,当然是我请客。"

胡胜东拽住江淮宁,强行将他拖走:"早上没吃饱,咱再吃点。"

江淮宁被胡胜东的力道拉着走了几步,忽地停了。胡胜东拽半天拽不动他,回头,见江淮宁眼神错愕、表情怔愣,直直地盯着斜前方。

胡胜东面露不解,扭头看过去,随之脸上的表情跟江淮宁一样。

"哇哦!"不同于两个男生的讶异,谢柠的表情很正常,笑吟吟地说,"还以为你们两个小可怜没人送机,看来是我想多了。"

陆竽出现在北城国际机场,让江淮宁始料未及。

他人都傻了,向胡胜东求证:"东子,那是我女朋友吗?"

胡胜东嘴角一抖,很想嘲笑江淮宁,但他一个连女朋友都没有的人,

227

有什么资格嘲笑别人。别人的女朋友可是从关州来到北城送机了啊！

要说惨还是他更惨。

陆竿跑到江淮宁跟前，上气不接下气地说："路上……堵死了，我差点……以为赶不到了。"

江淮宁拼命咽喉咙，说不出话来。

胡胜东和谢柠对视一眼，事不关己地看江淮宁出洋相。也只有在他女朋友面前，他才理智全无，看起来智商不高的样子。

陆竿看着呆滞的江淮宁，拿手在他眼前晃了晃，突然笑起来："醒醒，你这样是被人点穴了吗？"

胡胜东还是没忍住嘲笑江淮宁："他是被人抽干了小脑，傻了吧唧的，就这还出国深造呢。"

江淮宁回过神来，一把抱住陆竿，嗓音干涩："不是说好不来送我吗？你怎么跑来了？这么早，怎么过来的？"

他连问了三个问题，陆竿一个也没答，只是抱着他。

胡胜东也好奇这一点，当即拿手机查了当天的各种出行方式。关州到北城的航班只有一趟，下午六点多的，所以不可能是坐飞机过来。再查高铁列车的票，今天最早一趟车，是早上七点多，到北城也得上午十一点，不行。只能是坐普通火车，只能是坐凌晨那一趟，经过六个小时，到北城西站是早上六点多，再从西站赶来机场……

胡胜东一个旁观者都感动得一塌糊涂，更何况江淮宁。

陆竿觉得被人近距离围观拥抱有点尴尬，轻轻推开江淮宁，对上胡胜东和谢柠直白的眼神，笑了笑，试图缓解气氛。

四个人没走远，去吃了肯德基。

胡胜东咬着汉堡，对谢柠佩服得五体投地："说给我们践行，结果就吃这个？还不如请我吃路边的煎饼果子呢。我们去美国还能吃不到这个破汉堡？"

"那你别吃了。"谢柠说着去抢他手里的汉堡。

胡胜东抬高手臂，没让她够着，变脸很快："'谢总'请客，请啥吃啥，我不挑食。"

"这还差不多。"谢柠喝着咖啡，去看隔壁桌的江淮宁和陆竿。

两人安安静静，没说太多话。陆竿大概没吃早饭，大口咬着汉堡，江淮宁给她面前的豆浆插上吸管，递了过去。

谢柠俯身，声音压低跟胡胜东交流："他俩怎么这么安静，不说点离别的话语？"

"该说的话早就说完了吧,登机前多看几眼就行了。"胡胜东答。

谢柠努嘴:"你还挺懂。"

胡胜东:"比你懂一点。"

陆竽吃饱了,一看距离登机时间很近了,不再磨蹭,擦了嘴巴站起来,情绪很平静:"你要出发了。"

一行四个人出了肯德基,两个女生送两个男生登机。

江淮宁不顾来往人群,最后亲了亲陆竽的唇,转过身去,跟上前面已经在排队等待过安检的胡胜东。

他们的身影看不见了,阳光洒进大厅,空气里细小的尘埃飞扬。

谢柠双手抄兜,摸到手机在振动,拿出来,江淮宁刚刚给她发了消息:麻烦送我女朋友去车站,谢了。

谢柠撇嘴角,他还真是不客气,不过也说明了,他还拿她当半个朋友。

果然,友谊长存。

谢柠耸了耸肩,看了眼身侧的陆竽。陆竽还看着江淮宁离去的方向,尽管那里已经没有他的身影。

"走吧。"谢柠偏了下头。

陆竽闭了闭发酸的眼睛,调整了下表情,看向她,眼里有疑惑。她这熟稔的口吻,仿佛她们曾经不是情敌。

谢柠扬起手机,屏幕朝向陆竽,说:"你男朋友担心你在偌大的北城走丢了,央我送你去车站。好几年了,他没要求过我什么事,这点小事我肯定给他办好。"

她都不介意,陆竽也没忸怩,跟她去停车的地方。

谢柠拉开驾驶座车门,扭头从后面拎了个袋子,把脚上的高跟鞋换下来,穿上帆布袋里装的运动鞋。

陆竽坐在副驾驶位,系上安全带,手撑着额头,车还没启动她就头晕得不行:"我能开窗吗?"本来就晕车,睡眠不足加重了症状。

谢柠看了她两秒,了然道:"晕车?"

"嗯。"

"你试试这个。"谢柠打开储物格,从里面拿出一管鼻吸,"去年去泰国旅游带回来的,我妈也晕车,她说管用,不知道对你有没有效果。"

"谢谢。"陆竽拆开鼻吸的包装。

谢柠给她拿的这一管是新的。她看完使用说明,旋开盖子凑到鼻尖轻轻吸了吸,一股清凉的味道顺着鼻腔直冲大脑。陆竽说笑:"暂时不知道能不能缓解晕车,不过提神醒脑倒是真的管用。"

谢柠也笑了，看了眼倒车镜，单手就将车倒出来，驶出停车场，汇入正路。

陆芊暗暗惊讶，考驾驶证的念头又冒了出来。

谢柠对北城的路段熟悉，没开导航，就顺利地将陆芊送到西站。下车时，陆芊又跟她道了声谢。

谢柠把车窗降到底，手肘搭着窗沿："想了想，还是觉得有必要跟你说一声。"

陆芊耐心等待她的下文。

谢柠说："我对江淮宁已经放下了，比我想象中花的时间要短。如果以前给你造成什么困扰，抱歉。"

陆芊在机场就看出来了，谢柠看江淮宁的眼神不再热烈，如若她是假装出来的洒脱，未免演技太好。所以，她是真的放下了。

"你不用道歉，我从来没有感到困扰过。"以前是吃过谢柠的醋，那是她自己的问题，不是谢柠的，"他有你这么优秀的人喜欢，是他的荣幸。"

"他可不这么觉得。"谢柠扬起嘴角，想翻白眼，但是忍住了，"好了，你进去吧，一路平安。"

陆芊的室友们都知道江淮宁出国做交换生的事，异地恋变成异国恋，一般人真没勇气尝试。或许一开始分别，没太大感觉，随着时间和距离拉长而产生的矛盾也是与日俱增的，想联系的时候联系不上，吵架都隔着时差。

不过江淮宁和陆芊的感情她们几个看在眼里，跟一般的情侣不一样，结局当然也会不一样。

陆芊没关注太多外界的杂事，她最近有了新的创作思路。在思念江淮宁的时候，她画了很多他的画像，那天突然冒出一个想法，把她和江淮宁从相识、相知、互相暗恋，到最后在一起的故事以另一种方式记录下来。这种方式就是她所拿手的漫画。

当然不可能一比一还原江淮宁的相貌，毕竟是公开发表的，跟真人太贴不好。就像她之前画陶念慈，是做了处理的，保留一部分特征，剩余的全靠她想象。是以，男主角她只打算以江淮宁作为参考来画。

准备了一些画稿，她先发给落月审核。

落月当初就是被陆芊的画风吸引，找她签约，现在依然很喜欢她细腻温柔不失少女心的画风：你想好叫什么名字吗？

陆芊早就想好了，叫《蜜桃初恋》。

封面画的是阳光洒满的教室，女孩子穿着黑白拼色的高中校服，掰了一半桃子递给前桌的男生。

那个桃子又脆又甜,她还记得味道。

画到一半,江淮宁打来视频电话,传来温柔的关切声:"在干什么?我看关州最近降温了,要注意保暖。"

陆笋手握压感笔,撑着腮对屏幕上的人笑:"在画画。"

江淮宁顿了下:"我记得你跟我说过你的漫画完结了。"

陆笋的声音里多了一丝雀跃,迫不及待地跟他分享她的快乐:"我创作了一部新漫画,最近画上瘾了!"

她的情绪江淮宁能真切地感受到:"画漫画这么开心?"

"因为我画的是我们的故事。"

"嗯?"

"你看了就知道了……算了,你现在应该没时间,以后我再给你看。"宿舍里有其他人,她的声音小小的,含着浅浅的笑意。

江淮宁:"我以前说过,要你单独为我画一本画像,这部漫画算吗?"

陆笋记得这回事,当时他们讨论她的那本画册,江淮宁吃醋,说她既然暗恋他,怎么不单独为他画一本,专属于他一个人的那种。画册里还有其他人,他怎么确定她喜欢的人是他呢。

"算,当然算,这就是我送你的礼物。"

江淮宁说:"我一会儿就去看。"

陆笋立马阻止:"你先别看!"

江淮宁不理解了:"送给我的礼物,我还不能看?"

陆笋不知该怎么解释,她的漫画是以女主视角来创作的,里面包含了她以前暗恋他的很多小心思,被他本人看到太羞耻了!

"反正……你目前不许看,等我完结了告诉你,你再去看。"

江淮宁嘴上说着"听你的我不看",结束通话就下载了漫语APP,他知道陆笋的笔名是"鲈鱼儿",输入这三个字搜索就找到了。

除了那部《猫先生》,另一部就是她最新创作的,名字叫《蜜桃初恋》,漫画封面上女主角分给男主角一半桃子的情景他再熟悉不过。

胡胜东昨晚熬了大夜,顶着"鸡窝头"出来,边捂嘴打哈欠边走到江淮宁身后,想看看他在干什么。

江淮宁的手机屏幕上是清新甜美的少女漫画,胡胜东愣了愣,嘴角剧烈抖动,一手拍在他肩上:"没看出来啊江大校草,你的爱好还有看少女漫这一项。"

江淮宁没空跟胡胜东斗嘴,很快看到最新一话,他收起手机,淡淡地扫了胡胜东一眼,丢下一句:"你懂什么。"

231

胡胜东叼着牙刷："是是是，我不懂，你懂。"

4

江淮宁出国后，陆笋就咨询了宿舍里唯一出过国的汪雨，提前办理了去美国的签证。签证已经下来了，时效是三个月。

这几天查询，她才知道去见江淮宁一面有多困难。她需要从关州到北城，再从北城国际机场出发，转两到三次机到匹兹堡。因为没有从北城到匹兹堡的直达航班。

陆笋一手撑着额头，另一只手握笔，在本子上列出出行的最佳航线。

即便是最佳航线，加上转机等待的时间，飞一趟也得二十多个小时，一来一回，没有三天以上的假期绝对不行。

期末考试前，只剩一个元旦假期。元旦放假前一天是周五，下午没课，加起来能有三天半的假期，时间还是太赶了，很难协调。当中的任何一趟航班因为天气延误，她都有可能赶不回来。

陆笋想飞美国的心思只能按捺下去，等放寒假再说。

可是，今年过年比较早，江淮宁那时候说不定快回来了，她去找他不划算……不对，美国过年是不是不放假？江淮宁能回来吗？

陆笋拿起手机准备问江淮宁，看到屏幕上的时间，猛地想起他那边是凌晨，她又把手机放下了。

就在她准备放弃去美国找江淮宁时，老天爷发善心帮她了。十一月底，学校各个院系要轮流到图书馆做义工。新建的那座图书馆近期购进了八万册书籍，需要整理入库，分门别类归纳到书架上。

工作量太大，而学生是免费劳动力，所以就让他们参与进来。

陆笋所在的新闻系被安排在12月5日到12月9日，一共五天，不用上课，大家都高兴坏了了，很乐意当义工。

陆笋是班委，在这种活动上要起带头作用，不能随便逃掉。她斟酌过后，只请了8日和9日的假，连上后面周末两天，正好有四天假期，够她飞一趟美国。

7日下午的义工时间结束，她就去北城了，从北城国际机场出发，先飞往仁川机场。

飞机上无法入睡，加上时差颠倒，陆笋自己也记不清到底在空中待了多少个小时。落地匹兹堡后，她整个人晕头转向，分不清东南西北。

原本想给江淮宁一个惊喜，现在惊喜还没送到他面前，她就已经透支了全部的体力。

她抱着包,等在机场里,看着各种发色瞳孔的人从身边走过,她想给江淮宁打电话,翻到他的号码,手指悬在上方没按下去。

她慢慢冷静下来,搜索江淮宁所住公寓的地址。

她出了机场,包了辆车去他住的地方。

陆笋是典型的应试教育下的学生,学习的知识以应付考试为主,用到实际上,难免有有几分露怯。一路上,她试着跟司机交流了几次,生怕他没听懂,把她带错地方。人生地不熟,走错路她就完蛋了。

尤其是她现在很疲惫,还晕车,脑子混沌不清。

这个司机开车跟骑马一样,飞速且颠簸,还没到目的地,陆笋的胃里就在翻江倒海,好几次差点吐到车上,她忍住了。

谢柠之前送她的那管鼻吸有点用,她吸了几次,大脑一会儿眩晕一会儿清凉,双重折磨下,她的脸色实在好看不到哪里去。

车停下时,陆笋几乎是从上面跳下来的,蹲在路边呕吐不止。

司机吓坏了,打开车门下去问她需不需要帮忙。

陆笋没吃什么东西,上一顿饭还是从仁川到洛杉矶的飞机餐,此时连胆汁都吐出来了,她说不出话来,手朝后摆了摆,示意不需要。

司机见她状态吓人,没离开,一直在旁边等着。

"那边什么情况?捡人捡到我们公寓门口了?"胡胜东单肩挂着书包,围着大红色的围巾,说话时嘴巴哈出一团团白气。

他以为是公寓楼里住的女孩喝醉了,在路边吐得神志不清,男人尾随意欲对她不轨。

"别看手机了,咱们用不用去问问?"胡胜东用胳膊肘碰了下江淮宁,找他商量。

江淮宁低头看着手机,没回答他。胡胜东扫了眼,屏幕上是微博界面,他已经知道了,"鲈鱼儿"那个号是陆笋,微博粉丝十多万,在漫画圈子里有点小名气。

"我跟你说话呢,你没听见?"胡胜东拿手盖住江淮宁的手机屏幕。

江淮宁皱眉,扭头看他:"你说什么了?"

"我说……"胡胜东促狭心起,故意捉弄他,"我说公寓门口那个女生有点像陆笋。"

一提"陆笋"两个字,江淮宁的身体就像安装了雷达系统,自动响起警报,抬眸朝门口那女生看去。

只消一眼,他就认出来了,那女生不是像陆笋,她就是陆笋。

江淮宁整个人滞住了。

胡胜东嘴巴一张一合还在说些什么，走近一看，惊叫了一声。他随口胡诌的话，竟然说对了，那是陆竿！

陆竿听到胡胜东那声惊叫，手撑着膝盖缓缓扭过头，跟江淮宁一样滞住了。许久，她后知后觉地拿纸巾擦了擦嘴，又灌了口矿泉水漱口。

想象中她见到他的画面，应该是她漂亮端方，他喜出望外。现实上她狼狈邋遢，头发乱糟糟，脸色白得跟野鬼似的，还吐了。

司机询问她有没有事，江淮宁回魂了，疾步走过去，跟司机沟通了一句，然后抱住了陆竿。

胡胜东缩了缩脖子，拉上围巾盖住下巴和嘴。匹兹堡今天最低温度是零下二摄氏度，但他觉得体感温度最起码得有零下十几摄氏度，好冷，心都是冷的。人家女朋友从关州飞来匹兹堡了，他的女朋友还不知道在哪里。

他望了望天空，想到他和江淮宁住在一个屋子里，虽然是两个卧室，但客厅是共用的，人家女朋友来了，小别胜新婚，闹出点动静让他听见多不好。

他晚上可能要露宿街头了。

那对小情侣在前面手牵手，如胶似漆，胡胜东一个"单身狗"跟在后头，刻意放慢脚步，跟他们拉开距离。

陆竿的脸色还没缓过来，吐过以后，精神好了一些，她回过头去看了一眼落在后面的胡胜东。

"你俩穿的好像不是一个季节。"她问江淮宁，"你不冷吗？"

胡胜东穿棉服戴围巾，江淮宁穿卫衣加夹克，一个已经在过冬季了，一个还停留在秋天。

江淮宁把她的脑袋掰回来，让她看着自己，不要关注无关紧要的人，顺便再拉踩一下那个无关紧要的人："我经常锻炼，有肌肉，抗寒，他经常吃垃圾食品，虚胖的人比较畏寒。"

"我……"胡胜东忍了忍，没有骂出脏话，"你是不是以为我听不见？"

陆竿教育江淮宁："他是你的好朋友，你不要总是损他。"

胡胜东感动，转头就把好朋友给卖了："陆竿，你来得正好，最近有一新加坡来的留学生妹子，对我们校草可热情了。"

江淮宁回头，狠狠瞪他："胡说什么？"

陆竿倒不介意，挑了挑眉，关注点歪了："江淮宁在这儿也是校草吗？"

"那可不。"胡胜东不遗余力地告状，"你看看他，大冷天穿这么少，不就是想秀身材，这个心机男，你好好说说他。"

"胡胜东！"江淮宁暗含威胁地叫他名字。

江淮宁知道陆竿不会信胡胜东的挑拨，但还是给她解释一句："你别听他的,我没理新加坡那个留学生。"

"嗯。"陆竽乖乖点头。

江淮宁开了门,陆竽停在门口没进去,犹犹豫豫地问:"方便吗?"她本来打算先找到江淮宁,然后在附近订酒店。

江淮宁说:"就我和东子住,没什么不方便的。"

胡胜东及时开口:"我拿个东西就走,你们随便发挥,我就不当电灯泡了。"他先挤进屋里,换上鞋往自己的房间走。

陆竽尴尬地抿了抿唇,抬步进去。

他们住的是公寓楼的第四层,采光还行,三室一厅加一个开放式厨房的格局。主卧是江淮宁在住,胡胜东住次卧,剩下那间放一些杂物。

房子收拾得干净整洁,沙发上铺了耐脏的深灰色毛毯,厨房里的厨具不少,大概他们经常自己做饭吃。

她来得突然,江淮宁没做任何准备,把自己的棉拖放在她脚边,他穿洗澡用的凉拖,拉着她去他的房间。

江淮宁的房间更整洁,也更为简单,床、衣柜、书架、书桌、沙发,其余是大片的留白。

陆竽放下东西,先去用了下卫生间,再出来,房门外传来胡胜东的声音:"咳咳,那个,我走了啊。"

不等他们回应,大门被打开又关上。

陆竽看着江淮宁,眼角弧度扩开,想说胡胜东未免太懂了,懂得过头了。但江淮宁没给她说话的机会,他忍得快疯了,只想吻她。

像被甩上岸渴水已久的鱼,一碰到水,除了疯狂汲取再无其他。

陆竽喘气困难,想推开他,但他的手臂比钢筋水泥还坚硬,她的手指是棉花,两相触碰,无法撼动是既定的结局。

就在陆竽快要窒息时,江淮宁终于放开她。她眼睛睁不开,伏在他胸膛上喘息,平复自己。

江淮宁抱着她,微微低头,嘴唇似有若无地触碰她的额头:"我人生中很多个惊喜都是你给我的。"

陆竽说:"你承认我来找你是惊喜了?"

"最大的惊喜。"江淮宁盖章认证。

陆竽有太久没见他,三个月吧?但她感觉有半年、一年,甚至更久。她的视线一一从他的眉眼、鼻子、嘴唇滑过。亲眼所见与视频里看到的感觉是不一样的。

"江淮宁,你瘦了吗?"她蹙了蹙眉毛,"饮食不习惯?那怎么胡胜

235

东还胖了呢。"

"没瘦。"江淮宁弯起眼睛,"不信你自己摸摸。"

陆竽抬起一只手抚摸他的脸,手感还跟从前一样,光滑细腻。江淮宁把她的手拉到自己的腰间放着:"谁让你摸脸了?"

陆竽顺势搂住他的腰,认真感受了一下,在脑中对比从前抱他的感觉,对自己刚刚的结论产生了怀疑:"好像没瘦。"

江淮宁笑:"不真实感受一下?"

陆竽在他后背轻轻拍了下:"流氓。"

江淮宁无辜,这种程度就要被打上"流氓"的标签了吗?

陆竽打了个哈欠,实在是太困了,声线低而无力:"我想洗个澡睡觉,眼皮上跟压了大石头似的,眨不动。"

"先坐着,我去给你拿衣服。"江淮宁把她安置在沙发上,转身拉开衣柜,找出一套自己的居家服给她,然后脱下凉拖放在卫生间门口,穿着袜子踩在地板上。

陆竽从包里翻出内衣,去洗澡。

没过一会儿,江淮宁在外面敲门,提醒她:"别洗太长时间,当心晕倒。"

隔着水雾,陆竽的声音模糊:"知道啦。"

江淮宁还是担心,守在外面没离开,以防她有什么需要。

陆竽洗完了,水声戛然而止,他适时出声:"吹风机在洗脸池下面的双开门柜子里,拿出来我帮你吹。"

陆竽一头湿发用干毛巾裹住,身上穿着江淮宁的衣服,大了不止一个号,像小孩子偷穿戏服。

出来的时候,她两只手拎着长了一大截的裤腿,皱着眉毛一脸痛苦状:"你这买的什么拖鞋,走路跟踩在刀尖上一样,我现在就是刚长出腿的美人鱼。"

凉拖是带按摩功能的,鞋底有密密麻麻的小凸起,跟小石子差不多,他穿习惯了,没有太大感觉。陆竽是第一次穿,会觉得痛很正常。他笑了笑,走过去将她打横抱起来,放到沙发上:"难受就不穿了,我抱你。"

陆竽"啊"了声:"我忘了拿吹风机。"

他折回卫生间去拿吹风机,出来给她吹头发。

陆竽懒洋洋地瘫坐着,背靠沙发,眯着眼,享受男朋友的服务,像一只冬日里晒太阳的猫。

江淮宁的手指轻轻拨弄她的头发,指腹从她发丝间穿过,贴在她头皮上轻轻按揉。陆竿感觉自己被催眠了，努力睁开眼。

吹风机关了，江淮宁绕到她面前，捧起她困倦的小脸，声音不自觉地温柔起来："吃点东西再睡？"下车吐得昏天黑地，她胃里没东西了，睡觉也不会太舒服。

陆竿脸颊蹭了蹭他的手掌，听从他的安排："好。"

江淮宁出去，到厨房给她煮意面，煮得软软的，捞起来装到盘子里，起锅炒肉酱，再把煮好的意面倒进去，切了一点小番茄点缀，端到房间里。

江淮宁没让她离开沙发，从客厅里拖过来一个带滚轮的玻璃茶几，放在沙发边，将两盘意面放上去，他陪她一起吃。

陆竿吃了一口意面，眼睛里的神采霎时增添了一分，不再只有困倦："我看胡胜东不是吃垃圾食品长胖的，是被你喂胖的吧。"

他的厨艺又进步了，做西餐也这么好吃。

江淮宁当她是在变相地夸赞他，难掩得意："你男朋友这么厉害，你有没有考虑嫁给他？"

陆竿嘴里咀嚼着食物，点头说："在考虑了。"

5

吃过饭，江淮宁去厨房刷盘子。陆竿吃饱了趴在沙发上，脑袋枕着一个咖啡色的大抱枕。

房间里很暖和，她穿着沾满了江淮宁身上的味道，越发困倦，渐渐合上眼睛。

江淮宁进来见到她睡着了，没叫醒她，弯腰把她从沙发上抱起来，轻轻放到床上。陆竿双手勾着他的脖颈不肯松开，眼睛眯成细细的缝："我突然跑来美国不会打扰你的正事吧？"

她为了给他制造惊喜，没有提前跟他打招呼，若是赶上他正忙的时候，占用他的学习时间就不好了。

江淮宁没起身，随她一起滚进被子里："你就是我的正事。"现在还能有什么事比她更重要，他想不到。

陆竿蜷进他臂弯里，吃吃地笑。

"笑什么？"江淮宁问。

陆竿抬起埋在他身前的脑袋，疑惑地问："我又没有笑出声，你怎么知道我在笑？"

江淮宁抚摸她的头发："你男朋友厉害。"

"嗯，厉害。"陆竿赞同他的说法。

237

江淮宁笑了，笑着笑着，嘴唇控制不住地下移，去找她的唇，吻住。

陆竿又要窒息了。他的吻一改先前的温柔，透着股霸道的气势，没过一会儿她就只剩下求饶这一条路："你到底还让不让我睡觉了？"

江淮宁拼命克制，脖颈上的青筋都比平时凸显，他低低地说："睡吧。"

陆竿一直靠一股毅力强撑着没有睡着，得了他的应许，她眼睛一闭，不消片刻就沉沉地睡过去。

江淮宁看着她的睡颜，没办法冷静，大脑在躁动，身体里的血液在沸腾。他从没觉得跟她躺在一起这么难熬过，以前也不是没有和她同床共枕过。一别三个月，再见到她，他从前引以为傲的定力化为云烟。

江淮宁垂眸，嘴唇印在她额心，轻轻亲了一口。

还没问她，是怎么从关州过来的，转了几趟机，路上有没有遇到困难。想到这里，他又开始担心，她回去的时候要怎么办？还得是一个人。

江淮宁睡不着，拿起手机，根据她到达的时间，往回推算她可能乘坐的航班，基本能确定她在洛杉矶机场逗留了五个多小时……

她在那漫长的五个多小时里，有没有害怕他不知道，他只庆幸她全须全尾地出现在他面前。

陆竿是被吻醒的，不知道睡了几个小时，嘴唇上的触感熟悉又热烈。她睁开眼的刹那，唇上的柔软消失，江淮宁放大的脸呈现在她眼前。

她第一反应是抬手摸他的脸，捏了捏，真实的皮肤，不是在做梦。

江淮宁表情怔然，因她刚刚那句无意识的话，他的心疼了一下。

陆竿用力捏了下他的脸："你怎么这副表情，难道不是你偷亲我？我还没找你算账呢，你……唔……"

陆竿的嘴唇又被攻占了。

她整张脸涂满番茄红，耳朵也红得滴血。他怎么总是偷袭，亲不够似的。

江淮宁深深吸气，心想不能再跟她黏在一起了，稍稍放开一点，又舍不得，重新搂住她："你请假来找我的？"她一个爱学习守规矩的人，居然连课都不上了。

"我们学校新建的图书馆购进了一批书籍，号召大家做义工，帮忙整理归纳。这周轮到我们新闻系，五天不上课，我只请了两天假。"

"返程的票订了吗？"

"当然订了。"陆竿说。

江淮宁问："什么时候离开？"

他们的见面总是这样，要用小时、分、秒来计算，超过一天就是赚到。陆竿拔掉正在充电的手机，翻到订的机票，给他看。

"不用怀疑,我查过所有的航班,经过比较,这是时间最合理的安排,我刚好能在周日赶回去,周一正常上课。"

江淮宁确认完她离开的时间,在心里默默计算她还能待在他身边多久……不能算,一旦算清楚了,他脑中就会自动挂上倒计时闹钟,流失的每一秒都会让他感到焦虑。

"想不想出去转转?我的学校,或者周边的景点,你有想去的地方吗?"江淮宁问。

陆笋哪里也不想去,只想待在他怀里:"不去,我们就在这里。"

江淮宁看着她,过了几秒:"就在床上?我怕出事。"

陆笋别开眼,摸了下鼻子,小声说:"我不怕。"

江淮宁凑近她:"说的什么?"

陆笋不可能跟他说第二遍,嘴巴叽里咕噜说了句不相关的话,企图蒙混过关。江淮宁岂是那么好糊弄的,哼笑一声:"你之前就说了三个字,这次说了一句话,前后的内容能是一样的?"

陆笋耍赖:"能不能别问了。"

"我好奇。"

"好奇心害死猫。"

"我是人不是猫。"

陆笋已经开始胡说八道:"你是猫,你是猫,你是猫。"

江淮宁见识到了女人歪曲事实的能力,不跟她打辩论了,动用学霸的脑力:"我猜猜啊,我依稀听见你好像说了什么怕不怕。我前一句是'我怕出事',你后面应该回的是……'我不怕'?"

陆笋怔了两秒,对着他"拳打脚踢",恼羞成怒:"你耍我的吧,明明听见了,非要装作没听见!就想听我重复一遍!"

江淮宁攥住她挥过来的软绵绵的拳头,笑不可遏:"我发誓我没听见,我猜的。我猜对了吗?"他捏了捏她的耳垂,平静的眼波藏着汹涌暗流,"真不怕?"

陆笋干脆破罐子破摔,盯着他的眼睛,像个勇士一样回复他:"从来就没怕过。"

因为是他,她没什么可畏惧的。

静默数秒,江淮宁逼迫自己移开视线,重重呼了口气:"你就是算准了我心疼你,才敢这么放肆地撩我。"一想到她回去要坐那么长时间的飞机,到校后还得大半天才能缓过来,他就不忍心了。

他不能光想着自己。

陆筝眨眼,大概听懂了他在说什么。她抿嘴一笑,还要装模作样地撇开自己:"这是你自己说的,不是我不同意。"

"可以得了便宜还卖乖,但不要表现得这么明显。"江淮宁闭眼叹气。

陆筝在被子里大笑着滚来滚去,她身上穿着他的居家服,宽松又舒服,整个人慵懒得像一只人形棉花抱枕。

接下来的时间,他们两个没出过公寓,饿了江淮宁去做饭,闲了就从胡胜东的房间搬来投影仪,窝在床上看电影。

电影的内容没太看进去,因为隔几分钟,江淮宁就搂着女朋友接吻,好几次过火了,被他及时打住。

他自己都说,再来几次他的身体估计要熄火了。

陆筝脸皮厚了很多,已经能淡定地跟他聊起这种话题了。她还是那句话,我又不是不同意,你为什么要为难自己。

每当这种时候,江淮宁的眼神都很忧郁,跟电影里的男主角一模一样。问题是电影里的男主角是因为失去了女朋友变得忧郁,他有什么好忧郁的,女朋友可是在他怀里呢!

在美国的最后一顿饭,江淮宁带陆筝出去吃。

陆筝望着玻璃窗外的景色,闪亮的灯串挂在树梢,不知从哪儿飘来的铃铛声,混合着餐厅里播放的大提琴曲,提前感受到了圣诞节欢快的氛围。

到了要分别的时候,江淮宁收拾好自己的心情,没在陆筝面前表现得太难过,因为那样会影响她回程的情绪。

他不想她是携带着他那一份难过登上飞机的。

机场里人来人往,陆筝跟江淮宁提起之前做的一个梦:"几天前,我梦见我在来找你的途中走错了路,崩溃大哭,后来你找到我了,我们在机场拥抱接吻……"

后面半句话,她是搭着他的肩,在他耳边说的,说完就亲了他唇角一下:"就像这样。"

短短一段相聚的时间,他们亲了很多很多次,这次是感情最浓郁的,虽然只是浅浅地印了一下。就像当初她送江淮宁登机,他最后亲她的那一下。

江淮宁眼看着她排在队伍末尾,跟着前面的人过安检。她穿着豆绿色的羊角扣大衣,戴着尖顶的红帽子,边走边回头向他挥手,脸上带着不舍的笑,像一棵移动的小圣诞树。

他的"圣诞树"要回国了。

江淮宁终于体会到了那日她赶去北城送机的感受。

连带着他的心一起飞走了,胸口那一块空空的。

第十章 /
你男朋友还挺黏人

1

宿舍里几个姑娘,赵芮和陶念慈准备考研。何施燕毕业后想当记者,最好能进电视台。汪雨和张悦然想从事的职业跟本专业的关联不大。汪雨大概率会到自家小公司帮父母的忙,张悦然则说自己还没想好,她不想当记者,也不想搞学术,可能会回老家找一份工作,或者听从父母的建议考公。

以上的打算,陆竽都没有,她想往广告行业发展,大一暑假体验过一次,感觉还不错。

广告行业主要招收两大类人才,一类是传媒相关,对口的专业有广告传播学、公共关系与企业传播、新闻与传播等;另一类就是设计制作相关,这个大家就比较熟悉了,例如视觉传达设计、平面设计与视觉体验、数据视觉化之类的。

陆竽的专业算是占了其中一大优势,由于她本人在绘画方面极具天赋,四舍五入也算占了另一个优势的二分之一。

眼看着即将迈入大四,大家对未来的规划逐渐清晰。

大三下学期课不是很多,课外活动相应减少,学生会差不多该退了,各个社团的活动也没以前打卡那么勤快。

陆竽每次去社团,好多当初跟她一起入社的人没打声招呼就离开了,以前的社长也毕业走了,新的社长比她还低一届。

期末考试来临前,学生会各部门组织聚餐,在大大小小的群里发了公告,叫大家能来的都来露个面,下半年就大四了,大家再想聚到一起没那么容易。时间定在周五晚上。

出发前,陆竽换好衣服,一条素净的浅蓝色牛仔裙,小方领,戴了江淮宁送的那条北极星项链,很漂亮,也很耀眼。

她看向躺在床上的何施燕，趴在何施燕床边问："你真不去啊？"

何施燕也是宣传部的一员，来例假了，肚子痛得受不了，刚吞了一颗布洛芬，大热天的，肚子上压了一个热水袋，身上出了几层汗。

"你跟隔壁宿舍的小柳去吧，我就不凑热闹了。"何施燕有气无力地说，"去了也吃不了几口，还喝不了凉的。"

陆筝没勉强她："那我走咯。"

"嗯。"何施燕虚弱地哼了一声。

陆筝拎上挎包，链条穿过左肩到右腋下斜挎着，出了宿舍，去隔壁找同样要去聚餐的小柳，两人打车到吃饭的地方。

部长可能把仅剩的会费全部挥霍了，订了一间豪华大包，装修风格低调又贵气，对面还能看到滚滚的河水，沿岸点缀了一串串闪烁的霓虹。

陆筝和小柳到了包间，部门里先到的几个女生在窗前找角度自拍，她们两个也被落地窗外的景色吸引了，连声夸部长有格调，会选地方。

部长笑了笑，示意她们随便坐。

等了半个小时，人陆续到齐，开始用餐。

包间里欢声笑语没断过，陆筝被气氛带动，喝了两杯酒，接到江淮宁的电话时，她已经吃饱了。

没打扰其他人，她悄然起身离席，站到落地玻璃窗前，对着远处波光粼粼的河面接通了电话，声音轻柔得像水，也像醇香的酒液："喂？"

江淮宁说："在聚餐？"

陆筝一听到他的声音，嘴角就会悄悄上扬，自动泄露她的情绪："你怎么……"

刚想问他是怎么知道的，转念一想，他偷偷关注了她的微博，而她半个小时前，发了一张聚餐的照片，拍了桌上的菜色。

她至今不清楚江淮宁的微博ID是哪个，以前问过他，他要保持神秘，不肯说。

陆筝大呼不公平，她的动态他能随时看到，关于他的一切，她却要靠打电话才能知晓。

江淮宁也不服，跟她辩解："你不是跟东子打探过我的消息吗？"

被他发现了，陆筝也没有心虚："看你有没有乖乖吃饭，保持规律作息，照顾好自己。谁让你总说谎话哄我，我不得找个人好好盯着你。"

"还有一点你没说，你让他随时汇报，有没有女孩追求我。"

"没有！"陆筝很大声，"没有这回事，绝对是胡胜东造谣。"她才没有不相信他。

江淮宁笑出了声："我回头弄他，给我假情报。"

陆竿也跟着笑出了声："连带我的那一份也算上，他怎么能做双面间谍呢！"

江淮宁问她："你明天做什么？"

"明天周六，去图书馆整理期末复习笔记，还要写一篇选修课的结课论文，没什么其他的事。"

"也就是说，明天有时间？"

"你问这个干什么？"

江淮宁卖关子，不肯告知："不干什么，随便问问，想知道我女朋友的日常活动，不可以吗？"

陆竿一手扶额，轻轻地笑："可以。"她礼尚往来，"你明天干什么？"

"要去一个地方。"

陆竿猜他可能要去别的地方做学术研究什么的，是她听不懂的东西，于是没细问，只问他："远吗？"

"有点远。"

"那你要休息好。"

江淮宁笑得不行，气声都冒出来了："我已经休息好了。"

陆竿"啊"了一声，反应过来："我忘了有时差，你那边现在是早上。"

他们交代完近况，结束了这通电话，陆竿意犹未尽地握着手机回到餐桌。她刚刚离席悄无声息，以为没被人发现，其实小柳早注意到她了，小柳掩唇小声问："给男朋友打电话？"

"嗯。"陆竿抿唇，笑意浅浅。

小柳想到一件事："你男朋友出国差不多一年了，是不是该回来了？"

"还有一个多月吧。"陆竿只知道大概时间，"他回国后应该也很忙，做汇报什么的。"

小柳理解："高端人才嘛，一般都没多少闲暇时间。"

大家兴致还很高涨，陆竿就没提离开的事，拿起筷子时不时夹一点东西吃。

他们来得早，不到晚上九点聚餐就结束了，部长在隔壁KTV订了包厢，请大家唱歌，还能再玩一个多小时。

陆竿对唱歌不感兴趣，跟部长打了声招呼，准备回学校。小柳想去KTV，扭头看她："你一个人回去可以吗？"

"没问题。"陆竿挥了挥手。

陆竿站在门口等车，身后也有一些不去KTV的成员。

没多久，驶来一辆出租车，陆筝走下台阶，拉开后座的车门坐进去，腹部一股饱胀感，隐隐作痛，不知是不是吃多了的缘故。

顺利到校后，她先去操场散步消食，谁知腹痛的症状渐渐加重。很快，她额头出了层汗，无力地蹲下去，伴随恶心想吐的感觉。

陆筝一只手按住腹部，强撑着从包里掏出手机给室友打电话。之后就是兵荒马乱地去医院就诊，确诊急性肠胃炎，当晚要输液，在医院里住下了。

等她再次醒来，躺在病床上，鼻尖萦绕着淡淡的消毒水味，有些刺鼻，映入眼帘的是雪白的天花板，转过头，白色窗帘随风轻轻飘动。

何施燕提着暖水壶进来："你醒了？身体还有哪里不适吗？"

门外走廊上忽然传来汪雨惊讶的叫声，何施燕从半敞开的门往外看去，不明所以，三秒后，她找到了汪雨惊叫的原因。

许久不见的江淮宁出现在眼前，他一步一步走来，像电影里被拉长的慢镜头，每一帧都那么清晰。

他个子挺拔，穿着浅蓝色长袖衬衫、白裤子、帆布鞋，肩上挎着一个黑色背包，眉头拧得死紧还那么帅气。

风尘仆仆从匹兹堡赶回来用了二十几个小时，换作他人，指不定邋遢疲惫，他却还是清爽干净的。

"你……"陆筝仰头看着走进来的人，要问的问题有一堆，不知道先问哪个。

江淮宁卸下背包丢在床尾，倾身抱住了她，垂下头，声音低柔："感觉怎么样？"

何施燕合拢张大的嘴巴，自觉退出病房，不当电灯泡。

上完厕所回来的汪雨还定在走廊上，本来是要去病房，被突然冒出来的江淮宁惊得半天回不过神来。

"你傻了吗？"何施燕拿手在她面前晃。

汪雨魂魄归位，"啧啧"感慨："我体会到天神降临的感觉了，刚刚江大校草从电梯里出来，整条走廊都亮了。"

何施燕"扑哧"笑了声："行了。"

病房里，江淮宁抱了陆筝好久，她的脸埋在他腰腹间，鼻息间的味道，以及隔着布料的体温，都是她的最爱。她太想念了。

江淮宁手掌扣住她后脑勺，轻轻抚摸，又问一遍："有哪里不舒服吗？"

陆筝在他怀里摇头，不想说话，只想抱着他。

江淮宁看穿了她的想法，没再说别的，维持着一个姿势没动，给她当人形抱枕。病房里另外的床位都是空的，没人打扰他们，她想抱多久都可以。

时间静静地流淌，陆筝快要在男朋友温暖的胸膛里睡着了。她仰了仰脖子，去看他的脸，问出了最想问的那个问题："你怎么回来了？"

江淮宁手指捋顺她乱糟糟的长发，笑意温和："我给你打电话的时候已经在洛杉矶机场了。还记得我跟你说，我要去一个地方，有点远。"

陆筝脑子蒙蒙的，眼神迷蒙："你怎么现在就回国了，不是说还有一个多月结束吗？"

"提前结束了课程。"

"你的意思是，不用再去美国了？"还没得到他肯定的回答，陆筝的眼睛里就亮起了一颗颗星辰。

江淮宁看着她眼里闪烁的光，他的眼眸也被点亮了，给了她准确的答案："嗯，不用再去美国了，我回来了。以后可以想见你就来见你。"

陆筝压抑内心的狂喜，佯装郁闷："说什么想见我就来见我，说到底还不是异地恋。"

江淮宁当真了："对不起，总是让你……"

他一开口道歉陆筝就心虚了，立马改口："我没有怪你的意思，开个玩笑你怎么还认真了。"

何施燕和汪雨站在病房门口，一直没找到合适的机会跟他们告别，被迫听了一场小情侣打情骂俏，灌了一耳朵糖浆。

何施燕等不及了，开口打断："那个，陆筝，有江校草照顾你，我们就不留在这里，先回学校了。"

陆筝全部心思都在江淮宁身上，被他的一举一动牵引住视线，压根没注意到门口的两位室友。此刻听到声音，她恍然回神，视线瞥过去，强忍着羞窘说："嗯，你们回去吧，路上注意安全。"

两人挥了挥手，脚底抹油溜了。

江淮宁走过去关上门，在手机上叫了外卖，给陆筝点了份清淡的养生粥，给自己点了份面。

陆筝的眼睛不舍得从他脸上移开，一边看一边在心里感叹，怎么会有人长得这么好看，怎么看都看不够。

也确实有些日子没见到了。

江淮宁能感觉到落在他脸上的视线直白又热烈，他任由她看。他喜欢她看他的眼神。

半个多小时后，江淮宁下楼去拿外卖，给她支起小桌板，拿出袋子里的养生粥放到上面，搭配两道爽口的小菜。他翻出一个塑料小勺，递到她手里："慢点吃，我摸着还很烫。"

245

陆筝傻笑了声:"好久没享受到男朋友的服务了,还有点不适应。"

"确实,哪个能有你男朋友服务周到妥帖。"江淮宁找准机会就往自己脸上贴金。

手机铃声破坏了病房里的甜蜜氛围,江淮宁伸手拿起床头柜上的手机。是胡胜东打来的,想来没什么要紧事,他准备挂掉。

"你怎么不接?"陆筝见他盯着屏幕看了半天,没有接电话的意思,好奇地瞄了一眼,"胡胜东?兴许有重要的事找你。"

只能说明她太不了解胡胜东。

江淮宁如她所愿接了电话,摁下免提,胡胜东笑嘻嘻的声音传来:"我没打扰你俩的好事吧?"

陆筝内心:呃……要不你还是挂了吧。

"有事说事。"江淮宁态度不好。

"你是不是人?我好歹把你的行李从机场拖回学校,累死我了。"胡胜东吐槽完,换了个语气说起正事,"提醒你一下,明天要去找教授,你是打算让我一个人去?"

"我已经请过假了,你自己去。"

胡胜东那边静了好久,似乎不敢相信:"你什么时候请的假?"

江淮宁没骗他,他真请过假了:"来关州的路上请的。"

"请假理由呢?"

"家属生病需要我照顾。"

"不说了。"胡胜东有点被打击到,就他江淮宁有家属,别人都是孤家寡人,他就不该打来这通电话自找罪受。

江淮宁把手机丢回桌上,抬起头,陆筝原本有些苍白的小脸泛起了薄红。

办理完出院手续,江淮宁送她回学校。

"你要回北城吗?"陆筝站在校门口,眼神依依不舍。

江淮宁从口袋里摸出一颗橘子味的硬糖,塞给她,哄道:"我跟教授请了一个星期的假,没那么快回去,会在这里陪你。"

陆筝攥住掌心的糖,眼睛亮亮的:"真的吗?"

"什么时候骗过你?"

他这么说,陆筝就不想回学校了,只想跟他待在一起。她拉着他的手摇晃:"我走了你就剩一个人了。"

江淮宁空出来的那只手抚摸她的脑袋:"我在你学校附近找个咖啡厅处理点事情,中午我们一起吃饭。"

"好的!"

陆竿回学校,被通知要去教学楼开会,辅导员已经到教室了,她匆匆忙忙赶去。

一个小时后会议结束,陆竿回宿舍换了套衣服,去学校对面的咖啡厅找江淮宁,两人一起吃午饭。

好久没正经地面对面坐着吃饭,陆竿吃得很舒心,她的目光在江淮宁脸上肆无忌惮地描摹,不由得感叹他真是诠释了"秀色可餐"四个字。

江淮宁嫌旅途中穿的那套衣服太脏,找个地方换了身衣服,白色的长袖衫,棉麻材质,领口是自然敞开的交叉V领,搭一条休闲款的宽松牛仔裤,闲适懒散。阳光洒下来,与他融为一体。

陆竿看得有点痴,强迫自己移开目光。

江淮宁不害臊,说:"慢慢看,我们还有很长的时间。"

陆竿用不锈钢叉子扎了块烤土豆塞进他嘴里:"你多吃点吧!"

江淮宁笑着咀嚼嘴里撒了迷迭香碎的烤土豆,同样的,他的目光也没从她身上移开过。

2

江淮宁在关州待了一周,回到北城找庞教授汇报做交换生期间的心得收获。

陆竿安心待在关大备考,跟江淮宁的视频、语音通话变得频繁。因为距离拉近,时差不存在,他们的思念没有比异国的时候淡薄。

顺利度过期末考试周,陆竿迫不及待订了张去北城的票。

被她妈妈知道以后,少不得说她归心似箭,箭却射错了方向,不是家的方向,是北城。

江淮宁那帮朋友定了晚上聚餐。

他和胡胜东从美国回来后,天天忙得跟陀螺似的,拖了这么久没给他们俩办个像样的接风宴,好不容易调出这么一天,江淮宁实在推不掉。

他去西站接到陆竿,给她擦了擦鬓发上的汗珠,顺便说了今晚聚餐的事。

陆竿穿着黑色碎花裙,靠在椅背上侧头看他:"我也要去吗?"

江淮宁买了辆二手车,手续全办完十五万左右,作为代步工具足够了,他眼下开的车就是。他一只手搭在方向盘上轻敲,等红灯的间隙,视线移到陆竿脸上。他没忍住,伸过手去捏她粉白的耳垂:"不想去?我的朋友你都认识,还是那几个。"

"没有不想去。"陆竿抬手覆上他手背。

江淮宁开车很稳,陆竿的晕车症状不太明显,只在下车时揉了揉太阳穴缓解。

回到久违的家中，没时间温存，陆笋抱着衣服先去卫生间。出了一身汗，她想洗个澡再出门。

换上一件浅蓝色针织短袖，下摆刚好在肚脐处，搭配一条前面带一排铜扣的牛仔短裙。

陆笋抬手绾起头发，短袖下摆随着动作往上蹭了一截，露出一线白腻的细腰。

江淮宁倚着房门，视线下移，从她的腰到她的腿……他感觉嗓子有点干，胸膛那一块火烧似的滚烫。空调大概太长时间没用坏了吧，怎么不起作用……

陆笋坐在梳妆台前，重新化了个淡妆："几点了？"

"不着急，你慢慢来。"

陆笋从化妆镜里看他，他不知什么时候拎了罐冰镇可乐，仰脖喝了一大口。

"我好了。"她起身转过来，眨巴着带细闪的眼皮，小蝴蝶一般飞到江淮宁面前，双手搂住他的腰，厚着脸皮问，"我好看吗？"

江淮宁无比认真细致地扫过她的脸，在每个部位都停留超过三秒，话说得含蓄，也不含蓄："你要是这么问的话，咱们干脆别出门了，在家里待着吧。我比较想用实际行动表达。"

陆笋想，自己的理解能力真是该死的优秀，竟然听懂了："江淮宁，你在国外变坏了。"她掐着他的脖子摇晃。

江淮宁仰头笑，胸膛微微震颤，不介意她这么评价自己。他一只手掌就能盖住她的整个后腰，低沉的字眼一下一下跳进她耳朵里："我一直这么坏。"只对你这么坏。

陆笋忍着笑看表："快走啦，要迟到了。"

路上，他开得不快，他们两个最后到，果真叫陆笋说中了，他们迟到了。

江淮宁宿舍的男生都在，除了他们，还有谢柠和一个女生。谢柠的穿着打扮风格变了，以前偏向娇俏甜美，现在走冷酷风，一身黑，脚上还套着铆钉靴。头发漂染了一撮淡蓝色，绑成几根小辫子，戴了夸张的几何图形耳饰。

另一个女生陆笋不认识，可能是几个男生当中谁的女朋友。

陆笋跟他们打了招呼，坐在其中一个空位上，江淮宁坐在她边上，手掌落在她身后的椅子靠背上，像是搂着她。

彭垚学他，搂着自个儿女朋友："少秀了，我也有女朋友。介绍一下，隔壁北城大学地质学高才生陈展，展翅高飞的展。我女朋友名字特有个性对吧。"

他女朋友拍了他胳膊一下："什么高才生，别瞎说。"在一帮学霸面前提"高才生"三个字，她脸都红了。

彭垚被拍得心头酥酥麻麻，捂着胸口做作地呼痛。

卢宇和胡胜东相视一眼，两个单身人士差点摔杯离席，这顿饭不吃也罢！

谢柠向来冷静，淡定地拿起筷子等待开饭。

各色菜肴和烧烤被端上来，几人转了话题，聊起怎么过这个暑假。

胡胜东喝了口啤酒，眼神飘向眼里只有女朋友的江淮宁，他不准备趁机说那件事？

江淮宁没留意到胡胜东的眼神，只顾给陆笋夹菜。

今晚的聚餐就是为了给胡胜东和江淮宁接风洗尘的，两人被灌了不少酒，尽管江淮宁说了自己开车来的，还是没能幸免。酒的后劲上头，他的脸染红了一片。

陆笋第一次见他喝这么多酒，觉得很好玩，没有阻止。

聚餐到很晚散场，吹起一阵燥热的风，夏日在一瞬间包裹住他们。

回去换陆笋开车，江淮宁喝得头脑不清醒了，坐在副驾驶座上缓神。陆笋倾身给他扣上安全带，掌心贴在他滚烫的额头上，笑了一声："你还好吗？"

江淮宁捉住她的手，翻个面，手背贴在自己脸上，嗓音黏糊："还好。"

陆笋听说喝醉的人都爱说自己没醉，她问他："你喝醉了吗？"

江淮宁摇头："没醉。"

陆笋笑得更大声了："放开我的手，我要开车。"

江淮宁看着她，有点担心："你会开吗？"

"会啊，我拿到驾照了，不是给你发过照片吗？"

"想起来了。"江淮宁从模糊的记忆里扒拉出这回事，"科目三挂了两次，还被教练骂了。"

陆笋揉着脑门气笑了："能不能别提这个。"

她抽出手，把着方向盘，在脑海里复习了一遍车子起步的步骤。说实话她很紧张，拿到驾照后她没机会开车，这是第一次上路，副驾驶上还坐着个喝醉的人，遇到什么事连请教的人都找不到。

江淮宁偏着头，似乎看穿她心中所想："别勉强，我们可以找代驾。"

陆笋深吸口气："我可以的。"

江淮宁打起精神，一步一步给她指导。

"你真没喝醉？"陆竽狐疑的眼神落在他脸上。

江淮宁用手掌盖住脸，他知道自己的脸现在很红："说了没醉。"

"那你刚刚在饭桌上说胡话。"

"要是不说胡话，卢宇和彭垚还得灌我酒。"

陆竽暗自腹诽你还挺聪明的，知道演戏。

她缓慢地启动车子，开了出去，汇入到北城夜里依旧拥堵的车流当中，成为万千光带中的一束。

平安回到家中，陆竽打开了所有的灯，趴在沙发上，累到虚脱。开车过程中精神高度集中，身体太过紧绷，导致她现在连手指都抬不起来。

江淮宁不修边幅地坐在沙发边的地板上，一只手支着下颌，靠在沙发边沿，一只手捏捏陆竽的后颈："困了？"

"嗯。"陆竽闭上眼。

"那就早点睡吧。"

陆竽迷糊间又"嗯"了一声，脑袋偏转过来，撑开眼缝看他，摸了一下他的脸，然后爬起来回房。

她的行李箱还没来得及收拾，摊在卧室中间的地板上。

江淮宁跟进来，看到她从行李箱里拿了套睡衣，不小心带出一条纯白的裙子。

"这条裙子没见你穿过，新买的吗？"

陆竽拎出那条裙子，站起身，放在身前比画。想到它的来历，她温柔含笑地开口说："本来以为你要晚一个多月回国，我刚好放暑假。和室友逛街的时候相中这条裙子，打算穿着它去接机，结果你提前回国了，我还没穿过。"

她说着把裙子放回去，又被江淮宁拿出来："穿上我看看。"

"现在？"

"嗯，想看。"

陆竽放下睡衣，拿着裙子去卫生间，磨磨蹭蹭地换上了它。看着镜子里面自己脸颊酡红像喝了很多酒的样子，她后知后觉地感到羞赧。

犹豫再三，陆竽穿着裙子赤脚走出卫生间，头微微低下去。江淮宁手拿遥控器，对着空调调温度，视线不经意瞥过去，倏忽凝住了。

洁白的吊带连衣裙，衬着她的肤色如珍珠般莹润白皙，胸前是鱼骨支撑，很好地勾勒出身材曲线，裙摆类似鱼尾，仿佛是刚跟巫婆换了双腿的美人鱼。

江淮宁的呼吸滞了滞，遥控器被他随手扔在沙发上，空调冷风"呼呼"

地输送,吹在面上感觉不到凉快。

陆竽踩在木地板上的脚趾蜷缩,声音很小:"不好看吗?"好像是有一点点正式,何施燕也说像订婚穿的。

她没想那么多,觉得好看就买了。

江淮宁还没说话,眼前忽地陷入黑暗,空调发出"嘀"的一声,停止运转。室内的凉气很快被室外的温度浸染,裸露的肌肤感受到了夏日黏腻腻的热情。

陆竽怔在原地:"怎么回事?"

江淮宁长腿跨过挡在中间的行李箱,来到她身边,握住她细瘦的手腕,让她不要惊惶害怕:"可能没电费了。"

手机屏幕亮起的光笼罩着他们的脸,陆竽看到他打开缴费界面,充了一百块进去,稍后进来一条短信,显示余额为零。江淮宁略微惊讶,上次交电费是出国前,居然欠了这么多,难怪会断电。

他紧接着充了五百块进去,不多时又来一条短信,余额还有四百多。

陆竽脖颈间出了一层汗:"怎么还没来电?"

"再等等吧。"江淮宁借着手机的亮光看她。她脖子上的汗亮晶晶的,像撒下的水晶碎片,敛下的眼睫在脸上落下阴翳。

他看着那一小片阴影像是蝉翼,随着她眨动的眼眸而扇动,他的心跳也一下一下跳得剧烈。

江淮宁俯身贴上她的唇。

手机没拿稳,屏幕乱晃,卧室里的光影忽明忽暗,带他们回到高中时期的夏天,旧吊扇"吱呀吱呀"转动,扇叶晃过,留下一道道模糊的残影。

陆竽的后背陷入一片柔软的被褥当中。

江淮宁的手机不知掉在了哪里,黑暗中,只有窗纱外淡淡的路灯和月色滤进来一层光,映出他们相拥的影子。

还未来电,空气逐渐被暑气占据,相贴的肌肤像黏腻的鱼鳞,潮意浓重。

陆竽深呼吸一口,手指掐上江淮宁的手臂,掐出几个弯弯的月牙印子:"你确定没有喝醉吗?"他亲得好凶。

江淮宁的体温比她高,像一锅沸腾的水,呼吸是满溢而出的水蒸气,滚烫地扑在她面上:"你可以随便问我问题,看我答不答得上来。"

陆竽拖着长长的音"嗯"了一声,边思索边开口问:"我们是哪天认识的?"

可能是心有灵犀,江淮宁在她出声前就猜到她会问这个问题,不假思索地回答:"2012年8月30日。"

陆笋还想问个问题，嘴巴被他攻占了，只剩下破碎的嘤咛在越来越热的空气里回荡。

她热得受不了了，每一秒都在祈祷赶快来电。

她的分心被江淮宁敏感地感知到，他抬起头在黑漆漆的环境里看了她一眼，无奈地说："能不能专心一点。"

陆笋从他臂弯里钻出来，半个身体悬挂在床边，沁了满脸的汗，"呼哧呼哧"喘气："好热……"

窸窸窣窣一阵响，江淮宁翻身下床，摸索半天没找到手机，对着空气呼喊了一声，手机语音助手传来回应，与此同时屏幕亮起。

陆笋摊大饼一样翻个身，趴在床边笑起来。

他们好惨啊，快被烤熟了。

江淮宁找到许久不联系的物业的号码，拨去电话说明目前遭遇的窘境。

物业工作人员听明白了，毕恭毕敬地回复，由于他欠费太多，电表箱跳闸了，就算充了电费也不会立马来电，需要手动把闸刀扳上去。

江淮宁有些无语。

物业工作人员紧接着说，他们马上安排人去扳电闸。

江淮宁脸上郁闷的神色褪去，礼貌地道了谢。挂掉电话，他转头对着裙子半褪裸着后背趴在床上的人说："等会儿就来电了。"

"你刚刚也是这么说的。"

江淮宁丢下手机，趴到她边上："我确定这次是真的。"

陆笋手脚并用，无情地推开他："离我远点，你像个大火炉。"

江淮宁委屈："冬天你可不是这么说的。"

"冬天说的话夏天不算数。"陆笋耍起赖皮也不心虚。

"还说我坏，到底谁更坏？"

江淮宁不顾她意愿，非要跟她挤在一起，亲她的脸颊、唇角、脖颈。陆笋故意偏头躲来躲去，既享受他的亲近，又觉得在停电的燥热夜晚，这样的亲近是一种折磨。

直到她听见抽屉被拉开的声音，混沌的脑袋一下子清醒了，心脏突突地跳，像窜过"刺啦刺啦"的电流。

她以为跟以前一样，停留在那条线外，不会越过去。但她在晃来晃去的昏暗光线里看清了江淮宁手里拿着的东西。

她的呼吸不由得紧了一下："你什么时候买的？"

"出国前吧，我忘了。本来是想有备无患……"后来考虑到他们在上学，万一出现什么意外，影响最深的是女孩子，他便一直忍耐、等待。

陆笋倒抽了口气:"那么久了,不、不会过期吗?"

江淮宁打开手机电筒照明,研究包装盒上的小字,找了许久,终于找到生产日期和保质期,他弯着眼睛说:"没过保质期。"

陆笋张嘴喘了口气,缩着脖子钻进被子里,实际上要热疯了,支支吾吾地问他,是不是要用掉它。

江淮宁举起手机电筒对准她,斯文地征求她的同意:"可以吗?"

陆笋的眼睛被光刺到了,一只手盖在眼前:"我是罪犯吗?你要这么照着我。"

江淮宁润朗的笑声传来,边笑边说了声"Sorry",他关掉手机照明功能,房间再度被黑暗吞噬。

陆笋吞了吞口水,还没回答,那个刚刚礼貌询问她的人已经欺身过来,与她紧密地贴在一起。

这个坏人,根本没打算听她的回答,他有自己的想法和节奏。

之后的一切水到渠成。

灯光在最不合时宜的那一刻亮起,陆笋惊叫一声,闭紧了双眼。江淮宁也嫌光线太亮,十分碍眼,支起半个身体探臂关掉。

黑暗不需要适应,他们刚刚一直在黑暗里探索彼此。

空调"呼呼"运转,像是从水里捞出来的两个人在一阵阵冷风中重新活了过来。

时间转到后半夜,江淮宁抱起陆笋去卫生间洗澡,忘了拿睡衣,出来时,她身上套着他的宽松T恤,给她当睡裙正合适。他则光着上身,幽微的台灯照着清晰的腹肌线条。

他把她放到床上,自己草草冲了个澡,躺在她身边,叫了她一声。

陆笋浑身酸软,不想跟他说话,披散的长发盖住了半张脸,另外半张埋进枕芯里,咕哝一声,算作应答。

江淮宁的大脑和身体还兴奋着,完全睡不着,搂着她的肩小声叫她的名字:"笋笋。"

他刚刚一直这么叫她,听到这两个字,陆笋条件反射,不自觉缩了下肩膀,像被敲打了最敏感的那根神经。

"笋笋……"他继续喊。

陆笋手伸过来,捂住他的嘴巴,示意他别说话了,她要睡觉。

江淮宁露出来的眼睛弯了弯。

他知道她还没睡着,于是轻轻在她耳边呢喃:"今晚的聚餐上,我本来打算宣布一件事,我和胡胜东在国外学习期间做了个游戏的框架。当然,

253

目前还只是雏形。我们打算成立一间工作室,把这个游戏做出来,工作室的名字我都想好了,就叫'淮竿世界'……"

在他说第一句话时,陆竿就睁开了眼睛,认真倾听。

房间里亮着一盏台灯,不如江淮宁的眼眸明亮,他神采奕奕,给她讲述这个游戏的设定,是星际穿越类型的,真正构建起来会非常有意思。

他在国外不全是学习知识,课外时间给一些游戏公司做过外包,体内的热血在一次次敲代码中被点燃,蓬勃地烧了起来。

他和胡胜东一拍即合,图纸画了很多张,哪怕是个只有想法的框架,他们也情绪高涨地讨论了很多个日夜。

陆竿不玩游戏,对于他构建的那个虚拟的世界一知半解,但她支持他的一切决定:"想做什么就去做,我会永远陪在你身边。"

江淮宁的正经表情维持了没多久,他眼睛看着她,嘴角翘起:"你还困吗?"

陆竿脑中的神经弹了一下,反应很快地回道:"很困!关灯睡觉!"怕他乱来,她附赠一句,"贪吃的人没好下场。"

江淮宁闷在她颈窝里笑:"你想到哪里去了,我没打算吃'夜宵'。"

"你就装吧。"陆竿拧他胳膊,硬邦邦的,跟钢筋一样,她的手指反倒受累了。

3

时间过得飞快,大四开学,一个学期过去,导师在论文群里发了很多选题,叫组员们自己挑选。

陆竿看到消息的时间有点晚,比较好写的论题被其他同学挑走,她在剩下的那些选题里挑了一个相对来说没那么难的。

放假前上交开题报告,考完最后一场期末试,离开了学校。

这次放假,陆竿先回了一趟家,表嫂生了小孩,她和家人去参加小孩的满月宴。

她抱着襁褓里的小婴儿,一动不敢动,僵硬的样子逗笑了表嫂。表嫂趁机偷偷拍了一张照片,给她看:"你看看你,好像抱了个炸弹。"

陆竿笑着把小婴儿还给表嫂:"哪有说自己的小孩是炸弹的。"

表嫂哄睡了小婴儿,放回摇篮里,问起她的感情生活:"你那个帅哥男朋友呢?"

"他和朋友开了间游戏工作室,最近在招人手,忙死了。"陆竿坐在床边,"我就回来待两天,然后就要去找实习工作了。过年再回来。"

表嫂说:"我记得你是学新闻的,要当记者吗?"

陆竿摇头,说自己当不来记者,准备往广告行业发展,已经看好了几家公司,准备投简历试试。

表嫂问她:"打算在北城找工作?"

"对呀。"

"我再问一个,你和你男朋友想好什么时候结婚了吗?你男朋友95年的,到法定结婚年龄了吧。"

陆竿刚被亲戚问了好几遍这个问题,江淮宁在她的七大姑八大姨当中早就不是秘密。她相当苦恼地皱起眉毛:"你怎么也开始催婚了,我们没毕业呢!他还保研了,至少要等上完学吧,你们太着急了。"

表嫂笑起来,摸摸她的脸:"开个玩笑你还脸红了。"

陆竿捂住脸颊,扭头去找吃的,手机忽然振动了一下。

忙得快分不清东南西北的男朋友发来一条消息:来北城的票买了吗?没买的话,我给你买。

表嫂也看到了她手机上的消息,摆了摆头"噫"了一声:"看不出来,你男朋友还挺黏人。"

怀揣着对踏入社会的新生活的忐忑和向往,陆竿踏上了去北城的路途。

对于她的到来,江淮宁自是无比欢迎。他在此之前发微信念叨了好多遍,每次都是委屈巴巴的语气。

陆竿没有告诉他自己具体哪天来,想给他一个惊喜。

到家后,把东西一放,她直接打车去他暂时办公的地方。

月前,江淮宁租了一家倒闭的教育机构用过的办公楼,签了地上一层和地下一层。地上一层辟出一块区域,放置几张办公桌,安装上电脑和其他设备,组成了一个简易的办公大厅。地下一层并排摆了几架钢丝行军床,供几人忙到没空回家的时候休息。

陆竿提着满满两手下午茶,进到办公楼。

江淮宁待在单独的办公室里,面前几块连在一起的显示屏,他一只手杵着下颌,盯着屏幕眉头紧锁,一副沉思状。

外面的办公区域空荡简陋,卢宇、彭垚、胡胜东都在,还有一个男生,是他们院系的学长,叫朱川柏,也加入了游戏开发,没日没夜地忙碌。

有人推门进来,他们也没发现,专心致志地忙手头的活儿。

陆竿把东西放到办公桌上,离她最近的胡胜东抬起头,看清来人是她,脸上闪过惊诧:"江淮宁说你回老家了。"

陆笋从袋子里拿出吃食和热饮:"下午刚到,过来看看你们。"

"哈哈,来看某人的吧。"胡胜东笑着拆穿她,扭了扭僵硬成木头的脖子,把她带来的食物分给其他人。

陆笋靠在桌沿,没进办公室打扰江淮宁的工作,瞥了一眼往嘴里塞蛋挞的胡胜东:"你们招到人手了吗?"

胡胜东噎得慌,灌了一口咖啡,咽下嘴里的蛋挞,摇了摇头:"我们这麻雀大小的地方,除了自己人,谁愿意来?找人手太难了,还是回头在学校里问问看有没有人过来帮忙。"

一直埋头苦干的朱学长说:"我就是他们硬拉过来的,现在上了贼船想下去没那么容易了。"

胡胜东给他洗脑:"现在入股,等到公司上市你就是元老级别的大股东,好处多到数不尽。"

"听听,就会给我画大饼。"

陆笋听着他们插科打诨,眼睛弯弯地笑了起来。视线从透明的玻璃墙往办公室里看,江淮宁伸直了腿靠在椅背上,两只手交叠,垫在脑后,眼皮合上,不知是在闭目养神还是在思考问题。

"你们慢慢吃,我先过去了。"陆笋站直,拎起桌上剩下的那份下午茶,朝办公室走去。

她敲了敲门,江淮宁不知道过来的人是谁,没睁开眼睛,疲倦地说了一声"进"。

陆笋推开门,轻手轻脚地走到他身边,放下东西绕去他身后,指腹轻柔地落在他的太阳穴上。

江淮宁猝然一惊,眼皮颤了下,睁开眼。熟悉的味道窜入鼻尖,促使他很快平静下来,眼底的困倦被清明取代。他抬手握住搭在自己太阳穴上的那只手,把她拉到面前:"你什么时候到的?"

"下午三点多,把东西放家里就过来了。"陆笋站在他腿边,身体的重心抵不过他那股往怀里拽的力道,差点跌坐到他腿上,她一只手撑住桌沿,勉强稳住。

江淮宁拿起遥控器,朝侧边按了下,那面玻璃墙被缓缓下降的百叶帘覆盖,阻挡外面那些人的视线。他将她拉到腿上抱住,脸埋在她身前:"今天过来怎么不告诉我,我提前去车站接你。"

"我来北城很多趟了,对回家的路很熟悉。"陆笋说笑,"不用担心我走丢。"

江淮宁仰头,过分苍白的肤色衬得他有点脆弱。陆笋转过身,从桌上的袋子里取出一份不太甜的甜品，喂到他嘴边："饿不饿？"

"正好饿了。"江淮宁就着她的手张口咬住，咀嚼的工夫，他从办公桌旁拎出一个乳白色的纸袋。

陆竽一下明白了："是送给我的？"

"嗯，你过两天要面试，给你加油的。"

陆竽打开纸袋，是一个鞋盒，装着一双简约而不失精美的高跟鞋，七厘米的鞋跟，红底黑皮，契合职场风格。

她的鞋柜里运动鞋居多，夏日的凉鞋和冬季的靴子也都是平底的，迄今为止没穿过高跟鞋。这应该算是她人生中第一双高跟鞋，是他送的。

江淮宁看她失神的样子，轻声说："面试算正式场合，所以根据店员的推荐挑了双款式简单的，穿上试试吧。"

陆竽拎起一只鞋："一看就是我的码数，肯定能穿。"

江淮宁弯下腰，单手脱掉她脚上的短靴，连同袜子也脱掉，为她穿上高跟鞋，另一只也换上。

陆竽从他腿上下来，踩到瓷砖地面，一开始有些不适应，走路姿势别扭。鞋子本身就很舒适，真正驾驭起来没她想象中那么困难。她来回走了两圈，"咔哒咔哒"的清脆声响在办公室里荡起。

"还可以吗？"她抬头，黑白分明的眼眸注视江淮宁。

他点了下头，夸她看起来气质都不一样了。

她今天穿了黑色的呢大衣，里面一件白色的马海毛薄毛衫，搭了条黑色半身裙，一身利落的装扮。细高跟是点睛之笔，整个人显得修长又干练，足够亮眼。

江淮宁在脑海里回忆高中时期的她，宽大的校服也是黑白配色，再与此刻的她对比，他无比庆幸能见到她从小女孩蜕变成光彩夺目的职场丽人，以后还能看到她穿上婚纱的样子。

陆竽脱下高跟鞋，小心地放进鞋盒里："有你的礼物加持，相信我的面试一定会顺利。"

她挑的那几家公司里，最心仪的要数"致意"。说起来她与"致意"颇有渊源，大一暑假在那里兼职了两个月。

两年半过去，如今的"致意"早就不是当初的小作坊，地址也从偏远的科技园区搬到了CBD附近，占据了整栋写字楼，听说离上市不远了，也不知是真是假。

她如今再去面试，不可能像之前那般随意，因人手短缺不需要走过程就直接被录用。她需要跟无数应届生竞争，优胜劣汰地角逐。

面试当天，出了太阳，是个会发生好事的天气。陆笋换上一身精干的行头，穿上江淮宁送给她的黑色高跟鞋，被他开车送到写字楼下。

陆笋拿起座位上的包："你先去忙你的，不用等我，结束后我去找你。"

江淮宁透过侧边的车窗望了眼几米开外巍峨矗立的大厦，蓝色玻璃在阳光下折射出刺目的光："你一个人可以吗？"

"对我有点信心。"

"等你的好消息。"

陆笋推开车门，一股冷风钻进来，她回头挥了挥手，昂首挺胸地走进写字楼。

她来得不算特别早，面试的办公室外的走廊上有一些人在等候。跟她年纪相仿的男生女生，衣着打扮的风格也差不多，都是按照隐形的面试准则来武装自己的。毕竟衣着形象也算面试的一部分。

陆笋找到一个空位等待。

第一场面试是"群面"，她和号码相邻的几个人一同进到办公室里。

陆笋扫了一眼坐在长长的办公桌后的面试官，全部是生面孔，没有一个她当初在致意工作室认识的人。

这个情况在她预料之中。那时候"致意"只有区区二十几人，老板都得亲自换饮水机上的桶装水，而现在的"致意"是上千人的大公司。

老员工不知如今散落在哪些部门，或许有些人已经离开了。

陆笋摒除杂念，呼口气，打起精神应对接下来的考验。

同一组参加面试的人里大有来头的不少，其中一个是清大美院的，主修视觉传达设计，姓段。还有一个是国外留学回来的，修的是公共关系与企业传播。与陆笋同专业的人也有，人家是中传的。

陆笋暗暗为自己捏了一把汗，她的运气真不怎么样。

面试结束，陆笋拦了辆车去找江淮宁。

他不在工作室，外出找人谈事情去了。陆笋坐在他的办公室里，从包里掏出 iPad，打开绘画软件随手涂鸦。

刚起了个草图，落月发来消息：宝贝儿，有个事跟你说一下。有家出版社想推出《猫先生》的单行本，我先跟你讲一讲对方开的条件……

陆笋脸上的表情空白了两秒，而后迸发出巨大的惊喜。

落月给她列了出版公司开的条件，比如首发多少册、定价多少、分成是多少等等，说她如果不满意，可以再谈。

陆笋怎么会不满意，她做梦都想出单行本，把漫画书捧在手里翻看的感觉和在电子屏上阅览有实质区别。

陆竽：我很满意！！！

四个字不足以表达她的开心，她发了好多个感叹号。

落月：哈哈，我先去回复对方了，接下来我们就可以走合同流程了。

陆竽：辛苦啦。

外面有人影走动，陆竽以为江淮宁回来了，抬头一看，一个女生路过办公区域。她是被胡胜东领进来的。

侧脸有几分似曾相识，陆竽随意转了转手上的电容笔，打量那个女生。

对方穿了一件黑色短款呢大衣，腰间系铜色皮带，大衣下摆弄成微喇叭状的褶皱花边，深蓝色紧身牛仔裤带了点复古的味道，小腿裹进黑色长筒皮靴里。单肩挂着一个毛茸茸的米白色小包，说笑间，红唇一张一合。

女生似乎察觉到这个方位投过来一道视线，朝陆竽看了过来，微微怔愣后，调整表情露出一个打招呼式的微笑。

陆竽轻轻"啊"了一声，是她见过的，江淮宁的同学，好像是叫叶姝南？以前和江淮宁同在庞教授的手底下做项目。

她回以一个笑容，低下头，继续画画。

玻璃墙外，胡胜东带叶姝南到一个工位前。

叶姝南卸下肩上的包，脸上多了一抹惊诧，指着自己："不需要面试吗？我听说你们招人，正经过来应聘的。"

胡胜东搓着鼻子笑道："面试流程也可以走，但是前来面试的人目前就你一个。除了你，我们也没别的选择了。"

叶姝南哭笑不得，环视一圈，没看到江淮宁的身影，问道："不需要经过你们老板的同意？"

"老板？你说江淮宁啊。"胡胜东咧嘴，"他临走时交代了，他不在，事情全权由我做主，是我聘用你的。"

叶姝南张了张嘴，妥协般叹气："好吧。"她顿了下，扬起笑脸说，"就算是正经面试，我的基本信息你们也都清楚，应该不用我赘述。"

胡胜东点头。虽然和她不是一个班的，但课表基本重合，彼此知根知底。叶姝南的实力他心里有数，要是没两把刷子，也不可能在庞教授的麾下。

胡胜东拍了拍手示意其他人暂停手头的工作，指了下叶姝南："我们的新伙伴，不用我多余介绍了吧？"

叶姝南朝大家笑了笑，最后目光定格在朱川柏身上，想他可能不认识自己，还是做了个自我介绍："我叫叶姝南，也是清大计算机的。"

朱川柏抬了抬眼镜："终于来了个女的。学妹你说说，你是怎么被胡胜东骗来的？"

胡胜东隔空给他来了一记左勾拳："会不会说话，什么叫骗来的？人家是自愿来帮忙的，工资都还没谈。"

他说的话朱川柏一个字都不信，只看向叶姝南，想听她说。

叶姝南看了眼胡胜东，为他澄清："确实是我自愿来的，他没有骗我什么。我刚好看到他在大群里游说别人加入进来，我心动了。"

朱川柏评价："那你真的很有冒险精神。"

叶姝南弯起嘴角："学长你也是。"

朱川柏摆了摆手，不再多言，啤酒瓶底那么厚的眼镜再次滑下来，他顾不上扶，注意力回到电脑屏幕上，一串串代码像流淌的水，"哗啦啦"地涌出来。

午饭过后，江淮宁回来。陆竿已经和其他人吃过饭了，因为不确定他什么时候回，没有给他打包一份带回来。

"你吃了吗？"她帮他挂起外套。

江淮宁坐进办公室的沙里，仰起脖子叹了口气："还没呢。"

陆竿立刻拿出手机给他订外卖，她知道他的口味，买了他喜欢吃的，顺便问："谈得还顺利吗？"

"还行。"江淮宁坐起来一点，握住她的手拉到身边来，"你的面试怎么样？应该没那么快出结果吧？"

陆竿脑袋靠在他肩上："两个好消息。"

"嗯？"

"一面通过了。但后面还有二面、终面，暂时不确定能不能拿到of-fer。"陆竿笑着说，"算是取得了阶段性的胜利，也算一个好消息。"

江淮宁问："第二个好消息呢？"

陆竿："编辑上午跟我说，有家出版公司想跟我合作，出《猫先生》的单行本，已经在走合同流程了。"

江淮宁两手捧住她的脸："我以前就说过，你一定会在自己的领域里发光发热。"

陆竿有样学样，捧住他的脸："你也是！"

两人相视一笑，没聊几句，江淮宁坐回办公桌前打开电脑开始工作。

手机铃声响起，是外卖小哥的来电，陆竿打断他："先填饱肚子再工作吧。"

江淮宁伸个懒腰，自己去外面拿外卖。路过办公区，看到一张多出来的面孔，他愣了一下，之前他进来没注意到叶姝南："这是……"

叶姝南连忙站起来，解释自己出现在这里的原因："我看到胡胜东在计算机系大群里招人，就来试试。"

胡胜东接腔："是我招进来的，熟人，实力你知道的。"

江淮宁没有别的意思，但是有一点他得问清楚："他没跟你说过薪水方面的情况？"

"说过。"叶姝南扫过埋头敲键盘的几个人，"我知道大家都是为了梦想进来的，我也不例外。现在谈钱还太早了。除此之外，我很想验证一下自己在大学积攒的知识运用起来的效果。"

胡胜东感动得一把鼻涕一把泪，对她竖起大拇指："高风亮节。我们目前就缺这种人才！"

江淮宁没再说什么，提着外卖走回办公室。

叶姝南愣愣地看着胡胜东，眼角流露出一丝欣喜："他这是同意我留下来了？"

胡胜东耸了耸肩："本来也没有不同意的理由。"

4

二面和终面安排在同一天，且当天就能出结果，陆竽再次走进"致意"，比上次来紧张百倍。但当她在面试官里看到一张熟面孔时，惊讶取代了紧张。

中午十二点半，面试落幕。

办公室的门打开又关上，马超腋下夹着一个文件夹，跟其他面试官走出来。路过没来得及离开的陆竽身前，他脚步略微迟缓，瞥了她一眼，眼尾轻轻往上抬了一下。

陆竽确定自己没有看错。

果然，她走出写字楼，收到马超的微信：恭喜再次加入"致意"。

陆竽愣在凛冽的风中，手指飞快地输入，好几次打错了字，删掉重来，由此可见她的心情有多么激动：我被录取了？

激动中带着一点不可置信。

马超：怎么说你也是"致意"的"元老"了。

陆竽：你不会给我开后门了吧？

马超：对你的实力多点信心，抛开我不谈，其他几位面试官也很认可你的实力。菲菲要知道你来了也会高兴的。还有谷月。

陆竽拦下出租车，坐进后座，手机里同时进来一条短信和一封邮件，通知她被录取了，年后来上班。

陆竽情不自禁地弯起嘴角，瞧了眼时间，江淮宁大概在吃午饭，于是

261

给他拨了通电话。

电话被接通，她迫不及待地出声："猜猜我面试的结果！"

电话那头的江淮宁失笑，听她雀跃的语气，还用动脑子猜吗？

"晚上要不要吃点好吃的庆祝一下？"江淮宁直接说。

陆竽嘴角提起的弧度更大："你不忙吗？"

"是你说的，再忙也要吃饭。我总不会连吃饭的时间也抽不出来。"

"地点你定还是我定？"陆竽问。

"我来定吧。"江淮宁说完，听到办公室外的敲门声，抬眸看了过去。

叶姝南没听到里面传出回应，脚尖转了个方向，来到玻璃墙前，对着江淮宁指了下不远处的办公区域。几个人正从袋子里拿出一个又一个打包盒，提醒他外卖到了。

江淮宁轻点了下头，对电话里的人说："是不是还没吃午饭？"

"是啊，刚结束，肚子饿瘪了。"

"先就近找地方安抚一下你的胃。"

陆竽的视线落到车窗外，声音软软地说："知道啦。"

手机刚放进包里就"嗡嗡"振动，她拿出来看，是妈妈打来的电话，询问她的面试结果。

陆竽眉飞色舞地讲述面试过程："虽然回答问题时遇到一点小问题，好在最终结果是好的，太开心了！对了，我年后正式上班，还能多玩几天。"

夏竹夸赞了她一通，问起另一个比较关心的问题："既然年后上班，那你过年前还回来吗？"

陆竽望着马路边来去匆匆的行人，犹犹豫豫地说："应该会的……吧。"

夏竹一听她的语气不确定，就猜到了几分："淮宁今年不回老家过年？"

"我们还没讨论过这个问题。"

"他要是不回，你也不回吗？"

陆竽哑然一瞬，立刻换上保证的语气，说自己一定会回去陪爸爸妈妈过年的。

母女俩说了一会儿家常，出租车停在一家餐厅门口，陆竽要去吃午饭，就结束了通话。

下午没别的安排，她填饱肚子就回家睡觉。她早上起来太早，紧张了一个上午，身体太疲惫了，洗个澡倒在床上不消几分钟就睡了过去。

一觉醒来，太阳已经西斜，透过窗帘那一道缝隙，陆竽望着外面灿橘色的天空，霞光在玻璃上跳跃。

脑袋还晕乎着，忽然听见开门的声音，陆竽惊了一下，爬起来看向门口，江淮宁的身影旋即闯入她的眼帘。

他穿着早上出门时那套衣服,深蓝色V领羊毛衫,黑色长裤,羽绒服拎在手里。

江淮宁靠在门边看着她惊愕的样子,眉目间似乎也浸染了夕阳温暖的颜色。

"你从中午睡到现在?"他举起手机,有点无奈,"给你发了几条消息没回,害得我以为你在家出什么事了。"

陆竽摸到枕边的手机,果然有很多条消息轰炸。她抚了下额头,对自己万分无语:"我睡得太沉了,没听见手机响。"

江淮宁抬步走到床边,给她理了理凌乱的头发:"正好提前结束了进度。收拾一下,带你出去吃饭。"

下午攻克了一个棘手的难题,大家为之振奋,定下晚上去聚餐。江淮宁推掉了,让他们去吃,他来报销。为此被他们取笑,说他还没结婚就患上"妻管严"了。

陆竽从床上下来,到卫生间洗了把脸醒神,换上一套车厘子红的毛衣格子裙套装,外面裹上羽绒服。

江淮宁拿着她的围巾和帽子,耐心等她化妆打扮。

陆竽化了个十足精致的妆容,涂上跟毛衣颜色差不多的口红,抿了抿唇,大功告成,跳到江淮宁跟前:"久等啦。"

江淮宁抬手把围巾挂上她的脖子,看着她红苹果一样的脸颊,很轻地笑了:"你肯让我等你才是我的荣幸。"

"你吃糖了吗?嘴巴那么甜。"

江淮宁轻轻努了下嘴:"你尝尝。"

陆竽将快要兜住嘴巴的围巾往下拽了拽,踮脚在他唇上贴了一下,做出细细品味的模样:"嗯,甜的。"

江淮宁开车载着陆竽到达提前预订的餐厅。

菜端上来,全是陆竽爱吃的。说是庆祝,当然少不了酒,江淮宁考虑到她的酒量,只点了一瓶起泡酒。晶莹剔透的酒液装在胖肚子的玻璃瓶里,细密的气泡挂在内壁,争相恐后释放出来。

陆竽吃着美味的食物,心情不能更美好了。

江淮宁见她光顾着吃,提议:"要喝点酒吗?荔枝味的,有点甜,度数不高。"

"回去谁开车?"

"我们找代驾。"江淮宁给她倒了半杯,"喝一点吧。说好了今晚庆祝你顺利入职,这是值得碰一杯的事。"

陆笋立刻被他说服,端起杯子,与他手里的长柄高脚杯磕了一下,发出"叮"的一声清脆悦耳的响声,像新年的钟声。

"好有过年的氛围哦。"陆笋抿了口酒。他没骗她,果然是甜甜的荔枝味道,冰冰凉凉,一口喝下去特别解腻,有气泡在口腔里跳舞。

她咂了下嘴巴,闻着食物的香味、起泡酒的甜味、餐厅里淡淡的香氛味,酒不醉人人自醉:"我喜欢上北城了。"

她突然觉得,在北城过年也很不错。

原本说了只喝一点,结果两人干完了一整瓶起泡酒。

江淮宁还好,脸不红气不喘。陆笋就不一样了,尽管那酒的度数只有个位数,她喝了半瓶下肚,从餐厅出来眼神就有些迷离,像森林里迷失的小鹿,找不到方向,只会跌跌撞撞往丛林里钻。

不过她不用害怕,有江淮宁陪伴在侧,他会领着她回家。

江淮宁找了代驾送他们回去,特意叮嘱司机开稳点,陆笋晕车加醉酒,他担心她下车时会吐。

神奇的是她这次没反应。

江淮宁抱着软绵绵的陆笋进到电梯里,她大脑有点飘,眼睛眨巴了几下,忽然仰起头离他很近。

"看什么?不认识我了?"江淮宁任由她看,出声调笑。

陆笋上手捏了捏他的脸:"手感好好。"

江淮宁手臂箍住她的后腰,以防她滑下去。

电梯到了指定的楼层,他单手抱着她出去,打开门进到屋里,累得呼了口气。他后背贴着闭合的门板,身前是晕晕乎乎的她。

没开灯,玄关黑漆漆的,江淮宁低下头,眼睛很亮:"我们到家了,要做点什么吗?"

他的嗓音无限温柔,陆笋浑身的神经都麻了,整个人如一团云朵软软地坠落他怀中,嘴巴张合着咬上他的下颌,吃吃地笑:"做什么?"

他呼出的气很热:"你说呢?"

陆笋不肯说,只想想就让她羞赧不已,她用了点力道再次咬上他。

江淮宁故意嘶声呼痛,陆笋被他骗到了,紧张地问:"我咬痛你了?"

"可能破皮了。"

陆笋吓一跳,挣扎着要开灯看看,他紧紧搂住她没让她动,脑袋更低地凑过去:"你给我吹吹就好了。"

她大脑迷糊，没多想就噘起嘴唇往他下巴上吹气，却是把自己的唇送了出去，被他轻易窃取。

陆竿一怔。待她意识到自己被骗已经晚了，他像一尾灵活的鱼，悄无声息地溜进了她的池塘。

今年的除夕在情人节后一天，2月15日。陆竿目前没上班，有大把空闲时间，提前将房子布置了一遍，桌上用净透的水晶瓶养着江淮宁送给她的玫瑰花。

她在二手网站上买了一个唱片机，在附近的唱片行淘了一些旧唱片，价格比她想象中的贵很多。不过，过年嘛，开心最重要，她一点也不肉痛。

陆竿还换了新的床品和窗帘，去超市里囤的菜够她和江淮宁吃一个礼拜，另外买了一些坚果和糖果。

第一次在外地过年，虽然只有他们两个人，该有的氛围不能落下。

布置好一切，她妈妈夏竹的视频电话打了过来。

接通前，陆竿清了清嗓子，正了正色，手指按下接通键，笑眼弯弯地喊妈妈。

夏竹那么温柔的人，当场给她翻了个白眼，翻完自己却忍不住笑起来："你个小骗子，答应我回来过年，临了了反悔，非要留在北城。"

陆竿求饶："妈妈我错了。"

"明天年夜饭你们是在家吃还是出去吃？"夏竹打来电话当然不是为了责怪她，主要还是担心他们两个小孩不会操持，毕竟是除夕，阖家团圆的日子，凑凑合合可不行。

"我们在家吃。"陆竿为了让她放心，打开冰箱给她看，瓜果蔬菜、鱼肉蛋奶都不缺，塞得满满当当。

夏竹看完不仅没放心，反倒露出忧愁的眼神："一点都不想让我的宝贝女儿长大。"

陆竿听懂了妈妈话里深层次的意思："下厨是江淮宁的任务，我负责打下手。"

"你呀，我还没说什么，你就替江淮宁说话。"

"没有！"陆竿脸颊烫红。

除夕当晚，江淮宁比预计的时间提前了一个小时到家，脱掉外套，挽起毛衫的袖子，直奔厨房。取下属于他的深蓝色围裙挂在脖子上，看到案板上已经处理了一些食材，将陆竿往外推："剩下的交给我，你去休息。"

陆竿在和面，两只手沾上面粉："两个人一起比较快。"

饺子馅儿拌好了，装在白瓷盆里，江淮宁站在她旁边，动手处理剩下的食材："吃火锅就够了，还包饺子吗？"

陆竿说："留着当夜宵或者明早吃。"

两人分工合作，包了百十来个饺子冻进冰箱里。

窗户外，夜色悄然来临，万家灯火映进来，堪比花团锦簇的烟火，装饰了漆黑的夜。

餐桌上铺着暖黄色的格子餐布，放置一口白色方形电锅，高汤里加入牛油火锅底料，煮得"咕嘟咕嘟"冒泡，屋子里飘散着火锅的香辣味。配菜绕着锅子摆满一圈，荤素搭配。江淮宁另做了几道家常小菜和凉拌菜。

即使只有两个人，气氛也烘托得足够火热。

陆竿的脸颊红扑扑的，穿着大红色的针织衫，在白茫茫的热气里扬起嘴角："汤底煮开了，我们开吃吧！"

江淮宁挑眉问："要不要喝点酒？"

陆竿条件反射地想起那一晚，她喝多了起泡酒，回到家后与他荒里荒唐地从玄关到卧室，第二天起来，散落了一地"罪证"。

"别想灌我酒！"陆竿色厉内荏地瞪他一眼，"我买了饮料。"

她说着准备起身去拿，却被江淮宁抬手按下："我去拿。"

他从冰箱里拿了可乐和橙汁，一手握着一瓶，转身问她："要喝哪个？"

"橙汁。"

江淮宁把可乐放回去，给两人各倒了一杯橙汁。

"啊，差点忘了重头戏。"陆竿从椅子上跳开，按照说明书捣鼓了一阵子唱片机，成功地让唱片运转。

夏日清爽氛围的歌曲在温暖的房间里回荡，让气氛更火热了一些。

江淮宁拿筷子涮菜："大过年不应该放一首《好运来》吗？"这样比较应景。

"那我们的房子就变成超市大卖场了。"陆竿坐下。肥牛卷刚烫好，被江淮宁夹起来，放进她的蘸料碗里。

他手背抵上鼻子，闷笑出声："脑子里有画面感了。"

陆竿嘟嘴吹了吹冒热气的肥牛卷，塞进口中，哈了口气："好好吃，跟着超市的大妈们买果然没错。"

江淮宁尝了一口，赞同地点头。

唱片机滋滋地转动，房子里夏日来临，火锅的热气熏着他们的脸，还有可口的食物，一句无意的玩笑话就够他们靠在椅背上笑好久。

陆竽吃饱了,江淮宁端来切好的水果,两人移步到窗户边,坐在白色的长绒地毯上看外面的夜景,靠在一起聊天。

江淮宁捏着鲜红的草莓递到她嘴边,她张嘴咬了一口,他很自然地把剩下一小半放进嘴里:"这也是跟着大妈们买的?好甜。"

"这是我自己挑的。"陆竽像个在家长面前炫耀的小孩,"甜吧。"

他"嗯"了声,逮住她抬头看他的机会,叼住她的嘴巴吃了一会儿:"更甜了。"

陆竽身体下滑,半躺在他腿上,伸长手臂盖住他的唇:"把我的招数学去了。"

江淮宁在她手心印了一个吻:"没有别的老师,只能跟你学了。学得还行吗?陆老师。"

陆竽脸上一直挂着红苹果色,"咯咯"笑着戳他薄毛衫底下跟硬石板一样的腹肌:"你可是大学霸,哪有你不行的事啊。"

歌曲还在播放,餐桌上的火锅没有断电,调到最小,平静的汤底偶尔冒出一个小泡,"咕嘟"一下,"咕嘟"一下,杯子里残留着没喝完的橙汁。

陆竽望着一颗星星也没有的夜空,感叹道:"就是缺少了一点烟花。老家也开始禁止烟花燃放了,今晚的桥头估计没多少人去凑热闹。"

江淮宁垂眸看着她,几秒后,一股冲动突如其来,拽着她起身:"我们出去走走。"

陆竽怔忪了下,有点不敢相信:"现在吗?可是外面很冷哎。"

"带你去放烟花。"

"啊?北城不能放烟花的吧……"

江淮宁动作迅速地取来两人的羽绒服,先给她套上,然后再穿自己的。他关掉电锅,留着唱片机在那儿独自歌唱。

驱车驶过一个又一个店铺,最后买了一捧仙女棒。

陆竽脸色抽了一下:"这就是你说的放烟花?"

"没办法,只能将就一下。"

江淮宁不抽烟,特意买了一个打火机。两人站在车旁,这是一条街的尽头,路旁种植了梧桐,叶子凋零,只剩下丑陋光秃的树干。

车子停在树下,像一只死在夏天的蝉,冷风呼啸而来,刮在脸上带起细细密密的疼。江淮宁用身体挡住风口,给她点燃了两根仙女棒。

燃起的火花照着两人的脸,她在烟花亮起的一刹那,眼睛也亮了。虽然嘴上嫌弃只有仙女棒,事实上她非常开心。

有一个人,会把她随口一说的话付诸行动,没有比这更幸福的事。

细小的冰凉的雪粒子砸落到脸上,陆笋摸了一下脸,抬头仰望夜空:"下雪了吗?"

话音落下没一会儿,砸下的雪粒变得急促、密集。江淮宁抬起黑色的羽绒服袖子,雪白的一颗颗雪粒子在袖子上跳跃:"天气预报还说没雪。"

陆笋挥舞着手里的仙女棒:"虽然还没到零点,提前许个新年愿望也行。来,你先许一个,对着仙女棒许。"

手里的仙女棒快燃烧完了,陆笋立刻从纸盒里拿出一根新的,将前端凑到烟火上点燃:"好了,许愿吧。"

江淮宁黑如鸦羽的眼睫低垂,迸射的火花映着他的眼眸:"希望2018年我爱的人平安快乐。"

陆笋:"我以为你要许一个事业有成的愿望。"

江淮宁摇头,笑着道:"现在还在起步阶段,等到真正落成可能三年、五年也说不定。比起事业,更希望你能平安快乐。"

陆笋把仙女棒递给他,非常有仪式感地双手合十闭上眼睛,雪粒子里夹杂着一片片小雪花,落在她睫毛上:"那我就许愿,你能早日实现梦想。"

他们许下的新年愿望都与对方有关。

最后一根仙女棒燃尽,飘落的雪花大了起来,肩头落了一层白。江淮宁的手掌包裹住她的双手:"回家吧,外面太冷了。"

进家门的那一刻,新年的钟声恰好敲响。陆笋还没来得及开灯,立刻对身边的人说:"新年快乐。"

江淮宁在一片漆黑中精准地吻在她眉间:"新年快乐。"

他们又在一起一年了,未来还有很多很多年。

第十一章 /
幸好这一次他来得很及时

1

4月10日,导师在群里通知大家返校写论文。

陆竽买了4月12日的票,跟公司请了假,返回阔别已久的校园。

室友们多多少少有了一些变化,何施燕几个月前的一头波浪卷剪掉了,短短的头发特别酷。汪雨去国外度假,晒黑了一圈。赵芮和陶念慈成功"上岸",脸上挂着轻松的笑。张悦然在老家找了个合适的工作,跟陆竽一样在实习阶段。

几个女孩子凑一块吃了顿饭,开始着手准备论文初稿。

陆竽之前利用空闲时间写了一些,进一步完善后就打印装订了。

最终定稿上传到查重系统,一切算是尘埃落定。

那时候是五月底,天气热了起来,西瓜甜了,不想吃饭的时候就买上半个西瓜,用勺子挖着吃。

办理完一系列手续,他们这一届毕业生就可以离校了,只待六月中旬过来领毕业证、参加毕业典礼。

在此之前,新闻系几个班组织了拍毕业照。

他们站在学校大门口,穿着黑色镶粉边的学士服,拍了一张大合照。后来摄影师建议把学士帽抛到空中拍一张。虽然这个镜头沿用到今天已经有些俗套,但大家还是不能免俗地想要尝试。

他们看过网上那个实验,学士帽里的硬纸板在抛起落下的瞬间,力道能切开西瓜,以此验证此举非常危险,很有可能砸破脑袋。

所以,大家在扔起学士帽时,下意识抱着头四下闪躲,避免脑袋被砸到,导致画面定格的瞬间,他们仿佛在上演什么叫"抱头鼠窜",太滑稽了。

剩下的时间自行安排,同学们三三两两结伴在校园里找景色拍照。

同一个宿舍的女生速速集合,在偌大的校园里边回想往事边留下合影,试图创造最后一抹关于这座校园的记忆。

陆竿的学士服里是一条明黄色的长袖裙,上午温暖和煦的阳光照在她白皙无瑕的脸上。她站在连接两座图书馆的空中桥梁上,刚摆好造型,忽然听到一声惊呼。

她循声望去,那个远在北城的人就那么突兀地闯进这片阳光里,逆着光缓步走到她身前。

他捧着一束明艳的向日葵,与她今天这条裙子好搭,再次证明他们心有灵犀。

陆竿惊愕的眼神里,江淮宁微微笑了:"看见我这么惊讶?"他把花送给她,"庆祝你顺利毕业。"

室友们还在旁边,结结实实被喂了一口"狗粮",发出不满又羡慕的声音。

"你们小情侣怎么什么日子都要庆祝啊!情人节还不够你们发挥吗?毕业也要庆祝。"

"奇怪,我有男朋友,为什么还会被你们刺激到!"

一声接一声的控诉,陆竿照单全收。她抱着灿烂的向日葵,挽着江淮宁的手臂脑袋一歪,大大方方地秀恩爱:"体谅一下啦,谁让我们异地恋。"

室友们不买账:"闭嘴吧你!别告诉我你们前几个月没有厮混在一起,别拿异地恋当借口。"

异地恋的借口不好用了。陆竿扶额。

陶念慈想起一件事:"陆竿你啊,秀恩爱可真是高级死了。你那部《蜜桃初恋》我看到后面才发现讲的是你和你男朋友之间的故事。我之前看到某些情节兴奋得在床上扭成蛆,还肖想过男主角,真是罪过!"

其他室友纷纷点头,她们也在追那部漫画,早就发现了。

江淮宁轻咳一声,看着陆竿:"她们怎么都知道?"

陆竿耸肩:"可能是我暴露得太明显了。"

高中时期她和江淮宁的故事,她的室友们不清楚,大学后很多事她们亲眼见证过,看漫画的时候自然会联想到。

陶念慈还说:"我才知道你们高中时就那么甜了!虽然那时候男女主角没在一起,但男主角那种'护妻'程度,完全跟在一起没差好吗?"

何施燕打趣道:"你们这也算从校服到婚纱吧。江淮宁,你打算什么时候让我们陆竿穿婚纱?"

陆竿不料聊着聊着,掉进坑里了,偷偷瞄了江淮宁一眼,脱口而出:"反正到时候肯定会请你们的,不用担心!"

江淮宁眼角的笑意飞出来，快要到天上与太阳肩并肩了。

不是三年也不是五年，江淮宁构造的那个庞大的游戏世界在他研三即将结束的那个初夏，终于敲下最后一块方砖。

当年被胡胜东诓进来的学长朱川柏已经毕业，从电脑屏幕后仰起脖子，取下度数逐年增长的眼镜，揉了揉眼睛，差点落下泪来："结束了，盼这一天不知盼了多久。奇怪，我当初到底是怎么上贼船的？"

卢宇抻了个懒腰，厚厚的黑眼圈比他女朋友的眼影还重，朱川柏记不清了，他还记得很清楚："东子给你开空头支票，说早入股的话就是元老级别的员工，享受的待遇绝对高。"

"哦……对对对，是这样。"朱川柏想起来了，那时候胡胜东确实是这么跟他说的。

结果呢？一上贼船就是四年，足够他从头再读一个大学。

胡胜东拖着疲惫的身躯从电脑椅上弹跳起来："这话我就不爱听了，什么叫空头支票，你就说我们这个游戏牛不牛吧，拿出去不火我倒立洗头。"

"话别说得太早，也得有大佬看上才行。"虽然是自己的心血，彭垚也得事先打一剂预防针，提醒大家别太得意，上线前一切还是未知数。

叶姝南收拾好工位上的东西，拎上椅背搭着的外套，对闲聊的各位同仁说："你们还不走吗？明天可以好好休息，不早点回去补觉还有闲心聊天，看来还不够累啊。"

"大脑突然放空了有点不适应。"卢宇笑道。

话音刚落，他女朋友来电话了，他立刻接起来，"宝贝心肝"地叫，听得在场的人起了鸡皮疙瘩，纷纷扭头准备离开。

江淮宁关了电脑，跟他们一同走出办公楼。

远处近处的商厦林立，灯光如鱼鳞般铺陈，在辽远的夜幕下承载着一个又一个年轻人的梦想。

叶姝南闻到了初夏晚风送来的辛辣味的草木香，肚子有点饿，想提议一起去吃夜宵，话还没说出来，一辆有些年头但洗得很亮的车在办公楼前停下。

叶姝南认出那是江淮宁的车，再看车窗落下后露出来的侧脸，果然是陆竽。

她下意识去看江淮宁，褪去青涩感却仍保留着少年气，弯唇一笑，脸庞上的疲惫消失不见，柔和的眸光比晚风还醉人。

陆竽下车跟他们打了个招呼。

她穿着淡蓝色的丝绸衬衫，领口打了松散的蝴蝶结，随意地垂坠在胸前。乳白色的开衩半身裙及小腿，脚上一双宽口平底鞋，应该是为了开车特意换的。如今在职场上顺风顺水，从她身上再看不到半分从前的怯意，那股经年累月沉淀的从容凝练越发吸引人。

叶姝南不动声色地打量，目光上移到陆竽的脸上，她的眼睛很漂亮，笑起来没有距离感，会让人不自觉想要亲近。

他们这群人混熟了，玩笑随便开，彭垚眼神瞟向江淮宁："你们剧本拿反了吧。你不去接女朋友下班，反倒让女朋友来接。"

江淮宁走过去搂住陆竽的肩："嫉妒了就直说。"

彭垚被噎得翻了个白眼。

"走吧，回家。"江淮宁对上女朋友，变脸比翻书快，立刻换上一副春风般宜人的微笑，丝毫不见方才怼彭垚时的那副欠揍嘴脸。

"这么多年你还没看清他？"胡胜东勾着彭垚的肩拍了拍，"他就是这德性。"

陆竽笑着问他们："走吗？可以捎带你们一程。"

几人不假思索地摇头，顺路也不坐他们的车，不想当电灯泡。

叶姝南站在路边，目送那辆车在前方拐弯，驶入另一条道路，再也看不见。她那句吃夜宵的提议被迫吞回去，淡淡地收回目光，勾起垂落在脸旁的发丝，别到耳后。

"我先走了。"她拦下一辆空出租车，拉开车门前跟他们挥手，情绪不高地道了别。

其余人陆续离开，身后的办公楼灭了灯，在城市夜晚万千璀璨灯火里显得微不足道。

次日晚上，江淮宁请客吃饭，地点定在一家中高档私房菜馆。

大家在家休息了一天，睡饱了觉，神经抖擞地赴约。

陆竽晚上要加班，给江淮宁发消息说让他们先吃，她晚点过去凑个热闹就行。今晚她不是主角，最重要的是他们那群人庆祝放松，她去不去其实不重要。

一直到饭局结束，陆竽还没过来。

一行人去了附近的酒吧展开下半场，江淮宁给陆竽发了个定位。

陆竽回消息：在路上了，马上到。

车开到酒吧门口，沸反盈天的气氛破门而出，响彻大马路。找到一个空位停好车，陆竽蹬掉脚上的平底鞋，换上上班时穿的高跟，健步如飞地踏上门前的台阶。

江淮宁在门口等她，进出的女士投来跃跃欲试的眼神，也有大胆的，直接从吧台上端来两杯色泽漂亮的酒，请他喝一杯。

江淮宁礼貌地拒绝，对方如果不死心，他就会摆臭脸。

这种你情我愿的场合，没几个人真的有耐心一直热脸贴人家冷屁股，只能故作潇洒地扭身离开，转而寻找下一个比较好钓的目标。

陆筝踏上最后一级台阶，抬眸就看见门边伫立的江淮宁，穿着最休闲的黑色绲白边连帽卫衣、黑色长裤，今天白天抽空理了个发，短短的，露出俊美的五官。冷白的皮肤在酒吧幽蓝的射灯下明暗交替，说是酒吧里最扎眼的存在，相信不会有人反驳。

"吃过饭了吗？"江淮宁非常自然地替她拿包，手牵住她的手，十指交扣的亲密牵法，带她进去。

"下午跟同事拼单点了比萨，来之前喝了两杯咖啡，还不太饿。"进到里面，打碟声渐大，陆筝不得不凑到江淮宁耳边说话。

叶姝南远远看见他们过来，端着酒杯的手顿了一下，随即抬起杯子凑到唇边，喝尽了杯中的酒。

陆筝与叶姝南视线接触，微微笑着点了下头，在卡座坐下。江淮宁紧贴着她坐，问她要喝点什么。

陆筝不常来酒吧，几次来都是部门聚餐，对酒单上的各类酒不了解。

江淮宁见她拿不准，把自己面前那杯落日余晖般橙橘色的鸡尾酒推给她："要不直接喝我的？"

"多少度？"

江淮宁凑到她耳边低语："放心，酒精含量不高，不会醉的。"几年过去，她变了很多，唯独酒量还跟从前一样。

陆筝眯眼审视他的表情："不会骗我吧。"

"嗯？"周遭嘈杂，江淮宁没听到她说了什么，侧过一边耳朵。

陆筝无奈，只好靠在他肩上，在他耳畔大喊："你不会骗我吧！"

她这一下太大声，江淮宁被震得耳朵里痒痒的，抬手揉了揉，好笑地看着她，然后凑到她耳边："骗你是小狗。"

"你当小狗的次数两只手都数不过来。"

"哪有。"

酒吧太吵，两人之间的交流只能靠凑近彼此的耳朵，显得那么亲昵。酒吧里，这样的暧昧比比皆是，远的不说，对面就有一对，卢宇和他女朋友。

叶姝南的视线时不时从陆筝脸上掠过，目睹江淮宁用指腹揩去她嘴角的酒液，笑着揉她的脑袋，她露出甜蜜的笑容，在他耳边说着什么。

叶姝南别开眼,唤来穿梭在人群当中的服务生,又要了两杯酒。

朱川柏注意到叶姝南点的酒,当中有两杯烈的,微微讶异:"学妹喝这么多?"

叶姝南的嘴角就像有根线提起来一样,僵硬地展露一个笑容:"心情好啊。"

几杯酒下肚,她胃里烧起了一把火,起身时身体晃了一下。她避开那些挤在一起的男男女女,往卫生间走。

出来时,在走廊上不小心撞到一个醉醺醺的男人,叶姝南大脑眩晕了一秒,动作迟缓地侧身躲开,眼中难掩嫌弃,低声道了句歉:"对不起。"

男人的脸不仅红还浮肿,醉眼迷离地瞅了瞅眼前的人,嘴角勾起一抹邪肆的笑,一把握住她的手,猴急地摩挲着她滑嫩的肌肤,语调轻浮:"这么道歉可没诚意,不如我们到一边去好好说。"

叶姝南尖叫了一声,酒醒了大半,扭动手腕想要从醉酒男的手中挣脱。

奈何男女力量悬殊,她用尽全力,额头出了一层汗,也没能撼动那个男人分毫。

醉酒男看她就像在看一只被捏住后颈拼命挣扎的小鸡,饶有趣味地挑眉品味她挣扎时的生动表情,还能空出一只手去摸她下巴:"叫什么啊,不是你先撞到我的吗?不好好道歉,怎么还给我甩脸呢。"

他用着最暧昧的语气说着最恶心的话。

叶姝南想吐,扯着嗓子大声呼救。

前面音响的声音实在太大,卫生间外的走廊回荡着劲爆到能冲破天花板的DJ舞曲,她的声音顿时被吞没。

叶姝南绝望了。

醉酒男担心随时会有人过来打搅他的好事,一只手搂住她的腰,将她往安全楼梯的方向拖拽:"过来帮我揉揉,你撞痛我的胸口了。"

叶姝南双脚死死地钉在原地,不肯挪动一步,她知道一旦被拖进无人的角落,她就彻底完了。挣扎间,她裙子的领口滑落,露出一边肩膀,醉酒男看到那一片晃眼的雪白肤色,眼睛透着兴奋的光芒。

无论她怎么使力,还是被一步一步拖到暗处。电光石火间,一道身影降临在她身边,伸出手攥住了醉酒男的腕部,淡漠的嗓音在这一刻宛如天籁:"松开。"

醉酒男一愣,脸上调笑的表情尽数褪去,替换成被打扰好事的不耐烦:"这是从哪儿跳出来的冒失鬼,我和我女朋友打个啵,有你什么事,滚一边去。"

274

"需要我再说一遍吗？松开。"江淮宁手上用了十分的力道，醉酒男脸部肌肉一抖，张着嘴呼痛，与此同时松开了钳制住叶姝南的手。

醉酒男看看身材高壮，衣服底下全是没用的横肉，俗称虚胖。

叶姝南得到解救，浑身发抖地躲到江淮宁身后，紧抓着他的衣摆，泪水在眼眶里不停打转，几欲落下，被她憋了回去。

醉酒男不甘心地瞅了叶姝南一眼，难得碰上一个对他胃口的类型，心里痒痒的，要不是半路杀出个程咬金，他就得手了。

江淮宁不欲在卫生间外生事，先带着叶姝南回到热闹的前厅，视线下垂，瞥了眼被她捏皱的衣服："安全了，可以松开了。"

叶姝南依依不舍地松开了他的衣摆，抹了下眼角的潮湿，声音仍旧抖得厉害："刚刚……谢谢你。"

"最好去跟酒吧经理说一下这个事，让经理帮忙报警处理。"江淮宁没看她，提了个建议。

叶姝南拉好肩头滑落的衣领，抿了抿唇，报警会闹大这件事，她不想。

江淮宁只是提个建议，听不听在于她。他目送她回到卡座，转身去了卫生间。那个男人还在，恶狠狠地瞪着他。

叶姝南环抱着双臂回到卡座，手腕一圈红痕，眼眶泛红，低着头用垂下的发丝掩饰自己的异样。她庆幸酒吧里的光线昏暗得如同深海，她身上的狼狈得以很好地掩藏。

有些人就是观察能力比较强，陆竿第一个发现她坐立难安的异常，坐过去一点，以便她能听清："怎么去了那么久，没事吧？"

陆竿没想那么多，只以为她突然来了例假才会坐姿别扭，还想说她要是需要帮助，自己包里备有卫生棉。

叶姝南没抬头，摇了摇头："没事，人有点多，排了会儿队。"

江淮宁回来了，叶姝南飞快地瞥了他一眼，希望他不要在大家面前说出来。她非常抗拒让人知道她发生了这种丢脸的事。

她想多了，江淮宁根本没打算说。他从来不是多嘴的人。

叶姝南如坐针毡地观望了几分钟，见江淮宁只顾跟陆竿耳语，心里忽上忽下，有打消顾虑的轻松，也有一股难言的酸涩。

陆竿喝完了江淮宁那杯鸡尾酒，感觉还行，没有醉意，可能酒精含量微乎其微。

几人闲坐到晚上十点便决定打道回府。

临走前陆竿想去一下卫生间，江淮宁站起来，提出陪她去，被她拒绝："我去去就来，你在门口等代驾，我看还有五分钟人就到了。"

"酒吧这地方不安全,我陪你去。"江淮宁坚持。

陆竽想了想,点头说了声"好吧"。

江淮宁跟贴身保镖一样跟在她身后走,护送她到女士卫生间外。他左右观察,那个喝醉酒的男人不见了,估计早就走了,他松了一口气。

两人离开时的背影深深地映在叶姝南眼中,她不禁做出假设,倘若有人如江淮宁那般寸步不离地陪着她,或许她就不会遭遇那种意外了。

2

一行人在酒吧门口分别。

江淮宁离开时,特意叮嘱朱川柏,叫他顺路送女同事回家,大晚上喝了酒一个人打车不太安全。这个女同事指的是叶姝南。

朱川柏小酌了两杯,头脑完全清醒,已经叫了代驾,朝江淮宁比了个"OK"的手势:"放心。"

江淮宁拥着陆竽坐进车后座,代驾扫了眼后视镜,待他们坐好,启动了车子。

陆竽能感觉到江淮宁的古怪,从他送她去卫生间那会儿就显出端倪,他的表现未免太过小心翼翼。

"发生什么事了吗?"她问。

江淮宁给她说了叶姝南在卫生间外被喝醉酒的男人堵截,差点拖进安全楼梯的事。

陆竽听罢倒抽一口气,心里一阵后怕:"怪不得她看起来失魂落魄的。怎么不报警追究那人的责任?走廊应该有监控吧,就算不能定罪也能关他几天。"

"她自己的选择。"江淮宁简短地说。

陆竽稍微一想就能理解女孩子的心思,毕竟是这种事,可能觉得难堪,不想闹得尽人皆知。不是每个女生都有勇气坦然处理这种事。

一阵手机铃声响起,陆竽从江淮宁那里拿回自己的包,掏出手机,瞄到来电显示脸色一变,不敢耽搁,连忙接起。

即使电话那边的人看不到,她还是摆上了职业式微笑:"赵总,这么晚了您找我有什么事吗?"

江淮宁的视线落在她唇边的假笑上。

"那个我下班前已经发送到您邮箱里了,麻烦您查收一下。对对对,修改过的方案,按照月姐的意思来的,她没跟您交接吗?我知道了。那我明天会议上再详细介绍。好的,我来安排调度……"

电话掐断的下一秒，陆笋脸上的笑立刻收拾干净，换上哭丧的表情。她头痛地揉了揉眉心，靠在椅背上叹气。

江淮宁握住她搁在腿上的手，问："赵总？哪个赵总？你的上司不是谷月吗？"

陆笋脑袋偏向他那边，嘴角有气无力地提起："今天换了个新上司，我还没来得及跟你说。共事一天我就看出来了，这个赵总的爱好是在鸡蛋里挑骨头，恐怕以后头疼的机会只多不少。"

广告行业加班是家常便饭，碰上个吹毛求疵又爱让人揣摩心思的上司，心累指数翻倍增长。

"不说这个了。"陆笋不想聊堵心的事，反倒对他的事业关心更多，"你们那个游戏，最近是不是在找人投资，有什么需要我帮忙的吗？"

江淮宁手臂越过她的头顶，扣着她另一边肩膀，把她揽进怀里。明明她自己的事焦头烂额，常常需要加班，还惦记着他。

"嗯？"没听到他的回答，陆笋掀起眼皮看他，"老板器重我，这些年我也积累了一些人脉，兴许能帮上你。"

江淮宁那个游戏前期开发投进去不少钱，还找他爸爸借了一笔，她当时说要把积蓄拿给他救急，他不肯接受。其他方面的帮助他应该不会拒绝吧。

"企划案完善得差不多了，下个礼拜要飞一趟宁城。"江淮宁手指一下一下捋着她的长发，声音含着轻松笑意，"有家风投公司偏爱投资各领域的一些新兴项目，我带着大家的心血去碰碰运气。"

什么碰运气哦，陆笋对他有信心，他一定会达成所愿！

"放心，有用到你的地方我不会客气。"江淮宁怕她多想，"你的小金库还是留着自己慢慢花吧。"

他想起一桩趣事，玩味道："我记得黄书涵给你打视频的时候教育过你，给男人花钱倒霉一辈子，你怎么没听进去？"

陆笋倏地坐直了，身体大幅度扭转，对着他："你偷听我讲电话？"

黄书涵谈了个男朋友，不到三个月就分手了，她打电话找陆笋倾诉，说了很多失恋后总结的大道理，其中就有这么一项。

江淮宁轻哼："你们聊那么大声，我耳朵没聋。"

陆笋靠回他的怀里，悄悄说："……你又不是别人。"

江淮宁的心脏一下就被她摘到了。

陆笋瞄了眼前面开车的代驾司机，用手挡住嘴巴，贴到江淮宁耳边，非常小声地说："别小瞧人，我的才不是小金库，我攒了可多钱，是富婆。"

她说话时，嘴唇一下一下扫过他的耳郭，世界上最柔软的羽毛在给他

277

挠痒痒，他的心也跟着痒了起来。

"嗯，你是富婆。"江淮宁一脸认真地点头，并没有揶揄她的意思。

她两部漫画都挺火，出的单行本卖爆了，出版公司加印了数次。编辑几次提出给她办签售会，她不想露面一直没答应。而且，她在"致意"转正后薪酬不低，确实比他富有多了。他还欠着自个儿老爸的债呢。

陆芊拍了拍他的肩膀："富婆送你个礼物吧，就当是给你加油打气。"

当年她初入职场，他送给她一双"战靴"，让她获得了一往无前的勇气。现在换他"出征"，她也要送他一身"战袍"，让他所向披靡，旗开得胜。

江淮宁没拒绝，然后看着她，用一种很深情的眼神看着她："等宁城之行结束，我也要送你一个礼物。"

"什么礼物？"

"到时候你就知道了。"江淮宁决定先对她保密。

给江淮宁挑选礼物前，陆芊这个"社畜"得先处理好工作上的事。

公司接了一个汽车品牌的广告，品牌定位高端，由陆芊带领手下的组员负责。本就忙得晕头转向，恰逢上司调动，两件事凑到一起，她一个不依赖咖啡提神的人，最近每天喝咖啡的次数比以往多得多。

上午的会议结束，临近午饭时间，陆芊被赵总单独留了下来，叫到办公室里听他发表高见。

讲半天没重点，陆芊还不能表现出一丁点不耐烦，努力做出认真听讲的假象。

饭点都过了，赵总还没讲完，陆芊的肚子不合时宜地叫了一声，恰好赵总的话音停顿下来，那一声肚子叫便显得分外响亮。

陆芊尴尬得嘴角一抽，暗骂没出息的胃，怎么在这时候抗议。

赵登科瞥了眼对面墙上的钟表，一张威严的国字脸随着扬起的嘴角多了两分和善："时间是不早了，要不留下来一起用饭吧，我让小张送进来。"

陆芊委婉拒绝："不了赵总，我托同事订了午餐，不吃就浪费了。"

"小芊啊，这还有点工作上的内容没讲完，等会儿吃饭的时候一并跟你说了。"赵登科不是在征求她的意见，因而话音一落，他就拨通内线唤秘书小张进来。

陆芊心里不乐意，面上还得摆上被领导体恤的感激之情："那就打扰赵总了。"

赵登科点了根烟夹在指尖，从办公桌后走出来，见她愣着不动，笑着说："是打算站着吃吗？"

陆竿只得忍着头皮发麻的窘迫跟上，等上司落座，她坐去他的斜对面，避免对方的视线直接落在她脸上。

谁知赵登科指了指对面的座位，示意她坐在那里。

陆竿心底涌起一股奇怪的感觉，默不作声地往右挪了一个位子，变成与赵总面对面。她干笑了两下，多年锻炼出来的从容在这一刻受到限制，她不知该说些什么。

小张的敲门声打破了僵滞的气氛。

得到赵总的应允，小张推着餐车进来，按照赵总事先的安排，今天的午餐出自三星米其林餐厅，其中还有两道颇受女士青睐的甜品。

强烈的不适感，使得陆竿看到满桌美味无动于衷。

赵登科在桌上的烟灰缸里摁灭了烟蒂，率先拿起筷子开动："小竿，怎么不吃呢，是菜不合胃口吗？"

陆竿勉强回答："菜太丰盛了，我不知先吃哪一道。"

"尝尝这道脆皮乳鸽，你会喜欢的。"赵登科用自己的筷子给她夹了一只乳鸽腿，说的话没一句与工作有关，"小竿来公司几年了？"

碗里油亮的焦糖色乳鸽看得陆竿发腻，没有吃，干巴巴地回答："三年多了。"

"你才多大，岂不是还没毕业就在'致意'工作了？"

"嗯，大四寒假来实习的。"

赵登科端起桌上的柳橙汁要给陆竿倒，陆竿顿时如临大敌，连忙抬手推拒："赵总，怎么能让您给我倒！"

不知是有意还是无意，瓶子里的柳橙汁溅到她的白衬衫上，瞬间浸湿了布料，透出里面的打底吊带。

陆竿惊慌地用手挡住，赵登科眸色闪过异样，作势拿纸巾给她擦。陆竿连连退避，差点被椅子绊倒："不好意思赵总，我去处理一下，您先吃吧，我就不过来扫您的兴了。"

说完她就憋着一股气快步出了办公室。

胸前的衬衫黏腻地贴着吊带，几乎将里头那件也染上橙汁的颜色。陆竿手指捏着布料抖了抖，一脸嫌弃。

3

下班后，陆竿处理完当天的任务，离开公司。

迈入夏季，天没那么早暗下去，遥远的天际残留着一抹淡橘色的落霞，与绀青的天色融合，涂抹成一幅夏夜来临前的油画。

陆笋驱车到商场，乘电梯直达四楼的品牌店，打算给江淮宁挑一套西装。

导购员根据她的要求推荐了几套，陆笋的目光扫过，想象江淮宁穿上的样子，白天那股子郁结在心间的烦躁散去了一些。

以江淮宁的身材和长相，哪套西装穿在他身上都会非常好看，陆笋完全不担心他撑不起来。

想到他下周要去的场合，她抛开了那些别出心裁的设计，挑选了一套中规中矩的纯黑色西装，搭配的白衬衫和领带她也一并替他选好了。

导购员满脸带笑，热情洋溢地包装好，递上购物袋和小票，送她到门口。

到家的时候，陆笋闻到了炒菜的香味，从厨房里飘出来。

她中午被恶心得够呛，后来也没有再吃一点东西，空腹忙了一下午，饿过劲儿了就感受不到饥饿感。此时此刻，她才感觉到肚子饿。

她把购物袋放到客厅沙发上，飞奔去厨房，从后面圈住江淮宁的腰："好香啊，在做什么好吃的？"

江淮宁手握筷子从锅里夹起一片爆炒的牛肉，吹了吹送到她嘴边。她张嘴吃下，眼睛放光："哇，好香好好嫩。该盛起来了，再炒就老了。"

江淮宁熟练地颠了下勺，将锅中的菜装进方形白瓷盘里。她回来之前，他已经做好了两道菜："可以洗手开饭了。"

陆笋洗了个手，帮忙把菜端到餐厅。

两人吃完饭，洗碗的工作交给洗碗机，陆笋抱起沙发上那个硕大的购物袋，配上"当当当当"的音效，塞给江淮宁："送你的礼物！"

江淮宁从里面拿出来："西装？"

"嗯。正式的场合总不能穿T恤牛仔裤吧，你的衣柜里没有西装，我就想送你一套。"陆笋推他进卧室，"快试试合不合身。"

江淮宁当着她的面脱掉身上的短T。

看的次数多了，陆笋不像从前那般羞赧，反而直勾勾地盯着他看，他腰腹的肌肉线条清晰而不夸张，是她最喜欢的状态。

他套上白衬衣，扣子从上到下一粒一粒系上，遮掩了美好的风光。

江淮宁穿衣服的过程里，眼神不在衣服上，紧紧锁住面前的人，没忽视她眼里惊艳的亮光和微微上挑的眉梢。

看来她很满意。

那他也很满意。

整套西装换上，裹住了江淮宁清瘦而不单薄的身体。陆笋情不自禁地赞叹："江淮宁，你穿西服真的好帅。"

她上前一步，帮他整理衣领，眼睛肆无忌惮在他身上扫视。有的人就是越禁欲越容易让人对他产生欲念。说的就是江淮宁这种类型。

江淮宁抓住她动来动去的双手，故意说："你刚刚说什么？"

"我说你穿西服的样子好……"

最后一个字没来得及说出来，江淮宁就吻住了她。

他经常这样，出其不意地堵住她要说的话，看她瞪大眼意外的窘态。

连续一个礼拜，陆笋被赵登科动不动的越界暗示弄得烦不胜烦。

听说他跟姚菲菲沾亲带故，找老板投诉的路被堵死了。让她离职她不甘心，又没办法弄走赵登科。工作之余，她一直在烦恼这件事。

如果是在别的场合遭遇这种事，她一定二话不说要对方好看，偏偏是在打工人最不能任性的职场。对方还是她上司这种身份。

她没有将此事告诉江淮宁，他最近忙着完善企划案，融资的事对他、对整个工作室至关重要。明天他就要出发去宁城，见风投公司的CEO，她不想他因此分心。

陆笋想好了，等他从宁城回来，她再跟他商量怎么解决。

临下班了，她的手机来了消息，赵登科叫她去办公室一趟，说合同出了问题。

陆笋恨恨地咬牙，只想把合同甩到赵登科脸上，让他哪儿凉快哪儿待着去。

她看着电脑右下角的时间，故意装作没看到赵登科的消息，数着倒计时等下班。

手机再次响起，她一脸嫌恶地拿到眼前，却不是赵登科发来的。

"顾承"两个字映入眼帘时，陆笋脸上对赵登科的厌恶来不及收起，有些恍惚地点开对话框。

两条消息一前一后到达。

顾承：路过你公司楼下，晚上有时间聚一下吗？

顾承：黄书涵也在北城吧，把她也叫上。

陆笋缓缓吐出口气，抿着唇打字：你怎么来北城了？

顾承干脆一通电话拨过来："我今天刚到，馨彤来北城的医院做检查，我正好放假，过来看看。"顾馨彤每年两次全身检查，在当初做手术的那家医院。

"馨彤身体怎么样？"

"一切正常，小丫头'虎'着呢。"

"我这边还有些工作没处理完，可能得稍等一会儿。"

顾承在附近找了家咖啡厅，在靠近落地窗的位置坐下，点了杯喝的，手肘杵着桌沿，握着手机附在耳边："不着急，我等你。"

他一头板寸，五官褪去少年的桀骜之气，硬朗又正气，穿着黑色T恤和束脚工装裤。通完电话，他把手机丢到桌上，端起面前的咖啡灌了口。浓黑的眉毛微微蹙起，大概是不太喜欢这个味道。

对面的写字楼里，陆笋还在艰难地熬时间，顺便处理一些手头遗留的工作。本以为到了下班时间就能溜之大吉，她低估了那位赵总的执着——他派了秘书过来叫她。

小张一板一眼地传达赵登科的命令："赵总让你过去找他，合同细节出了问题。"

陆笋提起座位上的包，手机放进去的时候，她留了个心眼，打开录音，跟在小张身后乘电梯上楼，往赵登科的办公室走去。

进门前，她提了一口气，做好心理准备，抬手叩响玻璃门。

"进。"赵登科的声音在她听来，与冲马桶的声音无异，一样的惹人厌烦。

陆笋一手推开门，一连串的高跟鞋声荡在耳边。赵登科从一堆文件后面抬起脸，喜怒难辨："没看到我的消息？"

陆笋佯装惊讶："赵总您给我发消息了吗？我在处理事情，没注意看。"

"过来，你看看这份合同，林佳说你审核过，这么明显的错漏你没发现？"赵登科用指节叩了叩桌面，眼神迸射出威严。

陆笋靠近办公桌，一股烟味冲进鼻腔。

"站那么远能看见吗？"赵登科指着合同上的数字，"金额的小数点都错了！"

陆笋前进一步，弯腰七十度，发丝在脑后绑了个低马尾，耳垂上一枚小小的珍珠耳饰散发着莹润的光泽。

赵登科的视线在她白嫩的耳际流连了几秒，而后就看到她秀眉蹙拢，红唇一张一合："赵总，这份合同跟拿给我审核的那份不一样，我确信我没有弄错。"

陆笋说完直起身，退回安全距离。

她心里有数，赵登科八成是故意找碴儿。紧抿的唇瓣和坚定的眼神表明了她的态度："不关我的事。"

"哦？那你觉得是哪里出了问题？"赵登科似乎觉得她这副戒备的样子很有趣，像极了掉进陷阱的小兔子。他饶有兴致地看着她，想听她如何为自己辩解。

陆笋没打算辩解，实话实说："我不清楚。"

赵登科拿着合同站起来，一步一步靠近她："一句'不清楚'就能推开责任？小竽啊，我是很看重你的，也知道你的能力，昨晚聚餐上还跟菲菲提过给你升职。她让我来定夺。我叫你过来，是想看看你的态度，可你这么不知变通，我很难办。"

说到底是二十几岁的小姑娘，向往的不就是升职加薪，往后的人生能顺畅一点。只要许以好处，她们会明白什么更重要。

可惜陆竽不是他想象的样子，不止她，大多数女生都不会傻到拿尊严换前程。

陆竽笑了笑，装作听不懂他的暗示："赵总要是认为我优秀，直接就给我升了，哪还需要看我的态度。非要让我说的话，我的态度就是认真工作，不辜负菲姐对我的期望，往后的日子继续为致意添砖加瓦、发光发热。"

一番冠冕堂皇的说辞，她自己都要感动了。

赵登科皱起眉，见她不识抬举，有些不悦："我什么意思你不明白？"

陆竽杏眼微弯，油盐不进地打太极："还请赵总明示，我工作哪里做得不到位，还是说……"

赵登科一扬手将合同甩到桌上，轻轻的一声响，打断了陆竽的话。

男人眯起那双满是色欲的眼睛，那赤裸的眼神似乎要剥光了陆竽，令她非常反感。

小张从办公室外经过，只听见"哐当"一声脆响，是花瓶砸碎的声音，吓了他一跳。他想要进去看看，但想到赵总事先交代过，无论发生什么，不许打扰，他就有些捉摸不定了。

小张在门外踌躇了几秒，当自己没来过这里，转头走进了电梯。

他走后，门内传来陆竽惊恐万分的声音："赵总，您这是要做什么？"

她被逼到办公桌一角，方才慌乱失神间，挥手打碎了桌上的花瓶，飞溅的碎片混合着清水流了一地，漂亮的鲜切花乱七八糟地散落。水溅到脚踝，冰凉的感觉激得她浑身一颤。

赵登科一抹脸换了副神色："我要做什么？我要劝你不要敬酒不吃吃罚酒，给你机会是看得起你，别给我装清高端姿态！"

他欺身而上，陆竽拿起桌上的东西不管不顾地往他身上招呼，趁着他挥手躲避的空当，朝门口冲去。

然而慢了一步，她的手肘被赵登科一把握住，用力往后一拖，身体被倾轧在沙发扶手上。

陆竽拼命地踢蹬，嘴上不饶人地威胁："赵总，我劝您想清楚，大不了我豁出去了鱼死网破！出了这个门，我就让大家知道您是什么样的人！"

大概是这种事做多了,也可能是因为背后有人撑腰,赵登科根本不把她的威胁放在眼里,勾起嘴角邪笑,不仅不害怕,反倒越发兴致高涨:"等你成了我的人,谁还相信你那套说辞。小姑娘想上位使手段勾引上司。你觉得大家是相信你还是相信我……"

他嘴巴凑上去,陆竽拽住提包用尽全力砸向他的脑门,到了这一步,她已经不奢求继续留在公司了。

坚硬的五金锁扣敲在他额头上,脑门顿时"嗡嗡"作响。

赵登科额角抽搐,捂住头骂了一声,脸上显露出凶相。

陆竽站起身就逃,地板上一摊水沾上高跟鞋底,她脚下打滑,整个人摔倒在地。手臂撞到尖锐的碎片,刺痛感刹那占据感官。

赵登科眼神阴鸷,彻底被挑起了怒火,说什么也不会放过她,将她从地上拎起来,往里面的休息间而去。

4

咖啡厅里,顾承索然地玩着手机。

恰好进来一通电话,来电显示是陆竽,他拇指划了下屏幕,接通电话,刚想问她是忙完了吗,电话里传出她脆弱的呼救声。

顾承大脑拉响警报,拔腿而起,咖啡厅的玻璃门被他撞出一声巨响,让人怀疑玻璃被他撞碎了。

几个店员被惊到了,抬起头时,只能看到马路上狂奔的身影。

顾承直奔对面的写字楼,不顾保安的阻拦硬闯进去。他两手一撑,长腿轻松越过需要刷卡才能打开的闸机。

人群骚动,他视若无睹,紧锁的眉心昭示着内心的焦灼。

当他推开那扇办公室的大门,通过半敞开的休息室门,瞧见陆竽被禁锢在一个壮硕的身影下,额角的青筋鼓起了几条。

完全没想过后果,他随手抄起一个白色雕塑摆件,砸向那人的后脑。

赵登科张大了嘴,连一声痛叫都喊不出来,应声倒在地上。

陆竽紧缩的瞳孔里映出顾承暴怒的脸庞。

她刚才情急之下摸到手机胡乱拨出去一个电话,不知打给了谁。或许是因为刚刚与顾承通过电话,手指按到了近期通话记录那里。

顾承垂在身侧的一只手拎着染了血的白色雕塑,深黑的眼阴沉沉,像地狱里爬出来索命的恶鬼,可他一点也不令人害怕。

"顾承。"陆竽喘着气叫了他一声。

顾承卸了手上的力道,雕塑应声掉在地板上,碎成几块。

他弯下腰,动作轻柔地拉起失了魂魄的陆竿。

明明是他最先与陆竿认识,谁让命运喜好捉弄人,之前的他总是晚江淮宁一步,以至于一步晚,步步晚,终究是错过了,她的心被江淮宁夺了去。

幸好啊,幸好这一次他来得很及时。

陆竿的手臂被花瓶碎片割伤了,顾承开着她的车,载她去医院挂急诊。

伤口不深,无需缝针。从医生口中得到这个消息,顾承长松一口气,脸色仍然没好多少,想问陆竿那个男人是怎么回事,又担心刺激到她的情绪,只能将疑问藏在心里,拼命忍耐。

医生帮陆竿处理完外伤,叮嘱她伤口别沾水,近期饮食忌辛辣刺激。

出了诊室,顾承展开臂弯里的外套挂在陆竿肩头,视线一转,在急诊大厅里瞥见了江淮宁,一个女人满脸挂着泪拉住他的胳膊。

顾承眉心抽动,气不打一处来,那股想要砸破别人脑门的狠戾又冒了出来。

哭得伤心欲绝、瑟瑟发抖的人是叶姝南,顾承没见过她,但陆竿看一眼就认出来了。

晚间的急诊大厅并没有那么寂静,附近出了一场车祸,伤患都被送到这家医院。医护人员的呼喊声响彻整个大厅,移动病床骨碌碌地从眼前滚过,带起一阵呼啸的风。医生跪坐在上面,给伤者按压胸口做人工呼吸,随着移动病床一起进入到手术室。

来来往往的人影好像电影里的虚焦镜头,只有远处座椅上的两个人是清晰鲜明的。

顾承转头,视线里的陆竿静止不动,脸色因惊吓和失血而变得苍白,或许还有冷不防撞见这一幕的震惊。

"伤口还疼吗?"顾承其实想问"你还好吗",话一出口就换成了不伤害到她的一句。

陆竿没听见他说了什么,恍惚地摇了摇头,视线牢牢地黏在那一处,经过最初的诧异,她眼下已经平复了。

顾承不知该不该在这个时候出言安慰她,或许什么都不说才是对她最好的。他抬起手,想要拍一拍她的肩膀,不用言语安慰,至少让她知道,他在这里,不会让她受任何委屈。

距离她的肩只有两厘米时,他的手顿住了,最终没有落下去:"我给黄书涵打电话要她别来了,下次再聚吧。我送你回家。"

几步外,胡胜东火急火燎地跑过来,手里拿着几张单子:"先去做核磁共振？医生说她的膝盖可能伤得比较严重……陆筝？"

说到一半，胡胜东突然注意到混乱的人群当中闪过一张熟悉的脸。

陆筝没有让顾承送自己回家，径直走到他们面前。江淮宁愕然抬眸，看到了陆筝和她身后的顾承，她身上披着男士的黑色外套。

"你怎么来医院了？"江淮宁拽开叶姝南抓着他袖子的手，三步并两步到陆筝身边，手握住她的手腕，一脸紧张地查看。

黑色外套下，她的衣服蹭了斑斑血迹。江淮宁神经一紧："怎么弄的？"

"你说呢？"顾承横眉冷眼，一股低气压自他的周身释放，比大厅里的空调还要冷，"你还有脸问她……"你有闲心关心别的女人，怎么不知道照顾好自己的女朋友。

他余下的话被陆筝一个眼神制止。

陆筝轻抿了下嘴唇，开口说话时，嗓音有些不自然，但她的表情已经调整得让人看不出半分惊惶。

"顾承的妹妹在医院做检查，我听说以后，下班过来看看。"她隐瞒了自己差点遭上司侵犯的事，在短时间里编好了天衣无缝的说辞，"刚刚大厅人太多，不小心撞到了玻璃器皿，受了点小伤，医生处理过伤口，不碍事。"

顾承眉头皱成"川"字，不明白她为什么要撒谎。

她和江淮宁吵架了？还是说她不想让江淮宁知道这种事？

不管出于什么原因，既然她选择隐瞒，他不会当场拆穿。

江淮宁回头看了眼胡胜东，目光没有在叶姝南身上停留片刻。胡胜东接收到他的眼神，立刻懂了："这里有我，你们先走吧。"

江淮宁刚转过身，胡胜东的声音在身后追过来："警察等会儿可能会过来做笔录，我该怎么说啊，我当时也不在现场。"

江淮宁丢下一句："叶姝南会跟警察说明情况的。"

胡胜东看着叶姝南浑身带伤、眼神呆滞的样子，也不知道她能不能表达清楚。

江淮宁没想过那些，带着陆筝先行离开。

在急诊大厅外的台阶下，陆筝取下身上的外套还给顾承，看向他的目光里有感激："下次有机会再请你吃饭。"

顾承一声不吭地接过外套，拎在手上，扫了眼她身侧的江淮宁，目光冷冷，好似深冬的冰碴，要刺进江淮宁的皮肤里。

江淮宁没察觉到顾承想杀人的眼神，他的全部注意力都在陆筝的手臂上。原本看到衣服上的血迹，他以为只是小伤口，可她袖子上有大片大片的痕迹,是已经干涸的血,变成了乌红色。

坐进车里,江淮宁没发动车子,侧过身看着她:"不小心撞到怎么会这么严重?医生怎么说的?"

陆笋掩饰性地捂了下胳膊,若无其事的样子,好像受伤的人不是自己:"你在大厅也看到了,一群人来去匆匆,场面混乱,我被一个大块头的中年男人撞到了,打翻了护士的推车,上面的玻璃器皿掉在地上,我不小心摔下去了。医生检查过,伤口不深,都没缝针。"

她说得半真半假,手臂上的伤确实是摔下去时,扎进了玻璃碎片。

江淮宁果然不再怀疑:"你不问我为什么出现在医院?"

陆笋沉默了须臾,手探过去,抓住他的手指:"你会告诉我的。"

江淮宁的手翻过来,握住她的手:"叶姝南被上次在酒吧里冲撞到的那个男人绑走了,差点被……电话打给了我,我刚好在外面办事,离那个地方比较近,赶了过去。随后报了警,通知胡胜东来医院帮忙。"

他赶到的时候,叶姝南的情况很不好,有没有发生实质性的伤害他也不清楚。那个男人逃了,警察还在追捕。

陆笋听他讲述完过程,喉咙像是被人扼住,呼吸很紧,没被江淮宁握住的那只手捏皱了衣摆。

这样的事情总是在上演,甚至比这更深的苦难,发生在无人知晓的角落。她对叶姝南的遭遇感同身受,因为不久前,她也经历了同样的事情,知道那种情况下作为女性有多无力和恐惧。

陆笋的沉默,让不明情况的江淮宁提起了心脏,攥住她手的力道不自觉收紧,着急地解释:"在医院里,她遇到陌生的男性靠过来,突然应激了,所以抓住了我的袖子……"

"什么?"陆笋找回游离的思绪,眼前的浓雾散去,化作一片清明,映出江淮宁神色紧张的脸庞。

"我在跟你解释医院里的那一幕。"江淮宁注视她的表情。

"你以为我会吃醋?"陆笋看出了他的小心翼翼。

"没有吗?"

陆笋想了一下,决定说实话:"好吧,初初看到她抱着你的手臂是有一点不舒服,但很快我就想清楚了。我相信你。"

江淮宁深深凝视着她,试图从她眼里找到粉饰的痕迹,但他没找到。

"真的。"陆笋低下头,抚了抚被自己捏皱的那一块布料,声音有着自己也没察觉出来的紧绷,她在回忆办公室里堪比恐怖片的一帧帧画面,"如果我遭遇这种事,我也希望能有人及时出手相助,不管对方是谁。"

287

她抬起头，故作云淡风轻地笑了下。

江淮宁听出她语调里有一丝不对劲，再看她的表情，又没有哪里不对劲，仿佛刚刚是他的错觉。

为了防止他起疑，陆筝的笑容伪装得更加灿烂："我当初喜欢你，其中一个原因就是你总无条件地帮助别人。"

若是陷入困境的女性向他求救，他明明有能力帮忙却视若无睹、冷眼旁观，那不是她喜欢的江淮宁。

他是阳光耀眼的江淮宁，也是温暖善良的江淮宁。

车子启动，陆筝的手机在包里响了一声。她猜到是顾承发来的消息，拿出来一看，果不其然是他：为什么不告诉江淮宁？

陆筝瞥向正在开车的江淮宁，缓慢地敲出一个又一个字：他明天要出差，谈一个很重要的合作。

有多重要呢？如果失败了，意味着他们这群人几年来的努力付诸东流。那不是江淮宁一个人的事，他背上压着很多人的青春和梦想，不能出差错。

那边许久没有动静，"对方正在输入"几个字在屏幕上时而闪现，却没有消息发过来。就在陆筝以为他不会再发来消息时，对话框里又跳出来一条。

顾承：你那个上司，打算怎么处理？

陆筝：我手里有证据，不用担心。

顾承：有需要帮忙的地方吱一声。

陆筝：嗯。

江淮宁抽空瞥她一眼："在给谁发消息？"

陆筝如实说："顾承。"

"哦。"江淮宁倒没问他们聊了些什么，那是她的隐私。

到家后，江淮宁第一件事就是解开陆筝的袖扣，挽起她的袖子。丝滑的布料，被轻而易举地挽上去，伤口已经被医用纱布包扎过，看不出严重与否。

"不怎么疼了。"没等他问，陆筝主动说。

江淮宁拉着她到浴室，小心避开她包扎的地方，给她洗澡。

陆筝还有点不好意思，以前他也帮她洗过澡，那都是在她累得意识不太清醒的时候，眼下这种情况是第一次。

江淮宁用浴巾包裹住她放到床上。

沙发上的手机响了起来，是胡胜东打来的电话。

江淮宁接起电话，开了免提，把手机放下，脱掉身上的湿衣服——他身上的衣服在给陆竽洗澡的过程中打湿了。

胡胜东的声音透过听筒在房间里响起,交代任务一般平铺直叙:"叶姝南她妈过来了,我功成身退。警察半小时前来了一趟医院,找叶姝南做笔录,但她精神状态太差了,一直在发抖、掉眼泪,也没问出什么。"

江淮宁光着上身,把衣服攥在手里:"知道了。"

"唉!"胡胜东叹口气,他也没想到会发生这种事,别说是共事三四年的同事,就算是陌生女性,听闻对方遭遇此事,也会生出同情心,"唯一的好消息就是那个男人被逮进局子了。"

江淮宁不带情绪地"嗯"了一声。

"我就是跟你说一声,没别的事了。"胡胜东忙前忙后累得够呛,声音里透着疲惫,"明早机场见。"

此次宁城之行,胡胜东和江淮宁同去。

江淮宁说了声"好",挂断电话,回头去看陆竽。她扯开浴巾换上睡裙,躺进被子里,只露出脑袋:"你出差的行李收拾好了吗?"

江淮宁走到床边,弯腰揉了揉她的头发:"别操心我了,我没问题,倒是你,要不请假在家待几天?你的手臂伤成这样怎么去上班?"

他不说陆竽也打算请假不去公司,或许接下来就是辞职。她得罪了赵登科,并且做好了让他付出代价的准备,无论如何她在"致意"也待不下去了。

这些事情她暂时不能跟江淮宁说。如果现在告诉他,势必会让他分心,从而影响工作室的未来。

"好啊。"陆竽顺着他的话说,"我明天请假,不去公司了。"

江淮宁微挑的眉毛泄露出一丝意外。她学生时代是典型的刻苦勤奋好学生,逃掉一节晚自习都会罪恶好久。进入职场后她是典型的工作狂,风雨无阻地打卡,从未迟到过,加班倒是常事。居然这么轻易就听从他的建议,请假在家休息,实在很难让人不怀疑。

"怎么这么听话?"江淮宁问。

"最忙的时候已经过去了,正好清闲下来,请假也不耽误什么。"陆竽从来不知道自己撒谎的技术这么精湛,简直忍不住为自己鼓掌。

怕江淮宁一再追问,陆竽没受伤的那只手臂从被子里探出来,推了他一把:"你快去洗澡。"

江淮宁拿着睡衣去了浴室。

他一走开,陆竽脸上伪装出来的淡然尽数敛起,她闭上眼,脑海里不受控制地自动播放办公室里那一幕幕恶心人的片段。

她想吐,又吐不出来,胸口起伏的弧度越来越剧烈。

江淮宁洗完澡从浴室出来,手拿毛巾擦拭头发上的水珠。

点的外卖刚好到了,他去门口拿进来,两人就在卧室里吃。他想起了那年陆笋飞去匹斯堡找他,他们整日躲在房间里,像两只富足的小仓鼠,吃着美食窝在床上看电影,满是轻松惬意的滋味。

那些画面恍如昨日。

陆笋吃了几筷子,胃口不佳,几次欲呕,被她生生地压了下去,她不想在江淮宁面前露出异样。

但她食欲不振是摆在明面上的,江淮宁不可能忽视,开口问她:"没胃口吗?"他点的都是她喜欢吃的,顾虑她身上有伤,选的菜色偏清淡,但味道很不错。

陆笋语塞了半晌,支吾地说:"我下午茶吃多了,不饿。"她把自己那份推给他,"你多吃点,别浪费了。"

5

草草解决了晚饭,去卫生间漱了漱口,双双躺到床上。

江淮宁躺在她没受伤的那一侧,手臂小心地搂着她,定好了闹铃,轻拍她的腰:"早点休息,有助养伤。"

陆笋弯唇,轻轻一笑:"我这点小伤哪里需要养。倒是你需要早点休息,明天要起早赶飞机。"

江淮宁在她眼皮上亲吻一下:"晚安。"

灯熄灭了,陆笋闭上眼,怎么也睡不着。过了许久,旁边传来均匀的呼吸声,她在黑暗中缓缓睁开眼睛。

不敢挪动身体,会吵醒沉睡的江淮宁。陆笋一直睁着眼,半边身体在长时间僵硬的姿势下有些发麻,难受极了。

身体上的难受远不及心理上的,她的心跳好快,似乎在发慌。

江淮宁摩挲了几下她的身体,他明明已经睡熟了,不知何时醒来的,在她耳边含糊低语:"做噩梦了吗?身体绷得这么紧……"

陆笋一僵,微微侧过身,将脸埋进他的胸膛。

她以前说他的身体在夏天像大火炉,抱着睡觉是煎熬。话是假的,他的怀抱无论何时都特别有安全感,能驱赶所有的不安。

陆笋听到自己"嗯"了一声:"做了噩梦,梦见了坏人。"

江淮宁抬起手,绕开她的手臂,在她后背一下一下抚摸,低沉又轻缓的嗓音哄她,像哄一个夜里无法安睡的小孩:"没事的,只是个梦,我在这里。"

陆芊睡了过去，结果一语成谶，真的做了个噩梦。

梦里是赵登科放大数倍的脸，扭曲的，丑陋的，在她眼前飘来荡去，做出各种惊悚的表情。她被关在四周漆黑的屋子里，连一扇窗户也没有，她抱着膝盖尽力缩在角落，身体在发抖，想要挤进墙缝里。

赵登科一把握住她的脚踝，将她从逼仄的墙角拽出来……

陆芊惊叫一声，呼吸急促地从睡梦中醒过来，挥舞的手臂不知撞到了哪里，一阵清晰的疼痛加快了大脑的清醒速度。

江淮宁一下惊醒，拧开台灯。暖橘色的灯光打在脸上，照出陆芊满脸的汗。他拥住她的身体，替她抹去细密的汗珠："又做噩梦了吗？"

陆芊坐了起来，再也睡不下去了，她不敢睡，歪着头靠在他身上："可能是前段时间工作压力太大了。"

江淮宁陪着她，找一些轻松愉快的事情说给她听，试图转移她的注意力，不让她继续沉浸在噩梦里。

不知不觉，天边泛起烟青色。夏季天亮得早，距离鱼肚白不过是眨眼间的事。

陆芊想叫江淮宁多睡一会儿，却听见手机不合时宜地响起闹铃声，跟催命似的，"嘀嘀嘀嘀"，刺耳得紧。

江淮宁离开家门前还很不放心，陆芊打了个哈欠，复制他先前的话："别操心我了。"

"怎么能不操心？"江淮宁依依不舍地站在门口的地垫上，黑色的行李箱立在他腿边。

他这次去宁城，少则三天，多则一个星期，回程的机票还没订，他就迫不及待地想回来了。

陆芊靠着门框，脑门歪向一边顶着门框："别担心我，我没睡好可以请假在家休息，你不同，你还有一场硬仗要打。"她挥了挥手，潇洒道，"快出发吧，再磨蹭下去误了登机时间，胡胜东会追杀你到天涯海角。"

江淮宁被逗得一笑，气氛轻松了一些。

目送他走进电梯，陆芊退回屋内，关上大门，"砰"的一声落在耳边，她捂着嘴冲向卫生间，趴在盥洗台边呕吐。

她昨晚没吃几口，根本吐不出东西来，反复呕了几次，吐出一摊淡黄色的液体，口腔里泛着苦味。她接了一杯温水漱口，两只手撑在盥洗台边沿，缓了缓，抬起脖子，镜子里映出她红了一圈的眼眶。

尽管吃不下，她还是给自己煮了一锅粥。

破罐破摔一般,没打电话跟上司请假。

请什么假呢,她的上司就是赵登科。

陆竽坐在空荡的客厅里,煮开的粥在锅里冒泡,连绵不绝的"咕嘟"声给寂静的空间制造了一丝烟火气。

她呆坐了一会儿,回房拿起手机,从通讯录里找到一个曾有往来的律师,向他咨询相关案件的处理方式。

胡胜东终于见到了传说中 MY 风投的创始人,井迟。

以前只听说井迟是顶级豪门的贵公子,家财万贯,而且并未依靠家族势力,大学没毕业就创建了这家风投公司,几年时间越做越大,到如今 MY 风投放眼全国声名赫赫。

胡桃木色的长办公桌后,井迟一身挺括的黑色西装,身上一股懒懒散散的劲儿,像是刚从床上爬起来,没睡醒似的。五官精致得仿佛偶像剧里走出来的男主角,单眼皮,眼尾狭长,本是带攻击性的眼型,可他的眼眸清澈得好似没半点城府。

胡胜东想,人家这么年轻就坐拥雄厚财力,而他们还挣扎在随时可能被淘汰的困境里,上天真是不公平。

与井迟一同坐在办公桌后的两个男人是 MY 风投的投资分析师,肖晋和何既平,也挺有名的。

井迟抬手做了个"请"的手势:"坐。"

江淮宁从容地坐到办公桌对面,与井迟正对,两只手松松地交叉,放在桌面。胡胜东随后落座,紧张得心脏快炸了,手心不停地冒汗,藏在桌底下的双腿不自觉地发颤。他没经历过这种大场面,很难不紧张。

他按住大腿,想要阻止这种没出息的反应,但作用不大,腿还在抖。好在面上没露怯,不然就丢大脸了。

下午的阳光被百叶窗帘阻挡在外,办公室里的交谈声断断续续没停过。

晚饭时间将至,合作还没谈到最关键,井迟抬腕看表,上位者风范地邀请两位远道而来的朋友共进晚餐,进一步聊聊这个游戏。

胡胜东大喜过望,以为事情成功了百分之八十。

然而,当他们从 MY 风投的大厦出去,转战到高档私房菜馆,几筷子美味的菜着下肚,井迟爽利地说出了自己唯一的要求。MY 非常想投资他们这个游戏,前提是对工作室绝对控股。

宁城的夏季比北城热,聒噪的蝉鸣在这座园林式的私房菜馆里不绝于耳。包厢里的冷气隔绝了燥热,可胡胜东却感受到了来自隆冬的寒冷,脸上的笑容冻僵了，吃进嘴里的菜也失去了原有的味道。

他下意识地瞥向身边的江淮宁。

不得不佩服江淮宁的定力，对方都踩到头上来了，他的眼神竟没有半分变化，像是早就料到了眼前的境况。

胡胜东做不到他那样，脸部肌肉抖了几下，试图缓和气氛，可最终连维持笑脸都有些困难。

MY 风投对工作室绝对控股，等于他们把过去多年的心血拱手相让，将来他们是给 MY 打工。

那跟其他打工仔有什么区别？还不如一毕业就找家游戏公司苦熬，还创什么业，谈什么梦想。

胡胜东吞咽了一口酒，心里苦得很，只能说资本家不愧是资本家，只想要最大的利益，其他的不在他们的考虑范围内。

不知该不该感到欣慰，人家既然提出想要控股，说明看好他们的游戏，认为这是一笔稳赚不赔的投资。

说一千道一万，人家是搞投资的商人，不是做慈善。

换位思考，如果他是投资人，恐怕也无法做到放着肥肉不吃。

胡胜东思绪跑了一圈回到原点，端起酒杯又喝了一口酒。

江淮宁在短短几分钟时间里，已经想好了说辞，但他低估了井迟的决心。

双方拉扯不下，一直到饭局结束也没能谈妥，倒也没有不欢而散。

井迟站起身整理衣襟，与江淮宁友好握手，那张淡漠的脸上浅露两分笑意："江主程，好好考虑我的提议，有时间再聊。"

两拨人在私房菜馆门口分别。

目送价值不菲的豪车离去，胡胜东对着空气踹了一脚："好气啊，怎么会这样，跟我想的完全不一样！"

他来饭店前偷偷吃了一粒解酒药，心想今晚就是在饭局上喝到胃穿孔，他也要跟江淮宁打好配合，把合同拿下来。谁承想，菜端上来，井迟用轻松自在的语气说，他酒精过敏，喝不了酒，让他们几个随意。

宁城的繁华夜景越发衬得路边两个人落魄可怜。

相隔千里的北城，陆竽连着两天没有睡好觉，不管是白天还是黑夜，只要闭上眼就会做相似的噩梦，然后从梦中惊醒，再也不敢入睡。

江淮宁给她打来电话的时候，她刚和律师聊完，情绪还没转换过来。

视频电话接通，江淮宁却没在屏幕上看到她的脸："人呢？"

陆竽在他看不见的地方演练嘴角上扬的动作，稍微活动了下僵硬的面部，这才把倒扣在腿上的手机举起来对着脸："刚刚手机没拿稳，掉沙发上了。"

"手臂的伤怎么样了？"

"今天去医院换过药，没什么事了。"陆竽快速转移话题，问起他那边的事，"事情谈得还顺利吗？"

江淮宁也没隐瞒："可能要在宁城多待几天。"

陆竽听懂了，大概不太顺利。她安慰他："没尘埃落定前，谁也不知道结果会怎样，也就意味着一切皆有可能，或许转机就在你意想不到的时候呢，你别气馁。"

气馁倒不至于，江淮宁笑了一下："有被安慰到。"

"拜托，你可是江淮宁。"

江淮宁彻底被哄开心了："晚饭吃什么？"

陆竽看了眼时间，居然这么快就到晚上了，她中午点的外卖还没吃，摆在餐桌上，早就凉透了。

"不知道，肚子不饿，等会儿再想想吃什么。"

冰箱里没食材了，陆竽懒得去超市采购，也不想再订外卖了，估计会把中午没吃的外卖热一热，对付几口。她实在是感觉不到饥饿。

江淮宁看着她失神的样子，笑着问她在想什么。

他不在，陆竽觉得房子格外空荡，待在里面有点难熬："我在想……明天买票回老家一趟。反正我请了几天假，你不在家，我正好回去陪陪我爸妈。"

"你的手臂伤了，出行方便吗？"

"我就背个包，不带其他东西，没事的。"

江淮宁没拦着她，她也确实有些时日没回去了，上次回家还是放年假。

与江淮宁结束通话后，陆竽就买了一张回靳阳的票，之后给她妈妈打电话，说自己明天回趟家。

第十二章 / 从校服到婚纱

1

陆竿能回家,夏竹和陆国铭再开心不过,每天变着花样给她做好吃的,奈何她没什么胃口,多吃几口就反胃。

夏竹不放心,带她去医院做检查,以为她怀孕了或肠胃不适。一番检查做完,既不是怀孕也没有肠胃毛病。

还是消化内科的一位医生提醒,让她去精神科看看,兴许是精神方面的问题。

夏竹的神经一下紧了起来,皱着眉不解地问:"她只是胃不舒服,怎么会是精神上的问题?"

医生耐心给她解释:"人精神上的压迫,俗称压力大,会导致身体分泌的激素紊乱,干扰神经信号。说得更直白一点,有的人一紧张就胃痛、拉肚子等,也是这方面的原因。我上个星期接诊了一个十二指肠溃疡的患者,他其实就是精神压力大和长时间睡眠不足引起的。情绪确实会引起一些肠胃反应。不仅是肠胃,有时候偏头痛、头晕,也可能是精神方面出了问题。"

他这么一说,夏竹就明白了,连连道谢,之后带陆竿去精神科。

陆竿按照医生的要求做了一个检测,得到的诊断报告是焦虑症倾向,开了一些抗焦虑的药。医生建议配合清淡的饮食,另外要试着调节情绪,不要让负面情绪停留太久。

陆竿回忆,她的初始症状是在发生赵登科那件事之后……

夏竹不明情况,只当她是工作强度太大造成的压力:"依我看,这份工作不做也罢,赚钱哪有身体重要。"

陆竿忍不住笑了下:"如果我真辞职了,你和爸爸会不会养我?"

"那还用说。"夏竹看着她,没有犹豫地脱口而出,"一定把你养得白白胖胖，不会叫你受委屈。"

不过话说回来，她生病这件事江淮宁知道吗？

"淮宁最近在忙什么？"夏竹语气里潜藏着一股责怪的意味。

"他去宁城出差了，不在北城。"陆竽替他解释，"他在谈一个重要的合作，挺棘手的，对方不肯松口，他和同事在那边耗几天了。"

夏竹是个容易心软的人，听女儿这样说，深知那孩子在大城市创业打拼不容易，说到底是为了将来能有更好的生活。她实在说不出怨怪的话。

事实上，江淮宁目前的处境的确不容乐观。

他在酒店梳洗一番，重整旗鼓，跟胡胜东再次踏进MY总部。

接见他们的人是井迟和公司的副总，傅明川。傅明川是唱白脸的那个，笑呵呵的，看起来很好说话的样子。

可他话里传达的意思不过是希望他们考虑清楚，抓住这个稍纵即逝的机会。毕竟MY风投在业内的名气是数一数二的，不会有公司出比MY更高的价格。搭上一艘游轮，总比他们划着小船在海上漂荡来得安全可靠。靠他们自己，说不定一个浪头打过来，小船就翻了。

井迟倚靠着椅背，修长手指把玩一只方形金属打火机，端着一张毫无表情的脸，像是没了耐性。

江淮宁的手机在口袋里振动，"嗡嗡"声响起，会议室里其他人也听见了。他歉然一笑，伸手进口袋，挂断电话。

还没等他开口，手机再次振动起来，又是一阵存在感极强的"嗡嗡"声，在这关键时刻，可真够折磨人的。

井迟把打火机放到办公桌上，抬起眼来，做了个请便的手势："江主程要是忙，可以先接听电话，我们慢慢谈，不着急。"

江淮宁没客气，掏出手机，顾承的名字在屏幕上闪烁，让他摸不着头脑。

顾承找他，只可能与陆竽相关。除此之外，江淮宁想不到别的。他拿着手机避开会议室里的人，走到外面去接通电话。

顾承的声音穿透力十足，又沉又冷，连声招呼也不打，直接说道："我打陆竽的电话是关机状态，只能打给你，她那个上司，你打算怎么解决？"

江淮宁漆黑的眼眸溢出几分困惑："什么上司？"

电话里安静了片刻，顾承咬牙切齿的咒骂声传来："江淮宁，你就是这样给她当男朋友的？几年青春陪着你喂了狗是吗？她受欺负差点被凌辱的时候，你跟个女人在医院里拉拉扯扯，你对得起她吗？"

江淮宁呆了一秒，俊秀的脸皱起，眉间添了一道褶皱："你说她被人欺负，差点……"

"怎么，怀疑我在给你编故事？"顾承只恨隔着屏幕不能揍他一拳，"你觉得我会拿这种事跟你在这儿逞口舌之快？呵，如果你不能保护好她，趁早滚蛋！"

江淮宁整个人如遭重击，脸上的血色刹那褪去。

顾承跟他没什么好说的，发泄了一通脾气，也不管他是什么反应，干脆地挂了电话。

江淮宁保持握着手机贴在耳边的姿势好久。

井迟的特助从电梯出来，瞅见那位从北城过来的主程，跟身侧的那株绿植一般，伫立在那里一动不动。

"江主程？"特助叫了他一声。

江淮宁闻声瞥了对方一眼，眼神没有聚焦，看不清来人的脸。

他垂下手，望着已经黑屏的手机，重新摁亮，给陆竿拨了个电话，机械的女声一遍遍提醒他，拨打的用户已关机。

江淮宁笔直的脖颈弯下，手指骨节抵上眉心，重重摁了一下，一阵细密的疼从眉间散开，直达心头，张开成一张网，将他的心脏紧紧裹缠，勒出血来。喘不上气的感觉逐渐强烈。

江淮宁吸气、吐出，脑海里的画面像是加了倍速，飞快划过几天前的那一幕幕。他在医院碰见她，她看向顾承的那个眼神，不是阻止顾承骂脏话，是不想让顾承说出这件事。她手臂受伤，大概也不是在医院出的意外。

他终于知道那些不对劲来自于哪里。

那些不是他自以为的错觉，是她小心翼翼掩藏时泄露的蛛丝马迹。

陆竿啊陆竿，她到底隐瞒了他多少事。

以前听陆伯父说他这个女儿哪里都好，唯独报喜不报忧的毛病让人心疼又无奈，他现在深切体会到了。

江淮宁眼眶泛起阵阵涩意，反复调整呼吸，还是觉得胸口压着一块巨石，压得他心头闷痛，怎么也挪不开。

江淮宁一手推开会议室的玻璃门，进到里面，先前那副沉稳的样子不见了，只剩下满眼慌乱。

井迟搁下手机，抬眸看着对面的人，摆出十分的耐心："我们继续？"

江淮宁深吸口气，分秒间做出了决定："抱歉井总，接下来由我们工作室的胡胜东跟您二位谈。他对这个游戏的了解不比我少，我们的态度始终如一，MY想对淮竿控股是绝对不可能的，股份占比我们可以让步。具体细节胡胜东会代替我和工作室里的所有同事向二位说明。我先走了。再次表示诚挚的歉意。"

江淮宁背脊弯至九十度，深深鞠了一躬，而后拉开门扬长离去，边走边解开西装前襟系得一丝不苟的纽扣。

他和胡胜东之前在酒店休息的时候，召集工作室其他人开了个集体视频会议。经过几小时的商讨，众人意见一致，哪怕少赚点，也不能把工作室让出去。因此，参与会议全程的胡胜东知晓他们让步的底线在哪里，代替江淮宁跟MY的领头人谈，完全没有问题。

会议室里剩下的三个人面面相觑。

最惊讶的要数傅明川，不知该讽刺一句那位江主程任性妄为，还是该夸他年少轻狂，不惧风霜。

被独自留下的胡胜东彻底傻了，口腔里疯狂分泌唾液，手心捏了一把汗，紧张得大脑神经都在发颤。他忍不住暗骂，江淮宁脑子里在想什么，关键时刻掉链子，竟然让他一个人对抗MY的"豺狼虎豹"，真的要死了！

靳阳是阴天，陆竽陪她妈妈爬山去了，爬到半程手机因电量不足自动关机。

夏竹是为了让她放松心情才提议来爬山，爬累了回去能睡个好觉，一举两得的事。

腰包里的手机突然响起，夏竹摸索着拿出来，眯眼一看，来电显示江淮宁的名字："淮宁怎么给我打电话了？"

她边嘀咕边接通电话，贴在耳边唤道："喂，淮宁。"

"伯母好，竽竽在您身边吗？"

他的声音不太正常，像是压抑着某种情绪，听起来艰涩又低沉。夏竹一怔，迟疑着把手机递给陆竽："找你的。"

陆竽接过手机，扬起笑脸说："让我猜猜，你是不是来给我汇报好消息的呀。"

江淮宁嗓音滞涩，像是喉咙被什么东西堵住，一字一顿地说："为什么不告诉我？"

"什么？"陆竽听着他那边有嘈杂的汽笛声、轮胎辗轧声，应该在行车途中。

"还想瞒着我吗？"江淮宁沉闷得像淋了一场暴雨，整个人沉甸甸、湿漉漉的，"你的上司欺负你，为什么不告诉我？"

陆竽眸色一黯，声音低了下去："……你怎么知道？"

他第三次问出那个问题："为什么不告诉我？"

"我没想瞒着你，我想等你忙完这一阵再跟你说，真的。"陆竽抿唇，不想让身后的妈妈听见,走远了几步,"我没事……"

"什么才叫有事?"江淮宁又急又气又揪心,音量不自觉提高,话出口才反应过来自己急切过头了,语气不太好。

他哪儿来的脸这么对陆笋说话。

"对不起。"江淮宁为自己没保护好她,为自己当男朋友太失职,为方才的态度道歉。

陆笋随手揪下一片路边草丛的叶子,低垂着眼睫,眼珠转了转,热意和酸涩一齐翻涌而出,差点哭出来:"你别跟我说对不起,又不是你的错。"

江淮宁下一句话就在嘴边,眼前忽然覆盖过来一片阴影,庞然大物顷刻间撞了上来,身旁的司机紧急打方向盘。

"砰"的一声巨响,陆笋贴近手机听筒的那只耳朵险些被震聋了。她下意识拿远了手机,噼里啪啦的碰撞声接连从里面传来。

陆笋心脏骤然紧缩,焦急地呼唤他的名字:"江淮宁,江淮宁——"

电话里没有任何回应。

夏竹听到陆笋的声音,疾步走过来,只见她脸色煞白,眼睛红得跟兔子似的,忙问道:"出什么事了?"

陆笋一双眼睁得很大,却兜不住眼里的泪。她双唇颤抖,半晌出不来声,夏竹吓坏了,手掌抚摸着她的后背:"这是怎么了,好端端的哭什么?是不是跟淮宁吵架了?"

陆笋摇头,豆大的泪珠砸下来,哑声说:"江淮宁……江淮宁好像出车祸了……我在电话里听到了撞车的声音。"

她没有听错,如马儿嘶鸣一般的鸣笛声不是汽车所有的,应该是货车之类的大型车,之后便是堪比爆炸的巨响。

"你说什么?"夏竹一惊。

陆笋慌里慌张地把手机拿到眼前,泪水"啪嗒啪嗒"地滴落在上面,模糊了屏幕,她用手指拭去,眼前还是一片模糊。

她忘了,她的眼睛被泪水糊住了,怎么可能看得清。

夏竹见状,从她手里拿过手机,给江淮宁回拨过去,"嘟"声响了许久,这通电话始终没有被人接起。

母女俩以最快的速度乘坐缆车下山。

陆笋在山脚的商店买了充电宝,给手机插上电,开机后,上面显示最近的一通未接电话来自胡胜东。

她擦干眼泪,坐上一辆出租车,给胡胜东打电话,不到三秒就被接通。

胡胜东的喘气声透过电流传来，声音比陆竽还慌张："江淮宁出车祸了，我正在赶往医院的路上，听说一辆重型货车刹车故障，撞上了江淮宁乘坐的出租车。他当时在副驾驶……"

后面的话陆竽统统听不见，止住的眼泪再次汹涌地往外冒。

夏竹也听见了电话那边的声音，知道陆竽心焦，不停地摩挲着她的手臂，无声地给她安慰和力量。

陆竽让司机师傅掉头去车站，哭着对她妈妈说："我要去宁城看江淮宁，他……他出车祸了，在医院里。"

"去吧去吧。"夏竹眼睛跟着红了，拍拍她，"妈妈陪你去。"

幸好她们随身携带了身份证。

人潮涌动的候车大厅里，母女俩与匆忙赶来的江学文夫妇撞见，一行四个人登上了开往宁城的高铁列车。

三个小时一晃而过，几人出了站，打车赶去医院。

撞上晚高峰，路况糟糕，喇叭声此起彼伏，在燥热的夏日里，与蝉鸣交相呼应。这种时候堵车，无异于给心急如焚的几人身上浇了一桶热油。

陆竽白嫩的手心快被指甲掐烂了，垂眸盯着掌心里密密麻麻的月牙印，恍惚地想，当时江淮宁在和她打电话，还在向她道歉，说对不起。万一出了什么事，他对她说的最后一句话竟然是……

陆竽真的不敢再往下想了。

堵了很久的车蜗牛一般慢慢移动，等到终于顺畅，开车的司机提了速，半个小时后到达医院。

胡胜东在急诊门口接应他们，见到几人，他连忙踏下台阶。知道他们眼下最担心的是什么，他略过了问候的环节，先告知他们关于江淮宁的情况："已经做过详细的身体检查，比较严重的是脑震荡和手臂骨折，其他大大小小的外伤还好。目前人在昏迷中，再等半小时就要准备手术。"

胡胜东领他们到手术室外，有护士过来问："谁是江淮宁的家属？"

江学文走上前去，签了手术同意书。

一切准备就绪，江淮宁被推进手术室，他们只来得及在走廊上匆匆见他一面。白色病床上的人双眼闭合，露出来的手臂血淋淋的。

这是骨折吗？看着血肉模糊的，像是骨头都碎了。

移动病床消失在门后，"啪"的一声，手术室外亮起红灯，"手术中"三个字像是某种营救信号。

胡胜东忙里忙外，脱下来拿在手里的西服外套拧成了一块皱巴巴的烂布，身上穿的那件浅蓝色衬衫被汗水浸透，映出大片深色的痕迹。

他手里还提着一个透明文件袋，里面是江淮宁的手机、钱夹，还有一个方形的深蓝色丝绒盒子。

他把江淮宁的东西交给江家人，这才有时间跟他们说起车祸的大致过程。"那辆货车刹车突然失灵，撞过来的时候，江淮宁乘坐的出租车的司机反应快，猛打方向盘，险险避开了直面撞击，最后出租车被撞到侧翻，砸向防护栏杆。"

事故中的三人，出租车司机受伤最重，江淮宁的伤其实是撞到防护栏造成的。

天边的云彩消失，被无边的墨色覆盖，夜空一颗星星也无，全靠人间一盏盏灯火照亮黑暗的世界。

手术室外的走廊灯光最亮，是灿白的、刺目的，打在白晃晃的墙壁上，上面刻着一些祈求平安的字，是过去那些在手术室外等候的病患家属虔诚的祷告。

陆竽的眼睛盯着"手术中"三个字，在她的期盼下，那盏灯熄灭了。

手术结束了。

穿着绿色无菌服的医生从里走出，见到家长迎上来，不等他们开口问，他就笑着点了点头："放心，手术很成功，接下来就是好好休养，年轻人不用太担心，恢复起来很快的。"

众人心里的大石头终于落地，可以长长地舒一口气了。

江淮宁被推进VIP病房，今晚由江学文夫妇守夜，其余人到附近的酒店休息。

陆竽躺在酒店的大床上睡不着，闭上眼，脑海里闪过胡胜东递给孙阿姨的透明文件袋，那里面好像有一个类似戒指盒的东西。

是江淮宁准备送给她的礼物吗？

他那天神神秘秘的，不肯告诉她，是想给她一个惊喜吧。

那她可以假装不知道，等着他醒来，健健康康地站在她面前，给她惊喜。

2

陆竽不知自己什么时候睡着的，第二天醒来，爬山的后遗症十分明显，腰酸背痛脑袋发蒙，浑身提不起劲儿。

洗漱过后，她和妈妈在酒店吃了早餐，赶去医院。

江淮宁已经醒了，但到底做了一场手术，短时间内难以恢复完全，恹恹地躺在病床上，相比以往憔悴了不知多少。

自打陆竽走进病房，他的视线就停留在她身上。

夏竹见江淮宁爸妈脸上透露出来的疲惫，对两位说："你们回酒店睡一觉，这里有我和笋笋照看，不会有问题的。"

孙婧芳有些犹豫，江学文拍了拍她的手背，温声劝说："往后还得照顾淮宁，照你这样熬下去，他还没痊愈，你先倒下了。"

江淮宁张了张口，嗓音跟破锣一样嘶哑："妈，你听爸和夏伯母的，回去休息吧。我没事了。"他妈妈下眼睑的乌青色很重，想必一晚上没睡。

孙婧芳"哎"了声，一步三回头地离开了。

VIP病房里只住着江淮宁一个病人，夏竹借口去外面上洗手间，把空间留给两个明显有话要说的小孩。

随着门被带关上，整个病房安静得只能听见彼此的呼吸声。

陆笋挨着病床边坐下，手指握住江淮宁搭在被子上的一只手，宽松的病号服袖口往上移了一截，露出来的白皙手腕上有两处擦伤，伤口已结痂，周围泛着青紫。另一条手臂她碰都不敢碰，看起来伤得很严重。

她看着他，明明准备了很多话，这一刻全都忘了，好像只是这般注视着他清亮的眼眸，已经不能更满足了。

"医生过来给你检查过了吗？怎么说的？"陆笋启唇，鼻尖泛酸。

"没什么问题，过几天就能出院回家休养。"他表现得跟没事人似的，不像昨天才经历一场凶险的车祸。

江淮宁抽出自己的手，陆笋露出不解的神色，却见他抬起手，轻轻落在她手臂上："这里的伤好了吗？"

陆笋鼻腔里的酸意扩大，蔓延到眼底，化作温热的液体，差点当着他的面又没出息地哭出来。她强行逼回泪意，声音带着沉闷的鼻音："早就好了。"

"我看看。"因为她总是"撒谎"，在他这里的信任度大打折扣，他不太信她的话。

陆笋鼻尖皱了一下，啼笑皆非，眼泪随着笑声一起落下。她那点小伤，跟他的比根本不算什么，哪里值得他惦记。

她将袖子挽起来，露出伤口的部位，纱布拆掉了，结了几道深褐色的痂，每道有三四厘米那么长，再过些时日，硬硬的痂掉落，会留下浅色的痕迹。那些浅色的痕迹不知要多久才能完全消下去。

江淮宁皱起眉毛，心里的难过来得突然又汹涌："到底是怎么弄的？"

陆笋近来配合医生吃药治疗、调节情绪，除了跟律师对接案子，其余时间很少再回忆那天的场景。江淮宁问起，她不想再瞒他，压着心里的不适，说："那天……挣扎的过程中摔到了砸碎的花瓶碎片上。"她找补了一句，

"伤口不深这一点我没骗你。"

江淮宁呼吸紧了紧,喉咙滚动了一下。

他许久没说话,陆笋以为他还在气她瞒着他,刚想开口解释,就听见他哑着声音说:"坐近一点。"

"嗯?"

"坐近一点。"江淮宁重复。

陆笋不明所以,也没想太多,按照他说的,往前挪了挪,离他更近了一点。他探臂绕到她身后,手掌按着她的背压向自己。

陆笋哪能想到他突然来这么一出,顿时被吓得不轻,忙用手撑在他身侧,避免身体的重量压到他胸膛上:"你干什么?"

不确定他身上哪些部位有伤,万一碰到怎么办?

江淮宁还很委屈:"我想抱你一下。"

陆笋小声说:"你身上有伤啊……"

"身上没有。"

陆笋犹豫了几秒,放松手部的力道,慢慢地、一点点地,将身体的重心落下,贴在他温暖的胸膛,被他紧紧抱在怀里。

"对不起。"江淮宁的嘴唇擦过她耳际。

这个拥抱带着愧疚、安慰、思念,本该是充满温情的,却只持续了一秒就被突然推门而入的夏竹打断。

陆笋几乎是从江淮宁身上弹起来的,不知碰到了他身上哪个部位,江淮宁忽地抿紧了唇瓣,忍住即将溢出口的闷哼。

陆笋的脸在刹那间红了个彻底:"妈……"

夏竹比他们俩还尴尬,是她忘了敲门。本来觉得江淮宁躺在病床上不能动,陆笋只是跟他说说话,谁承想冷不丁撞见这一幕。

陆笋陪江淮宁在医院待了大半天,下午换他爸妈过来照顾。

孙婧芳在酒店里睡了一觉,吃了点东西,精神好多了,情绪也有所好转,拉着夏竹的手说:"真的谢谢你特意跑来一趟,不然就我和学文可能忙不过来。"

夏竹:"我也没帮上什么忙。"

送母女俩离开后,孙婧芳从包里拿出昨天胡胜东交给她的透明文件袋,放到床头柜上:"给,你的东西。我看手机屏幕摔碎了,估计不能用了。你看看,要不要让你爸去给你买一部新的。"

江淮宁原本有些困了,准备睡觉,一看文件袋里的东西,大脑清醒了,语调急切地问:"笋笋有看到这个文件袋吗?"

"不知道。"孙婧芳倒了杯热水给他,在椅子上坐下,大概回忆了下,"胡胜东是在手术室外拿给我的,当时笋笋也在旁边。"

江淮宁完好的那只手覆上额头,一股无力感涌上心间。

全泡汤了,他的求婚计划,他藏了很久的惊喜,全没了。

孙婧芳憋不住笑出来一声,指了指文件袋里那个一眼就能看出里面装了什么东西的丝绒盒:"这是准备向笋笋求婚?"

江淮宁心累得不想说话了,眼神充满了生无可恋。

孙婧芳能猜到他此刻郁闷的缘由,越发感到好笑:"笋笋难道没跟你提过?可能她没看到吧。"

江淮宁不作这种猜想。她一定看到了,但她选择若无其事。

代入一下陆笋,如果她看到了这个戒指盒,知道他接下来某一天要跟她求婚,她心里一定会有所期待。

他不舍得让她抱着期待的心情等那么久,可他目前的身体状况不允许他给她布置一个浪漫盛大的求婚现场。

医生说过,他的手臂至少要休养两个月以上才能恢复,岂不是要让她等两个多月?

家里还有事,夏竹不可能一直待在宁城,跟陆笋商量了下,订了次日上午的票回靳阳。

母女两人匆匆来到宁城,没带任何东西,收拾起来很容易,只有夏竹在这边买的两套换洗衣服。她把衣服装进手提袋里,问陆笋:"你请了几天假,是不是要回北城上班了?"

陆笋没告诉妈妈,她已经提交了辞职申请,一直被公司卡着审核流程,没正式批准。

"妈,我想辞职在家休息一段时间,您看行吗?"陆笋坐在床边,用商量的口吻说。

"行啊!"夏竹一下子站直了,转过身面向她,"我正想跟你说辞职算了,怕你不高兴没敢提。"

陆笋的手机响了一声,拿到眼前,是"孙阿姨"给她发的消息。

孙阿姨:明天上午来看我吗?

孙阿姨:我是你男朋友。

陆笋笑了:哦。你的手机坏了?

孙阿姨:嗯。还没来得及买。

304

陆笋趴到床上，腿向上跷起，手肘支着，两手捧着手机打字：忘了跟你说，我买了明天上午的票，跟我妈妈回靳阳。过几天等你出院我们再见面。

江淮宁打了一串省略号。

陆笋问他怎么了。

江淮宁当然不肯说出实情，委委屈屈地发来一条语音："走之前能不能来医院看看你男朋友？"

陆笋爬起来找出耳机戴上，点开那条语音，听完她的嘴角就飞起来了，这种语气谁拒绝得了。

陆笋说："好啊。明早去看你，你早点休息。"

她订的那趟车是上午十点多的，去一趟医院再赶到车站应该来得及。

江淮宁盯着手机屏幕反复看了几遍，然后一条一条删掉两人的对话内容，把手机还给他妈妈。

江淮宁提前用他妈妈的手机订了一束花，一大早就送到了。新鲜的玫瑰，花瓣上带着清晨的露珠，点缀白色满天星和翠绿的尤加利叶，包裹在珠光纸里，在有光的地方反射出人鱼姬一般的光泽。

充满消毒水味的病房，因这一束鲜花，变得不再冰冷清寂。

陆笋敲了敲门，听到江淮宁的应答声，她推开门进去，没在里面看到他爸妈，只有他一个人，淡淡的芬芳在鼻尖萦绕。她反手虚掩上门，注意到床头柜上的那束鲜花。

眼下八点不到，谁来探望过他吗？

可是，他的朋友都在北城。她只能想到胡胜东。

陆笋带着疑惑靠近病床，直接问了出来："胡胜东来探望你送的是……"她再次看了眼那束花，疑惑更深了，"玫瑰花？"

江淮宁事先酝酿好的情绪被她一句话弄没了，颇为无语地看了她一眼，半晌没吭声。

陆笋走近了才闻到除了花香以外的味道，好像是沐浴露之类的。

"你洗过澡了？"她的目光带着探究落到他身上，虽然穿着蓝白条纹病号服，但他是清爽舒朗的，头发似乎也洗过了，吹干以后蓬松柔软，"身上的伤没问题吗？"

江淮宁凝视着她，他要跟她求婚，当然得把自己收拾得干净清爽，无法忍受身上脏兮兮地对她说"你愿意嫁给我吗"这句话。

陆笋蹙了蹙眉，是他叫她临走前过来看他，他怎么一句话不说，抿着唇，倒像是很紧张的样子。

他有什么可紧张的？

305

江淮宁喉咙吞咽了一下，面对风投公司领头人的刁难他都能从容不迫地应对，这种时候却紧张得只能靠吞口水来缓解。

终于，他开口说了第一句话："能不能先把眼睛闭上？"

陆竽搞不懂他葫芦里卖的什么药，她根本没往求婚那方面想，因为他还在养伤。

江淮宁嗓音柔和，带着某种奇异的蛊惑："闭上眼。"

陆竽依言闭上眼睛，耳朵似乎变得灵敏了一点，听到一阵窸窸窣窣的动静，她有些着急："好了没有？"

"还没有。"江淮宁不放心地叮嘱，"别偷看。"

他腿上有几处外伤比较严重，行动上不是很方便，他慢吞吞地掀开被子，忍着痛也要坚持给她单膝跪地的仪式。

江淮宁拿出那个深蓝色的丝绒盒子，轻轻打开，一枚钻戒经历过车祸，依然完好无损地躺在绒布上，散发着璀璨的光芒。

他把床头柜上那束被陆竽误以为是别人前来探望他带来的玫瑰花抱过来，调整好面部表情和呼吸节奏，发现没用，他还是很紧张。

即使他们在一起多年，感情与多数已婚夫妻并无区别。

他心里也很清楚，她不会拒绝他，但他没办法不紧张。

江淮宁眼眶温热，胸膛滚烫，嗓音听着不太自然："好了，可以睁开眼睛了。"

陆竽感觉自己闭眼的时间有两三分钟，或许更久，撩开眼皮的刹那，眼前还有些失焦的模糊。眨了几下眼，她才看清江淮宁是以什么姿势跟她说的那句话。

如果再猜不到他是要求婚，她就是傻子。

原本没想过会这么快，江淮宁之前说等宁城之行结束，送给她一个礼物，突发车祸，打乱了他的计划。那天在手术室外看见这个戒指盒，她就有了心理准备，她以为至少会等他彻底康复再考虑求婚的事。

怎么也没想到会是今天，就在这间病房里。

陆竽脸上的惊喜和意外是真实的，没有半分表演的痕迹。江淮宁错误地以为她之前没看到戒指盒。

不过那都不重要了，当下他要说的话才是最重要的。

他先是无奈地笑了一下，似自我调侃，又似在向陆竽表示抱歉："在病房里求婚好像是有一点奇怪。应该称得上空前绝后了吧？"

陆竽跟着笑了，眼里有晶莹的泪光闪烁。好烦啊，她最近情绪太敏感，记不清哭了多少次。

她脑海里蹦出一个令她后悔的想法：今天出门没有化妆！

陆竽只好用手背盖上眼睛，稍微缓了缓，不让自己哭得太狼狈。

江淮宁已经没那么紧张了，接着说他准备了好久的求婚语录："我第一次有求婚的想法，是我们在一起后过的第一个新年，除夕夜在桥头放烟花，每人许一个新年愿望。我许的愿望是学业有成，早点毕业。我告诉过你，后面其实还有一句，我当时放在了心里，是早点娶你。

"第二次有求婚的想法是你毕业那天，我去关州找你。那天天气晴朗，适合一切美好的故事展开新篇章，进学校前我在花店里为你挑选鲜花，玫瑰已经拿在了手里，最后还是被我换成了向日葵。我怕你觉得太草率……"

说到这里，他停顿了下，自嘲一笑："没想到等来等去，真正求婚的时候更草率。我要是有预知能力，一定在此之前给你一个完美的求婚仪式。"

什么仪式不仪式，陆竽不在乎。此刻的她泣不成声，要用手捂住唇才能封住快要从嘴里跑出来的哽咽声。

江淮宁："过去几年，我一边读研，一边在繁忙的工作里焦头烂额，总想着要等事业跨过一个台阶，才有底气向你求婚。如今再看，是我错了，错得离谱。求婚这件事，不该在前面添上附加条件。只要我爱你，任何时候都不会早。可惜我没能早点懂得这个道理。幸好你一直陪在我身边，从没缺席过。"

陆竽在他感人至深的话语里溃不成军，一句完整的话也说不出来，只会用摇头来表示自己的态度。

他何错之有。他那些数不清的与台灯陪伴的深夜，堆满垃圾桶的速溶咖啡包装袋，眼里的血丝和疲倦，饮食不规律造成的胃痛等等等等，哪里是单纯为了梦想而奋斗，他的规划里早就融入了她。

他是在为他们的未来拼命。

她从来一句怨言也没有。

江淮宁等她情绪稍微平复了些，才说出那句在心中默念了无数遍的话："陆竽，你愿意嫁给我吗？往后的人生，我会一直陪在你身边，永不缺席。"

他没有说"我希望你能一直陪在我身边"，而是"我陪在你身边"，主语颠倒了，意义是不一样的。

陆竽方才平复的情绪再度决堤，她没照镜子也能想象得到，她现在涕泗横流的样子很不好看。

她吸了吸鼻子，努力找回组织语言的能力："我愿意。"换上更郑重的语气，"我愿意嫁给你。"

陆竽倾身抱住他怀里快要拿不稳的鲜花，破涕为笑。

江淮宁把打开的戒指盒放在膝盖上，左手从中取出戒指，给陆筝戴上。耗光他全部积蓄定制的戒指，果然很漂亮。

陆筝手上一共戴了两枚戒指，一枚是他亲手做的，大学时期送她的礼物，她戴了很多年。一枚是求婚戒指，他刚刚给她戴上的。

她盯着手上的钻戒，笑得傻里傻气。

门外突然传来鼓掌欢呼的声音，打破了病房里深情缱绻的氛围，将沉浸在喜悦中的陆筝吓了一跳。

她快速转过身，虚掩的门不知何时被推开，门口乌泱泱地挤满了人。

打头的是前来查房的主治医生和一堆实习生，还有负责给江淮宁输液的护士。他们后面是江淮宁的父母和她的妈妈，他们一脸慈爱地笑着。旁边的胡胜东只露出半颗脑袋，另一半被挡在门外。

江淮宁保持单膝跪地的姿势太久，手脚僵硬得挪动不了。医生和护士合力帮忙，才将他扶到病床上躺下，给这个求婚仪式画上一个滑稽的句号。

3

载江淮宁的出租车司机脱离了危险期，目前也被安排在 VIP 病房。除了正常流程获得的赔偿款，江家额外给了他一笔补偿，买了一堆营养品送过去。

听说人清醒了，江学文夫妇便搀着腿脚不便的江淮宁亲自去向司机及其家属郑重道谢。

几天后，江淮宁办理了出院手续，准备回靳阳休养。

与此同时，MY 风投的合同送了过来，江淮宁签完合同，把其中一份交给胡胜东，叫他回北城，剩下的事情也全权交由他处理。

胡胜东看着江淮宁高高吊起的胳膊，咬着牙笑骂："你这车祸出得真是时候，后续那么多事全压我一个人身上了。"

江淮宁用完好的那只手拍拍胡胜东的胳膊，真诚道声："辛苦了。"

他语气这么认真，胡胜东反倒不好意思了，没再耍贫嘴，态度正经起来："要说辛苦还是你最辛苦，企划案是你一个字一个字写出来的，开会商讨的细节也是大家提完意见，你负责总结的。我就是按照你给的模板跟他们谈判，没出什么力。"

想起那天下午在 MY 风投的谈判场景，胡胜东还心有余悸，特别是那位井总，看着温和无害，骨子里可太狠了。

井迟一开始咬死了不松口，那个叫傅明川的副总跟他配合无间。两人过去并肩作战多次，默契度培养得很高，一个眼神就能知晓对方的意思。

他们一唱一和，不断抬高 MY 对淮竽工作室持有的股份占比。

最后，大概是看出再压榨下去合作就要谈崩了，井迟才不慢不紧地收线。

江淮宁听完他的报告，面色没多大的变化，仿佛一早就猜到了会以这样的结果谈成这项合作。

井迟看出了他们这个初出茅庐的工作室的底牌，江淮宁也看出了井迟对这个游戏十分感兴趣。那么结局十有八九是以双方各退一步完美收场。MY 退的那一步是不再对"淮竽世界"控股，而"淮竽"退的那一步，便是让出比最初预期更多的股份。

江淮宁交代了一番，就跟他父母坐车去车站。胡胜东不跟他们顺路，他要去机场，回北城善后。

回家后，江淮宁的养伤日常除了吃就是睡，唯一的娱乐项目是陆竽陪他下楼散步。

一晃两个多月过去，他的手臂拆掉石膏，恢复了自由活动，打算择日跟陆竽去一趟民政局，领结婚证。

期间胡胜东时常打来电话，遇到拿不定主意的事，就找江淮宁商量。江淮宁负责在后方运筹帷幄，胡胜东在前方冲锋陷阵，各项工作在稳步推进中。

这天，胡胜东又打来电话，开门见山道："有件事儿我真挺发愁的。"

江淮宁问："什么事？"

"叶姝南她妈来工作室闹了，说她弄成这样跟你脱不开关系，要你对她负责。"胡胜东搓了搓头发，"你说这叫什么事儿啊，她女儿出事跟你有什么关系。要不是你及时赶过去，她女儿指不定……唉，不说了。我也不知道怎么办。"

江淮宁沉下脸，声音紧绷："叶姝南怎么说？"

"没见到她人。"胡胜东忙着工作室的一堆事够烦心的了，遇到不讲理的长辈胡搅蛮缠，他应付起来头痛不已，"听说她出院了，把自己锁在家里，差点寻了短见。"

领证那天，挑的并不是什么特殊的有意义的日期，但也算是个"吉日"。

两人约好穿着高中时期的校服去拍证件照，碰上面，一句话没说，同时笑了——好像有点奇怪？

陆竽扯了扯过了这么多年仍旧宽松的校服，忍着笑说："现在换衣服还来得及，等拍照的时候反悔可就来不及了。"

江淮宁修长的手指搭着方向盘，指尖点了点："换什么换，挺好的。"

多青春洋溢、活力无限。以后别人看到结婚证，一下就能猜到我们高中就互通心意。"

"谁跟你高中互通心意？"陆笋没想翻旧账，是他先提起的，"你那一年可是误会我和顾承在一起。"

江淮宁挑眉："难道你没误会我？"

两个人半斤八两，谁也不说谁了，那时候的他们都是傻瓜。

他们在晓山县的民政局领结婚证，所需的资料提前准备好了，证件照是现场拍的。并肩坐在红色背景布前，摄影师调整好相机的角度，镜头里长相清俊的男人视线不在正前方，只顾盯着他身侧的漂亮女人。

摄影师歪着头，不得不出声提醒："来，新郎、新娘看这里，不要再看对方了。"

两人一致看向镜头，露出浅浅的笑容。

"咔嚓咔嚓"的连拍声响起，不多时证件照就出炉了。陆笋拿到手里先看了一眼，满意地点了点头："比我想象中的好看。"

黑白相间的校服很上镜，江淮宁的头发精心打理过，露出光洁的额头和完美的五官。陆笋跟高中时期那样，扎了个简单的马尾。

两人将身份证、户口本等证件递给工作人员，核查完相关信息，工作人员抽出申请结婚报告表，叫他们仔细填写，然后在电脑上录入，出来两本鲜红的结婚证，贴照片，戳钢印。

"新婚快乐。"工作人员面带微笑，把两本结婚证叠在一起交给他们。

"谢谢。"陆笋翻来覆去看了几遍小红本，好没真实感。

她成已婚人士了，和江淮宁结婚了，他们是合法的夫妻。脑海里蹦出这些认知，陆笋的心跳快得像是在挑战某项极限运动。

她侧头去看江淮宁，想知道他是什么反应，结果就看到他难以自抑地扬起唇角。

"江校草，采访一下，成为已婚人士什么感觉？"陆笋撞撞他的手指。

江淮宁垂下眼帘盯着她的双眸，许久说不出话来，低头在她唇上克制地亲了一下。若不是考虑到这是公共场合，他表达的方式可能会更直白。

什么感觉？美梦成真的感觉。

门窗紧闭的房间里，窗帘拉上了，一丝光亮也透不进来，黑暗肆无忌惮地蔓延，容易滋生恐怖的噩梦。窗户外是万里无云的晴空，太阳释放出灼人的热度，越发衬得封闭的房间像个密不透风的铁盒子。

叶姝南蓬头散发地靠在床头，唯一的亮光来自手机屏幕，笼着她苍白憔悴、颧骨凸起的脸。

屏幕上是半个小时前江淮宁发的朋友圈。

他宣布了结婚的好消息。

配了三张照片。一张是白皙纤细的手指捏着两本鲜红的结婚证。一张是他和陆竿的结婚证件照,两人穿着高中时期的校服,很朴素的款式,胜在两人颜值高,愣是营造出少年少女青春洋溢的氛围感,他们在红色背景布前,肩并着肩,笑得温暖甜蜜。最后一张是两只紧紧交缠的手,一大一小那么和谐美好,女人手上的钻戒在阳光的折射下有些刺眼。

叶姝南不知被屏幕的光晃到眼睛,还是被那枚钻戒刺激到,闭了闭眼,两行泪从眼睑滚出,沿着脸颊淌下,"啪嗒啪嗒"滴在毛毯上。

手机屏幕自动熄灭,她自虐一般重新摁亮,模糊的视线里映出证件照上江淮宁幸福的笑容。

底下一排共同好友的祝贺词。

胡胜东:新婚快乐!百年好合!早生贵子!(老子要累死了,赶紧滚回来上班,别逼我求你)

卢宇:祝99!

彭垚:祝白头偕老!喜糖呢!没喜糖吗?

朱川柏:领证了?祝长长久久。伴郎团的位置我先预定一个。

叶姝南将手机反扣在被子上,看不下去了。

江淮宁和陆竿结婚了。她长久以来的幻想被现实伸进来的一只手搅了个稀碎。

下午三点多,江淮宁载着陆竿回到了她家在乡下的旧房子。

奶奶跟邻里在马路对面的杨树下乘凉,穿着宽松的花衬衫黑裤子,手里握着一柄用了很多年的蒲扇,能跟济公手里那把相媲美。

"春秀奶奶,你孙女和孙女婿回来了。"人群里一位年轻媳妇指着门口停的那辆车。

奶奶背对马路,闻言扭过身看了眼,从车上下来的还真是那对小夫妻。上午他们两个去领结婚证,她以为他们领完证会直接回市里。

奶奶连忙站起来,拎起折叠小马扎往回走:"你俩晚上还回去吗?"

陆竿瞥了眼江淮宁,是他提议回老房子住的。他那会儿怎么说的?他说,今晚是他们的新婚夜,回市里是住在她家还是他家是个问题,两家长辈都在,去哪家都不合适。

"奶奶,我们晚上就住这里,明天再回去。"江淮宁笑得像个三好学生。

奶奶很喜欢他，谁让他样貌好、懂礼，待陆竽细致温柔又体贴。

她拉着两人进到客厅。电视开着，爷爷在摇椅上打瞌睡，奶奶嗔怪："这老头子，浪费电……"

奶奶笑了声，没叫醒他，去厨房拿了把水果刀过来，切了个自家种的西瓜。西瓜提前用井水浸过，口感清甜凉爽。

奶奶给他们端来西瓜，念叨着："今年的天气邪门了，白露都快到了还这么热。"

爷爷被吵醒了，听见奶奶说的那句话，打着哈欠笑了下："你忘了去年？国庆那一阵气温还有三十七八摄氏度。今年可不能么热了，我孙女得办婚礼。"

江淮宁和陆竽 10 月 2 号办婚礼的消息传出去，各路好友发来了祝贺。黄书涵打来电话的时候，陆竽正在装喜糖，拿着手机去外面接听。

"你放假了？"陆竽问。

"哪能啊。"黄书涵笑笑，"30 号晚上到家，1 号去你家找你。"

也就只有陆竽的婚礼，能把他们这群散落在全国各地的老朋友聚集起来。这几天好友群里的消息没完没了，大家都表态了，哪怕公司开出一天十万的加班费，他们也得赶回来参加婚礼。

黄书涵在心里稍微组织了下措辞，低声问："我看顾承没在群里冒过泡，他……知道你要办婚礼的事吗？"

"我给他发过电子请柬，他……"陆竽声音卡了一下。

"他怎么说的？"

黄书涵脱口而出，好像有点急切，又好像不是那个意思，陆竽分辨不出她的情绪："他说不一定回来。"

"哦。"黄书涵没藏住，情绪明显了些，带着一股浓浓的失望。

沉默了几秒，黄书涵抱怨起来："他也太不够意思了，老朋友结婚都不回来。我们几个还商量着你婚礼那晚搞个聚会好好庆祝，缺了他总觉得有点遗憾。"

"也不能怪他。"陆竽略带笑意，"他的工作性质不同，国庆放不放假还两说，以后有机会再聚。"

黄书涵不是怪顾承不来参加婚礼，她是怪他死脑筋。就算不来，至少在群里跟他们说一声，一声不吭算什么？

10 月 1 号下午两点半，即将抵达靳阳市的一趟高铁列车里承载着顾承。

他坐在靠窗的座位，黑色宽松运动外套敞开，里面一件白 T。黑色长裤包裹着两条修长有力的腿，屈在座位与前面靠背的狭小空间里，显得有些局促。

他双臂松松地环在胸前，眼眸微闭，歪靠着椅背补觉。运动外套的帽子罩在头顶，投下的阴影遮住了落拓不羁的眉眼。

旁边的女人频繁偷看他，想跟他搭讪，台词在心里酝酿数遍，经过一个又一个站点，这个男人始终没醒。

"女士们、先生们，列车前方到站靳阳东站，请您携带好随身物品……"

列车内语音播报响起，旁边一直在睡觉的男人懒懒地掀开了眼皮。

他生了一双极为多情的眼眸，刚睡醒没多久，眼中木然没有情绪，看起来十分冷漠。女人正想开口，只见他从包里摸出一盒口香糖，拆开一片放嘴里，漫不经心地转头看窗外的风景。

一副淡漠的样子，对身边坐着的人是男是女都没兴趣。

车速慢下来，车厢里一阵骚动，在靳阳东站下车的旅客提前拿上各自的行李，有的迫不及待地离开座位到车门边等候。

列车停稳，顾承不紧不慢地站起身，嘴里嚼着口香糖，满是薄荷的清凉味。他的随身物品只有一只斜挎的黑色运动包，手搭在包上，微低着头，跟随前面的乘客下车。

靳阳的风温和宜人，夏季的燥热早已随着蝉鸣的消逝而远去。

顾承站在车站外，仰头眯了眯眼，湛蓝的天没有一朵云，太阳格外刺眼。

原本没打算回来的。他不想看到婚礼那天江淮宁得偿所愿的笑容，也不想看到陆筝穿着漂亮的婚纱走向别的男人。

他会忍不住想抢婚……

顾承自嘲一笑，走向出租车等候区。他这一趟回来没告诉任何人，包括跟他关系最好的几个发小，所以没人前来接他。

等候区，排在他前面的人坐上出租车，下一辆车紧跟着往前开，停在他面前。顾承拉开后排车门，躬身进去坐好，报了个目的地就闭上眼睡觉。

司机打了个哈欠，从后视镜瞄了眼，礼貌询问："我听个歌不介意吧？"

顾承没睁开眼，嘴唇微动，说了声随意。

司机打开车载音响，连接手机蓝牙随机播放，不知点开了哪个歌单，收录的全是悲伤情歌。

司机听得津津有味，或许是生活舒适顺遂，没什么烦恼，悲伤情歌也能听出欢乐的味道。坐在后排的顾承却备受折磨，眉头越蹙越紧。歌词里唱着：

原谅捧花的我盛装出席
　　却只为献礼
　　目送洁白纱裙路过我
　　对他说我愿意
　　但我继续清扫门前的路
　　和那段阶梯
　　如果你疲惫时
　　别忘记那里还能停留休息

歌词真是应景。他确实要盛装出席她的婚礼，看着她穿上洁白婚纱，对另一个男人说"我愿意"。

顾承再也无法假寐，掀开眼皮，转头看着车窗外熟悉的景物发呆。

歌曲还在播放，唱到尾声，也唱出了他的心声。

　　我想大言不惭卑微奢求
　　来世再爱你
　　希望每晚星亮入梦时
　　有人来代替我吻你

4

晚上，伴娘们挤在陆芊那个小小的房间里，叽叽喳喳地讨论明天的接亲事宜。

黄书涵问陆芊："你怎么不从市里的房子出嫁，还特意跑回老房子。市里交通方便，离你们举办婚礼的酒店也近。就你家老房子二楼这个木栏杆，我怕明天抢亲的时候被那些粗鲁的男生给撞断。"

陆芊笑了笑："我妈说这里人情味更浓，办喜事就是要人多热闹，街坊邻居都来喝杯喜酒。"

"确实，咱们这儿地方虽小，凡是有什么喜事，气氛绝对冷不了，光那群小孩就够能闹腾的了。"黄书涵说，"你得提醒江淮宁多准备点红包，小孩都放假了。"

陆芊翻个身，兴奋得睡不着："不用我提醒，他知道啦。"

几人聊着聊着忘了时间，凌晨一点多才睡去。

翌日清晨，夏竹前来叫她们起床，面对一张张摆着没睡好觉的脸，她无奈极了："各位大小姐，再耽误下去，迎亲的队伍就要来了。"

陆竿吓得浑身一个激灵，不敢再睡懒觉，麻利地从床上爬起来。

市里过来的化妆团队已在门外等候多时，她快速洗漱完，叫她们进来给她化妆、做造型。

几个伴娘自觉换上陆竿给她们准备的烟粉色纱裙。伴娘裙颜色一致，款式存在差别，有的是一字肩，有的是吊带，还有短袖款和长袖款，根据她们的喜好选的。

陆竿如同提线木偶，任由化妆师摆弄来摆弄去。

外面吵吵闹闹，汽笛声不断，是陆家的亲戚们前来祝贺。老家的习俗，嫁女儿的筵席摆在早晨。

黄书涵正想打开门去阳台上看热闹，突然听见一阵凌乱的脚步声逼近陆竿的房间，吓得她抬手腕看时间："接亲没这么早吧，我们还没准备好呢！"

她偷偷拉开一条门缝，眯起一只眼睛往外看，两指宽的画面里框住了那道熟悉的颀长身影。

怎么可能？

黄书涵恍惚以为自己眼花了，她好像看见了顾承。他不是说不回来参加陆竿的婚礼吗？

顾承慢悠悠地走在最后面，前面三个人先挤进去，满屋子香气冲进鼻尖。打头的周鑫说："娘家人过来看看新娘子。"

陆竿面带温柔大方的笑意，端坐在床边，两手交叠放在华丽的裙摆上，美得如梦似幻，好不真实。

"你们来了啊。"

几个发小眼睛瞪得跟猫头鹰一样，忘了回话。

陆竿的婚纱是长袖款，但袖子的处理很精巧，在薄透的纱上点缀亮晶晶的水钻和珠串，紧贴手臂，雪白的肌肤若隐若现。上半身剪裁得当，完美贴合陆竿的胸型和腰肢。裙摆上刺绣着繁复的白色花朵暗纹，藤蔓一般蜿蜒缠绕，同样缀满了璀璨夺目的水晶。腰间掐了几道褶皱，微微翘起的几片布料类似蝴蝶的翅膀，庄重华丽的同时，增添了一丝甜美的气质。

周鑫"啧"了声，贫嘴："这还是我认识的那个玩泥巴的小陆竿吗？怎么一眨眼变得这么漂亮？"

"好好说话我们还能继续做朋友。"陆竿威胁道。

房间里顶灯大开，白色的灯光洒下来，笼罩在陆竿周身。她身上那件缀满水钻和珠子的婚纱亮得晃眼，像是给她镀了一层圣洁的光，美好得如同童话里住在城堡的公主。然而，这些美丽的外物都不如她的笑容亮眼。

她看起来很幸福。虽然顾承并不想承认。

顾承短暂地失了下神,没等其他人发现,他就展露出一个笑容,连嘴角上翘的弧度都是提前演练过无数遍的。

"新婚快乐。"他嗓音低沉磁性,除了单纯的祝福,听不出别的什么情绪。

"谢谢。"陆竽看着他,微微一笑。

吉时定在九点零八分。筵席开得早,八点不到,宾客们就吃得差不多了。大家没有离开,等着看新郎前来接新娘子。

八点刚过,一辆接一辆婚车停在陆家大门口。

江淮宁身穿笔挺的黑色西装,胸前别了朵红丝带扎成的玫瑰花,修长如竹的手指握着捧花。他脸上的笑容那么灿烂,让人想到初升的太阳。他从车上下来,立刻吸引了所有人的目光。

伴郎团的成员依次从后面几辆车上下来,个个身形修长,脸上笑得跟朵花似的,抬手整理发型、衣襟,看得出来是想努力展现出最佳的精神面貌。

进第一道大门,他们就被一群小孩拦住了。

"哥哥,发红包,不给红包不让进。"

小男孩们推推挤挤,将大门堵得严严实实,一条缝隙也没留。小女孩们躲在后面捂着嘴笑。

江淮宁早有准备,冲身后使了个眼神。胡胜东领会,一步跨到前面来,从西服内袋里掏出一沓红包,呈扇形展开,挨个发给他们。

"来,人人有份,不要挤不要抢。"胡胜东的声音像哄骗小红帽的狼外婆,"给哥哥行个方便,等这位江哥哥接到新娘子了,给你们发更大的红包好不好?"

胡胜东画饼很有一套,小孩子哪有那么多弯弯绕绕的心思,一听说还有红包拿,赶紧让开了大门。两旁围观的大人们哄笑不停。

一路畅通无阻地上了二楼,江淮宁身后的伴郎团有点傻了,以为几个瘦瘦弱弱的姑娘守门没什么好怕的。可事实上,每个姑娘身后都站着一位西装革履的男士,像是她们的保镖。

朱川柏抬了抬眼镜,瞪大了眼睛:"只听说过新郎带伴郎团,怎么新娘既有伴娘团又有伴郎团?"

"怕了吧?"黄书涵挑眉,竖起一根大拇指指着身后那道门,"给我们陆竽撑腰的人可多着呢,欺负她的时候可得掂量着点。"

房内的陆竽听闻黄书涵的声音,微微低头,笑了一笑,感动的同时,又有些突如其来的伤感。

她也不清楚这股伤感从何而来,或许是因为他们这群人从小到大不曾变过的感情。长大后虽然各奔东西,一年到头不常见面,只要聚到一起,就能找回以前的感觉,好像时间流逝只不过是一瞬间的事。

陆竽眼眸闪烁着亮晶晶的光芒,被头纱遮盖住,面容不那么清晰,更加朦胧梦幻。

而后,她听见了江淮宁隔着门板的喊话:"老婆,我来接你了……"

还没说完就被霸道的黄书涵打断:"先别打感情牌,过完我们这一关你才能见到你的新娘!"

距离抱得美人归只差一步之遥,江淮宁已然成竹在胸,只见董秋婉拿来几张纸牌。

胡胜东好奇地问:"这是什么新奇玩法?"

"很简单,新郎和伴郎们每人抽一张卡牌,按照要求完成上面的任务即可,完不成就得罚酒。"黄书涵说明游戏规则。

胡胜东单手解开西服前襟的扣子,将袖子往上抡了抡,方便行动:"我先抽一张。"

他随便抽出一张纸牌,翻过来一看,上面用娟秀的黑色小字写着单手俯卧撑五十个,不限时。

胡胜东嘴角一抖,顿时一脸菜色。

他一个常年窝在电脑前敲代码不爱运动的人,手臂肌肉硬凹都显不出来。五十个俯卧撑就算是双手也能要他半条命,何况是单手。

"我能选择直接喝酒吗?"胡胜东表演了一个"原地认输"。

陶念慈端来一个托盘,托盘上摆满一次性纸杯,每个纸杯里倒满了啤酒,酒液快要从杯口溢出来。

胡胜东光是看着腿就软了,张嘴说话,不受控地打了个磕巴:"是、是要喝完整个托盘的酒?"

一口没喝,他的胃就开始抗议了。

"我们倒也没有那么凶残。"陶念慈弯弯唇,露出个单纯无害的笑容,"喝一行或一列就行,你要想喝一条对角线我们也不拦着。"

不管是一行还是一列,或是对角线,都是五杯。

胡胜东悄悄松一口气,像这么大的纸杯,五杯啤酒对他来说是小意思。他得了便宜不忘夸赞伴娘团:"美女们太善良了,感动啊……"

然而,当他扎了一大口啤酒,霎时被那股刺激的辛辣味呛到咳嗽,勉强咽下去,脸色憋得通红。

"咳咳咳,这是什么?白酒掺啤酒?"他拿手背抹了一下嘴巴,眉头皱起,一脸惨状,"这是掺了多少白酒啊,我说啤酒颜色怎么这么淡!"

317

陶念慈依然是那副单纯的样子，歪歪脑袋："是陆笙的亲戚自家酿的白酒，度数多少不清楚，没测过，反正掺了不少。放心，喝了对身体没坏处。"

胡胜东两眼一黑，扶着墙喝光了五杯酒。

分秒间，酒的后劲涌上来，他的脸红得跟猴屁股似的。

"兄弟们，能完成任务还是尽量完成吧。"胡胜东打了个酒嗝，给剩下的几人一个忠告，"这酒一般人真喝不惯，忒上头了，我现在感觉我的五脏六腑移了位。"

另外几个伴郎依次抽了卡，有的被要求负重十公斤深蹲，有的被要求在规定时间内解答三道高中数学题，还有的被要求蒙上眼，根据气味猜食物的名字，闹出了不少笑话。

轮到江淮宁的时候，他随手抽出一张。

"唱一首情歌，要求不跑调。"董秋婉念出上面的字。

陆笙在房间里听他们笑成一片，虽然看不到画面，单单听声音就能想象到门外热闹有趣的场景。

气氛安静下来，江淮宁清透朗润的声音清晰地传进来，仿佛在她耳边低语。

窗外风吹树叶"沙沙"作响，让陆笙想起那年夏天的香樟树，少年骑着自行车，风吹起他前额的发，他在洒满霓虹的街道上飞驰而过，歌声留了一地。

伴娘们听得如痴如醉，哪里还有不放行的道理。她们分开站到两边，让出中间那条道。她们身后的"保镖"也主动让开。

只有顾承挡在门前岿然不动，如一座山，阻隔着门外和门内的人。

江淮宁迎面与他对上，眼神在空中碰撞。

顾承侧了侧身，靠近江淮宁，冷声在他耳边威胁："上次的事放你一马，以后再敢让她受到伤害，无论天涯海角，我这拳头也要招呼到你脸上。"

江淮宁的脸上寻不到半分生气的情绪，直视着顾承："你不会有那样的机会。"

顾承冷哼，与他久久对峙，久到周围的人都开始担心。黄书涵忍不住想要劝说，没等她开口，顾承跨开一步，让出了位置。

江淮宁深吸口气，推开了那道门。

坐在床边的陆笙闻声抬起头看向门口，身穿西服的江淮宁捧着花进来，头发梳得清爽有型，露出精致帅气的五官，嘴角上扬的弧度那么好看。

"老婆。"江淮宁眼神直勾勾地盯着陆笙，把手里的捧花给她。玫瑰和百合完美糅合,一个象征爱情,一个寓意百年好合,用乳白色的绸带绑住花柄,方便新娘握在手里。

陆笋隔着头纱与他对视。

无需多言,两人的眼神缠绵又甜蜜,羡煞旁人。

顺利找到藏起来的婚鞋,江淮宁单膝跪地,一手拿着亮晶晶的鞋子,一手握住陆笋的脚,动作轻柔地给她穿上。

"老婆,我们走了。"江淮宁说着,打横抱起他的新娘。陆笋羞红了脸,双手自然地圈住他的脖颈。

婚车前绑着鲜花气球和丝带,一路迎着风,驶向市里。

乡下的婚宴结束于早晨。另一边,五星级大酒店的宴会厅里被布置得繁花似锦,粉蓝色调的玫瑰混合着一簇一簇开得正盛的绣球花,从地面攀爬到墙壁,再延伸至天花板。千万条流苏灯串垂下来,柔和的灯光打在鲜嫩的花瓣上,置身其中,仿若踏进一座梦幻城堡。

满堂宾客面带祝福的笑容,注视着台上的新郎。

现场的乐团就位,小提琴手身穿纯黑色燕尾服,在灯光幽暗处用琴弓拉出第一个音符,钢琴师随后跟上,之后是大提琴、萨克斯、吉他、阮咸的声音混合进来,组成一曲婉转悠扬的幸福乐章。

庄重的宴会厅大门向两边移开,穿洁白婚纱的新娘从红毯尽头缓缓走进来。

宾客们的视线一致从前方舞台转向宴会厅门口,露出微微惊讶的表情。别人的婚礼都是新娘挽着父亲的手走向新郎,眼前的一幕是新娘的父母一左一右护送着她往前走。

这是陆笋的主意。按照传统是她挽着爸爸走红毯,但她觉得那样做会冷落台下跟其他宾客一起观看仪式的妈妈。在她过去的成长岁月里,妈妈扮演着重要的角色,付出了那么多,在她人生中最重要的场合上,她也想妈妈参与进来——于是便有了众人眼中显得"不伦不类"的一幕。

不过陆笋不在乎,她的婚礼她说了算。

陆笋一路带着微笑,被她的爸妈送到江淮宁面前,他们共同握住她的手,放到江淮宁摊开的掌心。

夏竹眨了下眼,声音有些不自然,带着细微的哽咽:"以后笋笋就交给你了。"

陆国铭:"好好对她。"

"我会的。"江淮宁合拢五指,握紧了陆笋的手。

陆笋能感觉到他握着她的那股力量,传递着他郑重的承诺。她同样加重力道，紧紧地扣着他的手。

两人在司仪的安排下面朝台下的宾客，一项一项完成仪式，宣誓、交换戒指、亲吻彼此、新娘扔捧花。

婚礼流程结束，陆竽去楼上套房脱下累赘的婚纱，换上稍微轻便的敬酒服，和江淮宁出去给宾客们敬酒。

5

晚间的聚会多半是年轻人，持续到后半夜。

对于长期熬夜的人来说夜生活就该是如此，陆竽却受不住了。她昨晚没睡好，早上起太早，结婚忙碌了一整天，连着打了几个哈欠："不玩了，困得睁不开眼。"

顾承不顾周围还有其他人，叫住她："陆竽。"

陆竽刚站起身，闻言略顿了顿，回头看着他。只见他的手伸进西裤口袋里，摸出一封红包递给她："新婚快乐。"

他第二次对她说这四个字，相比较第一次没什么情绪，这次的语气更真诚一些，饱含着最真挚的祝福。

陆竽没有忸怩，大大方方地接过来，笑着说了"谢谢"。

她和江淮宁离场，其他人想玩可以继续留下来，通宵也没所谓。

刚出电梯，陆竽脚下倏地一轻，身体重心上移，被江淮宁打横抱了起来。整条走廊铺了地毯，寂静无声，只有陆竽略显急促的呼吸声。她手里还攥着顾承给的红包："你怎么不打声招呼，吓我一跳。"

江淮宁扬眉一笑："我故意的。"

"你还挺骄傲？"

走到套房门口，江淮宁停下脚步，眉峰微耸，用眼神示意陆竽。陆竽抿唇忍笑，从他口袋里摸出房卡，贴在感应器上，一声清脆的"嘀"声打碎了沉静的氛围。

推开门，一室漆黑清冷。

江淮宁抱着她，用脚关上门，身体转了半圈面朝墙壁。陆竽摸索着把房卡插进卡槽里，刹那间，灯光全部亮起，驱散了黑暗，将清冷转换为温暖。

两人配合无间，甚至不需要言语交流。

陆竽做好了直奔主题的准备，谁知江淮宁带着她直奔对面的全景落地窗。窗前铺了块浅白色的地毯，一盏落地小灯散发着淡黄色的光，像日落时分的黄昏。两人坐在地毯上，被"落日"的"余晖"包裹。

陆竽有些疑惑，但没问出来，心想他可能有别的安排。

江淮宁只是静静地看着她,半晌,视线下移,眉梢微微挑了一下,不太明显:"不打开看看你的竹马给你送了什么新婚礼物?"

红包的一角被陆竽捏皱了,隔着层纸,她能摸到里面是柔软的东西,不像纸币。

她撕开封口倒过来,一个深蓝色的福袋掉在腿上,明黄色的丝线工工整整地绣着"百年好合"四个字。福袋里装着一枚平安符。

江淮宁看这个东西十分眼熟,稍稍一回忆,想起来了:"他以前是不是送过你一个一模一样的?"

"你还记得?"陆竽把平安符装回福袋里,指腹摩挲了几下,"高三那年过生日,他送我的生日礼物,我挂在钥匙串上了,你应该见过。高中毕业后,不常将钥匙串带在身上,就取下来放进收纳盒里,现在还在我家保存得好好的。"

江淮宁哼一声,不置一词。

陆竽大幅度地偏过头,打量他的表情。

"看什么?"江淮宁一根手指抵上她的额头,将她的脑袋推回去。

"我在看……某人有没有吃醋。"陆竽晃了晃手里的小小福袋,"你可能不知道,这是我们这里一座非常灵的寺庙里求来的。灵渠寺听说过吗?顾承那时候送我的福袋上绣的是'平安'二字,能保佑我平安顺遂、心想事成。正值高考之际,我确实心想事成,考进了心仪的大学。现在他送的是'百年好合',肯定也会应验。"

江淮宁发誓,他真没吃醋。这么多年了,他不可能小气到这种程度。

他抬起手,掌心落在她头顶,轻轻揉了下,对她说:"这么灵的福袋别弄丢了,好好收着吧。"

陆竽唇角弯了弯,禁不住打了个哈欠,歪头靠在他肩上,脑袋有点迷糊:"现在几点了?"

江淮宁看完时间告诉她:"快一点了。"

"我们睡觉吧。"陆竽不止脑袋迷糊,声音也拖着慵懒的调子。

"再等等。"江淮宁手指在手机屏幕上点了几下,低下脑袋,嘴唇擦过她的耳郭,用气声说,"老婆,看窗外。"

陆竽猛闭了下眼再缓缓睁开,干净透亮的落地玻璃窗外是还未熄灭的城市灯火,远处是辽阔的天际。夜已深,尖尖细细的月牙悬挂在夜幕之上,像是指甲掐出来的一道浅淡的痕迹,星星稀疏寥落。

她不知江淮宁要她看什么,傻傻地看了半分钟,转头问他:"今晚的夜空好像也不是很漂亮……"

只听见"咻"的一声，类似于爆竹冲破纸箱升至高空的声音，陆竿没心理准备，下意识缩了下脑袋。

江淮宁搂紧了她的肩。

不是陆竿的错觉，真的是烟花。在他们正前方的夜空上炸开，像一株株粉色的垂丝海棠绽放到极致，绚烂而盛大。霎时间，一簇一簇的烟火接连不断地绽开，圆圆的，像可爱的乒乓菊，还有细长的，拖着尾巴，仿佛眼前划过一道流星，也有高高升起然后瞬间爆开无数颗闪烁的光点，代替星星装点了漆黑夜幕。

无论炸开的烟花是怎样的形态，它们都是粉色的，充满了梦幻与浪漫的色彩。是一个男人想给他妻子在新婚夜晚制造的浪漫。

这场只为她一个人放的烟花持续了足足八分钟。

陆竿被烟花迷了眼，看痴了，眼神逐渐蒙眬。那些壮丽的烟花好似落进了她的眼里、她的心里。

她的心被烫得软乎乎的。

良久，烟花落幕，初秋的夜空恢复了几分钟前那般单调无趣，还是那一弯孤冷的弦月，寥寥几个星，可它们又有哪里不一样了。

弦月好像变成了粉色，星星也是粉色的。

陆竿捧着脸，不可思议地望着江淮宁，眼睛里没有困意，她的困意被这些绚丽的烟花赶跑了，只剩下兴奋的亮光："你怎么办到的？靳阳市早年就禁止烟花燃放了，乡下近几年也开始戒严了！"

江淮宁笑了笑，语带唏嘘："山人自有妙计。"

"快说。"陆竿太想知道了。

江淮宁偏了偏头，不等他开口，陆竿就秒懂了他的意思，热切地凑上去在他脸上亲了一口，亲出了响声。

江淮宁两边唇角像拴了丝线，被人往上提起："你不记得放烟花的方位是哪里吗？"

"哪里？"陆竿不知道。

说实话，虽然她大一那年就搬到市里来住了，但她对这里真的不熟。

"我们以前还去那里约会过。"江淮宁声音轻轻，为她解答，"那里是一座游乐场，近年来翻新过，规格很大，有烟花表演许可。今晚的烟花表演由我买单，弥补你第一次在北城过年没能看到的烟花，也是送给你的新婚礼物。"

顿了顿，他万分温柔地强调："就让这场烟花为我们的婚礼画上句号，虽然现在算第二天了。"

陆竿一怔，眼中的兴奋褪去，酸意漫上来。

他还记得！

那也是他第一次在外地过年。除夕夜，她望着北城的夜空，那样空寂，想起了以前在乡下看过的桥头烟花盛会，遗憾除夕的夜晚没有烟花可看。

于是他冒着寒风驱车带她跑了很远，给她买了仙女棒，为她放了一场小小的，甚至不能称之为烟花的烟花。后来下雪了，他们乘着风雪归家，打开家门，唱片机维持着他们离开时的状态，"呼呼啦啦"地唱着歌。

记忆里的画面突然变得清晰，开始在脑中放映。

江淮宁趁她失神，一手将人捞过来，不给她丁点反应时间，嘴唇印上她的唇，不断深入纠缠。

窗帘自动闭合，天光与灯火被阻隔在另一个世界里。

地毯上的人影相拥，双双倒在地上，什么东西掉在了地上，或许是手机，或许是窗帘遥控器。管它呢，什么动静也不能阻止他们一再靠近彼此，直至严丝合缝，再无罅隙。

这一晚，陆竿被太多幸福充塞，早已晕晕乎乎，不知今夕是何夕。

北城的星悦传媒买了《蜜桃初恋》的电视剧和电影版权。因这部漫画在连载的几年间积累了大批读者，出的单行本多次加印，在漫画圈算知名大作。漫语本身是国内数一数二的漫画平台，给陆竿谈了个八位数的版权费。

陆竿用这笔钱加上以前的积蓄开了间小工作室，继续在广告行业里发光发热，主营品牌策划和广告拍摄。

跟她合伙的是中国传媒大学毕业的一位姐姐，陆竿在致意广告公司工作时，跟对方有业务上的往来，算是彼此能说得上话的朋友。

这位姐姐姓何，名字很好听，叫何佳菀，比陆竿年长四岁，今年刚满三十。陆竿联系上她时，她刚办理完离婚手续，孩子判给了她。

她和前夫在同一家公司，离婚后就辞职了，想出来单干，跟陆竿一拍即合。

从选址到装修、注册、招人，花了三个多月的时间。

江淮宁的游戏公司声名大噪，小小一间工作室已经容纳不下越来越多的职员和设备，扩大刻不容缓。几天前签好了租赁合同，公司确定搬迁，江淮宁最近忙得不可开交，就这样，他还抽出一部分精力帮陆竿搞定工作室的琐事。

陆竿是拒绝的："我和何姐能忙得过来，你那边的事也很重要。"

"你确定不需要我帮忙？"江淮宁眯了眯眼，眼神危险，"嗯？"

陆竽"扑哧"一笑，手掌不客气地捏他的脸："我没见过有人用威胁的口气求着别人找他帮忙。"

江淮宁还挺骄傲："那你今天见识到了。"

陆竽边笑边说："你要是想帮忙的话……"她顿了下，拇指和食指摩挲了两下，给他打了个很明显的手势，"给我点资金援助。"

她是开玩笑的，工作室目前刚起步，她手里的资金完全足够，更何况何姐出了一部分。

江淮宁攥住她的手，把人捞到腿上抱住。

现在是夫妻夜话栏目，白天各自忙碌了一整天，最放松的时刻就是晚上回到家，两人吃完晚餐，洗漱后坐在一起聊天。电视机里播放的连续剧只能当作背景音，两人都没认真看剧。

江淮宁："我的工资卡一直在你那里，你没看过有多少钱？"

他们恋爱的时候，他就有张银行卡放在她那里，他没有告诉过她，从那以后但凡有个人的大额资金收入，他填的都是那张卡的卡号。

以至于创业初期，他手里实在没什么钱，找自己老爸借了一笔资金，再后来就是搭上了MY风投那艘大船，完成一轮、二轮融资。"淮竽世界"商业价值暴涨，资金不再成为阻碍发展的问题。

陆竽没查过余额，语气天真地问："很多钱吗？"

"傻老婆，回头自己去看。"江淮宁自己也不清楚具体多少，他没记过账，不过凭他的预估，应该够她口中所谓的"资金援助"。

陆竽第二天去工作室的路上，路过一家工商银行，进去借助自助存取款机查了下那张银行卡的余额，差点没被数额吓到。

她还没从ATM隔间出来就迫不及待地给江淮宁打电话。

"这么多钱你怎么不早告诉我？"陆竽大脑飞速计算，"早点存成定期，光是利息一年能买好几个包。"

江淮宁接下来准备开会，站在会议室外的走廊上，一手抄进兜里："我记得你对包不感兴趣。"

他送过她很多礼物，包括品牌包，她背出去的次数很少，大部分时间背着大容量的帆布包，能装电脑和iPad，随时掏出电容笔画画。

"我可以买别的！"陆竽提高音量，这人到底会不会抓重点。

江淮宁笑："现在知道也不晚，随便你花。"

陆竽挂了电话，一声招呼也没打，就这么直接挂了，随后发来两条消息。

陆竽：晚上请你吃大餐。

陆竽：刷你的卡。

江淮宁单手握着手机，拇指在屏幕上戳了下，回复了一个"好"字。

路过的职员瞅了瞅这位年轻的老板，推开会议室的门先进去，猫着腰跟同事交流："江总跟他老婆打电话的声音好温柔哦，电话打完了还在笑。"

另一个职员说："谁不知道我们江总和他老婆是高中同学，听说还是同桌，从校服到婚纱、从白手起家到现在身价过亿，感情能不深厚吗？"

江淮宁推门进来，打断了一众人即将展开的八卦。

6

今年的除夕在一月底，江淮宁和陆竽提前安排好各自的工作，一起回家过年。

到家前，陆竽接到了律师的电话，历经半年，一审判决书终于下来了。赵登科被判有期徒刑五年。被告人不服一审法院裁判，决定上诉。但律师告诉她，即使对方上诉，维持原判的可能性很大，叫她不用担心，放宽心过年。

坏人在新年前得到应有的惩处，陆竽觉得这是个好消息，值得庆祝，恨不得当场开瓶酒跟江淮宁干一杯。

他们这对小夫妻在靳阳市买了套房子，还在装修中，回来后在陆家住两天，在江家住两天。两家离得近，住在哪家没区别，随时能串个门蹭顿饭。

除夕夜，两家人一起吃饭，其乐融融。

自从陆延上了高中，成绩差得离谱，饭桌上少不得说他几句学习上的问题。陆延只得找姐姐求救，夏竹瞪他："看你姐做什么？你姐从前上学可没让我操一点心。"

陆延将脸埋进碗里，瓮声瓮气道："那是因为她有一个学霸同桌给她当外援，免费的家教老师，一对一辅导，对她还特温柔细致，哪里不会教哪里。搁我我也能考个好大学。"

夏竹被气笑了，大过年的，不想给自己添堵，就此打住。

江淮宁夹了一块排骨给陆竽，随口说道："要不我给你介绍几个辅导老师？我大学有个同学家里是开教育机构的，全国连锁，靳阳市应该有。"

陆延从碗里抬起一张苦瓜脸，央求道："求求了，让孩子过个快乐的新年吧，我们不谈学习行不行？"

饭桌上爆出几声笑。

人上了年纪熬不了夜，没到零点，几位长辈撑不住了，各自回去睡觉，客厅里只剩下江淮宁、陆竽、陆延三个。

陆延对春晚没兴趣，看他们夫妻俩搂在一起腻腻歪歪，他端着果盘回房打游戏去了。

这下客厅里只剩江淮宁和陆竽两个。

两人相视一笑,江淮宁手臂揽着她的腰,她斜靠在他胸膛上,动了动身体,找了个舒服的姿势,怀里抱着一个软绵绵的抱枕,歪着头看春晚。她身上穿着喜气的大红色马海毛毛衣,毛茸茸的,像一只慵懒的猫。

时间一点一点流逝,这一年只剩下最后几分钟。

后来,电视里的春晚主持人高声数倒计时,钟声敲响,昏昏欲睡的陆竽立刻惊醒,非常有仪式感地转头对江淮宁说:"老公,新年快乐。"

江淮宁鼻尖碰了碰她的鼻尖,声音缱绻:"新年快乐,老婆。"

那年在北城过年,到家的那一刻钟声恰好敲响,他们彼此道新年快乐,心里想的是,他们又在一起一年了,未来还有很多很多年。

现下也是一样的想法。

大年初一,天色阴沉沉,寒风阵阵,凛冽如冰刀,刺在脸上生疼,并不是适合出行的好天气。

两家人起了个大早,除了体力不济的爷爷奶奶,其余人都出发去庙里上香祈福。

江淮宁开了辆七座的SUV,车里开着暖风,倒也不觉得多么冷,然而一下车就体会到了天气的恶劣。

上山的路尤其难行,一步一停。

无论晴天雨雪,初一来灵渠寺上香的人总是络绎不绝。有人头一天晚上就住在山脚下的酒店里,只为了上头炷香,求佛祖菩萨保佑事事顺遂。

陆竽穿了件白色的羽绒服,脖子上戴着红格子围巾,一只手揣兜里,另一只手被江淮宁握住,塞进他的羽绒服口袋里。她戴了顶红色毛线帽,跟围巾是配套的,让人想到童话里的小红帽。

她说话时嘴里哈出白气:"好累啊好困啊。"

江淮宁看着她说:"我背你?"

陆竽正想说不用,走在他们俩前面的爸妈同时回过头。夏竹瞪了两眼陆竽:"你们昨晚守夜了?"

"对啊,倒计时结束才去睡。"陆竽"哼哧哼哧"喘气,体力太差了。

夏竹皱了皱眉:"知道今天要来爬山还睡那么晚,要不你去车里休息,我们上去得了。你想求什么,我跟菩萨说一声。"

"不要。这都到菩萨脚下了,不进去拜一拜菩萨会不高兴的。"陆竽说得头头是道。

夏竹笑了声,叫她正月里别乱说话。

一群人走走停停,用了将近两个小时才看到寺庙的大门。

陆笋累得不行了，两条腿仿佛不是自己的，抬头往前一看，果真是香火鼎盛。大雄宝殿中供奉着神态庄严的释迦牟尼佛，门前排队进香的人多如流水，或求金榜题名，或求事业有成……他们都一脸虔诚。其他的佛殿也有人排队上香。

陆笋捏了捏江淮宁的手，他俯身低头，听见她用很小的声音问："我想去洗手间，不知道往哪儿走。"

早晨喝了一杯豆浆，路上晕车难受，她喝完了保温杯里的陈皮茶……

"我先问一下。"江淮宁松开她的手，到他妈妈跟前问了问。

孙婧芳也是第一次来灵渠寺，不清楚方位，转头看向边上的夏竹。

夏竹看了眼两手插兜眼睛望天的陆笋，有点无奈，指着旁边的岔路跟江淮宁说："绕过那片竹林，后头有个院子，里面就有洗手间。"

"人有点多，我陪她过去，你们先去买香，不用等我们。"江淮宁安排好，带陆笋去找洗手间。

陆笋看到院子里女洗手间外排的长队，顿时眼前发黑，这要排到什么时候？

她朝几步外等着她的江淮宁露出一个苦笑的表情。

等了将近二十分钟，终于排到陆笋，她上完厕所出来，呼了口气："我们走吧。"

他们两个在大雄宝殿前拥挤的人群中没找到家人，绕到后面的弥勒殿、药师佛殿转了一圈，也没瞧见。

"可能我们耽误的时间太久，他们上完香去寺庙其他地方逛了。"江淮宁拿出手机给他爸爸打电话，"我问问他们在哪儿。"

铃音响了许久，大概是周围人多，声音太过嘈杂，他爸爸没听见手机响。陆笋给她妈妈打电话，同样没人接。

两人无奈地对视一眼，决定自行闲逛，也许能碰见他们。

不知走到了哪座殿宇，陆笋不经意瞥见卖香的摊位，过去买了几支香，比一般香线的规格大很多。

"来都来了，既然找不到爸妈他们，我们进去拜拜吧。"陆笋分给他几支香，撇着小嘴吐槽了句，"好贵啊这香，这么点要两百块，菩萨可得保佑我心想事成。"

江淮宁笑了笑："心诚则灵。"

两人点燃了手中的香，跟随其他香客进去，先前没注意，眼下忽然发现进出这座宝殿的香客百分之九十以上是女性。

他们两个没经验，有样学样，两手持香举过头顶，恭恭敬敬地鞠躬拜了拜，嘴里念念有词，跟菩萨讲明心愿，而后将香插进香炉里，离开前双手合十再拜一拜。

从人群中出来,陆竽拉住江淮宁的手晃了晃:"你发现没……"

她还没说出自己发现了什么,江淮宁就煞有介事地点了点头:"发现了。"

两人没来得及进一步交流,甫一抬眸,正对上几位家长笑意盎然的面孔,他们不知从哪里过来的,围观了多久。

陆竽一头雾水,没忍住问了出来:"你们笑什么?"

"这里的送子观音很灵的。"夏竹忍不住笑说,"每年初一前来进香的已婚女性特别多,也有为女儿、儿媳来求的女性长辈。你俩这是……"她语调略带迟疑,"想要孩子了?"

孙婧芳思忖少顷,心想八成是这两孩子没弄清楚拜的是哪尊菩萨,说:"竽竽的工作室刚起步,应该没空要孩子吧?"她其实也不确定这对小夫妻的计划。

陆竽尴尬的面色中带着一丝笑意:"我们……顺其自然,顺其自然。"手绕到他们看不见的地方,狠狠掐了一把江淮宁的后腰泄愤——你是怎么带路的!

江淮宁非常无辜,寺庙里十几尊佛菩萨,他哪里清楚每一尊菩萨负责的心愿。

几人说说笑笑离开这座宝殿,陆竽回头望了一眼殿中慈眉善目的送子观音,有些哭笑不得,心里默念菩萨莫要怪罪。

下山的路更不好走,天空飘起了雪花,风也比来时刮得大,吹得山石台阶两旁的翠竹林簌簌作响。

江淮宁和陆竽走在前面,陆竽嚷嚷着腿好酸。

江淮宁快步走到下一级台阶,在她面前半躬下身:"上来。"

陆竽犹犹豫豫,家长在后面看着,若是只有他们两个人在,她让他背没什么,当着家长的面她肯定要被说教。

短短几秒陆竽想了一堆,伸手拍了拍江淮宁的背:"不用了,走吧。"

"快点,挡住别人的路了。"江淮宁回头看她一眼,"别不好意思,老夫老妻了。"

陆竽说什么也不肯。

江淮宁不再劝说,干脆利落地握住她的膝弯,将她整个人拗到背上。陆竽被他突如其来的举动吓死了,害怕栽下去,只好紧紧抱住他的脖子,急切道:"我说了不用背,你想害我挨骂?我妈该说我欺负你了!"

"咳咳,手松一点。"江淮宁脖子被她勒痛了,"是我要背你,不是你主动的,要骂就骂我好了。"

几位家长看在眼里,并没有出现陆竽预想中的责怪场面。他们才没那么多闲心管小夫妻间的情趣。

不仅没责怪,反倒学起小辈。陆国铭手肘碰了碰旁边的夏竹:"老婆,我搀着你,下雪了路滑。"

江学文立刻跟上,抓住孙婧芳的手,也不问她的意见,兀自放在自己的臂弯:"老婆抓稳了。"

陆延双手抄进冲锋衣的口袋,缩了缩脖子。他出门前没想到山上会这么冷,为了耍帅没穿保暖衣,冻得直打哆嗦。他眼睛转了一圈,发现就自己形单影只,像个傻瓜。

陆竽永远不会忘记这一幕。她的少年被岁月洗礼,褪去青涩长成如参天大树般的男人,背部宽阔,脚步沉稳,在漫天飞雪里,背着她走过佛殿前一级一级的山阶。

冰雪因他而融化。

到了山脚,陆竽从江淮宁背上下来,腿有点麻了,一瘸一拐地蹦到江淮宁跟前,仰起脸看他:"是不是很累?让你放我下来你不肯。"

她头顶的红色毛线帽落了一层白雪,鼻尖和眼睛被风吹红了,衬得整张脸玉雪可爱。将来他们的女儿若是长得像她,不知会有多么惹人疼爱。

"不累。"江淮宁弯唇笑说。

"骗人。"陆竽温热的指腹在他额头轻轻蹭了下,"都出汗了。"

江淮宁拉下她的手,团在手心里。

山脚下热闹得像进入了集市,空地上摆满了小摊,卖什么的都有。

新鲜采摘的草莓,装在红色的小塑料篮子里,旁边用纸板写着三十元一篮。有卖花的婆婆,面前堆着蜡梅、雪柳、山茶,不时用手拂去花瓣上的雪。也有卖手工编织玩具的小贩,一边抖着手编织,一边叫卖⋯⋯

佛菩萨的脚下,众生平等。

江淮宁视线停了几秒,走过去买了一篮鲜红草莓、一株含苞待放的红梅,还有一只手工编织的小老虎。今年是虎年。

他把买来的东西送给陆竽,讨好道:"老婆,新的一年,多多关照。"

"好说好说。"陆竽抿唇一笑,眼里春光明媚。

她拿不了这么多东西,只握着那株红梅,凑到鼻尖轻轻嗅了嗅,有淡淡的梅花香,混合着雪水的味道。

他们手牵着手,在雪地上留下一长串脚印。谁也没有注意,枝头那一朵花苞在冰雪里绽开了花瓣。

④ **番外 /**
美好的初遇 美好的结局

1

大年初一阴错阳差拜的送子观音确实十分灵验。陆竽手里捏着一支验孕棒，清晰的两条红线提醒她，此时此刻，她平坦的肚子里孕育着一个小生命。

她坐在马桶盖上，一边回想那天在寺庙里发生的乌龙场景，一边思考这个小生命究竟是哪天来的。

是那个周五的晚上，她和江淮宁在沙发上太过忘我，还是那个周六的晚上，他们在浴室里情不自禁……不得而知。

"咚咚"两下敲门声打断了陆竽的回忆。

"陆竽，你怎么样了？"是何佳菀的声音，透着关切。

陆竽拍下验孕棒的照片，然后用卫生纸裹住验孕棒丢进垃圾桶，在水龙头下冲干净手，打开洗手间的门，微微抿唇笑了一下："何姐。"

何佳菀从她的表情看不出什么，着急地问："怎么样，是有了吗？"

何佳菀和陆竽在工作室附近新开的一家餐厅享用午餐，陆竽闻到烟熏三文鱼直犯恶心，又聊到最近睡眠质量直线下降，与她当初怀孕的症状几分相似，便问陆竽例假有没有准时报到。陆竽被提醒才记起，早该造访的例假推迟了许多天。

从餐厅出来，她们径直走进距离三百米的一家药店，陆竽在何佳菀的推荐下，买了几支验孕棒。

陆竽看着她，轻轻点头："嗯，两条线。"

何佳菀眉毛一挑，喜悦挂上眼梢："我是第一个知道的吗？"

"当然了。"陆竽还没进入到自己要当妈妈的状态，表情又惊又喜，还有点不知所措的茫然。

"小家伙来得正是时候，工作室步入正轨，没前段时间那么忙，我多盯着点就行了,你安心养胎,别太有压力。"何佳菀是过来人,可以给到她很多书本上没有的经验,"营养要跟上。你之前连轴转熬大夜,肉眼可见地瘦了一大圈,有了孩子可不能这么拼了。"

陆竽听得心有余悸,继而想到她前天亲自去广告拍摄现场监工,脚绊到电线,差点让打光灯给砸了,还好助理反应快,及时扶住了灯罩。

何佳菀见她直愣愣的样子,"扑哧"一笑:"怎么傻了?你还没跟江淮宁说吧,最好让他抽空带你去医院做个详细的检查,这样比较稳妥。"

回到办公室,陆竽倒掉一口没喝已经凉透的咖啡,坐在浅灰色的沙发椅上。午后的阳光从窗外钻进来,在地板上被切割成有棱有角的几块,颇具艺术感。

陆竽握着手机,下意识地"吃"手指,思索该怎么跟江淮宁说。

他们对要孩子这件事秉持着"顺其自然"四字原则,他应该不会太意外吧?有时候防护措施做得不算到位,她懒得事后补救,他也是知道的。

陆竽敲出一行字发给他:多多要有一个弟弟或妹妹了。

午饭时间,没别的事处理,江淮宁回消息的速度很快:你又领养了一只?

"多多"是一只边牧,陆竽刷同城微博时,看到有人发布领养小狗的消息,惊讶于边牧居然也有人弃养。博主在评论区回复网友,这只小边牧后腿残疾,是它被抛弃的原因。见迟迟无人领养,陆竽不忍心就把它接回家了。

给多多做手术花了十多万,如今它跑起来跟别的小狗一样,甚至因为精力太旺盛,陆竽遛它时得骑电动车。

看完江淮宁的回复,陆竽绷不住笑。

她从手机相册里找出验孕棒的照片,点击发送,眼睛一瞬不眨地盯着屏幕,好奇江淮宁会说什么。

"对方正在输入"闪烁几下,却没有消息发过来。

陆竽疑惑,发了个问号。

又等了几秒,江淮宁终于回了:你在工作室吗?我去找你。

半个小时过去,陆竽躺在沙发上浅浅地眯了一小觉,身上盖着薄毯。被推门的声音惊醒,她睁开惺忪的眼,眼前是疾步走来的江淮宁。以她躺下的视角,首先映入眼帘的是熨烫平整的黑色西装裤,裹着修长的双腿。再往上看,乱掉的发型和歪向一边的领带,显示他来得有多匆忙。

随着他走近,略重的喘气声传进陆竽耳朵里。

她手肘撑起身体,半坐起来,薄毯从身上滑下,被她一只手拽住:"你下午没事吗?其实……"

陆筝想说其实晚上回去再聊也行，没必要特意赶来，却被他的动作打断——他手掌揉了揉她的后脑，弯下腰问她："有没有哪里不舒服？"

"这倒没有。"陆筝盘腿坐着，刚睡醒脑子昏沉沉的，不大想动弹，拍了拍身边的位置，示意他坐，"就是中午吃饭有点恶心。"

江淮宁呼口气，在她旁边坐下，额头的汗顺着鬓角往下淌，征询她的意见："我们去趟医院？"

"现在吗？"她抬起袖子给他擦汗。

"你想什么时候？"

陆筝想了想，反正下午也没有别的安排："好吧，你等等我。"

她动作慢吞吞地收拾完自己，跟江淮宁乘坐电梯到地下停车场，趁着他给她系安全带的时机，她就近打量他的神色，比预想中平静太多。

可能男人天生在这种事情上没有女人感性。她这样想。

陆筝沉默了一路，顺利到医院做完检查，被告知确实怀孕了，宝宝目前六周大。医生口述了一堆注意事项，江淮宁听得认真，下颌微微收紧，线条绷着，时而颔首，时而提出一两句疑问。

从诊室出来，江淮宁强装的淡定从容维持不下去了，他看着陆筝，眼眶竟慢慢红了，以前没想过有一天能把生活过得这样幸福美好。有爱人，有一只可爱的小狗，还有他和爱的人即将出世的孩子。

陆筝皱皱鼻子，扑进他怀里："我还以为你不期待……"

没等她说完，江淮宁就蹙眉反驳："怎么会？我很期待！"他生怕她听不清似的，超大声地重复，"我很期待我们的孩子！"

他们浑然忘了这里是医院，诊室外的走廊上来来往往的人纷纷投来视线，有的露出会心的笑意。

陆筝脸色爆红，低头拽住江淮宁往出口走。

两人回家，打开门的瞬间，多多从沙发上跳下来，欢快地摇着尾巴去玄关迎接，先从鞋柜里叼出拖鞋丢在陆筝脚边，然后跳起前肢往她身上扒拉，嘴里发出"呜呜"的叫声，像委屈的孩子终于见到了家长。

江淮宁赶忙接住多多，阻止它再次扑向陆筝，板下脸佯装严肃地教育："多多，以后不可以扑妈妈，知道了吗？"

多多歪着脑袋，圆溜溜的眼珠里有着跟人类一样的疑惑。

网上流传着"狗是狗,边牧是边牧"这句话不是没道理的,边牧太聪明了,有时可以跟它无障碍对话。

陆筝换上拖鞋，弯腰摸了摸它毛茸茸的脑袋，似乎嫌不够，干脆蹲下来两只手抱住它的脑袋挼来挼去："多多，你要当哥哥啦！"

多多还是歪脑袋，惹得陆笙笑起来："再过不久，你就有一个小伙伴了，你们要快快乐乐地长大。"

她站起来，摸过狗狗的手再摸摸江淮宁的脑袋："你要当爸爸啦！"

江淮宁无语的同时，掩不住从心底冒上来的欢欣，干净的眉眼爬上笑意，那笑意越来越深。

他点着头说："嗯。你要当妈妈了。"

多多不知道他们在说什么，只是为他们提前回家感到高兴，倒在地上扭来扭去，还翻起肚皮撒娇。

对于一个新生命的到来，陆笙没有充足的准备，当晚躺在床上，兴奋得睡不着觉，当然，还有一丝丝紧张和担忧。

"你睡着了吗？"黑暗中，她戳了戳江淮宁的脸，趴在他耳边小声说话。

江淮宁怎么可能睡得着，偏过脸来在漆黑一片里搜寻她晶亮的眼眸，嘴唇凑过去，在她眼角亲了亲，嗓音温软得如同呓语："想跟我说什么？"

"你有没有想过我们的小孩长什么样子？"陆笙想不出来，所以问他。

江淮宁很难抑制嘴角上扬："眼睛最好长得像你，又大又漂亮。"

"那你喜欢男孩还是女孩？"

"都好。生个女儿，我保护你们母女俩。生个儿子，我和儿子保护你。最重要的是我们一家三口在一起，还有多多。"

"万一小孩不听话怎么办？"陆笙没来由地焦虑，"我刷视频的时候就看到有的熊孩子特别磨人，又哭又吵又闹，父母都拿他没办法。"

江淮宁沉默了片刻，拧开台灯，淡淡的暖黄色光线洒过来，照着陆笙毫无睡意，甚至炯炯有神的眼眸。

她还挺无辜："怎、怎么这样看着我？"

江淮宁好笑地问："请问现在几点了？"

陆笙拿起手机看时间，向他播报："刚到十点。"

"你该睡觉了。从今天起，你要作息规律，一日三餐按时吃，我会监督你。"江淮宁想起一件事，神情格外认真，"你上次全身检查，医生说你的肩周炎是长期伏案作息引起的，先前你熬夜忙着处理工作上的事，我就不说什么了，现在是特殊时期，我不要求你完全抛弃工作，至少要合理控制时间，别不当回事。"

陆笙知道他是为了自己好，不会不领情，立刻扮作一只乖兔子，两手抓着被子边眨了眨眼睛，点了两下头。

相处多年，江淮宁对于她一个眼神一个动作剖析得无比透彻，哪会不知她的"本性"。别看她嘴上答应得乖巧，逃出他眼皮子依然我行我素。

他还是那句话:"我会监督你。"

关掉台灯,卧室里重新陷入黑暗,房间的门没有关严实,外面客厅里多多打呼噜的声音传进来,为这静谧的氛围再增添一丝安宁。

陆芊在心里嘀咕,说起来他的工作比她繁忙多了,他说监督她,怎么可能时时刻刻盯着她?

难不成他要请个保姆盯她?

很快她就知道,江淮宁有的是办法监督她,即使不在她身边。

翌日周二,陆芊照常去工作室上班,江淮宁开车送她过去,再赶到公司开会。

何佳菀敲门进来,给她送来一摞闲置的孕期、生产相关的书籍,全部用牛皮纸打包好了:"我留着也没用,你没事的时候翻着看看,有些知识挺有用的。"

陆芊停下敲键盘的动作,扬起笑脸道谢:"这两天怎么没见小宝过来玩?"

何佳菀是单亲妈妈,正值暑假,她有时工作太忙没空照看孩子,会把孩子带过来,工作室里的同事都喜欢逗她儿子玩。好几天没听见小家伙的笑声,还有点想念。

何佳菀笑说:"顽皮得不行,我一个人看不住他,送到乡下他外公外婆家了,估计正乐不思蜀。"

离开办公室前,何佳菀提醒她:"你别太劳累,事情交给手底下的人做就行了。再说这不还有我吗?"

"我知道了。"陆芊笑笑,看一眼时间,才工作不到一小时,她没有任何不适,便继续埋首忙碌。

时至上午十一点,她已经在电脑前坐了快两个小时,屏幕上的光标突然不能移动了,她愣了一下,以为鼠标失灵,手指在触控板上来回滑动,并无效果。键盘也打不出字来,电脑陷入死机状态,完全不能用了。

陆芊正有些崩溃,担心写好的文案被弄没了,却见光标自己动了起来,先是保存了她的文档,之后重新建了一个空白文档。

一行黑体加粗的二号字出现在屏幕上:去喝杯水吃点水果休息一下。

陆芊目光怔怔,终于反应过来,有人远程操控了她的电脑!

除了江淮宁那个计算机大神还能有谁?

陆芊翻个白眼,拿起手机给他弹了个视频电话。对面一接通,她就迫不及待地控诉:"你吓死我了,我以为电脑出问题了!"

视频里是江淮宁无死角的俊脸，阳光从身后打过来，面部其实有点暗，但不妨碍他的好看。陆笋看愣神了一秒，气势一下输了。

江淮宁冲着镜头歪了下头，很得意的样子："我说了会监督你，说到做到。"

"你好了不起哦。"陆笋撇嘴，拿他没办法，"你在忙什么？"

江淮宁说："开会。"

他没说谎，这一上午要开两个会，目前正在进行第二场会议，满桌与会人员被迫听到夫妻间的打情骂俏，彼此交换眼神，笑而不语。

陆笋"啪"地挂了视频，对着微信对话框大骂江淮宁不厚道，居然不告诉她，让她在那么多职员面前出丑。这个男人真是岁数越大越幼稚，印证了那句"男人至死是少年"。

没一会儿，她接到一个陌生电话，称她有一个同城快递待领取。

陆笋搭电梯下楼，在工作室前台取到快递，拆开一看是满满两大盒的水果。一盒是苹果、橙子、梨、猕猴桃，已经削皮切块，一盒是蓝莓、圣女果、青提，已经洗净，可直接食用。

与此同时，她的手机进来一条微信：你老公亲手切的水果，多吃点。

陆笋粲然一笑，瞬间忘却方才他带给她的尴尬，只剩下满满的感动。

2

在江淮宁的强势干预下，陆笋在很长一段时间里作息规律、三餐按时，再加上各项营养搭配均衡，脸上和身上长了肉，气色显而易见地好了。周围的朋友见到她都说她最近面色红润有光泽。

鉴于她表现良好，江淮宁不再强加干涉，但生物钟已形成，到点儿了陆笋自己就会停下工作舒展手臂，起身绕着工作室闲逛，再吃点水果，过一会儿就吃午饭，然后睡一个小时的午觉，下午精神饱满地工作。

这天午觉还没睡醒，被一阵消息提示音吵到。她烦躁地皱起眉，怪自己忘了调制成静音模式。

陆笋翻个身，摸到床边的手机看消息。

是她的编辑落月，先是一堆哭泣的表情包，然后说正事：宝贝啊，你真不打算办签售会吗？你的粉丝都哭到我这里来了！你不知道他们有多期待见到你！

陆笋不知该怎么回，落月又发来一条：游西塘都被我请出山了，就差你了。

游西塘是漫语另一位大神，名下多部作品改编动漫、影视，扬名海外，是漫语的金字招牌。陆竿第一次听到他的名字是从陶念慈嘴里，陶念慈是他的忠实粉丝，曾经为了抢他的特签单行本，动员整个宿舍的成员帮忙。

陆竿开玩笑道：游西塘出山了，我要是去参加，还会有人来看我吗？

落月：不要妄自菲薄，你也很厉害的好不好！

落月发动磨人功夫，总算说得陆竿同意，开心得不行，发来一串"玫瑰花"和"亲亲"表情。陆竿看得好笑，打了个哈欠，放下手机接着午睡。

下班时间到了，她的手机"叮"了一声，江淮宁发来消息跟她说，晚二十分钟过来。

最近上下班都是他开车接送，以他的时间为主。其实陆竿自己也能开车或是搭乘地铁，但他不放心。

二十分钟后，陆竿拎上包和针织衫下楼，坐进车里，靠过去在江淮宁脸上亲了一下。他愣住，视线慢慢移到她脸上，细细端详片刻，从美人计中醒过神来，黑眸一眯："说吧，干了什么好事？"

他特意加重了后两个字的音，意思就变了，仿佛在说"干什么坏事了要这么讨好我"。

陆竿抱住他的胳膊"咯咯"笑："我的编辑……我是说落月，她几次代替出版社邀请我举办签售会，我都推了，这次在北城办，实在拒绝不了。"

江淮宁伸手捏捏她的脸，经过这段时间的努力，她的脸上总算长了点肉，摸起来更加软嫩："就这？"

"嗯，我已经答应了。"她嘀咕，"出尔反尔好像不太合适。"

江淮宁笑了笑，捏她脸的力道重了两分："我是说过监督你的作息和饮食，没说过要看管你，你不用这么小心翼翼看我脸色，想做什么就去做，照顾好自己就行。"

陆竿扬起笑脸，奖励般在他嘴唇上吻了下："我们回家吧。"

车子启动的时候，天边的晚霞正浓郁，像一瓶洒出来的橘子汁。

签售会在八月份的一天下午。陆竿虽是第一次直面喜欢她多年的粉丝，却没有太紧张。她穿粉色的长袖碎花裙，担心图书馆大厅的空调太冷，套了件米白色针织薄衫，薄得能透光的那种。

裙子样式宽松飘逸，颜色饱和度低、仙气十足，她穿着跟小仙女似的，看不出一点怀孕的痕迹，脸上的妆也很淡，只上了薄薄一层粉底，涂了水光润唇膏。

出门前，江淮宁盯着看好久，久到陆竿有所察觉，从镜子里与他四目相对："你在看什么？"

"还用问,当然是看你。"

"我知道。"陆笋用卷发棒卷刘海,"我的意思是,你在看我什么,有哪里不妥吗?"

江淮宁走近,侧身靠在梳妆台边,歪着头看她卷出两缕漂亮又温柔的刘海:"没哪里不妥,太好看了,整个一天仙下凡。"

陆笋伸手推开他,转回头时,不由得对着镜子傻笑。

一切收拾妥当,江淮宁开车送她到现场,他去对面的咖啡馆坐着等她。今天周六,没有要忙的事,他给仙女充当司机和保镖。

"仙女"请他喝一杯拿铁,说晚点再请他吃大餐。

陆笋跟出版社的成员会合,见到了传说中的大神游西塘,没想到对方这么年轻,看着二十四五岁的样子,留着清爽的短发,五官干净,气质阳光,跟他大气磅礴、狂放洒然的画风有些出入。陆笋承认自己先前对他刻板印象了,没见到真人前,她以为对方是四十岁左右、胡子拉碴的"肥宅"。

游西塘对她微微一笑,伸出手来打招呼:"你好,我是游西塘。"

"你好。"陆笋笑着与他的手轻轻握了一下,"鲈鱼儿。"

"我知道。"游西塘性格跳脱,聊了两句就神神秘秘地问她,"你看过我们的超话吗?"

陆笋茫然不知:"什么叫……我们的超话?"

她有自己的微博超话,是几年前粉丝帮她建的。她偶尔会进去看大家分享的生活日常、点个赞,其余她没关注过,更是从没进过游西塘的超话。

游西塘诧异地挑挑眉毛,他以为她知道:"你难道不知道粉丝把我们组成CP,名字就叫'鲈鱼儿游西塘'?"

陆笋第一次听说这个超话,因为三次元工作忙碌、经常加班,她投放到漫画上的精力比上大学时少了很多。

虽然是第一次听,但她不得不客观评价,"鲈鱼儿"和"游西塘"这两个名字放在一起,真是相当般配。

游西塘一看她的表情和眼神就知道她可能不知情,当即大笑起来:"你……你做好心理准备,这年头CP粉很疯狂。"

陆笋嘴角微不可察地抽动了两下,悄悄摸出手机搜索他所说的超话,果然存在,在CP超话里排名不低。

太离谱了。在此之前,她和游西塘没有任何交集,粉丝是怎么把他们联系到一起的?

仔细看完,原因有三,其一是鲈鱼儿和游西塘同属漫语平台,一位是原创现言大神,一位是原创古风大神,在榜单上紧紧挨在一起。其二是鲈

337

鱼儿连载《蜜桃初恋》时期，有粉丝问漫画是否有原型，感觉剧情太真实太细腻了，陆筝在微博透露过，取材自她和男朋友的恋爱故事。同一期间，游西塘新开的一部武侠漫画，感情戏大有长进，他以前是"情感废材"，说白了就是感情戏刻画不够深刻，突然开窍了，只可能是三次元生活发生变化，比如谈恋爱了。两边有粉丝重叠，立刻脑补两位大神是不是有联系。其三自然是他们的笔名，合在一起就是绝配。

在 CP 粉眼里，同框即是结婚，可见他们有多么会联想。

陆筝收起手机，呆呆地仰头看天花板，后悔答应前来参加这什么签售会了，不是白白制造话题吗？

果不其然，前来的粉丝空前壮观，一部分是漫画迷，一部分是两人的狂热 CP 粉。

陆筝签完一个名字，就有人小心翼翼又期待地问："鲈鱼儿大大，你和游西塘大大是真的吗？"

陆筝冷静地回："假的。我已经结婚了。"

正主亲手拆 CP 搁在娱乐圈是要被骂的，然而陆筝一直以来在微博上的形象就是"耿直少女"，粉丝只是愣一下，然后抱着签了名的漫画到一边嘤嘤哭泣。

轮到下一位粉丝，对方听到了前面的对话，眼睛冒着小星星问："'太太'，请问和你结婚的是初恋吗？漫画里那个初恋？"

陆筝笑着回："是的。"

"啊，我又相信爱情了！谢谢'太太'，永远爱你！"粉丝一脸开心且满足。

傍晚时分，江淮宁没等到陆筝，抬起手腕看表，收起 iPad 走进对面的图书馆。大厅里围满了人，随处可见《蜜桃初恋》的海报，天花板上也挂满了宣传手幅。签售会已经结束，陆筝正在配合前来的粉丝拍大合照。

她微躬着身，站在第一排正中间，手贴在脸颊旁比"耶"，身后的粉丝大部分是小姑娘，个个兴奋得红了脸。

拍完合照，后面不知谁没站稳，往前扑了一下，陆筝被撞，踉跄一步，下一秒，一个身影冲过来，手臂稳稳地搂住她，紧张的声音在她头顶响起："你啊，真是不让人放心。"

后面撞到陆筝的粉丝正要道歉，被眼前一幕惊呆了。

"这不是'淮筝世界'的 CEO 吗？我的天，怎么会在这里！"

"啊，他长得有点像《蜜桃初恋》里的男主角。"

"不对，应该是漫画里的男主角有他的影子吧？"

在诸位粉丝醒神前,江淮宁带着陆竿火速离开了现场。

陆竿收到出版社编辑的微信,晚上有个聚餐,她婉言拒绝了,坐在车里长舒一口气。江淮宁及时递来保温杯,里面是温热的银耳汤,给她润喉。

她喝了几口,缓了缓:"太累了。"

江淮宁看着她,语气酸溜溜地问:"那个什么游西塘,跟你很熟吗?"

他在咖啡馆里用iPad查看邮件时,隔壁桌正好有两个女孩子激动地讨论鲈鱼儿和游西塘两位漫画大触的"爱情故事"。那些对话一字不差地落进他耳朵里,他心里很不爽快。

陆竿疑惑地"啊"了一声,圆睁着一双杏眼:"你怎么会知道他?"

江淮宁答非所问:"微博上还有你们的CP超话,我很不理解,他们难道不知道你已经结婚了吗?孩子都有了!八竿子打不着的两个人,居然也能被拉CP,还有人误会你故事里的男主角是他。"

他恨不得告诉全世界,他才是漫画里的男主角。

江淮宁碎碎念宣泄不满的样子,让陆竿想到了"可爱"这个词,不再是"幼稚"。他吃醋的样子和上学时期不一样。从前的江淮宁吃醋会板着脸,假装冷酷不理人,现在的他,像个被抢了心爱物的小孩子,委屈表现得不要太明显。

车里的气氛沉默,江淮宁鼻孔出气,轻哼一声:"你不打算解释一下?"

"解释什么?"陆竿无辜地摸着鼻子笑,"我今天到现场才知道。"

"我很生气。"

"我看出来了。"陆竿继续笑。

"你还笑。"

他越说陆竿笑得越大声,她伸手捏他的耳朵:"江淮宁,如果我说我喜欢看你吃醋的样子,你会骂我吗?"

"我会打你你信不信?"江淮宁嘴上威胁,但他眼里寻不到半点凶狠的意味,有的只是对她的爱和些微无奈。

陆竿恃宠而骄,闭着眼把脸送过去,还带着点挑衅:"你打吧,你打吧。"

她脸上化的淡妆已经看不到了,透出皮肤本来的红润,闭合的眼缝能看见纤长的睫毛,像两把小扇子,投下一片阴影。嘴唇因刚喝过银耳汤,润了一层水泽,看起来格外诱人,让他想到饱满鲜红的樱桃,或是草莓,这类清甜且汁水丰沛的水果。

江淮宁在她嘴唇上蜻蜓点水般触了一下:"打完了。"

陆竿睁开眼,盈盈一笑:"不吃醋了?"

"吃。"江淮宁毫不犹豫地说。

陆竽笑得肩膀乱颤,差点握不住保温杯。

也不知道陆竽是不是故意的,江淮宁才吃完那个什么游西塘的醋,没过几天,陆竽就告诉他,《蜜桃初恋》要开机了,在晓高取景,制片人姐姐诚邀她去剧组探班,据说男主角、男二选的都是超级帅气的新生代演员。

陆竽在微博上找到电视剧的官博,看到了几天前发的官宣图,两位演员的长相果然是万里挑一的帅气。

江淮宁靠在床头,笔记本电脑垫在腿上,回复一些邮件,漫不经心地问她:"你真的要去探班?"

"我想去看看。"陆竽雀跃地拍了拍身上柔软的夏凉被,满怀期待道,"制片人给我搞了个'编剧顾问'的头衔,让我去指导指导。指导谈不上,我就是好奇电视剧的拍摄过程,积累点素材,说不定下本漫画就画娱乐圈的大明星!"

她叽里咕噜说了一大堆,江淮宁没有表态。陆竽感觉不对,趴过去靠在他怀里:"哥哥,你不会不答应吧?"

又来这套。江淮宁手指摁了摁眉心,想笑又忍住了,她总是这样,出其不意地叫他"哥哥",明明生日比他还早大半年,但他每次都十分受用,拿她没辙。

"你说过不看管我的。"陆竽蹭了蹭他的身体。

江淮宁立刻宣布投降,合上电脑放到床头柜上,两只手揽住她,嗓音已然有点哑了:"别乱动。"

陆竽秒懂,定住不动,眨巴无辜的大眼睛看着他,眼里带点歉意。

江淮宁抬手弹她脑门,懊恼于自己总是无限向她妥协:"你去探班的话,我近期抽不出时间,没办法照顾你。"

"没事,回老家妈妈可以陪我。"陆竽说。

这件事就这么说定了。

过几天,陆竽整理好要带的东西,除了两套衣服,其余的是北城的特产,带回去给两家长辈。

临走前,她摸了摸多多的脑袋,跟它说:"妈妈要出趟门,你乖乖待在家里,等爸爸下班回来带你出去玩。"

多多哼唧两声,似是听懂了,乖乖跳到沙发上坐着。

江淮宁送她去车站,叮嘱她有事打电话,到靳阳了记得给他发消息。他每说一句,陆竽就点一下头,最后他说完了,她还在点头。

江淮宁绷着脸，没好气道："能不能别这么敷衍？"

陆竿笑："我都记得。"

一直到广播提醒检票进站，目送陆竿走进闸机另一头，江淮宁才转身离去，在车上给丈母娘发消息，让她去车站接一下陆竿，他不太放心。

3

第二天下午，到了片场，陆竿先跟制片人碰头，对方亲切地拉住她的手："还以为你不来了，我们快去操场吧。"

上午的开机仪式由于陆竿睡过头错过了，已经拍了几场戏，眼下这一场是举办运动会。剧组请来许多群演坐在看台上，穿着晓高的校服，全部是十六七岁的少男少女。陆竿毫不怀疑他们就是晓高的学生。

塑胶跑道上纵横交错着黑色电线，银色轨道上架着笨重的摄影机，打光师举着圆圆的银色反光板，男演员和女演员站在一起分别由两位化妆师补妆。其中男演员一条胳膊用"石膏"固定，挂在脖子上。

陆竿望着他们，一下子回忆起很多年前，高二举办运动会，江淮宁手臂骨折，本可以待在家里吹空调吃西瓜，却为了她坚持来到学校操场，给她加油打气……

制片人看过漫画，也看过完整的剧本，身体偏向陆竿，用不大的声音说着："有没有很熟悉，我们可是完全按原漫画剧情来拍的。等到剧播出去，应该不会有漫画迷大喊'塌房'了吧。而且，你有没有发现，男主演与漫画中的人物长相有几分相似。"

陆竿笑了起来，近年来小说改编影视剧层出不穷，每当一个热门 IP 官宣消息放出，就会有一批原著粉哭着喊"塌房"了，无非是对选角不满意，或者剧本"魔改"。当然，也有一些影视剧与原著相辅相成，或影视剧比原著更出彩，这种情况原著粉就会欢天喜地，宛如过大年。

陆竿认同地点头："男女主角都很合适。"

正说着话，女演员朝她看了过来，眼睛一亮，挡开化妆师伸过来的手，跑来跟陆竿打招呼："是鲈鱼儿大大吗？"

陆竿露出惊奇的眼神："你认识我？"

"我是你的粉丝！我带了漫画书，一会儿可以请你给我签个名吗？"女演员二十岁左右，长了一张漂亮又清纯的脸，穿着校服短袖，扎着高高的马尾，为求真实还原高中生的状态，脸上的妆淡得几乎可以忽略不计。

陆竿笑着点头："当然可以。"

围观完一场戏的拍摄，陆竿突然多愁善感起来，原因是她意识到高中生活已离她太过遥远,对很多事情的记忆也变得模糊。

她坐在绿茵茵的草坪上,捧着腮看他们准备拍下一场,一时情绪低落,没注意看时间,当下就忍不住找江淮宁倾诉:我有点难过。

江淮宁一如既往回消息很快:怎么了?

陆竿:我想时光倒流,我想回到高中时期,弥补那些缺憾。

江淮宁曾在书上看过,怀孕的女人因身体激素发生变化,从而导致情绪起伏不定,起初他持怀疑态度,经过证实,他现在不得不相信。但他一时找不到合适的话来安慰她,又怕拖延时间久了,她的难过持续发酵。

他打来语音电话:"我能问你一个问题吗?"

陆竿:"什么问题?"

"你对现在的生活满意吗?"

陆竿不假思索地回答:"当然。"

她嫁给了世上最好最好的江淮宁,养了一只可爱又听话的狗狗,还和爱的人有了孩子,没有哪里不满足——她不知道,江淮宁在得知她怀孕之时,也是这样想的。

江淮宁终于找到安慰她的话:"蝴蝶效应你听说过吗?如果让你回到过去,故事发生改变,或许就不是现在这样的结局了。"

陆竿的脑回路没有按照江淮宁的预期运转,她质问道:"你的意思是说,如果重来一次,我们不会在一起?"

江淮宁语塞:"……我不是那个意思。"

好在陆竿这边突发了点状况,没有将这个话题延伸下去。一个穿校服的女孩子跑过来,蹲在她旁边:"你是鲈鱼儿大大吗?"

"我是。"陆竿今天第二次听到这个问题,淡定地挂了电话,收起手机,抬起头看着脸上挂满汗珠的女孩子,"你是?"

女孩笑起来露出洁白的牙齿,指着操场看台:"我是群演,也是晓高的学生,在读高一,我们班上体育,就被拉来当群演了,大家第一次体验拍电视剧,都很高兴。"

陆竿点着头,直觉告诉她,女孩有话跟她说。

"鲈鱼儿学姐,我想问问你,你是和江淮宁学长在一起了吗?"女孩有点害羞,问出这句话时红了脸。

陆竿没有隐瞒,点了点头。她以自身经历创作《蜜桃初恋》的消息早已不是秘密,而上次签售会结束,她的丈夫是江淮宁也被广大漫画迷所熟知,还因此上了热搜。上热搜最大的原因是"淮竿世界"出的游戏如今风靡全国,江淮宁的名字家喻户晓。

女孩憧憬又遗憾地说:"如果我早几年读书,跟学姐你是同一届就好了,那样就能见证你们的爱情。"

陆筝摇头失笑。她该怎么说呢,就算跟她是同一届,也见证不了甜美的爱情,高中时期的她可是一个书呆子呢。

突然,她想到方才与江淮宁讨论的问题。

如果重新回到高中,她勇敢追求他,那样或许会少点误会和遗憾,但是,她可能不会成为今天的陆筝。他说的是对的。

这么一想,一切都释然了。

下一场戏要开拍了,女孩急于回到看台,临走前,她问了最后一个问题:"学姐,你上学的时候有什么遗憾的事情吗?"

陆筝没有思考太久,眯着眼笑说:"遗憾的事情啊,大概就是我没有在高考完那天,鼓起勇气对江淮宁说,我很喜欢很喜欢他。"

女孩迈出去的脚步顿了顿,转瞬,她的脸上充满惊喜:"江淮宁学长!"

陆筝愕然回眸,身材颀长的男人不知何时站在她身后,一身黑白色系的穿搭,头发在阳光下跳跃着浅金色的光。

他怎么会在这里?不是应该在北城吗?他们刚刚聊天他也没说回眬山了……

江淮宁手插在裤兜里,对着她舒朗一笑:"我听到了,你说很喜欢很喜欢我。"

那个女孩被他的话逗笑,没来得及说什么,被叫回看台,继续充当群演。

现场因江淮宁的到来轰动起来,看台上的学生们抻长脖子张望,只见那个风采依旧的学长递给陆筝学姐一杯喝的,替她擦了擦额头上的汗,说了句什么。

除了陆筝,没人知道他说的是:"我来是想亲口告诉你,如果重来一次,我们还是会在一起,像现在这般恩爱。"

先挑起话题的人是陆筝,此刻听到他的回答,她却脸红了,不好意思看他的眼睛,低头咬住吸管,吸上来一口甜甜的红豆。

陆筝含糊地说:"你怎么来了?"

江淮宁故作惆怅地叹气:"一想到剧组里全是年轻帅气的男演员,我就感到危机重重,在北城待不住。与其工作不专心效率不高,不如放过自己。"

陆筝笑岔了气,拉下他一边胳膊,踮脚在他耳边低语:"真的假的?我都揣着你的崽了,你还要吃醋到几时啊江校草。"

江淮宁认真的神情里带着笑意:"没办法不吃醋,我老婆貌美如花,我得看紧点,免得别人觊觎。"

"你再演下去就假了啊。"陆筝给他指了指镜头下漂亮得让人挪不开眼的女主演,"人家不比我长得好看?说真的,要是我高中时期像她那样,我一定横着走。"

江淮宁看去一眼,旋即收了视线,重新落回她脸上,不需仔细对比两人的长相,他心中自有答案:"我觉得你更漂亮。"

他表情真诚,不会让人怀疑他话里的真实性。

陆筝很想回一句,你的眼神是不是有问题,人家是大明星啊,能当万众瞩目的大明星,说明颜值十分抗打。心里话还没说出口,她就想到"情人眼里出西施",确实有道理,那位男主演长得很帅,但是她的眼里心里除了江淮宁,装不下别人。

下午的几场戏全部拍完收工,陆筝去跟剧组人员告辞,女主演这时候拿来漫画书,腼腆笑着让她签名。

陆筝接过笔给她写了个"to签",刚写完,男主演也来凑热闹,陆筝笑了笑,大大方方给他也签了个名。

男主演盯着江淮宁多看了几眼,挠了挠眉毛,小声跟陆筝说:"这位就是漫画里的男主角本尊吧,没见到真人还好,见以后我压力好大,怕辜负了'太太'和漫画迷们的期待。"

陆筝鼓励他:"你大胆地演,我很看好你。"

"谢谢'太太'的信赖,我一定好好演……"男主演受宠若惊,一个劲儿道谢,却撞见江淮宁不大高兴的脸色,不知哪里得罪了他,索性噤了声。

最后大家在草坪上合了一张影,陆筝和江淮宁站在中间,女主演站在陆筝身边,男主演站在江淮宁身边,形成鲜明的对照组。

无关人员走开后,江淮宁才问出心底的疑惑:"他叫你'太太'?"

陆筝扶着额笑:"这是现在时兴的叫法,本来是叫'大大',比'大大'厉害一点点,就是'太太'啦。不是你想的那个太太。"

江淮宁假装恍然大悟。

陆筝趁机揶揄他:"你又演。你不是关注我的微博了,那么多粉丝叫我'太太',怎么没见你提出质疑,偏偏针对人家男演员。"

江淮宁不说话,陆筝学他刚才的样子,做恍然大悟状:"啊,原来江淮宁同学'又又又'吃醋了。"

江淮宁无力地辩驳:"我才没有。"

夕阳西下,校园里香樟树和枇杷树的叶子依旧如当年那般葳蕤郁郁,两人拉长的影子投映在砖红色跑道上,一如当年并肩而行时的画面。

那天,很多学弟学妹看到他们手牵手逐渐远去的身影,风中留下一串笑声和一段只有他们彼此能听懂的对话。

"你来了,多多怎么办?"

"送去黄书涵家里了,托她照顾一下。她让我告诉你,等你回北城请你吃饭。"

"为什么?"

"庆祝她当干妈。"

陆竽弯着眼睛笑起来,走出校门,外面一排饮品店,装潢各有特色,她望着门口放着巨大冰激凌模型的那家店,走不动路。

江淮宁一眼看懂她心中所想,当即拿出手机,在线询问医生,孕妇是否能食用冰激凌。回答是适量,最好不要多吃。

陆竽看到他屏幕上的文字,"适量"是多少就靠自己把握了。

江淮宁走进饮品店,买了一支原味冰激凌。陆竽克制着只吃了一半,剩下一半进了孩子爸爸的肚子里。

很久很久以后,他们再次踏进这座校园,是昽高的校庆,两人作为杰出校友被校长发函邀请前来参加。

江淮宁是杰出校友当中的佼佼者,身居上台发言的重任,跟当年还在学校时作为优秀学生代表上台发言差不多。唯一的不同是当年的他穿着昽高黑白配色的校服,如今的他西装革履,皮鞋锃亮,袖扣系得一丝不苟。

上台前,陆竽给他整了整领带,悄声说:"太帅了。"

江淮宁莞尔一笑,在校长叫到他名字并做出简短介绍时,他手掌贴着衣襟,从容起身走到台上。

台下掌声雷动,陆竽亦在鼓掌,微微抬头仰望他,心中感怀,他还是那个耀眼夺目的江淮宁啊。

全部流程结束,校长带领他们参观校园,这些年又新增了不少设施,前面那栋实验楼就是江淮宁所捐赠的。他们走进去,学生们围坐在实验室里的操作台边,在老师的带领指导下完成化学实验。他们没有进去打扰,只在门前的小窗口上观望片刻。

从实验楼出来,走过一条长长的林荫路,前面就是食堂。

陆竽的手机在包里"嗡嗡"振动,她的包被江淮宁拿在手里,他从中掏出手机,看了眼来电显示,然后递给她。

是她妈妈打来的视频电话。

陆竽刻意放慢脚步,落在人群后面,手指摁下接听键,出现在屏幕里的却不是妈妈的面容,是小丫头扁嘴的小模样,脸蛋红润润的,尤带着睡

345

觉压出来的痕迹。

"妈妈,你和爸爸去哪里了?"小丫头奶声奶气地哼唧。

陆笋顿时心软成一片,听见一个画外音解释:"迎迎睡醒找不到你们,我哄着玩了一会儿,实在哄不住了。"

江淮宁拿过手机,演讲台上的严肃消失不见,此刻的他是世上最温和的父亲:"迎迎,爸爸在这里,你乖乖听外婆的话,我们很快就回去了。"

迎迎听到他的声音,能挂油壶的小嘴抿了抿,眨着黑葡萄似的眼睛看着他:"真的吗?"

"当然,爸爸什么时候骗过你。"江淮宁耐心又温柔地问,"你想吃什么,爸爸妈妈回去的时候给你带。"

小丫头捂着小嘴做出说悄悄话的样子:"吃……肯德基可以吗?"

没有小朋友能拒绝肯德基,考虑到她正在长身体,得注重营养,江淮宁和陆笋会控制她吃这类食品的次数。

昨天才吃过一次,按说不该放纵她,但江淮宁一看女儿小心翼翼提要求的样子就心软得不行,跟她妈妈央求他某件事的表情一模一样。

"好,给你买肯德基。"

小丫头得寸进尺:"还要喝可乐!"

江淮宁犹豫了下,还是答应了:"好,喝可乐。"

"那爸爸妈妈要快点回来哦。"小丫头不再哭哭唧唧,跟爸爸约定好,爽快地把手机还给外婆,

挂掉电话,陆笋看着江淮宁,嗔怪道:"平日总说我惯着她,你还不是一样,她小嘴一扁你就什么都答应她,以后养成骄纵任性的性子怎么办?"

"不会的。"江淮宁把手机装进包里,"我会好好教她。"

两人接电话的工夫,已经落后前面的人一大截,江淮宁重新牵起陆笋的手,慢慢跟上大部队。

陆笋说:"答应了小丫头早点回去,校长还说要一起吃顿饭,怎么办?"

江淮宁晃了晃她的手:"没关系,迎迎不会生我们的气,先吃完饭再说。"

阳光从树叶间隙洒下来,校园处处绿意盎然,彰显着蓬勃生机。

小卖部前围满了学生,陆笋看着他们,恍然想起与江淮宁的第一次见面,是在乡下的小超市里,她抬起头,他站在一排放置饮料的货架前,一眼万年。

那真是美好的初遇,而此刻,是美好的结局。

—完—